他者哲學

賴俊雄——編

回歸列維納斯

The Philosophy of the Other:
Return to Levinas

麥田叢書53

edited by
Chung-Hsiung Lai

目次

緒論

他者哲學
——列維納斯的倫理政治

賴俊雄

　　哲學自身乃是一種總是要告知他人的論述。[1]

　　列維納斯（Emmanuel Levinas, 1906-1995）畢生致力的哲學論述可謂一種「他者哲學」。早期因其在德國的現象學學術訓練，使他關注重新探問存有的核心形上問題：什麼是倫理主體？存有如何能與他者建立關係，卻又不剝奪他者的他異性？亦即，列氏嘗試以現象學方法描述一種與他者「面對面」的遭遇與關係：包括與他者相遇之際所搭建起的超驗性、前感知性、在世生活經驗的詮釋以及對他者無盡要求的回應與責任。晚期的列維納斯則潛心思索如何更貼切地分析與表達「別於存有」的論述：倫理主體原始的內在性樣貌、歷時性的時間場域、第三方（third party）的意義、語言本質的激進倫理關係以及猶太經典的閱讀與詮釋。平實而言，列維納斯的他者哲學極具原創性——他巧妙地將超驗現象學轉化為他者倫理學，重新詮釋前意向性（pre-intentional）的存在結構，在柏拉圖的「理型」、笛卡兒的「我思」、黑格爾的「絕對精神」、胡塞爾的「超驗自我」與海德格的「此在」之外，另闢了一條屬於「他者／自我」國度的倫理主體。此倫理學所欲表達的即是自我與他人的關係，並重塑一種多層倫理樣貌的內部性——由感性、勞動、對話、愛、責任、向善、親情、失眠、感受、趨向上帝等欲望所交錯疊砌而成的繁複內部關係性。因此，列氏他者哲學中形塑

---

[1] Emmanuel Levinas, *Totality and Infinity*. Trans. Alphonso Lingis. Pittsburgh: Duquesne UP, 1969. p.269，以下縮寫為 ***TI***。

的存有內涵或倫理主體應具有九項特質：1. 他異性（alterity）、2. 感受力（sensibility）、3. 易受傷性（vulnerability）、4. 被動性（passivity）、5. 回應性（answerability）、6. 歷時性（diachrony）、7. 外部性（exteriority）、8. 誠摯性（sincerity）、9. 彌賽亞性（messianity）。[2]

　　反諷的是，列氏激進、晦澀、深奧與神祕的「他者哲學」，實際上意圖呈現與回歸的卻是一種最基礎、最簡單與最清晰的本體哲學：自我與他者之間基本、單純與原始的形上關係。此種「他者哲學」即列氏所謂之「第一哲學」（德希達所稱之「倫理的倫理」）：他者為主的倫理哲學是優先於以「我思」為主的存有本體論。列氏堅稱倘若沒有此種倫理關係為基底，任何形上學、現象學或本體哲學對他而言均無法深層與充分地被開展。目前國際間回歸列維納斯的思潮，可以說反映了後現代喧囂激進後一種「洗淨鉛華」的渴望，渴望回歸一種哲學自身「樸實」的臉龐，一種強調形上欲望與倫理關係的他者哲學。畢竟，哲學自身乃是一種總是要告知與回應他人的論述。

　　想是，列氏的他者哲學之所以能成為當代思想家急欲回歸的「活論述」，是因為在其巨大龐複知識的身軀內，有一顆不斷強力收縮與舒張的跳動心臟──責任。責任的英文responsibility

---

[2] 評論家對列維納斯倫理哲學的質疑可歸納為以下七個問題：1. 猶太神祕主義、2. 自身也依靠本體語言與論述、3. 烏托邦目的論、4. 誇飾的用詞遣字、5. 歐洲中心主義、6. 存有自虐的可能、7. 男性的沙文思維。本書中理察‧柯恩於〈為列維納斯答辯：理察‧柯恩訪談〉一文中，對目前列氏思想的主要質疑與批評提出精采與豐富的回應。

意味著一種「回應」（response）的「能力」（ability）。我們可以說列氏一生的哲學論述均試圖將西方哲學中以自我爲中心的本體論與存有論，帶回至一種具有「回應」他者「能力」的倫理哲學。事實上，在當代高度競爭與物化的後資本主義社會中，如何回歸人與人之間一定的友善、信任與責任，以及如何成爲一個具有「回應」他者「能力」的倫理主體，已是目前哲學急需探討與回應的議題。因此，回歸列氏倫理以及再現他者哲學可說是本書所有作者，以不同的論述姿態與言說角度，試圖展現心中一種共同的「回應」欲望。想是，每次的再見均是一種「再現」（representation）獨特的事件（event），一種思想鳳凰從灰燼中振翅飛翔的重生，更是一種論述性「活幽靈」的積極繼承——一種經由主動閱讀、理解、思考、詮釋、研究、質疑與評論的論述精神繼承。此專書感謝學者與先進共襄盛舉，加入此一回顧列氏思潮的「繼承」，讓生命在二十一世紀流變的時代，有能力應承他者的召喚，並積極回應各種倫理議題。

　　本文內容主要分爲三大部份：第一、「二十一世紀哲學的倫理回歸」試圖探討後現代理論的困境以及目前正在形塑中的兩種倫理（內在性倫理與超驗性倫理）。第二、「列維納斯思想中的倫理政治」試圖開展列氏他者哲學倫理底層的政治意涵與可能性。第三、「『再見』列維納斯、『再現』倫理」則逐一介紹本專書中十篇專輯論文以及兩篇專題訪談。

一、二十一世紀哲學的倫理回歸：

二十一世紀需要何種新的哲學論述？喧嚷半世紀的後現代「差異」美學與政治，正式邁入二十一世紀之際，各式各樣新的文化認同和權力論述，在全球價值體系的重新形塑中，在縱橫分割的各個邊緣象限中，持續與多重霸權結構交錯碰撞，其中有一種轉向倫理的趨勢，一種社群（community）意識的再思，一種新興的「倫理哲學」或「倫理批評」正在哲學的社群中再次萌芽。二十一世紀的哲學論述面對自身的危機與困境時，的確渴望一種「典範」的轉移。例如，當今扮演著引領歐陸思潮角色的法國哲學協會，為尋定新世紀哲學的視野與定位，於2001年12月舉辦了「百周年紀念國際學術研討」，在迎接新世紀的同時，會中也窮追不捨地圍繞一個核心問題：「這個世紀需要什麼樣的哲學？」。高宣揚也於2006年7月7日〈當代西方哲學的基本論題〉的演講中，指出我們在二十一世紀的困窘與首要任務：

> 我們遭遇到危機與進步、倒退與革命相混合的時期，那麼，在經歷了各種動盪不定的局面之後，我們現在應該開始冷靜地思考我們人類自己的思想和精神生活的基本問題。二十世紀的經歷使我們感受到人類思考模式的無能、缺欠和殘缺不全。因此，面對新的世紀，我們的首要任務，是重新思考我們自己是否有必要重新調整和重構我們的思維模式和各種概念。[3]

　　「回歸列維納斯」或「回歸倫理」的趨勢，正是在二十一世紀「重新調整和重構我們的思維模式和各種概念」的要求下，醞釀而生。儘管過去後現代理論家積極發展「逾越」主體的美學與政治，一方面承認主體自身的創傷、幻覺、無能、無助、缺欠與殘弱，另一方面使之成為一種尼采式嶄新的慾望主體，並且將「去中心」的想像力與創造力，從啓蒙主義工具理性長久以來的沉重壓力中解放出來。然而，表面上美學逾越式的抵抗政治，似乎具有優於理智的辯證性與整體性，但卻也同時產生了虛無主義、相對主義、折衷主義以及非理性主義的危機與困窘。誠如伊格頓（Terry Eagleton）在《理論之後》（*After Theory*）（2003）一書中指出「學術討論已經不再只屬於象牙塔內討論，而是已擴展至媒體大眾與超市、臥室與紅燈區中。因此，學術如今已經融入日常生活之中——但卻有喪失批判與檢視日常生活能力的危險」。[4]

　　亦即，後現代慾望主體在強調無盡去中心的政治與激進去疆域化的慾望時，無法為日常生活中倫理、正義與社群關懷等批判性問題提供連結的具體語言。因此，後現代差異哲學將主體美學化與政治化，可能僅將主體多元向度的屬性，化約為一個不斷去中心的「慾望存有」。的確，後現代過份美學化與政治化的主體，已造成自身一種「去主體」之主體的弔詭。因此，一

---

[3] 高宣揚，〈當代西方哲學的基本論題〉，《同濟網論壇》。26 Dec. 2006 \<http://bbs.tongji.net/thread-402543- 1-8.html\>，頁5。

[4] Terry Eagleton, *After Theory*. New York: Basic, 2003. p.3.

種「後」後現代的反思，一種對倫理意識的重新渴望，讓我們在二十一世紀的全球化情境中，開始體認及注意到當代新的社會需要，期盼能夠更充分說明主體倫理意識的重要性、正當性與合法性。換言之，後現代思潮高高舉起逾越性與顛覆性論述的大槌（discursive hammers），摧毀一棟棟啓蒙主義宏偉敘述（grand narratives）的高樓大廈，拒斥人本主義與邏各斯主義，卻沒有（也拒絕）重建其核心價值，因而剝奪了主體在社群的道德責任與自律。例如，早期傅柯（Michel Foucault）式權力結構中所造成的「人的消解」，雖然成功地點破西方千百年各式各樣的「人本」主義（例如基督教人本主義、沙特人本主義、馬克思人本主義等）迷思，主張「人」的概念僅是權力／知識網絡的系譜產物。然而，傅柯式權力批判一刀兩刃。它同時也剝奪了那些被壓迫的弱勢他者「人」的主體性：弱勢他者原本可以藉以確保其權利與自由的道德主體性，也隨之消逝於權力／知識網絡。因此，回歸一定程度生命共同體的倫理規範，成爲人類新世紀來臨時一種無法避免的反思與趨勢。

細細思量，二十一世紀初已有多少多元交織（甚至衝突）的價值體系急待重整？全球化權力網絡下的後資本主義社會中，又有什麼「公共場域」的議題不關涉到「自我」與「他者」的複雜糾葛關係？何謂正義？何謂暴力？何謂眞理？何謂主體性？何謂人性？何謂善？何謂死亡？何謂是？又何謂非？緊繃於現代人邏輯胡桃核內的困窘與疑惑，常期待像列維納斯這樣思想家巨斧的破解。二十世紀後半世紀可說是思路繽紛，百花競豔的「高理論」（high theory）時代：如拉岡（Jacques Lacan）、

巴特（Roland Barthes）、李維史陀（Claude Levi-Strauss）、傅柯、德勒茲（Gilles Deleuze）、德希達（Jacques Derrida）、詹明信（Fredric Jameson）、哈伯瑪斯（Jürgen Habermas）、羅狄（Richard Rorty）、布希亞（Jean Baudrillard）、李歐塔（Jean-Francois Lyotard）、伊希嘉黑（Luce Irigaray）、紀傑克（Slavoj Žižek）等，加上各流各派「主義」與「研究」（女性主義、後殖民主義、後馬克思主義、新歷史主義、文化研究、酷兒研究、全球化研究與生態批評等）中，數不盡參與理論建構的學者，看不完異質思潮瞬間擊撞起的浪花，宛若國慶夜空朵朵綻放的煙火，聲聲驚異讚嘆中，令人目不暇給，眼花撩亂。

　　然而，後現代理論家往往發現自己陷在一個進退兩難的尷尬窘境：傅柯指出所謂「真理」是一種展現權力的面具；然而，他對真理的批評本身不就成為一種自己權力的偽裝？李歐塔對宏偉敘述的撻伐論述，難道不也落入另一個可能的宏偉敘述巢臼中？德希達在攻詰「邏各斯」同時，不也正解構了其自身邏各斯的批判權威性嗎？拉岡及紀傑克認為我們應誠實面對與「真實層」的創傷關係，來超越在象徵層的「幻見」，此種「超越」是否也僅是一種幻見？薩伊德（Edward Said）在質疑西方長久建構的「東方主義」想像前，不也先形塑並正當化了他自身所想像的東方？詹明信對晚期資本主義的文化邏輯之批判，不也成為晚期資本主義的學術場域裡的一項商品（從另一角度思考，在一所資本主義大學中領高薪的馬克思學者，如何能提出一個具說服力的資本主義批判？）？這樣的質疑並非要以一個「點」來否定上述理論大師們在不同「面」向的努力與貢獻，而是要指出所

有的洞見（insight）必有其盲「點」（blindness），而後現代似乎有一個集體盲「點」：如何正當化或合理化一個反基礎主義（anti-foundationalist）的批判。當我們在推翻其他基礎信條或規範的同時，自己很難不會成為另一個新的基礎與規範。亦即，此種哲學思想的矛盾現象標誌著後現代獨特詮釋循環（hermeneutic circle）的困境（aporia）——後現代理性的建構即在不斷地瓦解自身（疆界）。

　　因此，邁進二十一世紀大門後，哲學思辨似乎進入一種較收斂、沈潛與反思的後理論（post-theory）時代。因此，如何從無盡散播、遊牧、混血、變身、戲耍、雜貼、逾越與流變的差異主體，回歸至具有一定程度的倫理與社群意識主體（例如全球化倫理、生態倫理、基因倫理、網路倫理、媒體倫理、非功效性共同體與想像性社群等問題），已然成為全球化情境下急待探討與研究的議題之一。有鑒於此，深入檢視當代「自我」與「他者」相互依存的內在矛盾關係，處理各種認同（族群、性別、國家、宗教、階級與文化等）的交錯形塑與相互交擊問題，以及對「社群」或「共同體」定義、功能與目的的倫理再思，成為目前哲學與文化研究的新典範。在二十一世界哲學的倫理回歸趨勢下，筆者觀察到目前西方哲學有兩股迥異之倫理思潮正在形塑中；亦即，「超驗性」倫理（transcendental ethics）與「內在性」倫理（immanent ethic）。[5]

---

[5] 回顧當代西方哲學史發展，有兩股不同的思潮；亦即，「超驗性」與「內在性」。前者包括了列維納斯與德希達，甚至可追溯至胡塞爾、康德以及黑格爾；後者則以傅柯和德勒茲為代表，其源頭可溯及尼采、萊布尼茲以及史賓

　　儂曦（Jean-Luc Nancy）與巴迪烏（Alain Badiou）應是
「內在性」倫理的代表。儂曦深信共同活在這個世界，我們
必須擔負起積極的責任。然而，不同於列氏的超驗性倫理
（transcendental ethics），他跟傅柯與德勒茲一樣，是「內在性
權力」（immanent power）的信仰者，同時也是海德格（Martin
Heidegger）與巴岱伊（Georges Bataille）思想的當代發揚者。
對儂曦而言，「共同體」（community）代表著：每一個人
均是具有特異性（singularity）的有限生命個體，因共現（co-
appearing）而共聚共生（coexistence）所形成共同體。⁶他試圖根
據當代具體文化條件與新特點，開闢一種以多元文化為基礎政治
與倫理的「共同體」哲學思考模式。簡言之，儂曦相信任何系譜
情境下所產生的「實然」政治、法律、或道德責任，皆取決於一
個先於本體論的責任上，但我們無須一肩扛起列氏的超驗性與無
盡性「應然」責任。因為，一旦形而上的命令失去其宏偉大敘
述的正當性基石，那麼對絕對他者的一切責任也將隨之而逝，

諾莎。兩派思潮於當代可說均匯集於海德格。在傳統西方哲學的語彙裡，
「內在性」意指「存在於內」的存有屬性，而「超驗性」則表示「屬神的或
超越經驗感官的」。事實上，從西方哲學初始以來，形上學的思維可說是奠
基於這兩種看似相互矛盾的思想。倘若從此一思潮分類來看，「內在性」
與「超驗性」具有深層錯綜的關聯，而近代評論家已逐漸接受兩者是一個
「相關」而非「對立」的關係。換言之，上述兩種思想並非旨在樹立二元對
立的兩種思想（例如，德勒茲與德希達），而是作為凸顯雙方思想獨特處之
基礎與輔助。

6　Jean-Luc Nancy, *Being Singular Plural*. New York: Stanford UP, 2000. pp.56-
65。

此時我們將會暴露於一個「赤裸存在」（naked existence）之情境中，無法再依賴先於經驗的價值體系。他的《解構共同體》（*The Inoperable Community*）（1982）[7]不只試圖解構主宰西方現代思想中「共同體」的想像概念，並將之和經驗、論述與個人等概念連結，來探究「共同體」為何長久以來成為各時代一種內在性的懷舊幻影。

　　換言之，儂曦認為即使是今日，「共同體」概念仍然是各式後現代認同政治的核心訴求。在各類群體內部凝聚認同「向心力」的法則中，通常無法與具有認同「離心力」的異類共存。因為西方思想的「共同體」論述，並非一種真正的異質性融合，「共存」在他看來並非是一個封閉的超驗存在群體，而是一種充滿差異雜質又相互離棄甚至暴露的共存狀態，在此異質共存之前提下，個體才得以保有「我」的可能，以及孤獨的必然性。所以，他所稱的「共同體」指的是對群體「內在性權力」之異質抵抗的政治本質，以保持彼此個體共在的「空間」場域。儂曦進一步在《作為單一複數》（*Being Singular Plural*）[8]（2000）中提醒我們，當我們說「我們」，或任何複數形式語詞的同時，是否有把「我們」轉化成一種「同一」與「排他性」的霸權傾向？一種矛盾弔詭的「第一人稱複數」（first-person plural）？什麼被我們「共有」？存在的單複數型式之間的隱密張力為何？什麼又

---

[7] Jean-Luc Nancy, *The Inoperable Community*. New York: U of Minnesota P, 1991.

[8] 儂曦指出 "Being" 在此可以當動名詞「作為」，但也可以當名詞，翻譯成「存有」。除此之外，三個單字（Being, Singular, Plural）的順序亦可任意置換來產生不同單一複數的「共存」模式的「共同體」。

是他者？（5, 11）如同阿岡本（Giorgio Agamben），儂曦筆下處理的「存在」，是一種海德格式「共生性存在」（或簡稱「共在」）（being with）先於個體「存在」的「實然」性問題，一種共生與共存的「內在性權力」群體政治，而非訴諸於形而上的倫理要求或命令。

此外，另一位當前法國知名「內在性」倫理哲學家巴迪烏，在其著作《倫理：論惡的理解》（*Ethics: An Essay on the Understanding of Evil*）中表示，我們的日常生活倫理原則往往會強化現正流行的意識型態，除此之外，當今普遍的倫理規範皆源於普羅大眾的喧譁、法律的形式、以及神學的奧祕。他也指出「真理的倫理」實際上是一種試圖描繪「惡」的功能性概念。巴迪烏的哲學觀念基本上可以從其倫理理論（有關人類互動之本質）的兩支思路切入：一、人類社群中統一身分的不同形式，主要是建立在知識與確認之上，將之命名，進而接納；二、儘管當代哲學對「普遍真理」的概念群起攻之，但不可否認的是，人類論述中的確存在一些特有的真理。巴迪烏更進一步表示，我們應當揚棄已存在於歐陸哲學中的他者倫理，特別像是列氏及德希達等「超驗性」倫理的作品。[9]

　　假若我們主張壓抑、掩蓋其宗教特色，但同時也一直保有其明顯的抽象布置構造（例如「承認他者」等等），那麼

---

[9] Kenneth Womack, "Ethical Criticism." *Introducing Criticism at the 21st Century.* Ed. Julian Wolfreys. Edinburgh: Edinburgh UP, 2002. p.118.

這將會變成什麼呢？答案不言自明：一道狗的晚餐（a dog's dinner）。我們就只剩下一個缺乏虔敬的虔誠論述，無能政府的心靈強心針，以及文化社會學式的佈道，外加一種新興的宣道方式，取代了新近的階級鬥爭。[10]

　　巴迪烏的倫理哲學將人類互動昇華至他者的框架之外。簡單來說，亦即社群的重要性大過於個人的欲求。在此專書第十一章〈為列維納斯答辯：理察・柯恩訪談〉中，柯恩教授對巴迪烏尖銳及冷酷的批評，攖其鋒，攻其中，正面應戰，為列氏提出答辯。

　　不同於前述兩位「內在性」倫理哲學家，列維納斯與德希達是目前「超驗性」倫理的代表。渥湄克（Kenneth Womack）在談及二十一世紀的倫理批評趨勢時，指出「在歐陸哲學的倫理轉向中，兩個最重要的思想家非列維納斯與德希達莫屬。前者的道德哲學強調應承之責、禮物的概念、以及西方哲學傳統中傾向將他者置於普同性認知項下。列氏除了剖析我們與他者的根本關係外，他的倫理思想也橫貫了諸多當代理論思潮，包括女性研究、多元的閱讀模式、與文化批評」（Womack 107）。當大多數後現代思想家均火力全開地質疑、批判一切形而上的預設概念（如真理、靈魂、上帝或善惡），列氏卻依舊持守倫理「超驗性」的基底。列氏指出「絕對他者」藉著其「臉龐」（face）來呈現

---

[10] Alian Badiou, *Ethics: An Essay on the Understanding of Evil.* London and New York: Verso, 2001. p.23.

不同面貌，而此多樣「面貌」本身僅是臉龐的「蹤跡」（itself a trace of the face），因此「自我」永遠無法以化約的暴力來捕捉、觸摸、理解、占有、支配及消化此「臉龐」。他者的「臉龐」更代表著「正義」、「無盡」、「神祕」、「道德呼喚」、「他異性」、「語言」、「命令」及「接近上帝唯一途徑」等含義。所以「自我」與「他者」沒有互相對等的關係，是「異」（the Other）「同」（the Same）的不能反逆性。倫理的核心即是形而上「他者」的他異性（alterity）對「自我」整體霸權一種永恆及絕對的干擾關係與倫理政治。二十一世紀社會究竟應該建立或形塑何種新的倫理主體？列氏的倫理如何結合「理性」政治，在成為二十一世紀日常生活實踐的同時，又不致喪失其「他異性」？這是筆者下一章節的問題意識。

二、列維納斯思想中的倫理政治：

列氏的哲學思想宛若一座深奧精密的迷宮，無盡曲折，就連迷宮內曲折的路線也不時地在轉彎、更改與變形。若想摸索路徑，找尋出口，就必須透過一種弔詭的語言力量指引：在字裡行間中試圖擄獲那不可能捕捉的「言說」（the saying）意向軌跡，唯有如此才能貼近列氏的倫理思維精神。語意模稜的「已說」（the said）是「言說」取消先前所說（an unsaying）的一種必然轉化，然而只有在無止盡的「言說」中，隱翳的「未說」（the unsaid）才有機會驚鴻一瞥地閃現其中。在酒神式的浮誇狂熱中，一切的欺瞞與掩飾都只為了捕捉那無法企及的倫理可能

性。列氏的倫理學是建基於「他者」與「同者」的關係上，對於絕對他者而言，這個「同一」是絕對的同一。然而，這兩者間並非毫無交集，亦非對等關係，而是一種不可逆向的不平等關係。換句話說，由「同一」通往「他者」的運動軌跡是單向而無法逆轉的。此種不平等關係代表著本體無法跨越至與他者的倫理關係之外，亦無法將此倫理關係置於一個整體化凝視之下（TI 34-35）。他者倫理學的重點在於其超驗的他異性。列氏強調「要使他異性，（一種他者的激進異質性）成為可能，唯有與自我關係的本質不斷保持在一種『離開』的狀態，成為與他者建立關係的通道，成為絕對的同一而非相對的同一，唯有如此他者才有可能成為他者。只有『我』才能使倫理關係維繫在絕對而不斷離開的狀態」（TI 36）。

「我」就是一切主體認知的源頭與中心。「我」的產生與映射，即是列氏所稱自我中心的「心理論」（psychism）。「心理論」作為一種存有認識自己的方式，能使存有者擁有抵抗本質化與整體化暴力的能力。這種抵抗是源自於存有超驗性一種滿溢或盈溢的倫理狀態。然而，心理論也有其矛盾之處（儘管這樣的矛盾也被它自身所消弭），倘若本質先於存有，本質理應不會分離出其它非本質性存有。然而若置放在時間軸上來看，其實是被分離出來的異質存有才具有抵抗的能力，而且這股能力是從存有本身而來——有種因果倒置感。「藉由存有的結果才得以思想或知曉存有的起因，彷彿起因居於結果之後」（TI 54）。在此我們可以發現，唯有在分離之後才迫現出時間本身的存在，但矛盾的是，這種迫現也端賴時間在存有的軸線上意識到此種分

離與斷裂，一種先後倒置性（a posteriority of the anterior）。而這種矛盾的現象卻被饒富趣味的記憶現象撥亂反正。「我思」（cogito）具有製造我思自身分離的能力（*TI* 55）。唯有在死亡之際，我思的「本尊」與「分身」才有回歸與合一的可能；否則在那之前，分離的假象都必然懸浮在整體化的延緩狀態中。此種呈現不斷向後推延的存有樣態，事實上就是存有內在性的展現。內在性的本質即是記憶，藉由扭轉歷史的線性時間（在此時間軸上，存有者的生命或歷史，皆由存活者定義），記憶因而能夠創造屬於存有者的時間，在那裡，一切尚未完成。列氏強調：「真實必不只取決於其歷史的客觀向度，也必須依據其內在意向──那暗地裡干擾歷史時間的連續性之物」（*TI* 57-58）。

　　縱使在德希達的大力引薦下，列氏得以在思想界中顯露崢嶸──特別是在政治領域這一塊。可惜的是，整體而言，主流政治論述卻仍吝於給他一個「名正言順」的舞台。這或許多少受到學術場域間壁壘分明的生態所影響，認為倫理議題就應只限於道德哲學中討論。從列氏早期的著作《從存在到存在者》（*Existence and Existents*）、《時間與他者》（*Time and the Other*）、一直到史詩般的《整體與無限》（*Totality and Infinity*）、晚期的《別於存有或超越本質》（*Otherwise than Being or Beyond Essence*）以及之後陸續發表的一些著作中，我們可以看出，其實列氏的作品大抵上都充滿政治性，在《整體與無限》中即出現了一個可說是基本的政治問題：源於自我中心主義的「我」，如何能與另一個人建立關聯性卻又不立即剝奪其他異性（*TI* 27）？此一疑問可謂涵蓋了政治學主要處理的幾個層

面，包括關係、認同、權力、正義、以及最重要的──責任。

　　在列氏的思想體系中，「政治」往往被掛上「其他形式戰爭」的封號。儘管這裡的戰爭是隱喻式的，但依舊是一種「和平─戰爭」的二元對立。「道德」一直都是一個政治議題，因為它關乎的不外乎是「以牙還牙」的公平性與正義性，而這種公平正義性恰巧是政治運作的基本要件。政治，說穿了，就是一種等量交換的行為──無論是商品也好，或是工作報酬，或是對犯錯的懲戒等等，均可被視為一種政治。雖然倫理與道德二詞常被混為一談，甚或交換使用，但嚴格說來，倫理是道德形而上概念的延伸。列氏的倫理學全然迥異於傳統倫理學概念。他的倫理學是建立在「自我」與「他者」的單向、不對稱關係上而開展出來的。倫理在此不再以追求完善的美德為己任，而只是一種閃現著自我對「同一」的渴望與干擾。「自戀情結」（Narcissism）的機制旨在將一切「異己」化約、擄獲成為可理解的透明樣態，進而納入「同一」的統領及掌控下。

　　事實上，自戀情結是自我主義符號系統中的一個幻夢式及習慣性的流動，無止盡地漫遊在相似性的文本河流中，一個「相同」的永恆回歸。職是，自戀情結必須被倫理政治不斷地干擾。如此一個完全「在場」的符徵必須在延異的流轉中面對「他者」的他異性，將自我向其開敞。其主體性因而永遠無法封閉在既有的整體疆域內，而被迫在不斷干擾中，從自我原有的局限邊緣處滿溢流出。「他者」的他異性是一種形而上的欲望，源自於一種超驗性的「過剩」（非拉岡的「匱乏」或後殖民的「懷舊」），在「面對面」的接觸中，向語法中的「他者」邁進，以語言直接

陳述「他者」。在一個第三者的凝視下，此種介於「納西瑟斯」與「他者」之間的激進不對等關係，抗拒對任何企圖化約「他者」的意圖及概念化自我成整體的自戀慾望。干擾自戀乃一種超驗性的抵抗——一項倫理政治的問題。

換言之，自我的自戀情結就是試圖消弭與陌生他者相遇所引起的震慄，一種尋求一致與對等的慾望。列氏特別關注自戀情結中，將他者驅逐於外的干擾機制，他認為這即是倫理學的著力點，也是從此點介入才有可能重組這股機制。列氏的倫理學其實總是已存於政治系譜內，但並非以在場之姿，而是以不在場痕跡的永恆纏繞之姿存在著。而列氏派的政治理論家之職責，便是用倫理的刀刃，在頑劣抵抗的政治整體意識厚膜上俐落地劃出幾道切口，成為一道道檢視與批判能進入的開口。列氏呼籲我們應認清一點：披著平等與客觀中立外衣的政治白皮書，骨子裡其實是利益掛帥的唯物主義（當然也包裹在烏托邦理想的層層糖衣下）。因而列氏主張應該要有一種身體政治學，來「悅納」他者不斷地干預與纏繞。唯有透過這種「主動的被動性」，才有可能獲致一種以他者為中心及倫理導向的悅納異己政治。簡單來說，列氏認為倫理與政治間，永遠隔著一條無以填補的裂隙與距離（incredible hiatus）。政治實踐總是以倫理為優先考量，但倫理永遠不可能化約等同政治。換句話說，法律永遠以追求正義為依據，但正義的概念永遠不會被約化成任何時間的法律。

整體而言，列氏的倫理政治思想可簡單分為三條軸線：第一，列氏宣稱：「第三方以他者之眼觀看我；語言即正義」（*TI* 213）。事實上，這個句子就說明了列氏對於「臉龐」以及「語言」的關係。每當我的目光劃過他者，第三者就以他者的雙眸

觀看我。正義緊扣著倫理關係，兩者相輔相成。奎奇立（Simon Critchley）便指出，「從他者通往第三者的途徑並非按時間先後次序……與臉龐的關係總是早已指向與人類全體的關係」（226）。[11] 因此，與他者的關係總是早已爲一種雙重關係：他者一方面以貧乏、窮困、陌生人的面容，向我索求倫理責任；另一方面他者也是與我擁有相等地位的第三者。我與他者的關係既對等也不對等，既有同時性也有歷時性，既泛政治化又饒富倫理意涵。奎奇立稱此種雙重關係是一個「共同體」———一致與不一致並存，亦即列氏所謂的「四海皆兄弟」（human fraternity）情操。

　　第二條軸線則關乎「已說」與「言說」政治制約。列氏從「已說」的本體論範疇（作爲一種存有的語言）開始進行討論。在此我們可以看到，「已說」的整體性不斷被「言說」的倫理結構破壞，而此種無盡的干擾與破壞即是列氏的倫理政治。「言說」所留下的痕跡不斷地纏繞、詰問「已說」與自戀情結。然而，被干擾的不僅僅是「已說」而已。以「已說」的平等與對等語言形式出現的第三者，在矛盾弔詭的絕對責任中注入一股制衡機制。列氏的倫理政治因而可視爲一種回應絕對他者（獨一且無庸置疑的他者）要求的藝術，一種源於特定時空背景（例如後現代的去中心）下的要求；一種兼顧當下與此時此處（now and here）、以及倫理技巧的政治決策；一種差異性的重複以破壞「已說」自戀性霸權的要求———一種關乎政治性幽靈纏繞的倫理要求。猶如條文法律永遠不可被化約爲正義，冊載歷史永遠不可

---

[11] Simon Critchley, *Infinity Demanding. Ethics of Commitment, Politics of Resistance.* New York: Verso, 2007. p.226.

被化約爲史實，形而上哲學永遠不可被化約爲眞理，宗教永遠不可被化約爲信仰，政治永遠不可被化約爲無盡的倫理，然而，政治卻是倫理在特定時空下再現的藝術。倫理政治「永遠站在肯定生命這一邊的『政治山崖』，呼應對面虛無縹緲處，一座遙遠的『倫理山崖』上不斷傳來的吶喊，一道道『他者』對正義的呼救與吶喊。因此，德希達所強調解構的肯定、投入與承諾成爲一種世間政治與倫理不斷交相對話與呼應的保證——在列氏『無盡』（infinity）的山谷之間」。[12]「言說」成爲對「他者」的言說。此種以交談者的身份與他者所建立的關係，此種與存有者的關係——先於一切存有論。這是存有最原初的關係（TI 48）。

　　第三條軸線是政治的內在系譜結構。儘管政治一詞並無嚴格的定義，但約略而言，政治指的是在資源相對稀少的情況下，在相衝突的派系之間進行斡旋調配的過程。在資源分配的決策過程中，誰也無法預知最終的決定會獲致何種結果，只能藉由理論來推測。爲了使意義集結於「現在」，我們必須把「過去」與「未來」一併納入考量。因此，相關的「時間」分析一直是政治論述系譜中不可或缺的。無論是以線性、螺旋式、環形、或單純凝結的方法來分析時間，在政治學中，時間一直是對立於流瀉的整體性，並且以不同的方式指向一個理想的大同世界。因此，傳統政治學是環繞在一個雙重特質同時共存的絕對空間內進行運作。這類空間提供了平等交換（易）一個可能的平台。在此空間內的時間要素（無論何種形式）挾帶著想統合、置併一切的慾望，因此，無可避免地必將異質多元的他者歸化至現存性的「同一」項

---

12 賴俊雄，《晚期解構主義》。台北市：揚智，2005。頁7。

下。列氏表示，所有對「時間」的詮釋與解讀，充其量都只是一種再現。在政治系譜中真正的時間「結構」在與多樣「時間」的相遇中，其實潛藏著極端的不對等性。我的時間必然異於他人的時間，因此，他者的他異性必定先經過壓縮與抹消，方得與我的時間相結合。時間的「源頭」即隱匿在這尚未的交會場合。列維納斯稱這些不同時間的距離為「歷時性」，或單純的「時間本身」。擁有時間並不代表擁有一個可共享的空間，因為時間所延伸指向的，是自我無法（也不能）擄獲他者的一種不完整性。擁有時間也標誌著擁有不同的差異化經驗，自我單憑一己之力是無法獲取這些經驗（儘管如魅的記憶在生命中蠻橫地挖犁著一條條界線）。

　　倘若缺少了這些經驗序列，則自我將被無邊無垠的「現在」給淹沒覆蓋，就像福克納（William Faulkner）小說《聲音與憤怒》（*The Sound and The Fury*）中的傻瓜班吉（Benjy）一般，被自己意識流的聲音淹沒。因此，帶有分野色彩的事件便成了必需品。然而，這類型的事件只來自於他者，在與其交會剎那，自我不曾知曉的真實過往與未來幻景皆一一浮現在他者的面容上。事件即是時間，也標誌著一種責任。假若時間誕生於與絕對異質他者相遇並做出回應之際，那麼，為了保存時間，自我就必須強化與他者相遇時的回應能力，亦即自我的責任。要使雙重特質同時共存的政治成為可能，唯有在自我與他者間置入一位第三者，一個客觀的、以歷時性為前提的標準與協定。於是乎，政治的可能性，全然取決於絕對空間與時間併置的不可能性，以及「責任」這一要件的加入。換句話說，唯有透過「責任」與「時間併置」這兩者不斷的批判與詰問，政治才有存在的可能。這即是列

氏對政治的洞見與新意。

　　事實上，現實政治的治理行為是一種資源決策、分配、實行的過程。德希達在〈法律的力量：權力之神祕基礎〉（"Force of Law: The Mystical Foundations of Authority"）[13]一文中指出，一種真正的決策（而不單只是法規的應用），在孕育之初，便會發現已處於一種「前所未有」的、被拋棄的狀態中，對於決策所帶來結果也一無所知。在此，我們又可以見到政治系譜中歷時性的影子；「過去」與「未來」的連續性被打亂，時間開始產生裂痕。然而，要縫補這些裂痕，不僅要膽大心細，更要帶點暴力的創意式解構。新的並非由舊中誕生，新與舊的關係並非呈現一種有機式的延續，真正的「新」比較像是一種瞬間、暴力的乍現，突如其來的湧現。因此，一個負責任的決策所需的，是對暴力管理有足夠的認識與掌控。職是，政治可常被視為一門偽善的藝術——本質上是在操弄暴力，但卻得先包裝上一層層美麗的外衣。因此，此處所欲說明的就是這股暴力的必要性。倘若沒有了這股力量，便不可能突破、鬆動存有的封閉整體性。但在正反的思辨論證中，筆者並不強調非要導出最終的「合」，這是很列維納斯式的政治觀，因為這代表了一種永遠的向外開啟，永遠被來自他者的「新」的暴力所介入與質疑。

　　藉由在政治系譜結構內爬梳責任、決策、暴力與制度間的辯證關係，我們可以說到達了一個無需推衍出「合」的結論。「現在」在此已然脫離了「過去」與「未來」的線性邏輯排列中，而

---

[13] Jacques Derrida, "Force of Law: The 'Mystical Foundation of Authority.'" *Deconstruction and the Possibility of Justice*. Ed. Drucilla Cornell et al. London: Routledge, 1992. pp.3-67.

是化身為一種尚未來臨的彌賽亞時間，屈臣於解構／創意拔河間
的一種超驗時間。倘若要避免行動落入簡易懶散的實證主義範疇
中，則我們必須將行動根植在一種「（無）耐心的救世主」式回
應之中：在救世主式他者時間結構中，我們一方面必須耐心的等
待明日救世主的來臨，另一方面卻又要急迫的改善今日的問題以
迎接救世主的來臨。前者是倫理時間向度而後者則是政治的向
度。總之，假若我們要跳脫出西方世界思維來思索政治的未來，
那麼列氏的政治觀便成了一種「必須」。列氏除了呼籲我們要悅
納異己、尊重他者之外，也強調積極主動參與的重要性。然而，
促成這種主動參與的行為並非來自康德式的責任感，也不是出於
一種歷史的迫切必然性，而是更深邃的力量──嚴厲的自我批判
態度。這種態度將人性中良善美好的特質：群居交際、道德良
心、友誼、愛、悅納異己、創造力等等，毫無保留的都帶進政治
運作的範疇中。

三、「再見」列維納斯、「再現」倫理：

　　當代這一股方興未艾的回歸列維納斯思潮中，反映了一種
「再見」列維納斯及「再現」倫理哲學的深刻需求與渴望。回歸
列維納斯，我們須積極繼承與發揚他的思想，並努力回應二十一
世紀情境中「他者」的各種呼喚與要求。因此，在「再見」列
維納斯的多樣論述臉龐（discursive face）中，「再現」以倫理為
要的他者多樣他異性可說是本書的宗旨。除本文作為此專書主題
論文之外，此書共分為四部分：一、早期列氏現象學論述的探
討（第一至三章）。二、倫理哲學中的暴力、文本、政治與主體

（第四至七章）。三、動物與女性的議題（第八至十章）。四、
英國與美國列氏思想代表學者的專題訪問（第十一至十二章）。

　　第一章爲南京大學哲學系王恆教授的大作。由於王教授長期
對歐陸哲學與現象學的興趣與鑽研，使得他成爲大陸目前研究列
氏思想起步較早、成果也較豐碩的學者。《時間性：自身與他
者——從胡塞爾、海德格爾到列維納斯》一書即是他這方面研究
的成果。在〈列維納斯前期存在論境域中的「感性－時間」現象
學疏論〉一文中，王教授對於列氏的現象學提出獨特的觀點：
他指出「《從實存到實存者》一書中對『此處』和『此刻』的
『身體性』主體的發生學展示，《時間與他者》與《整體與無
限》中關於生育性和情欲關係的精彩描述，以及從1961年開始的
『不可回憶的過去來結構在場』的完全異質性的現象學表述，是
稱列氏爲現象學家的三個最重要的依據」。這其中的關鍵即是感
性（sensibility）、意謂、以及前意向性的意識等概念，而這些
概念的系譜基礎，正是列氏的時間觀。爲了與胡塞爾與海德格分
離，列氏於是從探討「瞬間」切入，在其中開展出另一片新穎的
風景。王恆教授指出，「瞬間」是實現存在論「差異」的前提假
設，而瞬間則起源於感性的自身感知力與自身滿足。列氏前期作
品即試著發展此種「感性」的現象學。

　　生命的存在本身到底是令人渴慕的恩典或是如受苦約伯的咒
詛？對海德格而言，它是一項豐盛的禮物，讓「此在」得以於
其上開展出無限可能。但對列氏而言卻恰恰相反。第二章高雄
醫學大學王心運教授的〈列維納斯論純粹的存在經驗：il y a〉一
文即在探討列氏對存在的看法。列氏認爲，存在事實上是一種
「惡」，它的無邊無際，它的無以名狀，宛如壓在希臘神話中

亞特拉斯（Atlas）肩上無可卸下的重擔，存在的重擔也是如此牢牢地沉附於存在者中，將存在者壓浸於無底的深淵中。此種存在之惡沒有出口、無法逃離、讓人窒息。對面這惘惘、無名的恐懼，列氏稱之為 *il y a*──既非存在，亦非虛無，它僅僅是在「那」，「有」什麼壓迫著我。王教授在其文章中透過現象學的角度，針對列氏早期三本著作〈論逃離〉、《從存在到存在者》與《時間與他者》細膩地爬梳這個列氏於早期發展的概念。根據列氏的說法，*il y a* 的內在本性，宛如黑夜中窸窣的騷動、吾人失眠的經驗、並具有無存在之存在的奇特性、匿名、非人稱性格等。而逃離此存在之惡的唯一途徑，只有向他人開放自身，離開我閉鎖的世界，這也是在倫理學下唯一真正的出路。

　　有生命無可避免的被拋性，就會有死亡無所遁逃的必然性？兩者皆為古今中外亙古不滅的疑問。列氏對傳統哲學的批判與反思，不僅反映在其對主體或存在的思考脈絡中，也呈現在他對死亡的沉思之中──無論其是否以站在海德格的對立面為出發點。第三章台南藝術大學龔卓軍教授的〈現象學論死亡：以列維納斯為線索〉即以現象學對死亡現象的討論為主題，將焦點集中在列氏對死亡的現象學反省。龔教授於該文中詳述列氏對海德格「向死存有」（Being-towards-death）的批判，間接開啓了列氏對死亡的看法。事實上，多數的哲學家皆視死亡為可理解、是建構存在意義之處──包括黑格爾、尼采、海德格。彷彿只要我們願意，便可抵達死亡的彼岸，「我看，我征服」。因此，列氏對死亡的提問，可說是試圖打破西方哲學整體化的傾向。列氏認為，死亡本質上是不可捉摸、具有不可認識性、是神祕而陌生的他者。更甚之，死亡並不帶來虛無，而是在存有之外的某物；它所

造成的是時間的中斷而非邁向整體化。然而，列氏提醒我們，儘管死亡不可知、不可理解，但透過他者的臉龐、他者的死亡，我們需要提出更具體的倫理回應並明白責任的必要性與無盡性。

　　生命宛若一首詩。詩中的山水僅能在其他詩的窗景中再現。或許，哲學僅是對窗景間迷宮般曲折幽暗通道的摸索。第四章中原大學鄧元尉教授的〈列維納斯語言哲學中的文本觀〉提供了一條頗具原創性的捷徑，並以熟稔輕鬆的步伐，帶引讀者深入列氏龐複的哲學森林。他以列氏甚少提及的「文本」概念，另闢詮釋蹊徑，直指一片嶄新的視野。具體言之，此文以列氏的思想為經，以文本概念為緯，鋪陳出「文本」的三層可能性；第一是從理解文本的角度出發。在讀者閱讀的同時，若其立足點在於理解文本，將文本框鎖在「已說」的場域中，那麼這樣理解的行為就如同列氏所抨擊的暴力行為，因為在試圖理解文本的同時，讀者就在進行一種將他者（文本）納入我的掌控與占有之中；文本中所含有的他異性在理解的暴力壓制下消聲匿跡，文本原初的言說者在此噤聲。因此，為了避免此種理解的暴力，讀者的角色應轉化為一詮釋者、見證者，這是第二層的可能性。詮釋又可分為：對文本的詮釋（閱讀）與某人的詮釋（宣道）。在宣道的過程中，文本得以被還原為經驗中的他者，不但能夠抵抗理解的整體、單一化的暴力，又能超越整體性的自我封閉性，朝向外部而去。也就是說，由詮釋所產生的言說，向外投射到文本所建立的多元社群中，亦即文本的第三層可能性——宣道的政治學。文本宛如一群百姓，閱讀文本就彷彿在接待他們；詮釋的同時就是在替這些人民百姓開拓生存空間，替其尋找安身立命之處。文本詮釋因而成為一個抵抗暴力、庇蔭人民的政治行動，在詮釋的動態

過程中，文本與人民也皆獲得新的生命與可能。

列氏的生命經驗——二次大戰烽火下尚存的猶太人——可謂影響了其對倫理學的關懷，他曾以肉身之軀與戰爭炮火的暴力面對面，但列氏所欲提醒我們反思的，除了龐然且具象的暴力外，更有一種暴力隱身於日常生活之中，悄然地滲透並侵蝕著我們而不自知——亦即語言的暴力，邏各斯的暴力，形上學的暴力，將一切無法化約、本質為空的概念硬生生地分門別類，轉化成「我」所能理解與掌控之物。在東方亦有哲學家對此種隱而未現、更深層化的暴力提出質疑與反省。政治大學林鎮國教授為台灣哲學學會的現任理事長，他在第五章〈空性與暴力：龍樹、德希達與列維納斯不期而遇的交談〉中，透過佛教的中觀哲學家龍樹對空性、虛無主義、自性、戲論等佛教哲學概念的見解，與德希達的暴力系譜學——書寫／命名的原始暴力、司法的暴力與戰爭亂行的暴力——並列氏的臉龐與他者的概念，做一中西方哲思的對話，顯示出關於暴力的議題在雙方的哲學傳統中，是如何近似地被看待。這三位哲學家同樣都對形上學論述中的同化、排他的暴力性抱持懷疑的態度，因而皆試圖為此種暴力找尋一逃逸路線，使那無限且不可化約之他者從同一與整體的宰制中解脫。

第六章復旦大學孫向晨教授的〈列維納斯與近代主體概念的批判——從霍布斯到康德〉精彩地以列氏批判當代主體概念為經，與霍布斯與康德的主體觀為緯，進行三個哲學家間的主體觀世界之比較與分析。霍布斯的主體觀從個體的慾望和激情出發，認為每個人在自然權利上是平等的，並且每個人都是趨利避害，關注追求個人的利益和權力。簡言之，霍布斯的現代個人主義是以人性為基礎來加以建構；然而視他者具有至高優先性的列氏倫

理學，其主體自然是以超越人性爲基礎，強調道德（作爲一種存在之外的意義）的實踐，顚覆了霍布斯個人主義的自利色彩。另一方面，儘管康德式主體也強調道德律令，但實爲一「自律」之道德——一切依舊由「我」作爲思考出發點，而非列氏的「他律」道德——全然倒空自身，以他者之需爲我之需。儘管兩種主體有著「質」的差異，但卻都內含著「責任」的概念。康德認爲，人類有責任按絕對律令行事，此乃身爲人、成爲人之義務；同樣地，列氏也強調主體之責（responsibility）——但是是通過回應（respond）他者來盡一己之責。但面對當代社會的政治與倫理情境，列氏相信其所提出的他律式主體或許才是現代社會所需的眞正主體——一種「爲他者」的主體乃爲「第一主體」。

　　無論是柏拉圖的「光」，笛卡兒的「我思」，或是康德的「無上命令」，傳統哲學皆沐浴於理性的燦爛光輝中，對於主體的思考也多以「我」爲中心向世界四散而去——即使是胡塞爾現象學中的超驗意向終究仍會返回「我」。然而，在當代多元流變的世代中，中心、疆界、霸權、因循守舊在小敘述的千捶百撞中已然崩摧，「我」已無法自閉於傳統的自戀主體世界中，而是必須在逐漸碎裂的整體中，學習向裂縫中閃現的他者——死亡、正義、語言、善、感受、友情、大愛、責任感、同情心、悅納異己、趨近上帝等——對其他異性作無條件開放與回應，跳脫傳統主體論而開展另一種存有——別於存有。此乃列氏的倫理主體所一再強調的特性。列氏以他者作爲外於「我」的無盡深邃慾望之源，意圖翻轉傳統理性主體的局限式慾望經濟霸權。然而，列氏的倫理主體是由多層繁複的肌理所交織而成，包括主體、語言、時間與臉龐。職是之故，第七章筆者的〈別於存有：倫理主

體與他異性〉企圖從「外部」分別探究「別於存有」時，倫理主體須面對與連接的四種樣態：「我思」主體的他異性、語言的他異性、時間的他異性、臉龐的他異性。在充滿異質的年代中，「我」作為一倫理主體，須不斷學習回應「當下」的道德焦慮與恐懼，方能悅納異己，與他人和諧共處。

第八章師範大學梁孫傑教授的〈要不要臉？：列維納斯倫理內的動物性〉可說是一篇驚豔之作。他以一種考古學的考證精神，一種哲學思辨的執著態度，追問一個核心的問題：動物在列氏倫理哲學中是否具有「臉龐」？充分展現一篇嚴謹學術研究的「厚度」書寫（不信的話，請參閱其「引用書目」）。邇近「動物學」興起，拉岡、德希達、巴迪烏、辛格（Peter Singer）、德希達、阿岡本等均對「動物性」（animality）及其跟人的關係提出評論，算是當下方興未艾「後人類研究」（post-human studies）的一環。繼2006年《中外文學》論悅納異己專輯發表的〈狗臉的歲／水月：列維納斯與動物〉之後，梁教授提筆再探列氏思想中的動物觀，在龐大複雜的知識網絡中，耐心地爬疏整理盤繞糾葛的網線，以動物的概念為針，以臉龐的概念為引線，嫁接正反兩面的評論，旁徵博引，甚至回到猶太經典《塔木德》（*Talmud*），一針一線，一章一節（結），編織出一張專業的漁網，緊密書寫的線搭配紮實論證的結，讓在思想海洋底層中，動物與臉龐繁殖出的大小魚兒盡收網底。對此議題有興趣的讀者，可進一步參閱本書中的〈為列維納斯答辯：理察・柯恩訪談〉。訪談中，柯恩教授亦對列氏倫理中的動物爭論，提出頗為中肯的解釋與看法。

在列氏的著作中，女人似乎往往被指涉為絕對他者、或女人

注定沒有屬於自己的超驗性，因而沒有臉龐的說法，招致不少女性主義者——例如西蒙・波娃或伊希嘉黑——對之大張撻伐。而第九章北京中國人民大學馬琳教授的〈列維納斯關於女性的哲學思考〉一文，則試圖爲列氏哲學中對女性的思考作一辯護。馬教授以爲，無論是波娃或伊希嘉黑，其對列氏的責難皆有其盲點，因此她藉由探討《時間與他者》中所討論的女性爲他者的思想，替列氏平反，並相信應當從列氏的哲學體系內部出發來掌握列氏把女性描繪爲他者的確切含義，而非草率或過於急迫地把列氏的思想歸結爲男性中心主義。事實上，在列氏的哲學論述中，女性不是其他差異性中的一種，而是差異性質素本身。易言之，她無需依賴任何差異（例如男性）來定義自身，其純粹性與他異性並非透過類比或比較的座標軸而決定。此外，列氏曾援引聖經舊約中諸多的女性角色，藉此凸顯女性於社會中的重要性。然而，列氏之意圖固然善矣，他最終未能發展，女性在現代生活世界中除了家庭與愛情之外，其他多元的社會角色。

　　第十章〈時間、多產與父職：列維納斯與女性她者〉乃暨南國際大學林松燕教授在2002年《中外文學》發表〈身體與流體經濟－依蕊格萊的女性形構學〉後，對女性議題另一次精彩的探索，也算是對伊希嘉黑研究的延伸。簡言之，本文試圖處理列氏思想中關於父職與女性的爭議，並提出個人的分析與評論。作者從時間、「富饒」（fecundity）與父職來剖析與討論列氏思想中的女性她者，此三種角度是不錯的連接與切入，來開展列氏未能進一步探究的「性別倫理」。全文共分兩大部分：第一部分「父子關係：無限的不連續」中，林教授從性別的觀點，來檢視列氏「富饒」概念的局限。「富饒」原本是列氏用以批判海德格的

「此有」（Dasein）「向死存有」特性中，把死亡看作存有的終點視野，封閉了存有潛藏異質連續性的倫理面向討論。但此「父子關係」在時間向度上不斷強化一種男性的「互惠循環」，因而被質疑排除了母親與女兒的面向與特性。第二部分「父職之外：愛慾的富饒、母親、女性她者」則延續伊希嘉黑對列氏的性別批評，結合第一部分「富饒」的概念，檢視列氏「愛慾現象學」的問題，以及對女性及母職的混淆。事實上，女性議題為目前國際間列氏研究社群仍在爭論與形塑的議題，一方面有學者贊同伊希嘉黑的觀點，指責列氏的倫理是父權的產物；另一方面，也有學者認為伊希嘉黑誤讀列氏的「女性」，將形而上的女性與形而下的女人混為一談。兩種「異」見，值得進一步探討。

　　第十一章是篇訪談，訪談對象是曾與列氏有「面對面」接觸經驗的美國學者柯恩教授（Richard Cohen）。[14]〈為列維納斯答辯：理察·柯恩訪談〉主要分為兩大部分：第一部份著重在列氏的生平，列氏與胡塞爾現象學、文學、以及中國傳統思想的關係，也論及柏格森（Henri Bergson）與康德的哲學思想對列氏的影響。身為列氏主要英譯者——林吉斯教授（Alphonso Lingis）的學生，以及曾跟隨列氏研習哲學的柯恩教授，對每一個訪談問題細心、縝密、紮實的回答，從其訪談文章之「厚度」便可見一斑。在訪談第一部份，柯恩教授一一細數著他如何毅然決然地休

---

[14] 柯恩教授目前為美國「列維納斯中心」（The Levinas Center）的中心主任，是筆者認識多年的好友。在他熱情的邀約下，這幾年暑假筆者以國科會列維納斯研究計畫經費，赴「列維納斯中心」與他從事短期研究，並為《中外文學》第36卷第4期的列維納斯專輯作訪問。去年筆者也邀請他來台灣參訪與演講，獲得各校師生們的熱情歡迎。

學，飛去法國，就爲了見列氏的「面」以及上他的課；他也提及一則他自己在課堂上的軼聞趣事，凸顯出儘管身爲哲學泰斗的列氏，卻依舊有著彬彬有禮、待人敦厚、和藹可親的一面。也讓只能見到文字版列維納斯的我們，增添了幾許眞實的溫暖氣息。熟諳猶太教的柯恩教授，也深刻地對不同支派的猶太教義進行概略分析。柯恩教授也認爲，事實上從本質而言，列氏的哲學或告解作品並無二異。訪談第二部份則側重在列氏評論家的回應。這些評論家包括了德希達、李歐塔、里柯（Paul Ricoeur）、伊希嘉黑、紀傑克、伍爾夫（Cary Wolfe）與巴迪烏，而柯恩教授分別針對這些對列氏的評論——關於絕對和平、「同者」、倫理、性別、動物、與回應他者等概念，提出中肯的論證來回應。訪談最後，柯恩教授則介紹他最近的三本新書，每一本皆是列氏思想的比較或延伸。

　　第十二章是第二篇訪談：〈再思列維納斯：賽蒙・奎奇立訪談〉。受訪者奎奇立教授[15]與筆者在英國就讀博士班時即認識，時光飛逝，大前年在杭州的列維納斯國際會議上重逢，難免敘舊一番，因此把握此機會邀約訪問，他也欣然應諾。奎奇立教授在杭州的國際會議結束時表示，如何在華人社群中推展列氏的思想，是未來可以努力的大方向。甚至應該將列氏的思想置放在現代化中國的脈絡下檢視，以期在這樣的異質空間中，激盪出更多不同的火花，拓展列氏哲學的版圖經絡。奎奇立教授除了概述近幾年來列氏思想在英國的演變，也指出了一般讀者在閱讀列氏作品時最常出現的三個盲點。奎奇立教授強調，儘管列氏爲一位猶太人兼思想家，儘管猶太教是他思想的源頭，但我們絕不能將列氏的哲學思想與猶太教思想混爲一談。此外，在論及列氏的倫理

主體觀時，奎奇立教授更進一步主張以心理分析中的「昇華」
（sublimation）做為一個美學概念，來彌補因為向他異性開放而
導致倫理分離，進而被迫分裂的創傷主體。然而這卻是一個「喜
劇」的主體，因為喜劇在主題的處理上也是採分裂手法。

　　對於跨越列氏思想的界線，特別是列氏對主體的概念，他
所尋求的方法是自己發展出一套哲學思維角度。他的新書*Infinity
Demanding: Ethics of Commitment, Politics of Resistance*（2007）
中的架構便是他這一套哲學的觀點。在此新書中他認為，哲學始
於「失望」。書中主要分析宗教式與政治式的兩種失望形式：
宗教式的失望會引發對意義的疑問（如果沒有一個形而上的神
存在，扮演生命意義的保證，那麼，生命的意義為何？），並進
而導出了虛無主義問題；政治式的失望會引發正義的問題（在一
個暴力且不公不義的世界中，正義如何有實現的可能？）並引發

---

15 奎奇立教授已是英國哲學界公認中生代哲學家的主要代表之一。筆者認識
奎奇立大概是十一年前，他到我們「批判理論」（Critical Theory）研究所
（英國諾丁漢大學）演講時認識，當時筆者還在讀博士，沒多久他到Kent
大學主辦的學術研討會中，發表一篇有關列維納斯與拉岡的論文，我們四
個博士班學生還開了四個多小時的車，專程趕去共襄盛舉，他看到我們遠
地前來，在會後邀請我們到大學的pub內喝啤酒談英國哲學近況。倘若柯恩
教授是美國研究列維納斯思想的學者代表，那麼奎奇立教授可說是英國的
學者代表。他出版*The Ethics of Deconstruction: Derrida and Levinas*（1990）
與*Ethics- Politics-Subjectivity: Essays on Derrida, Levinas, and Contemporary
French Thought*（1999）奠定了他在研究德希達與列維納斯的學術領域中
的地位，而與Rober Bernasconi合編著*Re-Reading Levinas*（1999）以及*The
Cambridge Companion to Levinas*（2002）的兩書則更鞏固他在英國列維納
斯學術社群的領導聲望。

我們對倫理的需求。此外，奎奇立教授在書中處理的議題，主要
是想指出，為了解決「動機的不足性」（motivational deficit），
我們需要義務的倫理與政治抵抗的刺激和敦促。他從列氏身上，
試著闡明我與他者臉龐之間，無限要求的不對等關係，這也定義
了倫理主體──我自身與自身永遠無法滿足的過多要求（無限負
責的要求）此兩者間的分裂。因此，他呼籲任何的倫理主體都應
建立在無盡責任的過高要求中，學習在永不可及的要求中形塑自
身。他對倫理與主體關係獨特的精闢分析，提供我們一個進一步
檢視列氏倫理主體問題的平台。

四、結論

> 無盡總是保持第三者之姿。[17]

　　「言說」的「結論」在列氏倫理語言國度中，彷彿是一顆
夏娃在伊甸園內伸手摘下鮮紅、甜美又多汁的蘋果，是一曲從
海上蛇髮女妖賽蓮（Sirens）雙唇飛逸而出醉人心扉之歌，是一
陣「已說」語言勝利前的理性歡呼。亦即，細心的讀者或許會
察覺到本篇緒論的「力有未逮」處，一種試圖再現超驗性「無
盡」的窘境：觀念性（ideatum）滿溢出觀念（idea）。背叛「已
說」的目的是要揭露倫理「言說」，但「言說」永遠不足，並且
行文至此結論處已轉化成「已說」。基本上，列氏的思想是一種

---

[17] Emmanuel Levinas, *Difficult Freedom: Essays on Judaism.* Trans. Sean Hand. Baltimore: Johns Hopkins UP, 1990. p.295.

從傳統「本體」哲學回歸到一種超驗的倫理學。然而，迥異於傳統的倫理學，列氏的「彌賽亞末世論」（messianic eschatology）並非僅是單純有別於自我中心主義。事實上，它在問題中給很有技巧性的迴避掉了，其言外之義實際上是「產生如同自我中心主義般」。有趣的是，自我中心主義是趨近他者的唯一可能性，一種無限的分離。面對他異性時，自我就無法再寓居於「同一」的範疇內，與蒸氣般無形匿名的姿態推開主體的封口；越出自身的封閉空間。此時，形而上的倫理慾望就從這種「盈溢」狀態中升起，與語言作為連接，不斷朝向他者而去。此種無法化約的語言倫理關係，是一種「沒有關係的關係」，因為他者無法簡化成「我」理解範圍內的樣貌。這是一種極端不對稱的關係，在第三者的凝視下，「他者」負隅頑抗一切試圖整體化的行為。簡言之，列氏思想的倫理政治即是對主體封閉性自戀的一種超驗性的無盡干擾與抵抗。

　　雖然在此「回歸倫理」的思潮中列氏的倫理哲學已被視為當代超驗性倫理的經典，但各學術界領域中對其「他者」深奧論述，似乎呈現過於友善的詮釋或經常性的誤讀，使得其思想深層中的瑰寶，仍待深掘及闡揚。在此種要求正義與回歸倫理的論述氛圍下，這幾年興起一股回歸列維納斯的熱潮，國際人文社會科學領域紛紛舉辦專題演講、讀書會、工作坊與研討會，並出版專書與期刊專輯來探討列氏的他者論理哲學。方興未艾的「列維納斯熱」（Levinas fever）預期將在未來的國際學術社群中（課程、研討會、期刊專輯、專書）持續延燒。因此，此論文集可說是對已逝西方哲人思想提出一種「繼承」的企圖——一種經由主動閱讀、理解、思考、詮釋、研究、質疑及評論的論述精神繼

承。同時，也是一種嘗試以「在地」積極「介入」的企圖——一種藉由參與、交流、回應、播散、對話、書寫、延伸論點與訪問國外專家學者的積極姿態，介入國際學術場域中「當下」的交換經濟。生命與政治有限，責任與倫理無盡。此專書是對國際社群「回歸倫理」思潮的一種積極「介入」、「繼承」與「擴展」。讓我們以創意、以通透、以對話、以詮釋的各種方式，注入二十一世紀脈動的鮮血，「活化」列維納斯的倫理思想，積極「再見」列維納斯、「再現」倫理。

　　本文結束前，作為此書的主編，必須表達此刻不斷滿溢出「自我」意識的許許多多感恩之情。首先，感謝本書所有專文與訪談的作者，因為你們認真精湛地「回應」與「繼承」列維納斯的他者哲學，使得本專書得以精彩與豐富之姿出版。其次，謝謝國科會給予筆者這三年列維納斯的研究計畫經費與支援。同時，也謝謝台灣大學《中外文學》總編輯蔡秀枝教授的熱情邀約與鼓勵，讓本書的部分文章在前年底的「列維納斯專輯」中發表。再者，要特別提出的是成功大學文學院陳昌明院長及外文系邱源貴主任，對筆者主持的「列維納斯讀書會計畫」（以博碩士生為主）在經費與精神上的一路支持。還有，要感謝麥田出版社官子程先生以及超級研究助理玉雯與席琳，沒有你們的用心與努力，本書不可能如此快速地「正式」問世。最後，一定要謝謝的仍然是那一股生命背後永遠默默的「未言說」力量：家人。謝謝！

第一章

列維納斯前期存在論境域中的「感性－時間」現象學疏論

王恆

一、列維納斯的現象學

　　法國現象學家梅洛－龐蒂（Maurice Merleau-Ponty）在《知覺現象學》（*Phenomenology of Perception*）中曾經這樣寫道：「現象學是關於本質的研究……但現象學也是一種將本質重新放回存在……的哲學。……在它看來，在進行反省之前世界作爲一種不可剝奪的呈埌始終『已經存在』，所有的反省努力都在於重新找回這種與世界的自然的聯繫，以便最後給予世界一個哲學地位」。[1]正是從這個意義出發來理解現象學，梅洛－龐蒂認爲：「整部《存在與時間》（*Being and time*）沒有越出胡塞爾（Edmund Husserl）的範圍，歸根結底，僅僅是對『自然的世界概念』和『生活世界』的一種解釋，這些概念是胡塞爾在晚年給予現象學的第一主題」（1-2）；或者反過來說，「現象學還原是一種存在主義哲學的還原」（10），「本質不是目的，本質只是一種手段」（10），應該把本質「帶回體驗的所有活生生的關係」（11）中去，「因此，探討意識的本質，不是展開詞義意識……而是重新找回我對我的這種實際呈現，……探討世界的本質，不是探討世界在觀念中之所是……而是探討在主題化之前世界實際上爲我們之所是」（12）。所以，在梅洛－龐蒂看來，「本質」還原既不是還原到「我們畢竟只是擁有我們自己的狀態」的那種「感覺主義」，也不是把世界還原爲「作爲我們的意

---

[1] 梅洛－龐蒂（Merleau-Ponty, Maurice），《知覺現象學》，薑志輝譯。北京：商務印書館，2001年。頁1。

識的單純相關物」——因「世界內在於意識」而「使世界變得確實」——的「先驗唯心主義」，而是「旨在同等地看待反省和意識的非反省生活」（12）。

現象學史專家施皮格伯格（Herbert Spiegelberg）早已發現「這種情況清楚表明法國現象學改變了的觀點」[2]這一事實：「這種對於本質現象學的顛倒（從某種意義上說，它實際上使現象學服從於對實存事實的研究）很顯然是與存在主義者從本質向實存轉移一致的」（Spiegelberg 758）。事實上，法國現象學家的這種改變可以說是相當徹底的，對於他們來說，所謂「意向性的革命性作用」正是在於「意識和異於意識的世界的一同出現」，以及由此所呈現的一個「活生生的」意識－世界。他們認為，現象學家都是在這樣的世界中，不同的只是胡塞爾關注「嚴格科學」的理想，即本質性的認知和意義結構，或是這種結構的奠基性作用；而法國現象學家則更關注這個世界中的人的具體的存在（即實存）。換個角度說，就是要投身於「異於」自我的世界和生活中去。這正是法國現象學的基本精神。法國的現象學，按照里柯（Paul Ricoeur）的說法，就是由列維納斯（Emmanuel Levinas）的《胡塞爾現象學中的直觀理論》（*La Theorie de l'intuition dans la phenomenologle de Husserl*）奠基的，其後果是：「部分地由於列維納斯的持續的影響，法國的胡塞爾研究從來就沒有完全擺脫一種海德格（Martin Heidegger）式的

---

[2] 施皮格伯格（Spiegelberg, Herbert），《現象學運動》，王炳文等譯。北京：商務印書館，1995年。頁794。

理解」。³列維納斯本人則更進一步明確：法國的存在主義大部分都——馬塞爾（Gabriel Marcel）是例外——來自現象學，而且是海德格本人所反對的人類學那方面的海德格的現象學。⁴

　　不過，列維納斯的現象學與胡塞爾和海德格的現象學的關係卻非一句「改變了」就能說清的，其情形的複雜性有些類似於施皮格伯格眼中的梅洛－龐蒂與胡塞爾的關係。⁵不過，列維納斯更是要超越（或確切地說是「克服」）海德格。他是要「掙脫」，可是卻在很長的一個階段——甚至到其富有原創性的《整體與無限》（*Totality and Infinity*）⁶——不得不在其陰影中進行此掙脫。列維納斯從1930年左右開始就以向法國「如其所是地」引進他所尊重的胡塞爾的現象學爲己任，但卻一直是「海德格的」胡塞爾；⁷而當他掙脫海德格的影響時，他所詮釋的卻又已

---

³ Tom Rockmore, *Heidegger and French Philosophy: Humanism, Antihumanism and Being*. London and New York: Routledge, 1995. p.128.

⁴ Ibid. p.55.

⁵ 施皮格伯格寫道：「梅洛－龐蒂所想做的就是超越胡塞爾」，但是他從來不像沙特（Jean-Paul Sartre）那樣明確和直率，比如，實際上他是在駁斥《笛卡兒式的沉思》及其主體性觀點，但是卻用「將大部分是他所知道的胡塞爾生前尚未發表的著作中的某些方面有意識地加以外推，而貶低已發表著作的其他一些方面。儘管如此，在這樣做時，他似乎認爲自己是在執行胡塞爾大師的最後的最好的指示」（施皮格伯格，頁739）。

⁶ Emmanuel Lévinas, *Totalité et Infini: Essai sur l'extériorité*. Martinus Nijhoff, 1971. 英譯爲*Totality and Infinity: An Essay on Exteriority*. Trans. Alphonso Lingis. Pittsburgh: Duquesne UP, 1969, 以下縮寫爲*TI*。

⁷ 列維納斯的基本觀點是：海德格的《存在與時間》極其精彩地、令人信服地演練了現象學，具體說來就是意向性啓動了人的存在本身以及人全部的心靈

經是他自己的現象學了。而他與胡塞爾現象學的關係就簡單得多
了，但是，所引發的變動卻又是眞正革命性的和原創性的。類似
於海德格的進路，列維納斯對胡塞爾現象學的進入也是以《觀念
I》爲背景的；而當他關注於以時間意識爲主線的胡塞爾後期的
發生現象學時，就如同有幸進入盧汶檔案館的梅洛－龐蒂等人一
樣，其個人眞正的哲學變革便被引發了。於是，總是這種悖論性
的情景：只要眞正能得以撥開迷霧重見胡塞爾現象學的陽光，就
總能發現一片屬於自己的世界。列維納斯自己世界的呈現便是這
樣。這一切發生在1960年代中期，而1974年發表的其眞正的代
表作《別於存有或超越本質》（*Otherwise then Being or Beyond
Essence*）只是這個階段的結晶和鋪陳。於是，出離海德格的存
在，出離胡塞爾的意向性，便成就了列維納斯的現象學。佯謬然
而發生著。這就是列維納斯的獨特的「蹤跡現象學」。[8]

狀態，其中最打動人的，比如，就有對現身情態的分析，尤其是對提供了對
虛無最本眞最充分的切入的畏的描述，即便是討論虛無的存在論意義，也
同樣能啓動存在本身；而其後期作品就不怎麼令人信服，而且也還是通過
《存在與時間》發生作用的，其原因就是現象學消失了（Cf. Levinas, *EI* 39-
42）。

8 在專論列維納斯的哲學思想的著作中基本上都有章節介紹或討論其現
  象學，也有許多單獨的文章。竊以爲其中最切要的是Rudolf Bernet的
  "Levinas's Critique of Husserl" (in Critchley, Simon, and Bernasconi, Robert
  (Eds.), *The Cambridge Companion to Levinas*. Cambridge, New York: Cambridge
  UP, 2002)。著名現象學家施特拉塞爾（Stephan Strasser）也曾在施皮格伯
  格著的《現象學運動》設專章述評。以整本書的篇幅專門研究列維納斯的
  現象學的主要是John E. Drabinski的*Sensibility and Singularity: The Problem of
  Phenomenology in Levinas*. Albany: State U of New York P, 2001。

對於列維納斯的現象學，我的一個基本觀點是：《從實存到實存者》（*Existence and Existents*）[9]一書中對「此處」和「此刻」的「身體性」主體的發生學展示，《時間與他者》（*Time and Other*）與《整體與無限》中關於生育性和情欲關係的精彩描述，以及從1961年開始的「以不可回憶的過去來結構在場」的完全異質性的現象學表述，是稱列維納斯爲現象學家的三個最重要的依據；這其中的關節點是感性、意謂（sens）、前（或非）意向性的意識、直至異質性的經驗本身；而貫穿其間的基礎（並逐漸轉變爲根據的）就是列維納斯對時間的獨特界定。對此，在其論述時間在列維納斯哲學思考中的核心作用的《時間、死亡與女性：列維納斯與海德格爾》（*Time, Death and the Feminine: Levinas and Heidegger*）[10]一書中，錢特（Tina Chanter）就曾明確指出：「在其早期著作中，列維納斯所盡力強調的，就是傳統對瞬間及其特有動力機制的忽視……在其後期，列維納斯則更願意強調將來和過去所具有的異質性」（32）。[11]的確，在其早期，列維納斯就是要把在場之當下「瞬間」，在胡塞爾和海德格

---

[9] Emmanuel Lévinas, *De I'existence à l'existant*. Paris: Vrin, 1981，中譯本爲《從存在到存在者》，吳蕙儀譯，王恆校。南京：江蘇教育出版社，2006年，以下縮寫爲 ***EE***。在做中文譯校時，對於existence/existant和être/êtant兩對概念，我們是分別譯爲「實存／實存者」和「存在／存在者」兩個對子的，這不僅符合列維納斯文本的原意，而且符合漢語哲學譯作經年學術積澱而成的慣例，也避免了多詞一譯之忌，但終因具體事由而被一律改爲「存在／存在者」。

[10] Tina Chanter, *Time, Death and the Feminine: Levinas and Heidegger*. Stanford: Stanford UP, 2001.

已經是反傳統的時間性理解之後，再次凸顯出來，從而眞正從時間（時間自身的維度）本身——既非從主體或意識（胡塞爾）也非從存在本身（海德格）——來領會時間，並由此呈現出新的實事本身，展開新的現象學描述。可以說，直到《整體與無限》，列維納斯對海德格的存在論（甚至胡塞爾的先驗現象學，因爲列維納斯前期更多地是站在海德格存在論的立場來理解胡塞爾的）的出離，都是集中體現在對以「瞬間」爲主線的存在者的「自身置放」的論述上。以下，我們就進入列維納斯的茂密甚至蔭郁的文本，追尋其出離之現象學軌跡。

二、存在論境域

　　列維納斯對海德格的反抗早在海德格的納粹時期之後不久的1935年的〈論逃離〉一文中就開始了。但開始時主要不是學理上的緣由，只是在爲此逃離尋求理論根基時，列維納斯才逐漸正式

---

11 事實上，列維納斯研究專家中最爲著名的兩位學者Bernasconi和Cohen早在上個世紀七、八〇年代就關注於列維納斯思想中的時間問題的論述了（Richard Cohen's doctoral thesis *Time in the Philosophy of Emmanuel Levinas*, presented to SUNY at Stony Brook in December 1979; Robert Bernasconi, "Levinas on Time and Instant", in Wood, David, and Bernasconi, Robert (Eds.), *Time and Metaphysics: A Collection of Original Papers*. Warwick: Parousia, 1982, 199-217.）。另外，在*Graduate Faculty Philosophy Journal*, 20.2-21.1即「列維納斯對當代哲學的貢獻」專集中有一組專論列維納斯關於時間與死亡問題的文章，有許多不同角度的論述，其中，Fabio Ciaramelli的論述尤爲到位。

地對現象學的核心問題（尤其是時間性和意向性問題）從內部進行學理性的批評。而且，即便如此，在開始階段進行外在的宗旨性批評時，[12]列維納斯也還是要借助現象學所展開的視域才得以完成，尤其是借助於經海德格對胡塞爾的批評而實現的、從客體化認知哲學向人類此在的生存論的轉移（當然由此卻又開始將海德格所無意的倫理意味呈現出來了）才得以展開的。可以說，直到1951年的〈存在論是基本的嗎？〉一文才有正式的、對海德格進行批判的「列維納斯式的表述」。[13]可有意味的是，

---

[12] Peperzak用「修辭性的」（rhetorical）來描述列維納斯此時的批評，見 Adriaan T Peperzak, *Beyond: The Philosophy of Emmanuel Levinas*. Evanston, IL: Northwestern UP, 1997. p.50。

[13] 在〈存在論是基本的嗎？〉一文中，列維納斯正式的表述是：對於當代哲學所關切的課題——將人從只適用於物的範疇解放出來——來說，只是用「視動態」（胡塞爾）、「時間性」（海德格）、「超越」（雅斯培）、「自由」（沙特）等作爲人的本性「以與物的靜態、惰性、被規定性對立」，還仍然是本質主義。「人文」在於「致意」、「祝佑」、「只出現於一種異於權力的關係」。因爲，普遍性就是權力，視域性的知覺也是權力，能在（Je peux）是權力（pouvoir），理解——甚至讓之存在（Sein-lassen, laisser-etre）的理解——也是權力，命名是一種暴力和否定，理性也「一如獵者之狡詐」而使如是之存在者的抵抗被瓦解，其「弔詭之處在於，我們慣於在爭鬥中找尋心靈及它的實在之顯現」（倪梁康編，《面向實事本身：現象學經典文選》。北京：東方，2000。頁686）。所以，知覺應該「關聯到純粹個體上去，關聯到如是之存在者」，而不是「從這裏投射往地平線（視域）——這是我的自由、我的力量、我的財產的場域——以便在這熟識的背景下抓住個體」（倪梁康，頁685）。同樣，言談（語言）的本質也在於表達與作爲殊別存在者（「作爲存在者的存在者」）的相遇，在於「向對方致意」，在「懇求、禱告」（priere）。

一直到其成熟的《整體與無限》，列維納斯雖然都是在與海德格相對反的意義上展開自己的論述，但還是處在「與存在的關係」這一問題域內，只是與海德格「存在就是一」的巴曼尼德斯（Parmenides）傳統不同，列維納斯認爲「存在是多」，是不能被總體化爲一的；並且，正是這種不能總體化爲一的「存在論的破碎」（scission ontologique）被列維納斯發展爲其前期特有的關於他者的存在論語言，即：他者是存在的另一面，或眞實的存在是他者或就是他者的存在．應該說，列維納斯在這個時期對「出離存在」和「遭遇他者」（兩者雖有時間上的差距，但很快就會同一）的論說都還處在胡塞爾和海德格的內部，不過是以批判的方式進行著。

　　列維納斯對海德格著名的存在論差異的基本觀點是：首先他贊同海德格，認爲所有的哲學都是存在論，存在是哲學最基本的問題。並且因此存在論差異就不僅是海德格哲學的基石，也是他自己哲學的出發點。但是，在列維納斯看來，海德格對這個差異的敍述是有問題的：一方面，存在不可能離開存在者，因爲存在只有通過對存在者的領會才是可以通達的，「巴曼尼德斯首次揭示了存在者的存在，這一揭示把存在同聽取著存在的領會『同一』起來」，[14]其根本意義在於：沒有此在就沒有眞理（aletheia），「唯當此在存在，才『有』眞理」（Heidegger 272），而「唯當眞理在，才『有』存在」（Heidegger 276）。

---

[14] 海德格（Heidegger, Martin），《存在與時間》，陳嘉映、王慶節譯。北京：三聯，1987年。頁256。

但另一方面，不對稱的是，無論如何，存在者都可以在沒有此在的情況下存在，這些「自在的存在者」（Heidegger 272），「不依賴於它藉以展開、揭示和規定的經驗、識認與把捉而存在」（Heidegger 222），只是它的存在必須在此在的前提下才能被「理解」、「成爲可通達的」（Heidegger 272）。簡而言之，存在者可以不需要被揭示的經驗而「存在」，但是存在不行，因此，這裏似乎有一個在海德格的存在與存在者這一對子之外而被預設的所謂「存在」，存在者是在此意義上被討論它們自身的「存在」與否的。於是，正是這個預設的「存在」被列維納斯稱爲il y a，[15]它不能被理解和把握，但必須被預設。[16]

　　可見，列維納斯對海德格存在論的評價實際上已經涉及到了他自己哲學的起點和進路。對於海德格，情緒或現身情態（Befindlichkeit）本身就已經是存在領會的一部分了，它揭示了

---

[15] 法語il y a的意思是「有，存在」，il是無人稱動詞短語的主語，y是方位代詞，a的動詞原型是avoir，「有」。列維納斯用此短語表示純粹存在的無人稱狀態。有意思的是，與il y a相對應的德語的「有」（es gibt）也成爲海德格後期的一個中心詞彙，海德格還曾明確說過es gibt不能用il y a來翻譯。比較這兩個短語的含義以及兩人對它們的態度是一個有意味的話題。

[16] 在這個問題上，海德格的態度和胡塞爾一樣，是作出特設限制：只有被現象學所地證明了的才被討論或眞正存在，即「存在論只有作爲現象學才是可能的」。這與胡塞爾在《觀念I》（§50）從「本質」上看待現實存在是一致的。實際上，列維納斯在《從實存到實存者》中也把這裏超出現象學的邊界的東西叫做「辯證法」，因爲這裏已經有純粹思辨的內容了，或在康德（Immanuel Kant）的意義上說這是一個只能「思維」不能直觀的東西。

此在的事實性（Faktizitaet）或被拋狀態（Geworfenheit）。但是，列維納斯認為，相當於海德格的此在的「位格」（hypostase）[17]還有著一個存在論的史前史，即需要克服疲乏（la fatigue）和懶惰（la paresse）——換個角度說疲乏和懶惰都有存在論的根基——而不斷地進行創造才能自立（或得以實體化或位格化）的進程。此時，還沒有開始對存在的領會，哪怕僅僅是情緒性的存在領會，因為情緒業已開展了（Dasein對自身）存在的領會。這就是說，海德格的此在與世界是一併呈現的（這也是胡塞爾的意識與世界並起之意向性本義），而列維納斯則是追究此前的發生。於是，位格的發生，即逃離il y a，成為其全部獨創性思想的開端。有此背景，我們也就可以理解為什麼在《論逃離》和《從實存到實存者》中，存在會被說成是一個問題，一種負擔。

列維納斯是以對黑夜的經驗開始描述il y a這種沒有存在者的所謂純粹「存在」的。在黑夜中所有的事物都散失了形式，既沒有客體也沒有客體的性質。黑夜猶如一種「純粹的在場」獨獨地湧上來，好像空無一物的不在場本身就是一種在場，而且是一種「絕對無法迴避的在場」（*EE* 94; 63），就像一個「力場」，是

---

17 Hypostase，一般譯作「實體」或「本質」。實際上，它既指普羅提諾（Plotinus）意義上的超越ousia（在「是、存在」意義上的所謂「實體」）的「本體」，也指三位一體（Trinity）中的任一「位格」，因此，為與「是」或「存在」線索上的「實體」相區分，並且表示其對自身的「存在」的負擔和責任之義，本文暫且將其譯作「位格」，雖然這個名詞所表述的還只是列維納斯初期或初步的思想。在中譯本《從存在到存在者》中，我們依據具體的語言環境將其翻譯為「實顯」。

一種「絕對不確定的沉默的威脅」。在其中，你是絕對暴露的，因為根本就無所逃避，只有「畏」。 這種「畏」，不同於海德格對死亡的畏，它帶來的恰恰是主體性的失落。列維納斯認為，海德格的「畏」所針對的實際上並不是虛無，而就是「存在」本身。在存在之畏中所呈現出來的絕非是「虛無」，因為從黑格爾到海德格，作為「存在之否定」的虛無只是附屬於存在的，或已然就是存在「本身」了。[18]因此，要麼是真正的虛無本身從來就沒有被思過，要麼就是虛無的核心恰恰就是「有」（il y a）——列維納斯認為，il y a中的這種「不在場的在場」正是所有辯證法的核心要義。他的結論是：從來就沒有真正的虛無，il y a就在虛無的核心之處；換句話說，作為哲學出發點的存在應該是「實」存，而不是虛無。

實際上，il y a已然是存在本身的遊戲即其動詞狀態了，但列維納斯認為，這只是真正的存在論所要達到的第一步而已。在這裏，只有存在或者存在與自身的所謂「關係」；沒有人，沒有主體，當然就更沒有反思；有的只是一種無以名狀的「失眠」的痛苦——這才是存在之畏，也是存在的暴力和獨裁之根據和顯現。失眠不是無意識，無意識作為一種不再意識到，已經是一種睡眠了，而睡眠則已經是掙脫了il y a的存在者的一種能力，即已經能夠打破或逃脫這種失眠，就是說，睡眠已經發生在「作為置放的意識中」（*EE* 124; 88）了。但是這種作為睡眠的「地方」以及逃脫出來的意識之所在的「此處」（ici）並不是海德格意義上

---

[18] 這也是列維納斯後期《上帝、死亡和時間》一書前半部的主題。

的Da，因爲後者已經暗含了世界，「而作爲我們出發點的此處是置放的此處，它先於一切理解、一切視域及一切時間」（*EE* 121-22; 86）。因此，在列維納斯看來，在眞正的存在論的視域中，存在的自身之爲要先於存在者的在世之爲，也就是說，海德格的作爲在世之在的此在已經是在「世界和光」這個後起的層面上了。源此，作爲此在之本性的時間性「綻出」（Exstase）也就不再是存在的源始樣式。列維納斯的「存在的自身之爲」層面上的所謂「主體」是前世界的、前社會的，只是到第二步才有海德格的「總是已經」的此在的綻出性（ex-）的生存，「針對重音在第一個音節上的實存概念（existence），我們提出與之對立的一個存在者的概念，它的登場本身就是一種退回自身的收縮（un repli en soi）；從某種意義上說，它與當代思想中的綻出理論（extatisme）背道而馳，是一種實體」（*EE* 138; 99）。即便仍說實存（existence），其中的ex- 的意思也應該首先是指從「存在」中站「出來」，在置放中「成爲自己」。自由、獨在、認知和光，都是存在者「置放」（或定位）以後的事情，關鍵是要先有存在者。「有存在者」這個「事實」就是「現在」，而「現在的絕對性就存在於現在的在場中」（*EE* 133; 94），「瞬間」就是「現在」的這個「在場」。

三、瞬間的意味

　　在《從實存到實存者》一書中，存在者與存在之間的這一海德格著名的「存在論的差異」被列維納斯表述爲：存在的東西

與它自身的存在之間的差異，也就是名詞與動詞（即存在的事件，l'événement d'être）的差異。一般認為，動詞是空洞的，只有其分詞形式（即existant[étant]）才能成為可知的，於是，「作為存在的存在」（l'être en tant qu'être）就滑到了「存在一般」（un "étant en general"），成為知識的對象；或者作為上帝，雖然在其本質中當然地包含存在，但卻成為「一個存在者」（un "étant"）了。於是，存在被混同於存在者，不再有「存在－事件」了。列維納斯認為，混淆二者的根源是把作為時間的原子的瞬間（l'instant）排除在「存在事件」之外了。從時間來理解瞬間，而不是說時間由瞬間組成，這已然是許多哲學家的共識，但是這樣就只有時間的辯證法卻沒有了瞬間自身的辯證法及其存在論功能了。然而事實是，要真正在存在論的層面上探討時間，瞬間恰恰是唯一的起點。

　　列維納斯認為，在與其他的瞬間相連——從而構成所謂的「時間之流」[19]——之前，瞬間就已經與存在本身相關聯了。「創世的瞬間所包含的，還有造物的時間的全部奧祕」（*EE* 131; 93）。瞬間的「創世」就在於：作為在場的瞬間，就是對存在一般的征服，它不僅是存在一般與存在者的關係，更是存在的實現和完成，存在事件就在瞬間的核心。列維納斯提出，「開始、本原、起源」等所表示的就是這種事件，或者使這種事件得

---

[19] 由一系列的同質的瞬間的所組成的所謂「時間」，列維納斯稱之為「經濟的時間」，或「世界的時間」，是奠基在經濟行為之上的，都與存在論無關（Cf. *EE* 153-57; 110-13）。

以呈現。換句話說，「開始」就已經是存在的事件了。把存在事件加以瞬間化，使其成為在場——「在場就是有一個存在者這個事實。在場往實存中導入了實體的卓越、主人地位和男子氣概」（*EE* 170; 123），這是一種「絕對的」在場——就是《從實存到實存者》一書的第一主題，其結構就是：從無人稱的一般性存在（il y a）開始，然後分析在場和置放（position）概念，再從後者——經由位格——生發出存在者和主體。

　　列維納斯在這個時期對瞬間的強調已經是對把時間理解為「永恆的連續性」那種觀點的破解了。「開始、本原、起源」在列維納斯這裏意味著「斷裂」（rupture）和「一再地重新開始」。[20]主體由此出現。但是，主體也被銅鎖於此，它沒有能力出離自身，而是永遠不停地回歸自身——「存在」成為一種推卸不掉的「負擔」：「在瞬間中，實存與實存者之間最為絕對的東西，不僅有實存者對實存所實施的主人狀態，也有實存壓在實存者身上的那種重負」（*EE* 132; 94）。當然，此時的列維納斯是要在存在論的境域中——他明確地說，人類精神中最為本質的東西是我們與作為純粹事件的存在的關係——展現瞬間的內

---

20 施特拉塞爾把這一點理解為列維納斯的時間化：「在列維納斯看來，時間化本身意味著：總是重新開始；而必須總是重新開始的東西是人們自己的存在。此在必須總是重又將存在的重擔加到自己身上」（施皮格伯格，頁851-52）。但實際上，這種「總是重新開始」意義上的時間，只是列維納斯這個時期所特有的，還仍然在存在論現象學的內部，雖然已經有另類的演繹。事實上，「總是重新開始」就意味著還沒有打開時間，因為還沒有不歸屬於在場性現在的真正的過去和將來。

部結構，但是其主旨卻是要從根處解構西方「自由主體」的觀念。應該說，海德格的此在（即主體只是作為存在提問和存在領會而在），尤其是其後期的存在之思，已經破解了在「自己為自己立法」意義上的傳統主體觀念；但是，如果說主體就是自身（self和auto兩個意義上的）「同一化」（自己和物件同時建立，與此同時，同一與所謂「差異」一同出現）的過程（事件，及物性），並且「自由的自發性從來就沒有被質疑過，這是西方哲學的支配性傳統」，[21]那麼，列維納斯的工作就是要對這兩個根源——自身的同一化和自由的自發性——實施破解。[22]這裏進行的就是第一步，在「同一」的最小單元即所謂「不可分解的瞬間」中展示其複雜的內部結構：存在論的發生機制、主體的肉體性和物質性本性、不可避免的「延遲」特性以及與他者的關係等。這些思考既是自《從實存到實存者》到《整體與無限》的一個主要線索，也是列維納斯前期現象學的一個主題。

　　如何界定這個瞬間呢？列維納斯說：「構建瞬間之在場的正是瞬間的轉瞬即逝」（*EE* 132; 93），它不需要過去或未來的支撐。換句話說，正是因為擺脫了過去，瞬間才得以呈現；[23]正是從過去中擺脫出來，瞬間才得以「幸福」；[24]正是沒有過去，主

---

[21] Emmanuel Levinas, *Collected Philosophical Papers*. Trans. Alphonso Lingis. Dordrecht: Martinus Nijhoff, 1987. p.57.

[22] 由此回觀，就可以說，海德格正是在為「同一」進行存在論的奠基。

[23] 一般說來，主體的實體性更多地凝聚在過去，前期的列維納斯關注的或其論說的導向是他者，所以他不從過去，而跟從海德格（只是對反地）從將來開出論說的境域。

體才會誕生在瞬間中。而歷史，作為客觀的認識，則是在主體原始的幸福瞬間之後的事情了。進一步地，可以說，瞬間的瞬間性就是感性原點處的純粹感覺、「無聲的感覺」。瞬間意味著「感覺能力的那種根本的不可化歸的自身滿足……去感覺準確地說就是真誠地滿足於被感覺到的東西，就是去享受」（*TI* 147; 138-39）。這是自我滿足的享受，是感性的自足，一種席勒意義上的「素樸」（naïve），[25]一種「動物式的滿足」（*TI* 159; 149）。

---

24 當然，這已經是《整體與無限》中的觀點了，在《從實存到實存者》中這種自身感覺還只是一種疲乏和懶惰。到《整體與無限》，本來被當作疲乏和懶惰而加以逃避（能夠進入睡眠或無意識就已經有能力逃避了）的存在的負擔（另外，其他的瞬間也是恐懼之源）被居家的安穩（即能夠克服元素（the elemental）的匿名的恐懼了）所取代。在此居家中，瞬間的幸福享受（即自身滿足，self-satisfaction）和自身保存性（self-conservation，包括「擁有」與「表象」兩個層面）的勞動，成為身體性主體（embodied subject）的雙重運作。勞動就是將他者同一化，換個角度說就是，與他者的關係使享受向意識和勞動的轉化成為可能，當然（或結果）這時的他者還只是「擬他者」。正是「勞動」和「表象」完成了主體的自身集攏（self-recollection，列維納斯認為這是「具體化的一種特殊的意向性」（*TI* 163;153）；或經由「實體化」（substantialization）克服或推延了「元素」的無定性（apeiron）所帶來的恐懼。而它們的前提就是居家（所以是身體性的、有位置的）的接待和「殷勤」——到這樣言說的時候，就已經有歡迎他者的準備了，當然，只有經由desire和face to face才能夠真正達到他人，而這個達及的過程就是時間的呈現。

25 即與自然的原始的和諧。只是在這裏，與席勒（Friedrich Schiller）的劃分不同的是，naïve與sentiment並不衝突，反倒是在一個序列中；當然，更重要的敘述背景是，胡塞爾是將「素樸性」與「反思性」作為一組對立的概念使用的。

天眞和幸福是瞬間的本質，「非反思的、素樸的意識構建了享受的源始性」（*TI* 147; 139），而所有絕望的根源都是對這種幸福源頭的鄉愁。作爲一種感性狀態，享受（la jouissance）就是肉體性存在的源始方式，是「自我的脈動」，主體最初就是在感性的滿足（不是吃了什麼而感到滿足，而是滿足於吃本身）中呈現的。這是一種「作爲享受的主體」，享受就是肉體性存在，就是感性的自身感覺，主體就是在感性的享受中被個體化的。生命從來就不是光禿禿的存在意志（存在論的煩），脫離了營養（內容）的生命只能是飄蕩的陰影。生命是一個及物動詞，它的物件首先是它的內容。享受就是終極意識，即不是先有純意識，然後再用內容填充。「活自……」（vivre de…），這連同內容的意識就是作爲現象學家的列維納斯此時眼中的終極實事，「在所有的理論和實踐的背後是對理論和實踐的享受……最終的關係就是享受，幸福」（*TI* 116; 113）。這就是生命的本我主義（l'égoïsme），是所有行爲（亞里斯多德的行爲就等於存在）的條件。主體就產生於此。這是因爲，維持這種滿足──因爲瞬間的安全被元素（l'élément）[26]所威脅（享受就要沉浸到元素那

---

[26] 也就是il y a。但il y a是主要屬於《從實存到實存者》時期的核心詞，與瞬間、負擔、焦慮等總之是主體的出位一套話語相關；自身在場就是因對抗il y a而所必需的，是一種回縮自保（這其中實際上還有海德格式的焦慮在作祟）。而元素（l'élément）──列維納斯取自古希臘自然哲學時期的本原意義上的四行（les quatre éléments，即水火氣土），與恩培多克勒（Empedocles）的「四根」相同，但列維納斯更是在阿那克西曼德（Anaximander）的阿派朗（apeiron）的意義上起用的──則與享受的營

裏），因為瞬間的碎片性有不可預測的風險——促成了自我保存的動機（胡塞爾現象學意義上的）；於是，「自身滿足」和「自身保存」由此成為「享受」的兩個環節。實際上，居住就已經是「自身維持（se tenir）的樣式本身了」（*TI* 26; 37）。「自身維持」、「這裏」（ici）、「置位」（position）等正是自我的最源初的「自身關係」：我在我的位置上，這不是一種定位觀念，而就是我的感性或感性的我之所在。源出於此，才有表象（或再現，即再次在場或反覆仕場）、勞動和概念（Begriff，包括前見〔Vorgriff〕），才有工具系統（「為了」或「我能」），並因此才進而延長了瞬間的滿足，或者說瞬間的碎片型的異質性由此便被自我保存的力量所克服。而這就是列維納斯所謂「實體」化的過程——物件和自我由此呈現，時間的綜合（即主體性本身）也得以產生。

四、「感性－時間」現象學

可以說，列維納斯是要開展出關於感性（la sensibilité）的具體的現象學：享受的意向性結構就是感性欲望及其滿足（而不是對存在的理解）。一方面，在其中的「物體」從來就沒有只作為

養、安全等相關，是到《時間與他者》將主體誕生期定位為「自身滿足」和「自我保存」性的家政性經濟兩個環節後才有的一套概念。可以說，《從實存到實存者》是要強行走出存在，而《時間與他者》則已經要為「在世之在」奠基了。

光禿禿的haecceity（此性）存在（與同樣光禿禿的主體相對），或者只作為工具性的手段（相對與主體的目的）存在，「在享受中，事物轉化為元素的性質」（*TI* 141; 134），所有客體都消融到了元素中，成為沒有實體的感性的質；另一方面，成為一個存在的主體也沒有預設存在，而是在享受的幸福中完成的，既沒有工具和目的，也沒有任何理性或知識特性，在享受中，主體就是身體，只有感覺和情緒，感性總是素樸的（naïve），只為自身的滿足從不為所謂存在者之存在，更沒有與他人的交往，「飢餓的胃是沒有與外界交往的耳朵的」（*TI* 142; 134）。總之，它們都只是屬於感覺（sentiment）的秩序序列，而不是屬於思想的序列。「享受」展現了感性的本質，它不構建世界，也不構建表象，而只構成實存的滿足；這樣的感性也不朝向客體，甚至「不屬於經驗的序列」（*TI* 145; 137）。列維納斯認為，康德在區分了感性和知性，並析分出相對於表象的綜合能力而言的認知質料的獨立性的同時，已經意識到感性自身的離奇出沒（apparition），但是在他因為這對於表象會成為荒謬而避開之時，也就離開了真正的感性現象學。根據列維納斯對感性現象學的定位，與表象（即便是不成框架的表象）相對，「感性不再是表象的一個環節，而正是享受之事實」（*TI* 144; 136）；而享受的意向性結構（即「活自……」），因為來自主體的感性的源初運動，就比表象意識的意向要早，「在活自……中，在表象那裏發揮作用的建構過程被倒轉過來了」（*TI* 134;128），即不再是因由表象而把享受課題化，而是「活自……」揭示了表象自身的來源。也就是說，「不僅有對置放的意識，更有對意識的置放。後

者是不能被再次吸收進意識或認知中去的」（*EE* 117;83）。換句話說，認知行為的條件就是享用的那種感性能力，我與非我的關係首先就是在享受這種積極的情感中，而不是首先被自我吸納進理解系統的。表象意識的意向性總是已經落後於瞬間的運動，它所表象的或由此而在場的，總是已經是一種事實，總是已經屬於過去了。表象只是把過去和未來聚集到現在，這是客觀的或物件化的認知，或可以被課題化的。而說到底，像勞動一樣，表象也是為克服來自未來的威脅（這種威脅尤其是指主體對元素的依賴）並保持這種享受所必需的。

總之，列維納斯認為，只有奠基在此感性中，（現象學的）所有的意向和關係才得以呈現和建立。[27]因此，最為根本的就是要對瞬間自身的意向性結構進行分析。簡單說來，這是一種感性的自身指涉，在其中，感性的主體性（或主體的內在性）與無名的存在（即元素）相互隔離而出，成為「被隔離的存在」，[28]並將此元素轉變（或將其「課題化」）為滋養品（la nourriture）。這裏最為困難而又直接關係到以後整個他者理論根基的就是列維納斯對瞬間中的「延遲」的描述。從意向性結構分析的角度看，「延遲」是瞬間中感覺與被感覺所特有的關係。在《從實存到實存者》中，這表現在努力和疲乏的所謂「統一」的「關係」

---

27 列維納斯已經知道胡塞爾在純粹理論的課題化以外也承認感性和行為的綜合功能，而且並非所有的意向性行為都要化歸到理論意識的那種特殊的課題化之中。

28 「被隔離的存在」一是指從元素中隔離出來，二是指與真正的他者（或他人）的隔離。

中：一方面是存在者要成為自身（開始之自由，成為其自身存在的主人），另一方面是其物質性的桎梏，即存在的負擔。這是《整體與無限》中肉體性主體——肉體主體就是自身延異的——的先聲。在《時間與他者》和《整體與無限》中，也因為在享受中伴隨著一種不安穩不踏實感（雖然並沒有破壞享受的自足），而在享受的瞬間中同樣有一種延遲和自身內部的空隙間距。這類「延遲」的特徵是使得存在者從沒有真正地在場過。在《整體與無限》中，列維納斯總結道：瞬間中的這種延遲，意味著存在者的在場是延遲的，也就是說當前是無法界定的，而自我也從來沒有與自身同一過；但是，這裏卻有一種在場和不在場同時出現的明見性。對於這種延遲的明見性，列維納斯是在對居家和勞動的描述中展現的，這是因為居家或勞動的實質也是延遲。正如死亡意識就是對死亡的無限延遲的意識，其實質是從根本上否定它的期限（或確定性），居住或勞動的延遲，其實質也是如此，而由此展開的就是時間了。這是一種對瞬間（當下不能滿足）的推延和對依賴的懸置，是要通過擁有和勞動去克服我所必須依賴的那種異質性，這樣就有了與世界的距離。而這種拖延、拉開距離的前提就是「預期」，於是就有了時間的介入，就有了「時間－意識」的出現。換句話說，通過勞動而「成為身體，就是擁有時間」，反過來說，「時間預設了需要」（*TI* 121; 117）。總之，時間既摧毀了瞬間幸福的安全性，又克服了它的易碎性，「有意識就是與所是相關聯，但是似乎所是的現在還沒有完成，而是僅僅組建了被回憶起來的存在者的將來。準確地說，有意識就是有時間。不是在參與未來的規劃中超出現在，而是與現在本身有了

距離」（*TI* 179; 166）。說到底，意識與時間都是在勞動中產生的，因為正是藉由勞動，才延遲了元素對現在的威脅。時間是自由意識（或自由意志）推延死亡的能力，就是說，將來不再是現在的延伸，而是一種要與現在保持距離的能力。在這個意義上說，「時間的首要現象」就是「尚未到來」（*TI* 277; 247）。這就是「有意識」和「有時間」的含義。

但是，對於這種延遲性的時間，從另一個維度——列維納斯也就是由此過渡到了與真正他者相遇的論域——說就是：「成為時間性的，既指向死而在，也指還有時間反對死亡」（*TI* 262; 235）。實際上，對主體自由「最大的折磨不是死亡，而是磨難（souffrance）」（*TI* 266; 239）。「磨難」徑直縮小了延遲性時間所預設的距離和差異，因為在磨難中我們已經被可怕的將來捉住，成為了完全的被動性，這是苦難的真實或現實的苦難。在這種苦難中，期望未來的補償或報應，只是一種逃避，並不能改變現在的苦難。轉變的契機只能是回到或直面苦難的瞬間本身，不許諾、不補償，「耐心地等待」。「耐心地」意思是「被動地」、「以一種尊重無限的方式」；「等待」，是一種沒有等待物件的等待，即非意向性的等待。這樣才可以獲得真正的希望或拯救，這就是彌賽亞時間的含義，即從我自己的時間中解放出來。在此，「耐心」就是對我們意志局限狀態的體驗，而「耐心的時間」就成為了完全「被動性的時間」。

而從延遲性時間向彌賽亞時間的轉變的關鍵便是（或呈現為）瞬間本身的改變，即瞬間從自身的存在中逃脫。只有在此基點上才有超出「遺忘機制」（實際就是主體同一性自身的歷

史性）的「寬恕」──「寬恕就是時間的運作本身」（*TI* 315;
282）──及其所帶來的整個時間的轉變：使主體擺脫了他自己
的無休止的現在之重，有了真正的異質性的瞬間向我而來，真正
的時間開始流淌起來，否則，就僅僅是現在的一再輪迴。所以，
真正的將來所關涉的只是當下的瞬間事件，而不是主體。將來是
當下的復活，「應當把對現在的希望作為本初事實，從它出發去
理解時間的作為之謎」（*EE* 158; 114-15），[29]由此便有了新的未
來；而「在這種被純淨化了的現在中，被寬恕了的過去也得以保
持」（*TI* 316; 283）。──這直接對應於海德格時間性的經典定
義。這樣做的前提（或結果）就是現在（或在場）的同一性的破
碎，現在不再是由瞬間的串聯所組成，甚至瞬間本身也被懸置為
不可窮盡的多元的可能性。由此，就沒有什麼東西能夠充分或真
正地在場（成為現在）；同時，這也就打破了將來對過去的那種
繩索式的鏈結（基於或體現為主體的同一性），宣告了新的將
來。

　　當然，在列維納斯看來，對這種連續性紐帶的打斷歸根到底
是由他者帶來的，這也是隔離存在的那種絕望中的希望的淵源所
在。因為，瞬間是易碎的、曇花一現的、無世界的，因而在過去
和未來中，在世界的視域中，在時間視域的辯證法中，瞬間（主

---

[29] 當然，被寬恕的並非就是無辜，而是the felix culpa（有福的罪過〔*TI* 316;
283〕），不是說過去的苦難和不義就被根除了，毋寧說從此自我已經完全
處於與他人的關係中了，即業已成為他人的人質了（被上帝作為實現其旨
意的工具），這才是真正的憐惜、同情和寬恕的必備條件。

體）都是表現爲抽身而退；另一個瞬間的絕對的他性不可能在主體這裏找到。實際上，時間辯證法就是與他人關係的辯證法，社會性就是時間本身（*EE* 160; 115-16）。[30]他者的他性與時間相關，這將是列維納斯一貫的主張。沒有他人是不可能有眞正的時間即綻出性（超越性、外在性才是綻出的前提）的。所以，專論現在和瞬間的《從實存到實存者》到最後還只是「在通往時間的路上」。談論眞正的時間是從《時間與他者》開始的，而直到六〇年代中期以後，列維納斯才逐漸完成了對這種他者－時間的現象學描述。

---

30 列維納斯的「時間」與「社會性」是並起的。內在主體（隔離的存在）中沒有眞正的時間，只有在主體間中才有，否則就只有自我滿足和（或到）自我保存。而且，這種隔離不僅是針對他人的人格他性，甚至也存在於與匿名的或元素的准他性的關係之中。可以說，獨在（隔離的）主體的主體性只是交互主體性的時間的一種功能，表現爲無本原的、創傷性意義上的未完成性，而所謂的「未完成性」就意味著這種不完全性就是因爲總有他者剩餘下來，它是主體不可能把握的，卻又是其所有把握的前提。

第二章

列維納斯論純粹的存在經驗
——il y a

王心運

　　三界無安，猶如火宅；眾苦充滿，甚可怖畏

　　　　　　　　　　　　　　──（法華經譬喻品）

　　若說每種偉大的思想都源於某些根本動機，那麼「逃離」
（escape）就是列維納斯（Emmanuel Levinas）思想的根本動力
之一。這個概念不僅是哲學家個人的思想轉折，更是對整個巨大
思想幽靈所營造氛圍之某種捕捉與反抗。當時，身為猶太人血統
的列維納斯正在一種錯綜複雜，詭譎多變的政治與思想鉅變當
中；德國哲學思想巨人海德格（Martin Heidegger）重新點燃存
在（Being; *Sein*）的相關問題，將整個歐陸思想帶入一種新的沉
思狀態。另一方面，在政治思想上，希特勒主義則穩占著政壇的
絕對高峰，將亞利安種族優越與反猶的思想與情緒帶入了最高
潮。這兩者分別在1933年由希特勒取得政權，海德格在其時政權
背書下，於弗萊堡大學發表校長就職演說之際得到一種錯亂的
綜合。二年後，列維納斯於1935年正式發表了〈論逃離〉（"On
Escape"）這篇論文，讓人覺得，他似乎對未來猶太人在二次世
界大戰所陷入的苦難歷史已有所預感。

　　在這篇論文裡面，列維納斯論述道，所要逃離的是我們對
於「純粹存在的經驗」（experience of pure being）。這種對純
粹存在的經驗是意識到它完全的同一性，可是又由於它怪異的
自我指涉方式，同時接收到的二元性（duality）。或者，它就是
「我」（I）與「自身」（oneself）持續而怪異的回復組合。[1]對
這樣既同一又二元的奇異經驗，幾年後列維納斯將以il y a來統稱
它們[2]：這是「存在之惡」（evil of Being）[3]的經驗，是一種永不

能逃離，沒有出路的窒息感：若拋開純哲學的探討，列維納斯或多或少以這種經驗勾勒二次世界大戰時納粹德國無止盡的暴行。他也指出，逃離這件事情，並不是在感受到存在之惡後，對它產

---

1 Emmanuel Levinas, *On Escape*. Trans. by B. Bergo. Stanford: Stanford UP, 2003. p.55，以下縮寫為*Escape*。

2 就純粹字面而言，il y a 同英譯there is，具有「這裡／那裡有」的意義，但它也可同德文es gibt一般，表達一種單純動作，意義或可翻為「有著」。il在這裡是補足「有著」這個動作所需的虛主詞，它是無人稱的用法，與il a（他／它）有和il est（他／它）是中，il作為單數第三人稱有著不同的用法。il也可作為其它動作的虛主詞，如il pleut（下雨了）。法語中il y a是日常生活中常常用到的組合詞，如Il y a un livre sur la table（桌上有本書）。但即使如此，列維納斯用il y a來表達在任何行為中都隱藏著「純粹存在的經驗」，這一意義雖包含在這一普遍的日常用語裡，但它絕非由日常用語的理解所能揭示。就它作為「純粹存在經驗」而言，是種「有著」的純粹體驗，但就其造成的窒息與無出路而言，它表示著某種「存在之惡」，這層涵義或可類似於佛教的術語「無明」。我們若以煩惱與愚痴的「根本」等意來理解「無明」的話，比較起海德格以「煩」（Sorge）作為「此在」寓於世的存在狀態，il y a似乎更貼切描述此煩惱的「根本」。同時，由il y a的不可能性所蘊涵存在與存在者的二元契約裡，又賦予了存在者可以脫離il y a而得到獨自存在的假象，以此而論，il y a又是主體愚痴的根本（參閱本文以下的分析）。此外，佛教強調意識從無明狀態的覺醒，這點與列維納斯談論il y a裡意識的覺醒有著有趣的對比。當然我們也不能刻意抹殺它們之間的落差，例如佛教是強調次第與功夫的。詳細的情形當然有待進一步的分析，也不能以「無明」視為il y a毫無疑問的翻譯。事實上，本文並不試圖給出確定的翻譯，以示il y a在日常用語的普遍性外，實為特殊的哲學術語。

3 Emmanuel Levinas, *Existence and Existents*. Trans. by A. Lingis. Pittsburgh: Duquesne UP, 2001. p.4，以下縮寫為*EE*，瓦登菲爾（B. Waldenfels）即以「存在之惡」標誌列維納斯思想的第一階段，可參見注6。

生反感，並依此反感所採取的某種主動行爲；相反，逃離這件事，正是因爲我們完全不能對它做些什麼，在完全沒有出路的狀況下，由它所強制緊塞給我們的思想。「這正是我們已於本論文之初即暗示過的純粹存在的經驗。總之，此『不能再做任何事』（nothing-more-to-be-done）是極限狀況的一種標記，當中，任何行爲的無用性正是此重要刹那的訊號，我們僅能從這兒離開。純粹存在的經驗同時是內在反制的經驗，也是逃離的經驗，而後者是它強制矇混給我們的」（*Escape* 67）。沒有出路意謂著不可避免的鏈結與往返不息地參與；它對我們是種受苦，但也邀請著我們的逃離！明明沒有出路，但也因爲它不可能被吸收的純粹性，形成噁心的經驗（*Escape* 66）──想吐出不可能吐出的東西。這就是來自il y a錯亂的（chaos）（*EE* 68）二元同一性。

在對il y a內容作詳盡的現象學分析前，有必要對il y a的特別性做概要的說明。Il y a裡，要求逃離無可逃離的宿命，似乎要求著某種沒有關係中的關係，或像某種自我指涉的集合之集合。但是，il y a並不處於解釋某種邏輯悖論的元邏輯，或包含一切邏輯的邏輯系統裡，彷彿它們仍同處於一切邏輯可能基礎的同質性上。相反，Il y a並不在同質基礎上形成同一性，它是某種強制的綜合，就像噁心的經驗一樣，它是某種異質於我，但又屬於我的經驗。噁心感覺與噁心之物彼此間並不具其意義聯結的根源，就像意義的「被拋入性」（Geworfenheit）；il y a打開的是某種深淵（*EE* 68）。

在海德格那，被拋入性是生存者狀態與存在的關係或樣態之一，或不處於家中如失去根源的狀態。常人的逃離方式是進入非

本眞的狀態，沉淪於日常性裡，安分地做個不知生死之普通人。當然也有可能經由死亡的體會打破沉淪的日非本眞的生活，勇於承擔自己本有的責任，邁向承擔存在意義的本眞生活。這裡常人沉淪與逃離的可能性其實都是存在本身的可能性。但是，於列維納斯這兒，il y a並不承諾任何本眞生活的可能性，甚至它根本是逃離的不可能性。意義的被拋入性無可避免地吞下存在意義自身，成爲難以消化的東西——噁心的經驗。那麼，面對il y a該怎麼逃離？對海德格而言，逃避存在的責任是非本眞的存在方式，但對il y a而言，存在者要逃避的並非責任，而是要逃脫il y a的重擔。它即非存在，亦非虛無，它僅僅是在那，處於意義失根的無面容的存在。戰爭即是處於這種狀態之下——承擔起無面容而必須存在的責任與重擔。戰爭不就是指導全體人類的最高倫理原則？任何反抗這個原則的個人反抗，在戰爭下只是變得可笑與無能。

　　因此，雖然逃離、受苦、邀請等等的概念在〈論逃離〉第一次出現，但已奠定了列維納斯倫理學未來的基本走向。他不像胡塞爾（Edmund Husserl）一樣宣示先驗的主體性，以它來作爲創建經驗與行爲根源的能動性；同時，il y a也不像海德格在苦心毀復（de-construct）傳統形上學後，所大力宣揚由es gibt所示的存在經驗，後者有著寬大與富饒的意味。相反，純粹存在的經驗（il y a）是種錯亂、瘋狂與赤裸裸的噁心經驗（*Escape* 66），在這種錯亂當中，逃離的走向不是向著光明與清晰，而是走向逃離自身的封閉與不可能性——毫無出路，連抗議的可能性都不具備。這種封閉式的不可能性隨後

在列維納斯il y a的思想中得到最深刻的表達。如果我們仔細閱
讀列維納斯第一本鉅著《整體與無限》（*Totality and Infinity*）[4]
裡的第二部分，它的本題是內在性與經濟學的分析，其中生活
做為一種分離（seperation），包括著勞動、居住等等主題。由
此主題目凸顯出存在者獨立於存在生活的可能性，或稱為「實
顯」（hypostasis）的過程。Il y a是一直威脅著存在者，而不
具面容的中性存在，而「克服中性的途徑就是實顯，可以說
它令比否定更強大的存在臣服於存在者」（《從存在》2）。

　　表面上看來，由經濟學所描繪的生活狀似某種逃離的進程，
它們一路由享受、感受性、精神自我主義，仍至於無神論者的
完成，就是要脫離由il y a所代表的無定性（indetermination）的
恐懼。然而，在這類的實顯過程中仍一直潛伏著不可能逃離的
主題。它們就是列維納斯所說的元素（element）、是某種享受
所要消化的養分，但它是難以消化與吸收的；因為原素即暗示著
il y a的完全無定性之原初恐懼（*TI* 142）。因此，相對於海德格
式由非本眞邁向本眞的路徑，列維納斯關於逃離主題的描述似乎
是種悲劇，而它的基本悲劇在於：il y a表面的不可能性矇混並假

---

[4] Emmanuel Levinas, *Totality and Infinity*: An Essay on Exiteriority. Trans. by A.
　Lingis. Pittsburgh: Duquesne UP, 1969，以下縮寫為*TI*。

[5] Il y a假予了主體冒險的可能性，此即後來在《整體與無限》第二部分所描
　述的「分離」（seperation）過程。由il y a表面的不可能性，錯予主體作為
　獨立於il y a而存在的可能性，這是主體邁向無神論者的分離個體的過程。但
　是，這種分離實際上仍是脫離不了il y a整體論式支配的，故稱il y a假予了主
　體冒險的可能性。當中，被置放的主體（見本文以下第4節：從存在到存在

予[5]了主體冒險與邁向光明的可能性，但是在事實上主體最終朝向的卻是另一種絕對的孤獨與窒息。爲什麼逃離不了？因爲要逃離的主體、存在者早已在被抛入的起源處即加入了存在的重擔，能思考到的逃離路線也在存在的地貌裡早被安排。這就是後來實顯的過程，但仍承受著il y a的最終威脅。

　　然而，逃離的意義並非全然悲觀與無助。雖然，被抛入性意謂著存在著之前總預設了某個超出它之外的存在，[6]並投入了il y a的匿名性裡，如此，於存在的邏輯不存在著逃離的可能性。因而眞正的逃離所企盼的是與存有論完全的分離，亦即從存有學所不曾意會過的倫理學方向。人與本源的關係並非以被抛入性來維持，事實上，人是被揀擇的；亦即在父與子、母與子的世代關係中，每個世代雖然經由分離的非連續性而獲取個別的時間性，但他們實處於更爲深刻的倫理關係裡：人是被面容所揀擇、被至親所揀擇，絕非被抛入無面容的il y a之深處裡，因此：「在多產性（fecundity）裡，我超越了世界之光──並不消融在il y a的匿名性裡」（*TI* 268）。被揀擇優先於海德格所描述之被抛入性的存在樣態；倫理關係優先於存在的關係，或在存在的關係之外的。此外，因爲揀擇，倫理的關係是一對一的、非整體論式的思維關係。逃離的正面意義總在期待著眞正倫理關係的出現，亦即他者

者）與無神論的獨立主體是完全不同的思想，il y a在其中扮演著頗爲複雜的角色。這些論述可進一步參考：王心運，〈列維納斯的分離概念〉，《揭諦》第十六期（2009年2月），南華大學哲學系出版，頁1-28。

[6] Emmanuel Levinas, *Time and the Other*. Trans. by R. A. Cohen. Pittsburgh: Duquesne UP, 1987.p.45，以下縮寫爲*TO*。

的面容。在列維納斯的哲學裡，他者的面容，以及逃離的渴望是兩大動力來源，而兩者都與il y a思想相關的。

　　以下本文希望以現象學的方式，詳盡地描述il y a的內在本性，尤其是不可能逃離的這種窒息與封閉的狀態，它們將在il y a的描述中得到徹底的表明。另外，為了思考能夠集中論述，我們將單獨探討列維納斯對存在之惡的思想階段，[7]集中闡明在〈論逃離〉、《從存在到存在者》與《時間與他者》三本前期思想主要的著作裡所表達的il y a思想[8]。唯此思想得到充分理解後，我們將來才可能期待列維納斯的倫理學，如何透過倫理學的反轉，他人將能以一種絕異之姿，以完全不同的方向突破我們絕對的孤獨。

7　列維納斯的思想大致上可分為三個階段：第一階段是從論文〈論逃離〉，《從存在到存在者》，以及《時間與他者》。Il y a式的存在之惡是本期的主題，或可稱為「批判存有學」的階段。第二階段以《整體與無限》為主。處理由無限粉粹整體論的主題，此階段或可稱為「形上學取代基礎存有學」的階段。第三階段以《別於存在或本質之外》為主。重拾第一階段的主題，他者是在Il y a彼岸的善。此階段可稱為「倫理學作為第一哲學」的階段，見Waldenfels, B. *Phänomenologie in Frankreich*. Frankfurt am Main: Suhrkamp,1998.p.221-2.。

8　本文討論il y a的概念將集中在第一階段的三本著作上。理由是il y a的概念在這三本著作裡已呈現了完整的想法。雖然在《整體與無限》這本重要著作裡，幾乎不再出現il y a的用語，但il y a卻作為隱藏著的思想動機，並在《整體與無限》中對實顯過程的大段描述裡，從元素（element）、內在性、勞動等等論題裡，均作為存在者經濟生活裡永遠不安且具決定性的影響因素。即使如此，列維納斯對il y a的想法並沒有改變，甚至在後期列維納斯談到il y a時，亦無大的變動。故僅對il y a論題本身而言，我們研究範圍可以不必然涉及到中後期的重要著作。

1. il y a與黑夜的窸窣聲

「黑夜就是對il y a的經驗」[9]（《從存在》63），這是列維
納斯回憶起小時獨處的經驗，「小孩獨自睡著，大人在別處忙
碌；小孩覺得寢室裡的沉寂就像低語的窸窣聲」。[10]它就像我們
用貝殼貼著耳朵時聽到的嘈雜低語，「好像空洞的空間仍是滿
溢的，好像這片沉寂就是嘈嘈雜雜。即使認為其實那兒是空無
一物時，我們仍可感覺到某物，il y a是不容否認的事實」（EI
48）。

黑夜對列維納斯具有獨特的意象，它漫無邊際，又不是空無
一物，反而為著沉寂所充溢。黑夜所充滿的沉寂並不是聽覺所掌
握不到的聲音缺乏，而是沉寂本身作為事實在窸窣作響。另外，
黑夜也是白日的不在場，「夜晚空間的各點不像在光亮空間中那

<hr />

[9] 除胡塞爾與海德格外，對列維納斯il y a思想影響較大的可提及布朗修（M.
Blanchot）與羅森茨威格（F. Rosenzweig）。在這兒將黑夜作為il y a經驗
的描述、主體在黑夜下的消融、以及存在的恐懼等等想法是受到布朗修的
小說*Thomas l'Oscur*的影響。而列維納斯在羅森茨威格的著作*Der Stern der
Erlösung*中閱讀到整體論作為戰爭的想法，啟發了列維納斯將整體論與存
有學連繫在一起，並將逃離出整體與存有學作為他畢生探討的主題。以下
從《從存在到存在者》（縮寫為《從存在》）的引文採吳蕙儀的中譯（南
京：江蘇人民出版社，2006年），標示的頁碼亦以中譯為主；若只標示某
些概念在本書的出處，仍然以英譯本頁碼標示為主(*Existence and Existents*.
Trans. by A. Lingis. Pittsburgh: Duquesne UP, 2001)。

[10] Emmanuel Levinas, *Ethics and Infinity*. Trans. by R. A. Cohen. Pittsburgh:
Duquesne UP, 1982.p.48，以下縮寫為*EI*。

樣互相關聯；它們沒有透視背景，沒有各就其位。它只是諸點的
麇集攢動」（《從存在》64）。這就是il y a的經驗。在白日裡，
視覺是經由光線的事實來確定，聽覺由聲音的事實來確定。但是
在黑夜裡，沒有什麼事實可被確定，唯一例外的是這個不確定的
事實，它由不能確定的事實本身來做確定。這兒包含著確定與不
確定的錯置，就是夜晚侵襲的威脅，就是il y a的錯置。「它恰恰
是因為無事臨門，了無威脅：這種寂靜，這種安寧，這種感覺的
虛無構成了一種暗啞無聲、絕對難定的威脅。其尖銳感就來自這
種不確定性。其間並無明確的存在者，仟何事物之間都可以等量
齊觀」（《從存在》64）。

　　即使黑夜是不確定的威脅，而且是了無生氣的威脅，沒有什
麼存在者可被確定，但是我做為一個黑夜中的主體，我不是仍占
據著一個位置嗎？即使黑夜迎面而來，那也不是湧向我這個主
體位置而來嗎？我不就是個確確實實的存在者，而且根本不是
與萬事萬物能等量齊觀的存在者，而是海德格所謂的「此在」
（Dasein）的特殊存在者嗎？存在（Sein）的意義在此（Da）
開展，不就是海德格尋找存在意義的關鍵所在？「我」的這個
位置起碼是確定的吧！它不是向來與存在密切相關，因為一切
存在的活動不就一直具備「向來屬我性」（in each case mein;
Jemeinigkeit）的嗎？依照海德格的基礎存有學[11]，讓存在意義開
顯，不就是此在最大的德性？那麼現在是怎麼一回事，il y a作為

---

[11] 本文僅將Ontology視本地習慣翻為存有學，而Sein, existence等等則翻為存
　　在。

存在之惡，竟威脅著受到基礎存有學所祝福著的此在呢？

2. 無存在者的存在（existence without existents）

海德格提出「存有學差異」（ontologische Differenz），強調整個西方傳統存有學的歷史充其量只是關心存在者（Seiende）的歷史，是以存在者物性的（ontisch）思考方式來凌駕、抹殺了更爲本源與本眞的存在（Sein）意義之探求。因此在西方形上學的歷史裡，對存在意義的探問仍是缺席的。但不管是存在或是存在者，海德格其實更強調它們兩者的差異，但也因爲這樣地強調，無存在者之存在將是不可想像的。我們可以認爲，《存在與時間》裡反覆出現的「此在」（Dasein）就是存有學差異戲劇性的連結所在。相對於海德格，列維納斯對此提出不同的想法。他強調在海氏的存有學差異之下，存在者將被迫收編在存在的無名面目下，並被不公義地對待。所以，不是存有學差異，而是「存有學的分離」（ontological separation）（*TI* 55），[12]它是存在者與存在分離的基本可能性。因爲有這樣的可能性，我們才有可能經驗到什麼是無存在者的存在，我們才有可能從「此在」的另外一端來進行思考。那麼，我們現在必須進一步地探問，什麼才是無存在者的存在經驗？

無存在者的存在經驗即是列維納斯所強調的il y a的另一種經

[12] Huizing, K. *Das Sein und der Ander: Levinas' Auseinandersetzung mit Heidegger*. Frankfurt am Main: Atheuaums Monographien Philosophie, 1988. p.25.

驗，或是對「存在一般」（being in general）的經驗。若從句法上看來，Il y a

> 如同一個動詞無人稱形式的第三人稱代詞一樣，其所指的完全不是一個行動不爲人知的執行者，而是這一行動本身，即在某種程度上無行動者的匿名性質。這種無人的、匿名的、卻無法遏制的對存在的『實現』（consummation），在虛無的深處幽幽作響。對此，我們將固定地用『il y a』來表示。拒絕以有人稱形式出現的il y a，就是『存在一般』。（《從存在》62）

因此無人稱的、匿名的，且悠遊於存在與虛無之間，拒絕以人稱形式出現的行動本身就是il y a，這是列維納斯簡潔，但意味深長的說明。

想再進一步分析前，附帶說明一下關於列維納斯思想寫作的問題。當我們在閱讀列維納斯的文本時，往往覺得他的思想密度極大，並以各種不同的意象穿插在同一段描述中，形成一個整體的意象。但當我們要以研究者的語言來表達他的思想時，往往又只能陷於拙劣的模仿或是重複他的話語。關於這些困難正好反映了列維納斯語言使用的奧妙處，而且又只能由它的奧妙使用才能表達他精闢的思想與洞見。可是，做爲非原創的研究者而言，這反而是一項困境。例如前面一段關於il y a的描述實際上便包含了至少三個主要的意象。站在研究者表述的立場，我們不得不以分析拆解的方式，犧牲掉意象的整體性，代之以多面向式來說明思

想的內在結構。因此，以下我們希望能以三個特徵來說明il y a的獨特經驗。它們分別是（1）Il y a與存在或虛無的差異；（2）Il y a作為不得不行動、不得不存在的一種重擔，以及（3）它的無人稱性格。

（1）Il y a到底是存在還是虛無？事實上，il y a既非存在，亦非虛無。它是對無存在者的存在經驗，但不是對沒有任何存在者時所體驗的「虛無」（nothingness）經驗。對il y a的理解並不在於存在或虛無這種對立的講法；因為il y a「不是虛無，也不是存在。我有時以『被排除的中填』（the excluded middle）來表達。我們不能說il y a肯定著存在的事件，也不能說是虛無，即使那真的是空無一物」（*EI* 48-49）。事實上，無論是存在，或是虛無都被強制參與il y a永無止境的遊戲裡，「即使那兒一無所有，遊戲也能進行下去」（《從存在》72）。

然而il y a的真實性格又必須以存在與虛無來理解，只是列維納斯換成了另外一組話語，即以「無存在者的存在」來說明。這項轉換當然是意味深長的，同時我們也可以將它進一步拆解為「無存在者」、以及「無存在者的存在」兩個部分。首先在「無存在者」這一部分，列維納斯援引柏格森的看法：「在柏格森看來，當否定一個存在是為了能思考另一個存在時，這種否定亦具有積極意義。但是，一旦它全盤否定一切存在，這種否定也就失去了意義……所以，進行徹底的否定是不可能的，試圖思考虛無也只能是一種幻想」（《從存在》71）。據柏格森的看法，否定一切的存在者是不可能的，因為否定的動作本身只能是預設對某個存在物的否定，因此可能性的依據正因為它預設了某個存在

者。如果，虛無是對所有存在者的一種否定，那麼，這種否定是不可能進行下去的。所以，設想「無存在者」的這種虛無是不可能的。

　　但是，爲何設想「無存在者的存在」卻是可能的？若無存在者的虛無是不可能的，爲何這種不可能性卻是「無存在者的存在」、il y a經驗的可能性？虛無的不可能性爲何是il y a的可能性的問題，不正攤明了il y a就是沒有出口的這種可能性？事實上，il y a的事件「本身就在於一種不可能性，就在於一種與一切可能性的對立：不可能入眠，不可能鬆弛，不可能昏睡，不可能不在場」（《從存在》78）。所以，無存在者的說法，並不是要將它歸入虛無而達到一勞永逸的消失。「無存在者」不是在陳述一個事實，卻只是「il y a本身的修飾語」之一，是無存在者的存在的經驗。作爲存在的修飾語正好說明它不得不在的悲劇。所以，無存在者不是說沒有這個東西，而是沒有存在者能從存在脫離的可能性，甚至存在就是不得不存在的這種重擔。前述的存在者與存在分離的可能性並不在存有學差異的層次，它們的分離事實上是受到il y a的主導，是它無人稱性格的僞善（對海德格而言存在賦予本眞存在的可能性，但對列維納斯而言，這是種僞裝起來的可能性，存在者還蠻以爲承擔存在的意義將可成爲本眞的存在）所賦予實顯的可能性。我們以後還會回到這一點上來[13]。

　　因此，我們並不是在並列存在、虛無與il y a，所以就可能在意識中得到一種穩定概念的效果。il y a的整個悲劇還在於它是種

---

[13] 請參閱注釋16及以後的說明。

強制的參與，不得不存在，而且是種強制的錯亂。這種錯亂堵塞了任何平順出口的可能性或者是任何概念。我們在黑夜和悲劇中所靠近的，「呈現出的是作為無人稱、無主人、無所有權的場的存在，其中否定、滅絕、虛無與肯定、創造和實體一樣，都是事件，只不過前者是無人稱的事件。il y a作為不在場的在場，它高於矛盾，涵蓋、控制了矛盾關係。從這種意義上來說，存在沒有出口」（《從存在》72）。那麼，il y a似乎不是存在者，也不是存在。如果它不是任何東西的話，那麼它又是什麼？為何它是如此地難以理解？

Il y a之所以難以理解，正因它不是某個固定的概念。我們不能找到il y a的內延或是外延，好讓我們的思想做推論與辨別它的屬性。它是沒有客觀化之可能的，事實上，il y a的純粹性正在於它屬獨一無二的事件、一次性的發生；這在列維納斯關於現在、我、瞬間等等的討論中都可看到il y a這種奇特性（EE 80）。現在存在的高峰在其自身的一致性，且因其一次性的想法而永遠無法磨滅，也因此永遠也不可能是虛無或死亡所能侵犯。因此，不管歷史有多長久，未來有多少的可能性，也永遠不能將納粹屠殺的事件普遍與客觀化。屠殺事件是站在如此地高峰，以致於根本毀滅了客觀與連結的可能性。我們不能以劫後餘生者的角度來客觀化它，甚至質問屠殺是否也為歷史命定的想法，對一次性的屠殺事件而言是種錯亂的提問。至此，屠殺事件是沒有耳朵的，它就是il y a無人稱形式的動詞的簡單行動，或是暴力的根源。

（2）我們回到了分析的第二部分，il y a如同一個動詞無人稱形式的第三人稱代詞一樣，其所指的並不是不為人知的執行

者，而是這一行動本身。這行動就是「存在」這字詞本身的動詞
形式，就是il y a裡單純的行動本身，「無所謂其所『有』的究竟
爲何物，也無法在其上增添一個實詞；無人稱形式的il y a，就像
『下雨了』（il pleut）或『熱了』（il fait chaud）。精神的面前
沒有一個被思考的外在……。所謂的『自我』也被黑夜淹沒、浸
透，失去人格，無法呼吸。萬物消弭，自我消失，化簡到了不可
消滅之物，到了存在本身，我們無論情願與否，無須主動作出決
定就已經匿名地置身其中。」（《從存在》63）

　　無須主動即已置身其中，這就是il y a裡存在的自身結構。
「存在是個絕對者，這無需指涉別的任何東西而被確定。它就
是同一性（identity）。但就在它自我指涉之時，可以理解到一
種二元性（duality）……存在的同一性揭露了它牽涉的本性」
（Escape 55）。置身其中就是il y a牽涉一切的本性，該結構的
基本二元性即是分爲「『存在』（être）和『擁有』（avoir）兩
部分，並屈服於『擁有』的重壓。」（《從存在》21）所以，il
y a牽涉的方式並不是一個外部的動作，不是及物動詞……。它
並不需要任何的實詞作爲解釋它動作的理由或描述。它就是存在
著，在它簡單的同一性裡從對意識擠壓出擁有的重擔，返回存在
本身，並因此完成了il y a的結構同一性。我們可用瞬間這個想法
來說明存在與擁有的結構：一開始瞬間只是簡單地存在著，但我
們並不能把握到它是瞬間。只當我們不在這行動的瞬間了，我們
才擁有了瞬間，但事實上擁有的已是過去的瞬間；時間流逝，而
能夠擁有的只是過去。的確，「一個開始不只是簡單地存在著，
它在向自身的返回中占有自身。一個行爲的運動在奔向目標的同

時也折回了它的起點，就這樣，它在存在的同時占有了自身。我們彷彿身在旅途，必須時刻看管好自己的行李」（《從存在》17）。同時，「存在拖著一副重擔——哪怕只是拖著它自己——這讓它的存在之旅更加艱難。它負載著自身的重量——他擔荷著他所擁有的……。它存在的運動本來或許可以純粹地筆直向前，現在卻彎折轉向，陷入自身的泥淖之中，這也揭示了動詞『存在』中的自反性質：我們並不存在，我們自身存在」（《從存在》19）。

在列維納斯的哲學裡，自身返回的運動即是西方存有學的宿命的最佳寫照。思想從純一（One）出發，最終仍要回到純一裡。相對地，列維納斯以形上學來抵抗存有學的宿命，精神的運動是邁向無限的過程，思想離開自身熟悉的世界，並向一未知的陌生領域前進，沒有回返，沒有重新占有。列維納斯以兩個世人熟知的比喻說明以上的運動：西方存有學就像是流浪的奧德賽，踏上奇異的冒險旅程，征服了許多危難，但最終仍如同命定地返回故鄉進行復仇的行為。另一種思想的運動則像聖經舊約裡的亞伯拉罕，馴服地聽從上帝的允諾，離開了家鄉，踏上再也不需回返的旅程，直直邁向未知的應允之地。Ilya的這種重新占有的特徵即是隨後在《整體與無限》書中所批判的整體論思考的原型。甚至在列維納斯自承的現象學那裡，胡塞爾意識的意向性結構也體現了這種回復的運動：意向終究要尋得所意向之物來滿足原初意向的充實。意向的結構原來也形成封閉的循環，它將走向獨我論式的封閉性——這所形成的世界是一種可以完全不需他人的、自給自足的，卻是完完全全孤獨與沒有出路的世界。

　　但是，即使自我的世界是孤獨的，是不斷我與自我的返復與封閉，那麼爲何不就安安逸逸地緊守住這個封閉的世界，滿足於自我就可以了呢？可是，事實上眞的有這麼簡單嗎？Il y a不正是像夜晚般襲來，匿名與無人稱性的強制參與嗎？Il y a有可能滲透入充滿著自我回復的我、我、我的孤獨世界，並將我從底開始虛無化嗎？Il y a又怎麼打破單子的硬殼，將我重新拉入il y a的沉悶而窒息？難道，我所緊守的安穩世界只具有個假像的外殼嗎？

　　（3）至此我們進入了分析的第三部分，即il y a的非人稱性格。本質上il y a的經驗即是一種錯亂、窒息的（*Escape* 66）折磨，是在「我們」當中所強制實現的「錯亂內容」。因它既不屬「我們」的人稱代詞，卻能以無人稱的形式強制實現在「向來屬我性」（Jemeinigkeit）的行動裡。這種無人稱的、匿名的存在實現，卻體現著虛無的流竄。「事實上，il y a同時超越了外在性和內在性的範疇，讓我們再也無法釐清這二者的區別。匿名的存在之流浸透了，淹沒了一切主體，無論是人還是物。我們在討論存在者時所依賴的主體—客體之區別，將不再是我們思索存在一般時的出發點」（《從存在》62）。虛無不再是與存在相對立的東西，反而是在il y a奇異點下的強制綜合產物。這正如海德格所宣示的一樣：虛無其實也是一種存在的方式。「可以發現海德格那，虛無向著存在的轉折。海氏的虛無仍保有某種活動以及存在：『虛無無化自身』。它不維持靜止，卻在虛無的生發中肯定了自身」（*TO* 49）。

　　如前所述，虛無並非眞正的空無一物，它不過是il y a的修飾語。眞正由il y a當中所體現的虛無（如果它可以是種可怕的經驗

的話），其實是它的匿名與無人稱性。但il y a的無人稱性並不是害怕進入人稱光亮的一種閃躲，它反而是光明正大地、並強制地表明它即是缺乏表達——它缺乏面容，它正不是面容。即使是無生物，作為一個認識的客體，都不可能在光亮之下缺乏面容，沒有陰影。但是，il y a不是這個世界的內容，也不是具人稱性格的自我意識之內容；相反，「面對這黑暗的侵襲，不可能將自己包裹起來自成統一，不可能縮回自己的殼裡。我們無遮無攔地暴露在外，萬事萬物都在向我們展開。夜晚的空間並沒有助我們進入存在，而是將我們交到了存在的掌控之中」（《從存在》64-65）。

自我被交到了存在的掌控之中，即是被il y a的沉閉所窒息，而不是包圍在自我的光圈裡。一個封閉不需外在世界的自我，是列維納斯隨後在《整體與無限》裡稱為心理主體的自我。它的特徵即是暴露在il y a之下，連真正的孤獨都不可能的個體。孤獨即是沒有外在性，沒有回應的可能性。真正孤獨的是il y a，而自我不過是承擔著il y a重擔的心理孤獨個體。在應該發現自我的起源深處，被發現的卻是「它存在」（il est）的事實，而且它又一直拒絕成為我的客體，拒絕成為面容。這將是在自我審思裡最大的歧義與悲劇（*Escape* 55）。

至此，我們說明了il y a作為無存在者的存在經驗，但是這個「經驗」到底是什麼仍未多作說明。因為這勢必涉及一個主體的經驗。職是之故，我們仍得繼續追問什麼是這個經驗的主體，而一個承擔著存在重擔的主體又將如何經驗il y a。

3. Il y a與失眠（insomnia）

Il y a作為無存在者的存在是可以被經驗的，列維納斯以失眠來描述這種經驗。我們現在以喬姆斯（Daniil Charms）的小說《睡眠愚弄著人們》所描述的一段故事做為說明：

> 「馬可夫扯掉鞋子，微喘著氣倒身在沙發上。
>
> 他想入睡；但才剛闔上眼，睡意就消失的無影無蹤了。馬可夫張開眼，想找一本書看看。此時睡意可又來了，並命令馬可夫——他還沒拿到書咧——再重新躺回沙發並闔闔眼。但這次幾乎還沒闔得上眼，睡意又已消失無蹤了；他意識到自己是如此地清楚，好像仍有能力可以解開幾何方程式裡的二個未知解。馬可夫被折磨著，完全不明白自己可以做些什麼——繼續睡？還是起來走走？突然間馬可夫開始恨起自己與這個房間，拿起了帽子、大衣和枴杖走到街上。清新的空氣安定了馬可夫的心，他感覺愉快，想想又可以回房去了。
>
> 他回房後，疲倦和睏意終於佈滿了全身；可還不及等他倒身與闔上眼，睡意又消失的無影無蹤了。
>
> 充滿著怒氣，沒帶上帽子與大衣，馬可夫向著Tavriceskij Sad的方向跑去。」[14]

---

[14] Charms, D. *Der Schlaf narrt einen Menschen, in H. Bender, Erzaelungen aus hundert Jahren.* Frankfurt am Main: S. Fischer Verlag, 1986.p.363.

　　在這段描述裡，馬可夫被失眠所苦惱著，但正確的說來，他根本不知道他要苦惱著什麼？是他自己嗎？不，他很清楚的知道他想要睡著，不想維持在失眠的狀態。該向房間生氣嗎？還是不，那個房間的那個位置不是原本該應允他獲得安穩睡眠的所在嗎？那個位置不正是他的疲憊與睡意想要聚集的地方嗎？想想看，若我們開車在某段崎嶇不平的路上，心裡面會咒罵柏油路，還是想著某個施工的單位，或是保養的單位，任何一個擁有個性的人，是他該為我的怒氣負責呢？怒氣不正是為著某個人的故意，某個人的疏忽，或是某個人的惡意，我的怒氣才能對得上焦嗎？怒氣不就像個能自動導航的巡弋飛彈，直指著能與我的怒氣相匹敵，並直接承受的主體嗎？那麼，在失眠的情況下又是如何？

　　失眠是睡覺的失敗。想睡覺時，不正是信任著夜晚與睡意的共謀嗎？沒有意圖，沒有主動地信任它們的共謀。但是如果一旦失敗，我們又能歸咎些什麼呢？沒有意圖，沒有行動都失敗了，那還留下了什麼行動可以行動，我們還能做些什麼呢？「不能再做任何事了」，意圖想要達到安眠而留下的意圖踪跡，都成了最令人惱怒的羞愧，因為這正好證實了，是的，我們的確不能再做任何事了。我們想交付給安睡，但卻進入了失眠，交到了失眠的掌控之中。惱怒也成了多餘，因為它沒有了指向，沒有了可尋的面容——ilya在嘲弄著他，錯置了他的惱怒，以至於進入了失眠的狀態，張大著眼睛，經驗著ilya。

　　失眠中ilya的經驗是如此的：沒有任何可供攀附的地方，心緒就像隻疲憊的小鳥，永無止境地在茫茫海上飛行，沒有任何可

供落腳的地方。「存在不可瓦解，存在的工作永無止境，這就是失眠」（《從存在》78）。在失眠中，守夜的概念是重要的。它不是由我們的覺醒所守候著；守候著的毋寧是黑夜本身。「守夜是匿名的。在失眠中沒有『我』對夜的覺醒，是黑夜自身在守候。『那個』守著。在這種匿名的守夜過程中，我被徹底地裸露給了存在，我的失眠中充盈著的一切思想都被懸繫於無物。它們都無所依托。可以認為，我與其說是一個匿名思想的主體，毋寧說是它的客體」（《從存在》79）。因此，失眠是對我的非人格化，進入il y a匿名的無人稱性裡面，去人格化的經驗同時是一種怖畏的經驗。不同於海德格對於畏的描述，畏並不是面對虛無的恐懼，不是面臨死亡的恐懼；相反，畏意謂著「回歸到一切否定之中的il y a，『無路可逃』的il y a。或許可以說，這意味著求死不得，意謂著存在無所不在，直到它自身毀滅之時亦然」（《從存在》68）。主體在完全匿名，背負著存在重擔，由己意識出發向著自身回歸時，卻被il y a的影子所捕捉住，被強行參與到il y a的一切否定，進入il y a的窒息與阻塞裡。「主體在恐懼中被剝奪的是他的主體性，他進行祕密存在的能力。他被去人格化了」（《從存在》67-68）。失眠或可說是主體的湮滅，是沒有「我」而對夜的覺醒。

　　但是這個覺醒又是什麼？在失眠中，我們被去人格化，去人稱性，但是這覺醒難道不為我們仍保留著一絲絲的祕密嗎？Il y a是這種瘋狂，它錯亂地強壓於我們存在與擁有的重擔，填滿任何矛盾的空隙之外；但如果空隙並不存在在矛盾與中項之間，il y a的瘋狂狀態是否可能預示著另一種接近的狀態？「對匿名警

覺的證實超出了**現象**之外，因爲『現象』預設了自我的能力，因此，描述現象學在這裡也無能爲力。這裡的描述所使用的詞彙，恰恰是要力圖超越其自身的一致性，描述所呈現的是一些**人物**，而il y a卻正是人物的消散。這就暗示著我們要尋找一種方法，在其中思想被引領著超越了直觀」（《從存在》79）。超越現象學方法，不就是超越意識的描述？如果出路不在意識內容內，而在意識內容外完全不一樣的能力？或許伴隨著il y a而守夜的這份覺醒，在內容上只是對il y a一份虛無的反映？而眞實的覺醒仍沉睡著……，或許它就是沉睡這一回事？在沉睡中反而存在者存在？我們又該怎麼說**存在者存在**這檔事情？

4. 從存在到存在者

在前面我們已經研究過il y a無人稱的性格，它就是純粹系詞存在的**動詞意涵**。存在與擁有都是系詞（être）的動詞意義，此時存在給予主體的重擔不是要強迫給予意識什麼內容，倒是存在與擁有的間距賦予了意識不斷的意向與被意向對象間的間距，或者是存在者滯後於存在的這項事實。覺醒，並非意向，並非所意向的對象，也非居於兩者間的意識內容；**覺醒**就是伴隨著存在與滯後的存在——擁有——的純粹動作，但一直提醒著入睡這種不去動作的可能性[15]，即便它現在仍不是這種可能性。Il y a這種瘋狂的必然性[16]（corybantic necessity）（*EE* 62）就在於它是不

---

[15] 就像沙特認爲意識就是從存在撤出的可能性。

[16] 瘋狂的必然性是因爲il y a內所理解的一切不可能性，甚至是虛無也是不可

可能性：不可能入眠，不可能鬆弛，不可能昏睡……。但是，「意識是入睡的能力」（*TO* 51），「事實上，意識即已參與了守夜。但最富其特徵的是它隨時撤出，『退』入睡眠的可能性」（*TO* 51）。似乎，意識的本意應在沉睡，而意識具備的光照只是il y a瘋狂下的反映。我們平常所說的無意識只是光照意識的反面，但還不是沉睡的本質：或許意識根本不在這種對立，而在於另外一種實質。失眠並不是列維納斯所引用的一種比喻，而是光照意識與無意識間，il y a純粹的動作。對照起來，無意識不能懸置il y a，但睡眠可以懸置il y a。當然這種說法的前提是不將睡眠看作是無意識的一種形式，而是具有某種實質的差異。

因此，「意識之所以能從il y a凸顯出來，與之形成對立，憑藉的是其遺忘、懸置的可能性——入睡的可能性。意識是一種存在的方式，但它在承擔起存在的同時也正代表著存在的猶疑。由此，它為自身提供了一個退縮後撤的空間」。（《從存在》81）從il y a後退代表著休息，代表不動作的動作，代表著存在者的出

能的。但是因為虛無又是依附於「存在者」之缺席而言的，那麼，虛無的不可能性意謂著「存在者」必須在場的弔詭事實。這即是il y a在否定性的核心處的覺醒（*EE* 62），或者是存在與存在者所訂定的二元契約關係（*EE* 16）。基本上，以這種方式來理解存在者存在，隨後存在者可以獨自脫離存在並與存在分離，並形成客觀主體的可能性，仍是基於il y a的這種瘋狂必然性：il y a賦予主體冒險與分離的可能性事實上仍是由il y a本身的不可能性來的。以此而論，主體意欲從il y a的瘋狂狀態的逃離，並達到主體自滿自足的幸福狀態的可能性，是由il y a所假裝賦予的逃離。以此而論，il y a具有一種偽善的性格。

現，代表著人稱的出現，代表著我的回歸……，由il y a無存在者的存在經驗到存在者存在的一連串過程，列維納斯以「實顯」（hypostasis）這個概念來稱呼它：

> 我們重拾了實顯這個術語。它在哲學史上曾被用來指稱一個由動詞表達的行為轉變成為由實詞（substantive）指稱的存在者的事件……。它更意味著匿名的il y a的懸置，一塊祕密領域或一個名稱的出現。從il y a的深處浮現出一個存在者。（《從存在》100-101）

因而實顯是一個實詞的顯現，是原本無法被命名的系詞存在(être)變為實詞的過程，就是實顯。然存在者的顯現，本身卻也是一個動詞，它源於存在與存在者所訂定的契約關係（*EE* 16）──存在與存在者的實顯、存在與擁有的二元關係。但是，最值得注意的是，實顯的動作，存在者的顯現並不是出現在光亮下的事件，而是發生在由il y a撤退的這件事裡。由il y a的撤退，懸置il y a的匿名狀態的事件是意識的沉睡的這個動作。整體說來，實顯包含著兩個層次：一是守夜的覺醒，是抗拒失眠狀態時，脫離il y a瘋狂狀態的提醒。「意識參與了這種守夜，而恰恰因為它只是參與其中，意識才能將自己作為意識展現出來……。意識提供了一避難所，抵禦著這種我們在失眠時通過將自身非人格化而抵達的存在」。覺醒這件事，是意識對自己沉睡能力的「感知」。這種感知讓意識覺醒著，就好像在失眠狀態中仍睜大著眼睛，看著無物的這種覺醒。覺醒的意識是參與il y a的瘋狂，

但卻也抵禦著這種瘋狂。然而，這種「抵禦」的可能性仍基於存在與存在者間雙生的契約關係，仍處於不得不的二元狀態，仍在系詞的動詞與實詞間的遊戲中（《從存在》79）。因此覺醒中仍伴隨著不安，黑夜失眠中的威脅。「畏是一種將要把意識和它的『主觀性』剝離出來的運動。不是將意識平息在無識中，而是把它推入一種『無人格的覺醒』，一種『分有』中」（《從存在》66）。分有的這種參與，即是主客消失間，仍存在著的二元狀態——它便是覺醒與失眠的混合狀態。

　　第二種的實顯層次顯然是更有「基礎」的，它即是意識的沉睡能力，而且沉睡並不抵禦什麼。「《聖經》中，當約拿這個逃遁無望、祈求著虛無與死亡的人物被裹挾在狂風巨浪之中，明白他的逃亡已經失敗，承擔使命在劫難逃時，他便走進底艙，沉沉入睡」（《從存在》81）。沉睡就是一種交付，尋找不在世上的避難所。「睡眠的召喚是在躺臥的動作中完成的。躺下正意味著將存在局限於場所，局限於置放的位置」。「當我們躺倒、蜷縮在一角落裡準備入睡時，我們便將自己全部托付給了一個場所——作為基礎，它成了我們的避難所」。「將自己托付給一個基礎，同時接受後者的庇護，這一行為構成了睡眠，通過它，存在者就依然被懸置不會遭受毀滅」（《從存在》84）。

　　意識在沉睡中置放的位置就是「此處」（here），而不是海德格所喜愛的「Da」。睡眠逃回場所的「此處」是「與海德格的**此在**（Dasein）中的**此**（Da）有著嚴格的區別。Da已經暗示了世界。而作為我們出發點的此處是置放的此處，它先於一切理解、一切視域及一切時間。它就是這樣的事實：意識即源起，它

以其自身為出發點，它是存在者」（《從存在》86）。睡眠就是
進入這個位置，就是進入我的肉身；我的肉身即是這裡，這裡，
而不是存在某處的Da[17]。在這樣的意義下，「身體即是意識的降
臨」（《從存在》86）。

　　至此，我們已大致解釋了實顯的過程。它代表著列維納斯
所認為與il y a相分離的一種可能性。實顯的論題將繼續在《整體
與無限》中占有相當大的篇幅。個人作為存在者是經過實顯的
具體過程。在這個過程中，人經由辛勤地工作，取得食物，享
用食物並在世上取得居所，成為一具有內在性的「心理自我」
（psychologisches Ego），這是列維納斯描述基於il y a中存在與
存在者的二元契約關係裡，存在者於存在中出現的第一種分離。
而後，經由死亡，我們經歷了第二種分離。這種分離的發生卻不
在死亡自身的無能力上，也不在離開存在無明的全然虛無上；
這種分離是發生在「另一個時間」興起當中，它是「兒子的時
間」[18]（time of son; *Zeit des Sohnes*）。這是一個全然屬於他者的
時間性；兒子的時間完全不是我的時間，因為我的死亡，他者才
能在分離中成為真正的他者；這是分離的時間之「不連續性」
（discontinuity）與「異時性」（diachrony）的分離。

---

[17] Da 是個德文的副詞，可以意謂著「此」，但也可意謂著「那兒」。在這，
　　列維納斯以（here）這來稱我們的肉身，相對於作為一客觀對象的軀體，
　　它是以「那兒」作為它的所在。

[18]「兒子的時間」（Waldenfels 237）是由德國著名現象學者瓦登菲爾（B.
　　Waldenfels）用來描述列維納斯由世代的斷裂性所形成完全不同的時間性
　　（兒子與父親的時間）。

最後該屬於倫理學的分離。倫理的分離具體地實現在面對他人的「面容」（face; *visage*）中。在這面容中顯示了一種倫理上的分離，它不僅是上述時間異時性的分離，它所要分離的更是依於存在整體而來的暴力；在他人的面容前，所有的暴力均為之消解——這就是我們與無限者間的關係，它直接從他人的面容而來向我言說，並消解了我所有的權能與暴力；但這不是因為無限者具有壓倒一切的無限權能，而是因為他人全然無助的面容[19]。

倫理的解消（ab-solute）與分離將我帶離出了我向來所據有的家園，並質疑我的自由——我的自由一向是被質疑的，而非如存在主義者由存在荒謬所賦予的莫名的自由。最終我們看到，在列維納斯的哲學裡，由意識的沉睡置放出肉身的地點，雖然實顯了存在者的唯一性，但最終將在倫理的需求下離開它，離開我向來據有的家園，才能找到真正的出路，這也是在倫理學下唯一真正的出路。即使本文所分析脫離il y a的可能，意識的沉睡，意識的起源有其正面的意義，但在沒有達到倫理學真正的翻轉，在沒有真正從安逸的家園連根拔起之前，存在者的實顯仍是受到il y a無人稱性格的偽善所賦予的可能性。這是我們在研究il y a的性格及其實顯過程中必須有的深切體認：若無他人的介入，真實的出路仍不復存在。

---

[19] 我們在這只能稍微提及列維納斯由面容所代表的倫理思想。詳細的說明得待其它專論。但可確定的是，唯有當il y a的概念獲得澄清，並具體經驗il y a所示的整體封閉、無出路的窒息感後，未來才有可能在現象學上得到對面容的清楚描述。

第三章

現象學論死亡
——以列維納斯為線索

龔卓軍

　　死亡是使得能被思考者變成能被思考的那個東西的終局，
正因爲如此，它是不能被思考到的。人們甚至不能再說死亡
就是虛無，因爲，虛無和存在都涉及到理解。……當死亡不
涉及到作爲一種屈從於消亡的存在者的人，而涉及到存有之
理解本身時，死亡的問題是無法理解的。這一終局在智性中
找不到模式。（*DMT* 105-106）[1]

　　　　　　　　　　　　　　　　——列維納斯（E. Lévinas）

一、列維納斯對海德格「向死存有」的提問

　　1933年海德格（Martin Heidegger）與納粹合作，發表了大
學校長就職演說，造成了青年列維納斯（Emmanuel Lévinas）的
重大思想轉折。自此以後，原本堪稱對海德格《存有與時間》
（*Sein und Zeit*）[2]之優秀詮釋者的列維納斯，漸漸發展出對海德
格思想的批判態度。本文接下來將以列維納斯對死亡的看法爲主
要論題，然而，列維納斯的現象學可以說是在這個哲學對局中浮
現的，因此，我們遂不得不從這個轉折出發，以它作爲我們走向
列維納斯死亡思想的開端。[3]

---

[1] Emmanuel Lévinas(1993), *Dieu, la mort et le temps*, Paris, Grasset. *God, Death, and Time*. Translated by Bettina Bergo, Stanford: Stanford University Press, 2000，以下縮寫爲***DMT***。

[2] Martin Heidegger(1963), *Sein und Zeit*, 10th ed. Tübingen: Max Niemeyer, 1963. *Being and Time*. Translated by John Macquarrie and Edward Robinson. New York: Harper & Row, 1962，以下縮寫爲***SZ/BT***。

　　站在這個開端，我們首先產生了一個疑問：這個思想的轉折是如何發生的？當然，納粹因素只能視爲外部的原因，並不能說明其思想轉折的內在理由。1947年列維納斯出版了《時間與他者》（*Le temps et l'autre*）[4]以及《從存在到存在者》（*De l'existence à l'existent*）[5]，書中嚴厲批評了海德格對「此有」（Dasein）的「向死存有」（Sein zum Tode）的理解，以及其中蘊含的存在分析。列維納斯對海德格的批評，一直持續到他1961年出版《整體與無限》（*Totalité et Infini*）[6]，1975至76年的課堂講稿《上帝、死亡與時間》（*Dieu, la mort et le temps*）仍未停歇。讓我們以《從存在到存在者》爲例，回到這個批評的起點。

---

[3] 相關的討論參見Adriaan Peperzak(1993), *To the other : an introduction to the philosophy of Emmanuel Lévinas*, West Lafayette, Ind. : Purdue University Press, p.4.

[4] 原本收錄於Jean Wahl(1947), *Le Choix, Le Monde, L'Existence*, Grenoble-Paris: Arthaud, pp. 125 -196，1979年重刊爲單行本，列維納斯並爲之寫了新序，由Montpellier: Fata Morgana出版。*Le temps et l'autre*. Paris: PUF, 1991. *Time and the Other*. Translated by Richard A. Cohen. Pittsburgh: Duquesne University Press, 1991，以下縮寫爲*TA/TO*。

[5] Emmanuel Lévinas(1947), *De l'existence à l'existent*, Paris, Vrin, 1993. *Existence and Existents*. Translated by Alphonso Lingis. The Hague: Martinus Nijhoff, 1978，以下縮寫爲*DE*。

[6] Emmanuel Lévinas(1961), *Totalité et Infini: Essai sur l'extériorité*, 4th ed. The Hague: Martinus Nijhoff, 1984. *Totality and Infinity: An Essay on Exteriority*. Translated by Alphonso Lingis. Pittsburgh: Duquesne University Press, 1969，以下縮寫爲*TeI/TaI*。

> 　　如果在開始的時候，我們的反思在很大的程度上是由馬
> 丁‧海德格的哲學所激發的話——存有學的理念和人類與存
> 有所維繫的關係，那麼，這些反思現在被脫離其哲學氛圍的
> 一種深刻需求（un besoin profound de quitter le climat de cette
> philosophie）所支配，同時也爲一種信念所支配——我們不
> 能將之留給海德格之前的哲學。（*DE* 19）

列維納斯認爲每種過去的哲學都有其必要，但都是片面眞理。而
海德格哲學對列維納斯卻有哲學史上的新穎之處，在1951年的
〈存有學是基礎的嗎？〉（"Is Ontology Fundamental？"）一文
中，他認爲以海德格爲代表的當代存有學研究，其正本清源的特
性，足以讓我們「重新呼吸到柏拉圖偉大對話錄和亞里斯多德形
上學的空氣」。[7]但是，又是什麼樣的「深刻需求」，讓列維納
斯亟欲「脫離」海德格哲學呢？

　　從個人傳記的層面上看來，這種脫離海德格的需求，似乎
與作爲猶太人的列維納斯所見證的集中營經驗有直接關聯，[8]然

---

[7] Emmanuel Lévinas(1951), "Is Ontology Fundamental?", in *Entre Nous: On Thinking-of-the-Other*, trans. Michael B. Smith & Barbara Harshav, N.Y.: Columbia University Press, 1998, p.1，以下縮寫爲***IOF***。

[8] Adriaan Peperzak, *To the other*, ibid. and Tina Chanter(1995), "Lévinas and the Question of the Other", in *Ethics of Eros: Irigaray's Rewriting of the Philosophers*, chapter 5, London: Routledge, pp.170-224。當然，Peperzak和Chanter的討論雖沒有單一歸因於列維納斯的個人戰俘營經歷與家人遭納粹迫害經歷，但Chanter的詮釋則隱含了思想史式的經驗歸因，這種歸因方式無疑可能局限了列維納斯倫理形上學思想的當代性與全球性。

而，個人的情感或悲情（pathos），並不足以說明哲學上的理由。反過來說，這種悲情所可能造成的思想冒進，卻正是作為哲學家的列維納斯批判海德格時所欲避免的（*IOF* 1）。然而，究竟是什麼樣的哲學問題與理由，使得列維納斯接受海德格哲學的新穎之餘，復決意「脫離」之，進而透過批判海德格思想，打開了自己的哲學思想風貌呢？[9]

　　在《從存在到存在者》一書中，列維納斯已在多處明顯地批判海德格思想。他認為海德格以「綻出」（extase）概念來詮釋人類存在，使得存在的終極目標成為「綻出」，這種存在概念的詮釋，是把人類有限性和虛無當中存在的悲劇因素，歸給了人隨其存在所投身的事物，把人的煩憂（angoisse）視為是對虛無、對死亡的煩憂，唯其通過這種煩憂，人才能理解其存在（*DE* 19-20）。然而，列維納斯認為海德格這種說法的內涵，隱含了對世俗生活和欲望生活的否定，這種否定，忽略了人的存在在本質上

---

9 我們在討論中發現，這個問題與德希達（Jacques Derrida）的宏文〈暴力與形上學：論列維納斯思想〉(Violence and Metaphysics: An Essay On the Thought of Emmanuel Levinas)(1964)雖極為相關，但德希達的文章把這個問題放在列維納斯「出離希臘」思想意向的分析與解構，並由此論證列維納斯對海德格形上學思想的批評將完全適用於他所想建立的猶太式形上學，換言之，列維納斯所想建立的「希臘-猶太」二分式思考對立項是不成立的。參見Jacques Derrida(1964), "Violence and Metaphysics: An Essay On the Thought of Emmanuel Levinas", in *Writing and Difference*, tran. Alan Bass, Chicago: University of Chicago Press, 1978, pp. 79-153。誠然，德希達對列維納斯的嚴厲批評，指出他的海德格的批判並不公平，引起了1964年之後列維納斯思想的重大轉變，然而，由於無法展開這個巨大論題，本文將保留這個巨大的論題脈絡，而先將焦點放在列維納斯與海德格對死亡的看法上。

的不能免俗，也忽略了人類意向與欲望的誠實性（*DE* 64-65）。
他認爲在世存有之所以無法免俗，其意向與欲望之所以具有其誠
實性，恰恰是因爲我們被「有」（il y a）牢牢抓住，無法輕易將
自身化爲虛無、遁入死亡，換言之，存在本身就包含著悲劇性。
悲劇性並不單單因爲此有的墮落與沉淪，而毋寧是我們難以從
「有」中脫身、難以不被捲入非人格性的「有」的拉扯之中，我
們對存在的煩憂和恐懼，跟我們面對死亡時的煩憂和恐懼一樣原
始（*DE* 19-21）。

　　我們對存在有何煩憂和恐懼呢？基本上，我們在「有」當中
的存在，將發現存在是一條無盡的道路，這條路上是永久的責
任，是無法擺脫的義務束縛，是此「生」非我所屬、終生爲他者
所挾持的存在。然而，對海德格來說，煩憂卻指向「向死存有」
（Sein zum Tode; être pour la mort）的完成，煩憂讓此有得以用
某種方式理解和掌握其存在。但列維納斯強調的卻是存在的黑暗
面、是一種如同佛家所說的無明（但不是主體心識上的無明，而
是整個緣起世界的無可理解）：即使如同在漫漫黑夜中「沒有出
口」、「沒有回應」，我們還是得承受存在，明天還是得活下
去，這今日之存在當中無限的明天，具有其恐怖性和恆久性，
讓我們必然要去承擔（*DE* 102-103）。那麼，萬一我們選擇自殺
呢？

　　要理解列維納斯此處對海德格「向死存有」的批評，我們不
能忽略布朗修（Maurice Blonchot）的影響。布朗修認爲[10]，海德
格想讓死亡「變得可能」讓我們理解。但列維納斯則認爲死亡本
質上是不可捉摸、在他方、無法掌握的。死亡抗拒我們，它是不

可能的，它像他者來到我們面前，在神祕而陌生的死亡面前，我們不再是自己的主人，死亡是謀殺，像從另一個世界、彼岸來的東西。它使我們驚訝，無法預期，縱使有海德格的深刻分析，它的力量仍舊，不僅由於它無法預測，也在於它無法認識。死亡是他者，它不是我。列維納斯說死亡像一種詐術、一種花招，它戲弄我們，耍得我們團團轉，我不可能是我自己的死亡的主人，自殺只會讓我膚淺地暫時得救，我想找死，但目標搞錯了，因我明明是想掙脫他者與我的存在對我的重重束縛，卻把自己的死亡變成逃離他者的工具，自殺的心態，終究是在考慮我的死會造成（或減輕）對他者、他事的什麼影響，這種有「針對性」的死亡，反倒無法成爲眞正屬於「自己的」死亡，布朗修說，「自殺是誤把自己的死亡弄成爲他者而死」（SL 104）。最後，布朗修結論道：自殺是不可能的（*SL* 104-7）。[11]

---

[10] Maurice Blanchot(1982), *The Space of Literature*, trans. Ann Smock ,Lincoln: University of Nebraska Press, p. 96，以下引文縮寫爲*SL*。

[11] 列維納斯也認爲自殺是「矛盾的概念」。（*TO* 73）。布朗修對自殺的看法，對當代倫理學中爭論不休的「自殺」、「協助自殺」或「安樂死」問題，頗有新意，但已溢出了本文討論的範圍。另外，從死亡學(thanatology)的研究來說，「自殺」原本是一個可以從存有學角度來討論的問題，誠如傅偉勳教授在《死亡的尊嚴與生命的尊嚴》一書第二章所詳細討論的「生活品質」與「死亡尊嚴」的對比，以及在此章末尾提出來的終極意義問題：爲什麼「生活下去」就是「意義」？自殺在所有實存的極限境況，難道都是「無意義」？參見傅偉勳(1993)，《死亡的尊嚴與生命的尊嚴》。台北：正中，頁33-85。顯然，透過布朗修或列維納斯，這個問題的確可以從存有學或倫理形上學的角度，提出某種可能的回應。

　　至此，列維納斯更進一步向海德格，或其實更是向歐洲哲學傳統提問：那麼眞正屬己的死亡是可能的嗎？如果是可能的，我們要如何理解屬己的死亡呢？從列維納斯的觀點來看，既然我們的存在從沒有屬己的一刻，既然我們總是在「有」（il y a）的深淵中，在無限待盡的責任束縛中，既然我們無從親歷死亡的經驗本身，又如何可能有全然屬己的死亡呢？

二、死亡的存有學系譜

　　如果從《上帝、死亡與時間》一書的角度來看，如同列維納斯1975年11月28日講課記錄稿的標題：「一個不得已的過渡：海德格」所示，我們可以將本文上一節對死亡的提問，視爲列維納斯透過海德格，轉向亞里斯多德（Aristotle）、康德（Immanuel Kant）、黑格爾（Georg Wilhelm Friedrich Hegel）、布洛赫（Ernst Bloch）、柏格森（Henri Bergson）、芬克（Eugen Fink）提問，轉向整個西方存有學史所做的提問。這整個提問的重心是：死亡作爲海德格所說的「終局」，這個終局若既不等於全然的虛無，也不等於存在，那麼我們如何可能理解死亡呢？

　　對海德格來說，死亡意味著在我的毀滅意義上的我的死亡，對於死亡與時間關係的研究，海德格認爲，正是由於死亡本身，此有（Dasein）才成其所是之整體性，才確實存在。死亡不應該被設想在一種尙未實現的未來中，不是在物理分秒時間中展開的事件，而是應從即存在、即死亡的角度，去掌握躍入存在，即等於躍入向死之狀態，換言之，死亡並不在時間中的某處，

反倒是時間乃是由躍入存在、躍向死亡的動態所展開。假如死亡終束了此有，便一併帶走了本眞狀態（Eigentlichkeit）和整體性。因此，死亡是一種存在方式，其出發點乃是──尚未（pas encore）（*DMT* 50-51）。或許，我們可以從黑格爾絕對精神的辯證角度，來看待海德格的死亡現象學，在否定中所帶有的肯定意涵。

黑格爾從精神邁向絕對知識的辯證角度來看死亡，他將死亡視之爲精神通過不同意識型態時，一個必要的中間環節：「尚未」。布朗修認爲，黑格爾將行動、語言、自由和死亡視爲是同一個運動的不同面貌。他證明只有人不斷決意接近死亡，才能讓他變成積極的虛無，也才能夠否定、轉化自然現實──戰爭、勞動、認識、捲入歷史，都可能是決意接近死亡的方式。在辯證的觀點下，死亡是個神奇的力量：絕對的否定力量，在世間形成了眞理的活動。死亡把否定帶入現實，把有形帶入無形，把界定帶入不定。我們希望畫出這個界線、標定這個結尾、到達這個終局（*SL* 240）。於是，死亡如同絕對的主人（*DMT* 95）。

這是關於死亡的文明──諸如家族葬禮將死者變成活生生的記憶──背後所要求的原理，是有目標的意志企圖達致、要求完成、想要全面主導存在與死亡的作法。當存在面對此終極關頭還能耐著性子尋求可能性，能夠朝向死亡，如同朝向最特出的可能性，這種存在便是本眞的。通過此一運動，西方史上的人類本質，才有了行動、價值、未來、勞動與眞理。要肯定對人來說一切都有可能，首先要肯定死亡本身是可能性，沒有死亡本身，人就不能形成「全部」的理念，也無法以整體性的觀點存在，因

此，死亡必定使「全部」──即整體性成爲可能（*SL* 240）。所以，對黑格爾來說，死亡是創造性的，它是每一步辯證形成前的必然效應，也是邁向「全體」理念、邁向絕對知識必然進程中的環節。

不過，列維納斯在關於黑格爾的講課記錄中，卻留下一個伏筆。在1976年3月19日的記錄中，列維納斯強調，黑格爾在《精神現象學》（*Phänomenologie des Geistes*）中將死亡置於與血緣的關係下描繪，使他比在《邏輯學》（*Wissenschaft der Logik*）中的討論「更加接近死亡之謎」，因爲，「在他的《邏輯學》中，死亡被歸結爲已經和存有一起被思考到了的虛無。」相對的，在《精神現象學》中，死亡「是一種陰影（ombre）」（*DMT* 100-101）。列維納斯認爲死亡雖不再存在，卻也不等同於虛無，然而，以智性的方式面對存在、死亡和虛無的西方存有學傳統，容易陷入「存有和虛無的辯證法」中，他認爲海德格的存有學便是一個例子：

> 存有和虛無的辯證法，繼續支配著海德格的存有學，在此存有學中，惡總是等於缺陷，也就是不足，缺少了存有，也就是虛無。（*DE* 20）

黑格爾在《精神現象學》中把死亡視爲「陰影」，指向「黑暗又掩蔽的實質」，指向「萬物的深層（Urgrund）」，裡面似乎蘊含了某種死亡不能夠被思考到的實質，換言之，我們雖然無法否認死亡的虛無性，但在此同時，我們卻無法認識此一虛無，亦

即，死亡並不等於虛無，它是某種「不可設想的虛無」。然而，黑格爾並沒有脫離在世存有的意義模式，他終歸是按照生者與死者的關係建構死亡的意義（如葬禮、回歸塵土、以家庭的存在爲基礎），埋葬即被解釋爲回到存在的基礎。列維納斯說：

> 於是，死亡在世界之中被思，並作爲自身理解自身的一個環節。黑格爾總是以一種對還活著的人的行爲的詮釋來看待死亡。在世界顯現的時刻，死亡是可以理解的。（*DMT* 104）

布朗修在《文學的空間》（*The Space of Literature*）中，呼應列維納斯的討論，認爲除了海德格、黑格爾將死亡作爲存在或意義建構的可能性之外，還包含了尼采（Friedrich Wilhelm Nietzsche）：「決定不再存有，本身也是可能性：死亡的可能性。三個思想系統──黑格爾、尼采、海德格的思想體系──試圖闡明這個決定，因而，不論他們彼此間有多大的對立，他們似乎都爲現代人的命運散放出巨大的光芒，而率皆致力於讓死亡具有可能」（*SL* 96）。

對尼采來說，死亡是邁向彼岸的可能性。超人（Overman）即是在死亡的可能面前保持自由的人，超人執持著意志的純粹本質，他意志於虛無與禁欲理想，使他能夠超越妒恨（ressentiment）的虛無主義與僞意識。在《查拉圖斯特拉如是說》（*Thus Spoke Zarathustra*）[12]一書的〈論自由的死〉一節，最能表現這樣的思想：

　　我讓你看那圓滿無缺的死——對於生存者形成一種激勵和
允諾的。圓滿地完成了一生的人，光榮地死去，四周圍，環
繞著希望者、允諾者。所以，一個人要學習死亡；而不尊重
生命的誓願而死，便毫無慶典可言。……自由的死，死的自
由，當說「是」的時機消失卻能夠說出一個神聖的「不」：
他就是這樣了解了怎樣死亡、怎樣生活。（*TSZ* 183-185）

　　就海德格來說，本真、決意、確定和對死亡的確切假定，使
得此有的存在分析得以完整。而超人與此有的本真、決意、確
定和對死亡的確切認定行動，和海德格強調「自由面對死亡」
（Freiheit zum Tode, *SZ* 266/*BT* 311）有異曲同工之妙。然而，
布朗修認為就是在這個關鍵環節，恰好使得死亡作為可能性轉
成為死亡作為不可能性。布朗修在他的《文學與死亡的自由》
（*Literature and the Right to Death*）中，也指出這種自由的空
洞，視之為虛無主義的一個極端形式。[13]

　　以下，讓我們透過布朗修的分析，來說明這個虛無主義的極
端形式，這個死亡作為可能性轉成為死亡作為不可能性的轉化。

　　在《查拉圖斯特拉如是說》查拉圖斯特拉在〈論視見與謎
語〉之中向一位侏儒宣布了「永恆輪迴」之後，在荒野中遇到了
一位年輕牧者，被一條大黑蛇塞住了嘴，那條蛇奮力爬進他的

---

[12] F. Nietzsche(1883), *Thus Spoke Zarathustra*, in Walter Kaufmann trans., *The Portable Nietzsche*, New York: The Viking Press, 1954，以下引文縮寫為 *TSZ*。

喉嚨。在〈復原者〉一節，查拉圖斯特拉間接談到了那次的遭遇：「對人的極端厭惡──它嗆住了我，並爬進了我的喉嚨，預言者說：『萬物都一樣，沒有什麼是值得的，知識人的哽塞。』一道微光有氣無力地在我眼前，悲傷，厭煩至死，沉醉若死，用打著呵欠的嘴說著。『永遠迴返於你所厭煩的人，渺小的人』」（*TSZ* 219）。布朗修認爲，查拉圖斯特拉的厭煩起於：

> 他永遠無法決定性地超越人的不足，而弔詭的是，他只能意願他的迴返，來試著超越人的不足。但這個迴返的意義爲何？它意謂著它肯定：虛無主義的極端正是它顛倒自身的地方，虛無主義正是這個迴返本身，是種肯定，從「不」到「是」，駁斥了虛無主義，但卻完全透過肯定虛無主義來駁斥它，因而將之擴展成每一種可能的肯定。（*IC* 149-50, 451n9）[14]

---

[13] Maurice Blonchot(1981), "Literature and the Right to Death." Translated by Lydia Davis. In *The Gaze of Orpheus*, pp.21-62. Edited by P. Adams Sitney. Barrytown, New York: Station Hill Press, 1981，以下引文縮寫爲***LRD***。「死亡作爲事件，不再有任何重要性。在恐怖統治時期，許多個體死亡卻了無意義。用黑格爾的話來說，「它因而是所有死亡中最冷酷、最不堪的，就跟剎下一個甘藍菜頭、吞下滿口的水沒什麼兩樣。」爲什麼？死亡不是自由的成就──也就是意義最豐盈的時刻嗎？但這也是那種自由空洞的地方，證明了一個事實，這樣的自由仍屬抽象、理想的（文藝性的），它貧瘠而陳腐。」(*LRD* 39-40)。

[14] Maurice Blonchot(1993), *The Infinite Conversation*. Translated by Susan Hanson. Minneapolis: University of Minnesota Press, 1993，以下引文縮寫爲***IC***。

虛無主義的極端點，正是由於對人類的種種不足（包括死亡），查拉圖斯特拉無法決定性地超越之，而只能由查拉圖斯特拉永恆地迴返，來試著超越人的不足。然而，當這個迴返須被反覆履行，其本身就肯定了虛無主義（迴返乃是徒勞，所以虛無主義值得肯定）；可是這種永恆地迴返的一次次兌現，又駁斥了虛無主義（一次次的迴返就是一種可能，所以不虛無）。在此，死亡作為一種迴返，它帶來的各種可能性（試圖超越死亡），在死亡現身時立刻反轉為不可能性（徒勞）。這個超越企圖的中斷，就像「揚棄」（Aufhebung）的步驟如果被中斷了，但這個中斷它的環節本身並不現身，便只會留下自身的痕跡（trace）。

　　極端的虛無主義在生產出企圖超越永恆輪迴的無盡步履時，在生產出迴返、履行其反轉時，留下了痕跡。同樣的，死亡的存有學系譜提示我們的是，死亡的不可親知、無可名狀，在生產出企圖超越死亡的無盡步履時，同樣讓這種超越迴返的思考步履呈現出可能性，但是，就在我們履行（performance）[15]這種可能性時，將立刻造成其反轉為所有可能性的不可能，而死亡（與虛無主義的極端狀態一樣）透過方式這種留下痕跡，因而，死亡不等於全然的虛無，它不是完全的空無，而是有效應、卻遲未現身的「痕跡」。

---

[15] Dennis King Keenan(1999), *Death and Responsibility: The "Work" of Lévinas*. USA, Albany: State University of New York Press 1999.第1章。

三、思考死亡作為思考無限性：轉向倫理

從列維納斯的觀點來看，這種履行是「多幕戲劇」（drama in several acts）（*TeI* 258/*TaI* 282, 284），它生產出一道「無限在有限中無限化」的痕跡（a trace of the *in-finition* of the infinite），讓無限呈顯為思考著無限之思想的阻斷。對於這種履行（performance）的反思與履行，不斷在列維納斯的著作中重演。若能解讀它，不僅有助於我們理解列維納斯思考「死亡」這個在存有之外（other than being）、無可思考、又不等於虛無的「無意向的激動」（affectivité sans intentionalité）（*DMT* 26）之中斷效果與痕跡，更有助於我們在通過黑格爾、尼采、海德格的存有學系譜學之死亡觀考察後，重新理解列維納斯對「我與我的死亡、我與他者的死亡的關係」的思考方法。

列維納斯在1957年出版的〈哲學與無限性之觀念〉（"La philosophie et l'idée de l'Infini"）[16]一文中，引入了笛卡兒（René Descartes）對無限觀念的分析之解讀，這種解讀後來一直在列維納斯的著作中不絕如縷地復現，最顯著者，莫過於《整體與無限》一書，我們由其標題已可窺知一二。以下我們將從這篇文章

---

[16] Emmanuel Lévinas(1967), "La philosophie et l'idée de l'Infini." In *En découvrant l'existence avec Husserl et Heidegger*, 165-78. Paris: Vrin, 1967 / "Philosophy and the Idea of Infinity." Translated by Alphonso Lingis. In *Emmanuel Lévinas: Collected Philosophical Papers*, 47-59. Dordrecht: Martinus Nijhoff, 1987，以下引文縮寫為***PeI/PaI***。而此文的詮釋可參見Adriaan Peperzak, *To the other*, 第2, 3, 4章。

與這本書的互文脈絡，去掌握列維納斯思考死亡時的思考方法。

列維納斯發現，笛卡兒在《沉思錄》（*Meditations on First Philosophy*）中，強調了一個「我」在思考，同時也強調了「我」的思考一種與無限性的關係，在這種關係中，「無限性」的他者性（alterit）並未被思考著它的思想排除。

> 在思考無限性時，我從一開始就思考得比思考還多（In thinking infinity the I from the first *thinks more than it thinks*）。（*PeI* 172/*PaI* 54）

這個讓人進退兩難的說法，充分發揮了《整體與無限》中兩個相互矛盾的思考運動，它們必然要求被一起思考，卻不可能被放在一起思考。列維納斯在〈哲學與無限性之觀念〉的前言中，將笛卡兒的《沉思錄》解讀為「只是它所勾勒出之結構的形式設計」（*PeI* 171/*PaI* 53）。換言之，其內涵並未得到充分的開展。列維納斯指出的這個雙重思考運動，意在闡明《沉思錄》中，列維納斯為之神往的這個「形式設計」——也就是列維納斯後來用以思考「死亡」問題的雙重思考方法：

> 在第一個運動中，如果笛卡兒將一個自身面對自身的意識視為無可懷疑，那麼在第二個運動中——對反思的反思——他認出了支持這種確定性的條件。（*TeI* 186/*TaI* 210）

換句話說，笛卡兒的「我無法懷疑我在懷疑」這個確定性思考

是第一個運動，其本質是意識自身、肯定自身；而第二個運動則是再認出一個更根源、不斷在指認中後退、而無法定立（positing）的「尚未」（not yet）現身的「我思」。在進入列維納斯解讀笛卡兒《沉思錄》的文本細部之前，我們有必要把這兩個運動放在列維納斯對「理解」（comprehension）與「批判」（critique）的區分脈絡中。

　　《整體與無限》開宗明義，列維納斯就區分了作爲知識或理論的「理解」，以及作爲認識本質的「批判」。在理解存有時，知識或理論關心的是批判，在發現了其自由發用有獨斷之弊時，認識活動將自身置入疑問。每當認識的批判本質追問其自由發用中任意獨斷之源頭時，就轉向自身（*TeI* 13/*TaI* 43）。因此，認識活動的本質並不等於抓住一個對象，而在於能夠將自身置入疑問。認識活動

　　　能夠將世界當作其主題，使它成爲對象，因爲它的實行不外是掌管支持著它自身的條件，即便這些支持條件也在這個掌管動作本身中作用著。（*TeI* 57/*TaI* 85）

因此，知識或理論活動似乎形成了一種模稜兩可的特質——兩種不同的運動。理解運動在每個當下都會被批判運動所顛倒。然而，這並不等於說這兩個運動只處於對立關係中。雖然兩者朝顛倒的方向運動，因而有對立之處，但它們卻要求同時被思考。「只有在認識活動同時（en même temps）具批判性時，它才成其爲對事實的認識活動；如果它將自身置入問題，迴返其根

源——在一個不自然的運動中尋求較其根源更高者，這個運動就證明了、或描述了一種被創造的自由」（*TeI* 54/*TaI* 82-83）。在這不自然的批判運動中，知識回頭超越了它自身的根源，回頭超越它依據證成其自身的根源。「知識作爲批判，作爲迴溯自由之前的狀態，要能夠出現，只有在一存有者擁有先於其根源的源頭時，而此存有者是被其根源創造出來的」（*TeI* 57/*TaI* 85）。於是，「理解」與「批判」形成了一個後來者批判其理論根源、再回到其根源的根源中去的雙重運動，當理解被批判置入疑問時，這種弔詭而難以描述的關係，列維納斯稱之爲「倫理」或「道德」。在笛卡兒的《沉思錄》中，列維納斯發現了這個模稜兩可的雙重運動，這個「倫理」結構。

認識活動的批判本質，導向了對「我思」之知識的超越（*TeI* 58/*TaI* 85）。它超越了作爲理解的知識，超越了自身視自身爲無可置疑之知識。笛卡兒所認定的確定性，來自於「我思」的清晰性與明瞭性，追求確定性，是因爲「在這有限思想中的無限性之出現，若沒有這個出現，這個有限思想會忽略掉它自身的有限」（*TeI* 186/*TaI* 210）。換言之，若沒有這個無限出現，意識便無法立定，也無法認出其限制，它的懷疑（*TeI* 185/*TaI* 210）。一旦它無法確定其懷疑，便無法實現其第一重運動。列維納斯在此指涉到笛卡兒第三沉思中的著名章節，在這個章節中，笛卡兒反對自己的探問，或許他自己得到對無限的知覺，是透過對否定有限者而得到的：

相反的，我清楚了解到，在無限實體中的眞實要比在有限

實體中的眞實來得更多，因而，我對無限者的知覺——亦即
對上帝的知覺，以某種方式先於我對有限者的知覺——亦即
我自己。因爲，我怎能了解到我懷疑、我欲求——亦即我缺
乏某事物，了解到我並非全然完美，除非，我有某些觀念牽
涉到一個更完美的存有者，使我能夠透過比較認出我自己的
不足？（*MFP* 31）[17]

笛卡兒如何了解他懷疑，他如何能夠立定並認出他的懷疑、他的
有限、他的不完美，更何況是他在第二沉思中，已用了他這有限
而不完美存有者的懷疑建立的「我思」——他了解、確定、不懷
疑他在懷疑？除非在他之中，早已有對某個更完美存有者的觀
念，是這個觀念使他能夠透過比較認出他自己的不足。笛卡兒在
此發現了第二重運動，換言之，在事實之後，或對認識的反思特
質做了批判反思之後，他發現了第一重運動得到確定性的條件，
這個條件來自「自身對自身的無可懷疑」，它是絕對的根源，在
第三沉思中，笛卡兒發現了先於根源的根源：無限者。在有限
者中勾聯出無限者之道，乃是由稍早所述之雙重運動所授與。列
維納斯在《整體與無限》一書的〈無神論或意志〉一節中，在他
自己對死亡和未來的描述中，建立了對笛卡兒《沉思錄》這種近
密的解讀。他把第一重運動稱之爲「時序秩序」（chronological

---

[17] René Descartes(1988), *Meditations on First Philosophy*. Translated by
John Cottingham. In *The Philosophical Writings of Descartes*, vol. II, 1-62.
Cambridge: Cambridge University Press, 1988，引文縮寫爲***MFP***。

order），第二重運動稱之為「邏輯秩序」（logical order）。這雙重運動同時也被陳述為「理解」和「批判」。

以無限方式賦予其自身觀念於我們之中的存有——用笛卡兒的語彙說是上帝，依第三沉思的說法，是它對應出了我思的明證性。但是，對這個「我思」中形上關係的發現，就時序而言，只形構了哲學家的第二重運動。在這個「邏輯秩序」之外，可能還有一個「時序秩序」，在這個進程之中，還可能存在許多環節，亦即它是一個進程（progression）。從時間的觀點來看，這個存有乃是「尚未」（not yet [*n'est pas encore*]），這個「尚未」使這個「進程」不致等同於「虛無」，但卻使這個「進程」跟它自身維持在一個「距離外」（distance [*à distance*]）。它不是一蹴可幾（It is not all at once [*n'est pas d'un seul coup*]）（*TeI* 24-25/*TaI* 54）。

我們在閱讀笛卡兒描述「我思」的相關章節時，必須牢牢記住它乃是「尚未」和「非一蹴可幾」，「我思」是從一位已經在第三沉思中發現了無限者的讀者/作者的觀點所寫下來的東西。從時序的觀點來看，「我思」的全幅實現雖然尚未到來，但這並不會讓我思等同於虛無，或等同於純粹的潛能。在這個發現無限者的時刻，「我思」維持在一個與自身有距離的狀態中，介於實現與潛能之間隙中。它處於「尚未」或「非一蹴可幾」的間隙中。

至此，我們稍稍釐清了一些方法的和概念的基礎，以理解列維納斯對「我思」對死亡所做的思考——不論是關於我自己的死亡還是他者的死亡，筆者相信，這些釐清亦有助於我們理解列維

納斯對存有學史系譜──尤其是對海德格存有學中的死亡觀所做的回應。

四、反思：列維納斯對海德格死亡觀的回應

（1）死亡之不可理解與不可能性：列維納斯認爲，死亡之臨近吾人，不是帶來虛無，而是帶來恐懼，我爲我的存有恐懼（*TaI* 233/*TeI* 209），恐懼暴力（*TaI* 235/*TeI* 212）而且，列維納斯強調，死亡基本上是無法認識的（unknowability），列維納斯在此企圖反駁海德格「非本眞的死亡」的說法。對海德格來說，恐懼死亡是與死亡關聯的非本眞方式（inauthentic way of relating to death），而唯一與死亡關聯的本眞方式是煩憂（angoisse），一部分的意思是去理解自身的限制。[18]列維納斯則拒絕這種傳統的二分法，好像不是存有就是虛無（*TaI* 232/*TeI* 208），列維納斯認爲海德格提供的選項也在上述二分之中，海德格認爲死亡是虛無，我在此虛無上投企出整體存有的可能（*BT* 292/*SZ* 248）。列維納斯強調的則是死亡的不可認識性：「我們不知道死亡何時會來。來的會是什麼？它會用什麼威脅我？用虛無，還是用另一個開始？我不知道」（*TaI* 234/ *TeI* 211）。「死亡的不可能，乃

---

[18] 海德格說：「面對死亡時的焦慮，不能跟面對自身的終止時的恐懼混爲一談。」(Anxiety in the face of death must not be confused with fear in the face of one's demise)(*BT*, 295; *SZ*, 251)依據海德格的看法，「眾人」無法了解此種狀態，誤解了死亡，還一直幻想著以爲他們還有很多時間。(*BT*, 346; *SZ*, 300, and *BT*, 477; *SZ*, 425)

是我們不可能認識死亡」（impossibility of knowing）（*TaI* 234/ *TeI* 211）。就此而言，死亡乃是「所有可能的不可能」（the impossibility of every possibility）（*TaI* 235/*TeI* 212）。而非「不可能的可能」。然而，如同德希達（Jacques Derrida）在〈暴力與形上學：論列維納斯思想〉（"Violence and Metaphysics: An Essay on the Thought of Emmanuel Levinas"）的批評所示，列維納斯在接受了布朗修的影響，在理論上堅持所謂死亡的「不可能性」、「不可認識性」時，是否落入了理論上的「邏輯秩序」？

換言之，從「時序秩序」的觀點來看，對列維納斯所欲爭論的海德格來說，「死亡」的全幅實現雖然尚未到來，但這並不會讓對於「死亡」的思考等同於虛無，或等同於純粹的潛能。在發現「死亡」的時刻，所有理論上的「我思」都維持在一個與自身有距離的狀態中，介於實現與潛能之間隙中，因而在「可能」與「不可能」之間。它處於「尚未」或「非一蹴可幾」的間隙中。就此而言，列維納斯討論「死亡」的「不可能」或「不可認識」誠然是一種論說上的理路，但一旦依此理路反對「死亡」作為一種「可能性」，反而落入了「邏輯秩序」上的二分，這對吾人所真實面對「死亡」的經驗揭露，並不能讓論者回到更近於「倫理」態度，回到當下生命的進程中。

（2）死亡帶來時間的中斷，而不是整體化：德希達曾提醒我們，海德格不僅說此有是向死存有，也強調是共在存有（Mitsein; being-with），海德格認為兩者同樣原初，都是世界的結構條件，海德格也常說，人是透過先感受他者的死亡而預期自己的死亡，所以，列維納斯批評海德格把「我的死亡」置於「他

者的死亡」之前，是否是一種錯誤？《存有與時間》第53節說：
「作為無關係的可能性，死亡個別化地成為無法被凌越的可能，
它讓此有成為共在，對他人的潛在存有狀態有了理解」（*BT*,
309; *SZ*, 264）。海德格透過本真的死亡來贖回、回復自我的可
能性，這種可能性原來是被「眾我」所掩蓋的死亡遮蔽住了。列
維納斯認為，在海德格的時間性概念中，此有作為有限之物，
只對他自己一個人成立，即便是良心的召喚，他必須往自己內
在去找，於是，這中間蘊含了一種「神入的時間性概念」（the
ecstatic conception of temporality），在此有獨自的神入狀態中，
時間亦趨向整體化，這種時間性，省略了他異性，也省略了死亡
降臨時具有斷裂效果的「瞬間、間隙」（instant, interval）。

　　按照「時序秩序」與「邏輯秩序」的關係來看，這種理解當
然也可以倒轉過來解釋。海德格的「神入的時間性概念」如果不
當作一種知識來看待的話，它反而是在描述一種神出體外，一種
脫離自我的狀態，是一種脫離內在性、朝向外在性的狀態。或
者，我們可以進一步追問：在面對良心召喚中的「自我」，為
何就等於「同一」與「整體化」呢？就「時序秩序」而言，這個
在死亡陰影中面對良心召喚「自我」，難道不是恰好可能在「自
我」破碎的「瞬間、間隙」中，與「他者」或他異性照面嗎？
因此，列維納斯討論「死亡」帶來的時間上的「中斷」誠然是一
種論說上的說法，但一旦依此理路反對「死亡」作為一種本真自
我的「時間性」，同樣落入了「邏輯秩序」上的二分，這對吾人
所真實面對「死亡」的經驗揭露，也同樣不能讓論者回到更近於
「倫理」態度。

（3）死亡是個不得不、是個疑問，而並非邁向自由：海德格分析的死亡中，此有的特性在於其可能性。歷史性就充溢在人存在之中，無法逃脫，而不是詛咒，它的核心「人是向死存有」，死亡正是所有人類眞正自由的決定條件，因爲他有了自己死於自己的死亡，人活出自己的生命才能算是自由的。用海德格的話來說，「在死亡當中，此有作爲可能性的特質得到最清楚的展現」（*BT* 293/*SZ* 248-49）。列維納斯因而說，「死亡對海德格來說是自由的降臨」（Death in Heidegger is an event of freedom）（*TO* 70/*TA* 57）。這種基本的自由，便是列維納斯要爭論之處。列維納斯認爲，此有的基本特色不是可能性，不管是實現出來變成存有的潛能，我首先不是任何東西的潛能，而是感受性、被動性、責任感，我不得不向他者被動地暴露自己，而死亡首先便是由他者的無可反對性展現出來的。列維納斯不斷追問的是死亡是否有更根本的意義，而不只是肯定死亡可能讓自我從可能性中解放出來，得到自由。這個「可能性」與「不可能性」的爭論，我們已在上面討論過。

顯然，列維納斯對海德格理論上的恣意批評，是另有所圖。他的種種批評，似乎只是要建立自己的哲學語言的一個無意識的過程，而並沒有能夠讓他自己眞正「出離」海德格思想的影響。因此，這些爭論的眞正意義，毋寧是列維納斯認爲海德格「非本眞的死亡」這個概念不夠用，因爲，這個概念對他而言似乎蘊含：有人可以把他者化約爲不僅是可以否定、可以謀殺的，也有理由爲了自己的「本眞的死亡」——眞誠的存活，而不惜去謀殺他人。這種蘊含勢必造成倫理上的可怕後果。列維納斯強烈主

張，我們必須另謀他途，以思考死亡、自由和他者的關係。列維納斯的死亡看法再現了一個終局：這個終局是某些可能性還沒有實現，也可能再也不會實現，但現在絕不可能實現。

列維納斯的哲學力量不在於承認自由抉擇，而在於承認用這些說詞來說明責任的議題，通常已經太遲了。大屠殺已發生，列維納斯關心的是，我們接下來要如何問問題、如何回應這種他者的死亡才恰當？就此而言，列維納斯關心的，不是問「我的回應」如何出現，而是「我如何對我會出現的回應負起責任」，不是依據表象或現象領域，而是依據「我應該要負責的他者」來問問題。我或許無法提出「他者的死亡」這個不可能的問題，但或許去陳述它的努力，即便明知不可能，也不至於完全於事無補。於是，我們依舊要問：「死亡」這個不可能的問題在什麼意義下是不可能的，在什麼意義下它仍有可能？我雖不可能貼切陳述我的回應責任，但是，正因爲沒有人能貼切講清楚自己的責任，問題才可能繼續問下去，不是嗎？所以，我的責任問題的不可能是因爲它不可能確切釐清，也不能被一勞永逸地回答，但我仍可能一直追問我的責任，雖然可能還是問出不可能回答的問題。就在這種不可能當中，我們也發現了我們的責任的必然性、絕對必要、要緊、無法規避，我們的責任透過他者，持續的復現。

透過對死亡的追問，列維納斯提醒我們，這個時代的倫理學已無法再是一種責任與良心的召喚，我們無法再把倫理責任當作抽象制定出來的義務大綱、當作一種未來的可能性、一種必須要被實現的可能性。於是，倫理學成爲一種永遠「尙未」盡完的責任，更具體的倫理回應與責任，是透過他者的臉孔表情、他者的

死亡，當下向我展現其靜默的要求的。

　　死亡雖不可認識、不可理解，但作為哲學研究者的列維納斯與我們，必須因此回歸沉默嗎？不。列維納斯主張，我們的責任乃是不斷的追問，透過我們不停的追問介於存有與虛無間的死亡，我們不斷在兌現列維納斯所謂的雙重思考運動：在所有對死亡明確性的思考與理解的根源意義上，保留所有的這些第一重思考運動的理解價值，但我們必須再繼續做第二重的思考與追問，再去揭露這些確定性的根源之根源，借用列維納斯的話來說：「這並不單純是一項西西弗斯的勞動，因為，每一次所移動過的距離並不一樣；它是一種下降運動，朝向一個越來越深的深淵，我們在別處稱之為『有』（il y a），它超越了肯定與否定」（*TeI* 65-66/*TaI* 93）。它在追問與打斷中，為時序秩序尋找出邏輯秩序，同時留下了痕跡。

第四章

列維納斯語言哲學中的
文本觀

鄧元尉

一、列維納斯與文本問題

　　法國現象學家列維納斯（Emmanuel Levinas）似乎是位不合時宜的哲學家。在一個抗拒規範、眾聲喧囂、個人意識抬頭的時代，他高談道德及對他人的責任；在一片終結形上學的呼聲中，他力抗存有學的浪潮而倡言形上學；[1] 當各樣精采萬分的思潮在當代思想舞台上此起彼落、各擅勝場，他始終堅守現象學的陣營；在這個主體死亡幾成定局的年代，他卻要告訴我們真正的主體何在。

　　然而，就在他只被視為一位過時的現象學家被遺忘許久後，卻隨著德希達（Jacques Derrida）解構主義的流行而備受關注。這份關注主要伴隨著德希達晚期的政治學轉向以及這轉向所帶有的倫理關懷而起，便使得學者們的關注點主要集焦在列維納斯道

---

[1] 海德格（Martin Heidegger）前期所論之基礎存有學（fundamental ontology），直指對傳統形上學的批判，認為後者遺忘了最根本的存有問題，並主張應透過對此有（Dasein）——思考存有問題的存有者——之存在方式的刻畫來重探存有問題。列維納斯的形上學乃是對海德格存有學的抵抗，但不應該簡單理解為是要恢復傳統形上學；相反的，列維納斯的形上學可視為一種經過存有學淬鍊的形上學。在他看來，海德格的存有學並不是基礎的，因為存有問題並不是基礎問題；在對存有問題的理解中，自我建立起與他者的認識關係，見Emmanuel Levinas, *Basic Philosophical Writings*. Ed. Adriaan T. Peperzak, Simon Critchley, and Robert Bernasconi. Bloomington: Indiana UP, 1996. pp.5-7，以下縮寫為***BPW***，但有一種關係比這認識關係更原初、亦比此有的存有理解更基礎，那就是與他者的倫理關係，這關係被刻畫為是形上關係。此一深蘊道德性格的形上學方是列維納斯藉以對抗存有學者。

德形上學的政治學蘊義上，探索這思想作為建構後現代倫理學與
政治學的思想資源的可能性。[2]既然後期解構主義能夠吸納列維
納斯的思想資源，表示二者間或有某種先在的親密性，據此，我
們可以追問：列維納斯對前期解構主義所關心的論題是否也可能
說些什麼？如果列維納斯的思想有助於闡發解構主義的倫理學意
義，解構主義或者也有助於釐清列維納斯思想的詮釋學意義。筆
者認為，尤其是在如何面對文本的問題上，列維納斯可以提供些
許洞見。

　　有另一個理由支持我們作此探討，那就是列維納斯的論述風
格所造成的閱讀困境。列維納斯的思想深富啟發性與感染力，但
他的文字敘述卻艱澀隱晦，往往令讀者望之卻步。表面上看，列
維納斯乃是對某些重要的日常生活經驗——尤其是與他人交往的
經驗——進行現象學描述，透過類似猶太智慧文學中的箴言體
裁，以近乎神諭般的口吻傳達出來自他者的無上命令。然而，
這些震撼人心的文字，卻彷彿在抵抗讀者對它們的理解。單一
概念的內涵，不斷在得到闡述後又被倒空，再被賦予其他的內
涵。諸多概念集叢併立而生，但概念彼此間的結構關係卻在獲得
澄清前又進入另一個脈絡、轉化為另一番樣貌。論述看似在缺乏

---

2 如奎奇立（Simon Critchley）便批判解構主義者在政治問題上的缺陷，並主
張對列維納斯倫理學之政治蘊義的闡發來克服這缺陷，Simon Critchley, *The
Ethics of Deconstruction: Derrida and Levinas*. 2nd ed. Edinburgh: Edinburgh
UP, 1999. pp. 220-23, pp.236-41。Robert John Sheffler Manning則將解構主義
視為列維納斯思想的延伸，認為可藉此推進列維納斯的倫理學成為一種正義
政治學。

論證的情況下大膽冒進，其間卻又一再浮現某些重要的概念和命題，揭示這論述的進程。借用德希達的比喻，若說列維納斯語言的韻律乃是（猶太汪洋中）海浪對（西方哲學傳統之）海岸的反覆衝擊，[3]他那險峻詭異的思路便正是在這海陸交會的懸崖上蜿蜒。這些特質使得列維納斯的文字直似在刻意隱藏他所想表達的重點，但又更像是在與文字本身所構成的障礙對抗，力求所思者超越語詞而在讀者的直觀中被領會。這帶來的首要問題就是：我們該如何閱讀列維納斯的文本？更進一步：我們該如何重述、詮解、講授列維納斯的文本？這些文本難道不正是不斷抵抗一切關於它們的詮釋嗎？我們是該力圖克服文字的柵欄，還原出一幅清澈明晰的列維納斯面容，還是保留這些文字的模糊性，視之為傳遞列氏思想的不二橋樑？在此便涉及一個重要的詮釋學問題：列維納斯如何看待「文本」及對文本的「詮釋」？

　　誠然，哲學家有他自己的詮釋學預設，他的文本也有特定的樣貌，詮釋者的詮釋方式並不必然得符合這些預設與樣貌──如果詮釋者以被詮釋的思想所反對的詮釋方式來遂行其詮釋工作，說不定反倒有更精采的觀點被激發出來。然而，無論我們的詮釋方式是否符應於文本的內在韻律，卻至少得對此有所意識並有所反思，因為我們肩負詮釋的責任。但這裡我們顯然碰到一個自我指涉的困境：列維納斯的文本並未清楚告訴我們何謂「文本」，遑論何謂「對文本的詮釋」，我們該如何在含混的文本中釐清

---

[3] Jacques Derrida, *Writing and Difference*. Trans. Alan Bass. Chicago: University of Chicago Press, 1978. p.312.

「文本」的本質？對此，本文主張可在列維納斯的語言哲學中獲得建構其文本觀的理論資源，並從兩個角度及三個側面來切入文本問題，第一是從一次詮釋學論爭的角度，涉及對文本的暴力，第二是從猶太詮釋學的角度，分別涉及文本的倫理向度與社群向度。

二、列維納斯語言哲學的基本命題

　　列維納斯思想的核心是「他者」（*autre*; the other），但他未曾對他者作出前後一貫的確切定義，也沒有賦予他者概念單一的指涉。他者的首要含義是指「他人」（*autrui*; the Other），列維納斯曾明確指出：「絕對的他者，就是他人」。[4]不過他並沒有在論述中嚴格地區分這兩個詞，同時也含糊地混用了這兩個詞的大小寫形式（*Autre, autre; Autrui, autrui*）。但他者概念的含糊性並不應使我們將它視為一個類的概念，把他者概念無差別地用於泛稱所有與我有別的人。我們首先要明白，列維納斯乃是透過這含糊的用法開創出他者概念的種種可能性。當他在對他者概念作現象學分析時，主要是論及吾人與具體而個別之他人間可能產生的種種關係類型，這些關係分別以我們習以為常的方式呈現出他者概念的種種面向。例如：愛欲關係中的女人、生育關係中的後裔、孝親關係中的父親、社會關係中的同儕、臨近關係中的鄰

---

[4] Emmanuel Levinas, *Totality and Infinity: An Essay on Exteriority*. Trans. Alphonso Lingis. Pittsburgh: Duquesne UP, 1969. p.39，以下縮寫為 *TI*。

舍、談話關係中的教師、接待關係中的陌生人等等。另一方面，也有非位格的他者，如自我的死亡，以及吾人心中的無限觀念。而在某種意義上，上帝也是他者。在這情況下，本文除了延續他者與他人間的模糊性外，特別集焦於探討一種透過閱讀文本、或說在閱讀文本的經驗中所建立起來的他者關係。

列維納斯甚少直言文本，卻屢屢談及語言。在他看來，語言是自我與他者發生關係的主要場域。早在其成名作《整體與無限：論外在性》（*Totalité et infini: Essai sur l'extériorité*）中，他便強調，「談話」（discourse）規定了自我與他者間的基本關係（*TI* 39）。此一語言關係後來在他最重要的作品《別於存有或超越本質》（*Autrement qu'être ou au-delà de l'essence*）中透過「言說」（the saying）與「所說」（the said）這組概念而獲得理論上的深化。[5] 「言說」就是說話的行動，「所說」則是被說出的話語；在此所強調的並非聲音和書寫的對立，[6] 它們並非兩個對立的單元，而是處在一種轉化的過程中：言說化為所說，但復又取消（unsaying）先前的所說、說出所說之未說（the unsaid）、產生新的所說。在這關係中有幾個關鍵的歷程──

---

5 根據Jeffrey Dudiak的研究，《整體與無限》的談話概念與《別於存有或超越本質》的言說概念實指向同一種關係，差別在於前者以他者的角度、後者以主體的角度來刻畫，見Jeffrey Dudiak, *The Intrigue of Ethics: A Reading of the Idea of Discourse in the Thought of Emmanuel Levinas*. New York: Fordham UP, 2001. pp.171-172。

6 Adriaan Theodoor Peperzak, *Beyond: The Philosophy of Emmanuel Levinas*. Evanston: Northwestern UP, 1997. p.60.

第一，言說向所說的轉化：

　　陳述出所説之言説，在可感覺事物中是首要的「主動
性」，即立此爲彼（set up this as that）的主動性。此一陳説
與判斷的主動性、論題化和理論的主動性，在如下這種言
説中發生：此言説乃是純然爲他、是意符（sign）之純然贈
予、是自成意符者、是自我之表現、是信實、是被動性。而
吾人可以顯明此一言説——即在意符的贈予他人中（此一贈
予也就是先於所説的語言）純然自我表現者——轉化爲陳述
出所説之言説的轉折點。[7]

　　言說主動陳述出所說，其方式是在「宛如」（as）的語言結
構中進行論題化、形成判斷。但此一主動的言說行動卻立基於另
一個更爲原初的言說上，這更爲原初的言說並不陳述出所說，而
是將言說自身表現出來。在這原初的言說中，言說者使自己坦然
無蔽地呈現在聽者面前，將自己贈予對方。此一表現自身的言
說所給出的意符，就是言說者自己，因此，此一言說乃是敞露
（exposure），是出離自身所居之處，是流亡，是對自身的剝奪
（*OBBE* 48-49）。列維納斯在此所談的，不只是那有所說的說
話行動而已，而是一切說話行動的前提；基於此，才可能出現那
有所說的言說，即作爲一種論題化行動的言說，而也正是這論題

---

[7] Emmanuel Levinas, *Otherwise than Being or Beyond Essence*. Trans. Alphonso
　Lingis. Pittsburgh: Duquesne UP, 1981.p.62，以下縮寫爲***OBBE***。

化行動的言說使得一切的客觀知識得以可能。

第二，所說向言說的還原：

> 但在將所說還原為言說時，哲學語言乃是將所說還原為開
> 放於他者的氣息，並向他者意指（signifying）出他者全然
> 的指意性（signifyingness）。此一還原因此而是對所說的不
> 斷取消，是向言說的還原，此言說總被所說所背叛，使其語
> 詞被未獲界定的語詞所界定；這是所說向未說的還原，在其
> 中，意義（meaning）自行顯示，也就是自行遮蔽並自行顯
> 示。（OBBE 181）

作為聆聽者，我們有可能將所說作為所說而就此固定下來；
但如果要讓所說的意義得以呈現，我們就必須將所說還原為言
說，這也正是哲學的任務。哲學應幫助我們看到，一切的所說，
不但意味了它來自於言說，還預設那更為根本的**言說者的自我贈
予**。這裡存在著一種可能性，一種抉擇：面對所說，我們可以
選擇將這所說凝固下來，定著在文字中——這也意味著將那敞露
自身的言說者化約在其所說中，使之流亡而囚禁在他所說出的語
詞文句裡。但我們也可以選擇將所說還原為言說。言說者方是意
義的泉源，他那全然的指意性、那永不枯竭的指意行動，意味了
永不中斷的未說源源而出。這言說的能力會超越所說以及掌管所
說之規律的邏各斯（logos），對列維納斯而言，這邏各斯的經
典表現就是存有學；而論題化的行動在固定意義的嘗試上不斷失
敗，更將帶領我們超越所說、去關注言說行動本身（OBBE 37-

38, 45）。

　　第三，他者的現身：

　　　外於存有者（otherwise than being）*在一言說中被陳述出*
　　來，但此一言說亦必須被取消，以使能從所說──在其中外
　　於存有者僅僅意指另一存有者（being otherwise）*── 牽曳*
　　出外於存有者。（*OBBE* 7）

　　所謂的「外於存有者」就是他者，他者不是另一種存有者，
不能被存有學限制。一旦我們透過指意之未說而從所說還原至說
出所說的言說，還須再還原至無所說的言說（the saying without
the said），便將超越存有學而抵至他者之域（*OBBE* 45-46）。
這第二次的還原即使他者作爲他者而與自我建立眞實的關係。

　　文本作爲一種語言性的事物，其存在方式也當涉及言說與所
說的關係。但鑑於文本概念的含混性，我們在此很難直接從言說
與所說的語言結構爲出發來定義文本。不過，縱然無法直言文本
之所是，卻可論及對待文本的不同方式，也就是面對所說的兩種
可能態度：一種是暴力的，另一種是和平的。底下筆者即嘗試據
此從兩個角度切入，談論文本存在方式的三種可能性。

三、理解的暴力

　　在文本問題中，由文字固著下來的書本，即可視爲「所說」
的一種類型。文本當然不只是文字，但卻有可能被局限在文字

中，被迫順應文字的規律——一種存有學的規律，而根據列維納斯，此一限制行動即可謂暴力。列維納斯的學思基調乃是對西方哲學傳統之暴力蘊義的抵抗，此一抵抗又主要表現爲對海德格基礎存有學的批判，在八〇年代的一場學術論爭裡，德希達在詮釋學論域中推進了此一批判；透過還原這場論爭裡的列維納斯痕跡，我們將可看到其海德格批判所蘊涵的詮釋學意義。

論爭的主角是德希達與海德格的學生高達美（Hans-Georg Gadamer）。德希達對高達美的批評分爲兩部分，第一是他對高達美以〈文本與詮釋〉（"Text and Interpretation"）爲名的演說的提問，一是他自己提出的〈詮釋署名（尼采／海德格）：兩個問題〉（"Interpreting Signatures (Nietzsche/Heidegger): Two Questions"）一文。德希達在對高達美的提問中指出，高達美認爲理解乃以「善良意願」（good will）爲前提的觀點，實則繼承德國的「意志形上學」傳統，且未能看到理解的前提其實並非關係的連續，而是關係的中斷。他並進一步在論海德格之尼采詮釋的文章中，主張海德格以一種整體式的思維方式來詮釋尼采，嘗試在西方形上學的整體中以「尼采」之名將這個人化歸爲一位存有思想家，但實則尼采的生命與死亡抵抗此一化歸；藉此德希達暗指繼承海德格思路的高達美，也犯了整體化思維的錯誤。[8]但爲什麼視理解預設善良意願的作法是應受批判的？爲什麼整體論

---

8 Diane Michelfelder and Richard Palmer, Eds. *Dialogue and Deconstruction: The Gadamer-Derrida Encounter*. Albany: SUNY Press, 1989. pp.33, 52-53, 58-60, 69-71.

的讀法是錯誤的？這些只有回到列維納斯才能明白，也只有透過列維納斯，「理解的善良意志」與「整體的暴力」這兩個批判要素才能被結合起來看待。

　　如果理解以善良意願為前提，這意味著理解中的自我乃是以一種「自以為義」的姿態在面對被理解的事物——有誰能夠確認自己的意願是善良的呢？誰有權利作這認定？而這份「意願」豈不暗含著出於「意志」的自我立定？這正是列維納斯所言，自我那「在己之同一」（the same *chez soi*）的生活方式。列維納斯的「同一」，約略來說，就是「自我」，但以「同一」名之，則特別強調自我以一種自我等同的方式、出於自身且為其自身地證成自己，列維納斯稱此為「自我中心」（egoism）的存在方式；吾人之生活基本上就是一種自我中心的生活。至於「在己」則意味著自我在此方大地有個可以安身立命的處所，擁有一方家園供自我在其上確立自己的身分。但事實上，自我作為海德格所言之「在世存有」（being-in-the-world），乃是不由自主地被拋入這個世界，自我乃是冒充為這世界的在地人；[9]易言之，這個在地的權利其實是透過佔據此方大地而來的（*TI* 37-38）。[10]

　　至於此一占據行動的模式，則是整體化（totalization）——

---

[9] Martin Heidegger, *Being and Time*. Trans. John Macquarrie and Edward Robinson. Oxford: Blackwell, 1962.p.236.

[10] 列維納斯曾引法國哲學家帕斯卡（Blaise Pascal）在《沉思錄》（*Pensées*）第295則的話：「『這是我的地盤』——對全世界的占據由此開始」，見 Emmanuel Levinas, *Is It Righteous to Be?: Interviews with Emmanuel Levinas*. Ed. Jill Robbins. Stanford: Stanford UP, 2001. p.53，以下縮寫為***IIRB***。

藉由使自我以自給自足的方式生活於世，形成一個整體
（totality），以一己為世界之中心，不斷擴張自己並吸納其他事
物：

> 在整體中有其生活的存有者，作為整體而存在，其生活宛
> 若它占據存有的中心並成為存有之源，宛若是它在此時此地
> 造作萬物，儘管事實上它是被放置或被創造在那兒的。[11]

換言之，在同一的整體化行動中，有一種偽裝的企圖，即偽
裝自己宛若是世界的中心；或更好說，同一偽裝那實由他自己所
構成的整體乃是那作為世界中心的整體，並宣稱他自己以及他者
皆只是這整體中的一分子，但事實上，同一乃是藉由此一偽裝而
合理化他的整體化行動對他者的化約與吸納。在那包攝宇宙萬有
的至高整體背後，實是同一自己的身影；整體化行動的極致，就
是將自己的整體偽裝為宇宙的整體，藉此占據全世界。

作為整體的自我占據世界的具體運作方式，乃是「享有」
（enjoyment）。享有是自我最根本的存在方式。列維納斯對享
有的現象學分析表明，享有具有意向性的結構，此即：享有總
是對某物的享有。列維納斯便據此將享有的結構刻畫為是「藉
以生活」（*vivre de...*; living from...）。享有就是藉由他者而生
活於世。但同一對他者的享有乃是「將他者轉化入同一」，也

[11] Emmanuel Levinas, *Collected Philosophical Papers*. Trans. Alphonso Lingis. Pittsburgh: Duquesne UP, 1998a. p.25，以下縮寫為 ***CPP***。

就是吸收他者的能量以爲自我成長的養分，以致享有實爲一
種暴力。至於轉化他者的主要方式，則是自我對其自身再現
（representation）他者，而這再現乃是一種認識行動，建基於他
者的可理解性。對列維納斯來說，這就是自我對他者所行之暴力
的原初形式。但還須補充一點：列維納斯指出，同一享有他者而
生活於世，並非意味著同一對他者的依賴，因爲享有之運作的眞
正邏輯乃是「對享有的享有」，也就是說，享有不是同一爲掌握
他者而產生的中介行動，而是反過來，同一爲遂行享有行動而以
他者爲中介；眞正成爲同一之生活養分的，只是享有行動本身，
因此列維納斯會以「藉生活以生活」這類自我指涉的用語來刻
畫，而這最終意味了，同一的暴力只是爲暴力而暴力，無待於他
者的任何特質（*TI* 110-11, 122-26）。藉此，我們可以開始談到
一種**理解的暴力**，即透過理解占有他者，其運作邏輯則是**理解的
自我循環**。

　　列維納斯曾對海德格的理解概念提出強烈的批評。他指出，
同一那再現式的認識行動，正是透過理解（*auffassen*）事物來攫
獲（*fassen*）它、將之據爲己有；擁有對事物的概念（*Begriff*）
就是掌握（*greifen*）事物。他並強調，這不是修辭，而是必須照
字面意義來看。[12]換言之，理解實際上就是一個掌握、控制、占
有他者的暴力行動。

---

[12] 見Emmanuel Levinas, *Of God Who Comes to Mind*. Trans. Bettina Bergo.
Stanford: Stanford University Press, 1998.p.103.及Emmanuel Levinas, *The
Levinas Reader*. Ed. Seán Hand. Oxford: Blackwell, 1989.p.76，以下縮寫爲
LR。

　　此所謂「理解」，是指海德格的「存有理解」。吾人作為此有（*Dasein*），乃是理解存有問題的存有者；此有在其「此」（*Da*）中打開一個世界，使得其他存有者可以在其中被揭示。但在列維納斯看來，此有在克服存有之遺忘的當下，卻遺忘了此有之「此」已然是占據他者的土地。此一遺忘使得此有可以恣意透過存有來吸納其他存有者。列維納斯指出，當此有在存有的視域中理解其他存有者時，乃是將諸存有者彼此間的關係置於存有結構下，這是一種概念式思維，它透過置定一個中性項（neutral term）或中間項（middle term）——也就是存有概念——來取消被理解之存有者的他異性，將他者化約至同一，由此確保存有之理解（*TI* 42; *BPW* 7; *LR* 82）。

　　因此，當我們在一種自足的狀態中透過對他者的再現而享有他者時，這認識行為並不是價值中立的，而是帶有道德意涵。列維納斯曾利用法語*conscience*一語既指「意識」又指「良心」的兩歧性，強調我們的認識行動既是建基在一種「健全的意識」（*bonne conscience*）上，即一種有所意向的自足意識，也同時建基在「好的良心」上，即問心無愧地自以為義，自覺無負於他者地安然居於一己之地（*LR* 77）。這樣的批判進路與德希達所謂「善良意志」如出一轍，只不過德希達從海德格的尼采詮釋切入，回溯到意志形上學的哲學傳統；列維納斯則著眼於海德格的基礎存有學，並上溯至海德格的老師胡塞爾（Edmund Husserl）的現象學。當高達美在詮釋學的領域裡發揮海德格的理解概念，德希達對高達美的批判便使得列維納斯的海德格批判具有一種詮釋學意義：對文本的理解，乃是對他者的暴力。

　　高達美深化發展海德格理解觀的方式，正相應於列維納斯對同一之整體的刻畫，以致可幫助我們澄清對文本的理解暴力是什麼意思。在高達美看來，因著海德格不再將理解的歷史性視為理解要克服的障礙，而是理解的條件，便將理解從一個方法論的概念轉化為存有的基本結構，在此，真正的理解就是存有理解，而存有理解也就是此有的自我理解，是此有對其自身之歷史性的實現。但對高達美而言，整個理解之歷史性分析的重點不在於理解者，而在於那先於理解者與理解對象的理解關係，一個高於理解雙方的先在結構。高達美主張可透過遊戲概念來澄清這結構。在遊戲中，有一種意義整體透過遊戲表現出來，而遊戲者盡皆失卻在遊戲自身的規律中，被轉化入一個更高的存在狀態裡。這更高的狀態並不是遊戲的目的，遊戲沒有使之中止的目的，而僅只是在不斷的反覆中更新自身，是純粹的自我表現。他者在遊戲中的地位，就是反應遊戲者發出的活動，以為達成遊戲本身所要求的往返運動的規律。當高達美藉此進一步在傳統的功用中闡發理解的循環結構、並以「視域融合」來說明理解的歷程後，最後便指出，歷史實在、那存有理解真正的歷史對象，乃是同一與他者的關係、也就是同一與他者的統一體（*die Einheit dieses Einen und Anderen*）[13]——用列維納斯的話來說，這就是某種壓制他者的整體。

---

[13] 見高達美，《真理與方法：哲學詮釋學的基本特徵》，洪漢鼎譯。台北：時報，1993。頁152-155、頁158-163、頁392，以及高達美，《真理與方法：補充和索引》，洪漢鼎、夏鎮平譯。台北：時報，1995。頁136-140。

　　對高達美而言，理解的整體乃是整個理解現象的核心，理解者以及被理解的文本，都被含攝在這整體中、順應這整體的規律。對於作為所說之文本的理解，不在於還原到文本之言說，而是指向那高於文本的意義整體。無論這整體指的是那傳承文本的歷史傳統，是理解者所屬群體的意識型態，還是那包天包地、使理解得以可能的語言媒介，都是用一個比文本更大的意義結構來括約文本，從而文本不再具有他異性。文本不是他者，文本中也沒有他者；微小的文本作為一種歷史流傳物、作為語言性的存有者，都在那無以脫逃的歷史整體或存有整體中被理解、被利用。在這過程中，無論文本被提升到何種地位、被轉化為何種樣貌，都無法跨越同一的疆界。

　　文本的他異性無法呈現，最終原因在於理解的暴力忽視原初的言說者，僅僅關注作為所說的文本。此一關注非但未能將所說還原為言說，而是愈加將言說化約為所說，將言說者化約入所說的整體中。這所說的整體，這文本的整體，實則同一之整體的偽裝。文本的理解者藉由偽裝為文本的僕人，利用文本擄獲他者，將之封閉在文本的整體中。文本所扮演的角色一如存有理解中的存有概念，理解者藉著文本的固著特質而在一個共時的閱讀結構中再現他者，閱讀的經驗就是一個以認識來掌握他者的經驗。只要我們擁有健全的意識，便可心安理得地在文本理解中擴張自己的視域、藉他者而豐富自己的存在。

　　但在延伸列維納斯的思想進入高達美的理解理論時，我們也須指出列維納斯思想的局限。列維納斯對海德格存有學的批判，業已受到德希達的批評，認為他誤將存有之思視為是在尋找綜括

存有者的普遍原理，並誤解了存有。[14]另一方面，列維納斯對理解暴力的刻畫，亦未能綜攝高達美在闡發理解概念時所達到的理論深度。他所批判的，基本上限於認知性的理解，但高達美寫作《真理與方法》的初衷，也正是對抗認知性的真理模式，力圖論證在西方精神科學發展中真正起作用的另一種真理模式。再者，正如高達美不斷強調的，他所說的理解是一個開放的歷程，不是封閉的，而此一開放性使得文本具有了「你」的位階，具有說話的空間；而他對理解整體的論述，在透過對話概念的闡述、以對話中達到的相互理解類比於文本理解後，便使他的理解理論從那歷史性的整體轉化為社會性的整體，也就是一種透過「我」與「你」的對話而達致「我們」此一社會共同體（1993: 488-489; 1995: 207-208, 243）。然而，列維納斯的文本觀也正蘊涵此一社群向度；他在文本詮釋的問題上非但沒有走向極端的多元主義，反倒以社群的角度來確立文本的價值與功能。就此，也許我們不應在理解暴力的問題上過度延伸；相對的，我們應看到列維納斯所重視更為重要的東西。對他而言，理解已然是與被理解者的對話：

> 理解一個人，已然是對他說話。……與我處在關係中的那人，我呼喚他存有者，但當我如此呼喚他時，我是向他呼喚。我不只是思考他，也向他說話。……在理解存有者的同時，我向此一存有者講述此一理解（*BPW* 7）。

---

[14] Jacques Derrida, *Writing and Difference.* pp.136-137.

可以說，如何從理解的暴力還原到原初的對話關係、而不是對理解暴力的批判，方是列維納斯思想在文本問題上所能提供的積極論述資源，而在這個方向上，我們需要從另一個角度切入，也就是他在其宗教作品中對啓示經驗的刻畫。列維納斯雖未建構一套詮釋理論，卻實際投入猶太法典的詮釋行動且備受尊崇，這使得他對猶太閱讀經驗和猶太經典觀的反思，具有值得重視的價值。

四、文本作為無限的啓示

為了抵抗理解的暴力，我們必須從文本的所說還原到言說，也就是返回說話的他者。我們須先看到此一還原的「不可能性」。列維納斯的思想具有一種根本的理想性格，他刻畫的是一種在此世不可能實現的境界，但我們乃是在通往這不可能之境的運動中，實現我們存在的可能性。如果說海德格的存有理解是以吾人的歷史性為前提，列維納斯所言自我與他者的真實關係就是以末世論為基調，這末世論不是歷史漫漫延伸後的終結，因為如此仍是歷史性的一種模式；末世論乃是在歷史之中突破歷史的禁錮。因此，末世論的存在方式必然表現為歷史中的不可能性——這不可能性表明的不是歷史的得勝，反倒是對歷史的否定。他者的現身，就是如此一種在歷史中不可能的末世事件。

作為歷史性存有，我們遂行理解的暴力乃是無法避免之事，因為這是先於一切道德規範的存有學暴力，每一在世存有者都必

須藉此暴力而存活。但關鍵在於，我們是就此安然棲居於世，還是透過察覺吾人存在方式的暴力本質而嚮往另一種存在方式，察覺歷史性存有的暴力而期待末世的和平，也就是從「在己之同一」轉化爲「爲他之同一」（the same for the other）？此一轉化的任務是由形上學來擔負的：

> 「眞實的生活並不在場。」但我們存在於世。形上學出於此不在場證明並持存於其中。它隨即轉往「他方」，轉往「別他之處」，轉往「他者」。因爲，在其最普遍的形式上，形上學乃在思想史中表現爲一種運動，這運動是從吾人所熟知的世界出發——姑不論此方世界尚有何未知之地、有何未見之境——從吾人所寓居之「在己」出發，到往異邦之「外於己」，到往遠方。（*TI* 33）

存有學的錯誤並不在於它誤解了生活的存在方式，而是它使生活安居於此世，未能看到眞實的生活並不在此。存有學並無法藉由在此世建構眞實生活來彌補這困境，因爲「眞實」與「此」根本不相容，眞實並不在場。但列維納斯所欲刻畫的，也不是對遠離此世而定居他方的期待。他的哲學重心乃在於我們身在此世但朝向他方而去的那個向外的**趨向**，一個從安居於世的狀態朝他者進發的**運動**。因此他用「欲望」來描述吾人投身形上學的基本態度：形上學就是爲不可見者、爲他者而死（*TI* 35）。

之所以以欲望**趨**向他方，因爲那是眞實生活的所在。「我們存在於世」此一存有學命題則標誌出我們的宿命，暗示我們的生

活是不眞實的。活在不眞實之中的我們，如何能夠破除宿命、走向他者？向來封閉在一己之整體內部的自我，如何能在其健全的意識作用下，體察那已然被健全意識所排除的他者？重點在於，不是我們自己、而是他者在突破我們的暴力整體。

他者對同一之整體的突破，有多種類型，但究其基本結構，乃是以「同一中之他者」（the other in the same）爲本，這樣的他者使同一由「在己之同一」轉化爲「爲他之同一」，而唯有一位「爲他之同一」，才可能對「超越的他者」或「同一外之他者」有所覺察。

列維納斯曾以數種生活經驗論及同一中之他者，但他最重要的一種描述方式，則是引用笛卡兒（René Descartes）的無限觀念（the idea of infinity）。在吾人心裡的無限觀念，意味著吾人與無限者的關係；作爲有限者，我們不可能包含無限者，因此，無限觀念的觀念對象（ideatum）乃超出這觀念，這觀念與其觀念對象間有著無以跨越的距離。可以說，無限者乃是一絕對的他者，無法被化約入我們的概念系統中。既是如此，無限的觀念便非吾人之思想所創發，而是被無限者放進我們的心中，換言之，是無限者以觀念的形式進入我們裡面。當我們一思考無限者，我們就超出我們的思考，觸及他者（CPP 53-54）。無限的觀念既使我們發現思想的界限，也開始覺察到那不能被我們的理性、被「我思」所掌握的他者存在的可能性。我們所擁有的無限觀念，成爲一個突破吾人意識整體、指向超越者的關鍵。無限觀念作爲同一中的他者，標誌出同一之整體的裂縫，透顯那外於同一之他者的蹤跡。

　　內在的他者盈溢出我思，以致吾人有限的意識無法再現他者，在此，正如馬西翁（Jean-Luc Marion）所言，是因為他者作為充盈現象（saturated phenomenon）而超出吾人意識所能承載。[15]但這對意識造成的真正效果，是我們開始意識到那根本無力進入吾人意識的他者，這樣的他者其現象性少到意識根本再現不出來（*OBBE* 88）。據此，他者本質上是軟弱的、貧困的、窮乏的、飄流的，到哪裡都被視為外邦人，在這世上甚至連「現象」都稱不上，但卻正是在這樣的卑微中，具體表現出他者的超越性，以及他者那無法被意識涵攝的他異性（alterity），並質疑我們享有他者的權利，要求我們對其籲求有所回應，這回應就是傾盡一切接待他者（*TI* 76-77）。

　　「接待他者」有個重要意象，就是把嘴邊的麵包贈予他者，這意味著，同一一反那享有的存在方式，反倒把自己掏空，在自己的家中接待他者（*OBBE* 55-56）。同一之健全意識已然無法安住於心，而將從其有所意向的意識還原至無意向的意識（non-intentional consciousness），也就是還原至意識本身，這不再是擁有好的良心的健全意識，而是一種負咎意識，因為意識本身發現自身乃永恆地欠負於他者——只要吾人意識正常運作，就必定因其意向性結構而把捉他者。這負咎意識乃是一壞的良心（*mauvaise conscience*），即無法安然自得地寓居於世，而是在意識到他者對自我的質疑、繼而不斷的自我質疑中，看到自己的

---

[15] John D. Caputo and Michael J. Scanlon, eds. *God, the Gift, and Postmodernism*. Bloomington: Indiana UP, 1999. pp.185, 193-195.

存在本身已然是對他者的傷害，看到自己之在此已然源於他者的流亡。而如果意識的本質是負咎的，它也就決不可能透過償還所欠負他者的事物來獲得滿足；負咎意識的根本規定就是：愈是償還他者，就欠負他者愈多。責任是愈盡愈多的，此乃責任的無限性。責任的無限性同時意味著他者的無限性，標誌出自我與他者間的絕對不對稱性，這不對稱性使得自我與他者之間並非平等的「同一與他者」的關係，而是一種帶有不可逆轉之趨向的關係，因此自我被規定爲是「爲他的」（for the other）。綜言之，我們可以說，正是同一中之他者的召喚，使得同一在給出自身以餵養他者的同時，領受其眞實的存在方式，成爲一位爲他之同一（*TI* 244; 1996: 102;）。[16]

從在己之同一到爲他之同一的**轉變**，若具體表現在生活經驗中，特別有助於說明文本問題的，乃是**教導關係**，因爲這關係正集焦在語言問題上。在教導關係中，自我與他者的不對稱性表現爲：他者作爲教師而對自我擁有無上的權威。但教導關係的重要性在於，它說明了作爲教師的他者施行其權威的方式乃是讓自己全然敞露在語言中，以致其權威與軟弱乃被典範性地結合在一起。語言本就是他者現身的基本模態：「面容在說話。面容之顯現已然是談話」（*TI* 66）。他者的面容在其語言中呈現出來，而且是一種「裸裎」（nudity），這有兩層意義，第一，面容在其自身地表現出來，無待於吾人之立場、身分、姿態，皆告訴

---

[16] Emmanuel Levinas, *Entre Nous: On Thinking-of-the-Other*. Trans. Michael B. Smith and Barbara Harshav. New York: Columbia Uiversity Press, 1998. p.105.

我們他者本然之所是——這是他者的權威；第二，如此呈現的他者，亦是讓自己陷於毫無防蔽之境，以致吾人可選擇用任何一種手段去面對他者——這是他者之軟弱。

用列維納斯語言哲學的用語來說，首先，他者在其講話中，主動讓自己被論題化而給予我們。對我們來說，被論題化而給出的話語是既予的（given），也就是我們可將之再現、化約爲我們自己的所說，亦即遂行理解的暴力。但這話語同時也指出說話者本身。事實上，對一切他者之所說的意識，都以對他者本身的覺察爲前提；而這位他者雖在說話中奉獻其無蔽之軀，卻因他繼續說話而依然保有其他異性。正因爲他者乃將其自身論題化在其所說中，同時又繼續以其言說來取消先前的所說，我們便可能透過他者的所說而還原到他者自身，覺察到那位原初的說話者；而在此刻，也即是自我與他者之面容相遇的時刻（*TI* 65, 74, 92, 98-101）。

值得我們注意的是，列維納斯以「啓示」來描述他者面容之顯現，強調我們的理性在這相遇中陷入震驚莫名的景況（*TI* 65-66）。這讓我們看到，列維納斯在其宗教作品中對啓示經驗的刻畫，亦正指向此一語言性的相遇事件，並可進一步幫助我們延伸進入文本問題。

啓示意味著上帝對世人、也就是他者對自我的震撼，在這震撼中，將文本化約爲所說的理解整體被突破了，此一突破首先意味著對理解者用以建構其理解整體的**認知理性**的否定。列維納斯指出，認知的理性、也就是西方傳統所尊崇的那種理性，乃是封閉在自我整體的內在性中，相對於此，猶太傳統則提供另一種理

性：**見證理性**，強調啓示所帶給我們對外在性的經驗，促使我們向他者開放，見證他者之顯聖以及他者在我們身上的工作。[17]由認知理性轉化爲見證理性，便是不再以理解的方式面對文本；但若不是理解，會是什麼？答案是**詮釋**。

須先強調，我們在此將「詮釋」（interpretation）一語保留給列維納斯，只是一個權宜的作法。誠然高達美也談詮釋，而且筆者認爲詮釋概念在二人那兒實有某種會通的空間，但本文主要討論的是列維納斯，而在論及高達美時，則專注在他對海德格理解概念的發揮上，以此關聯起列維納斯的海德格批判。因此我們暫且不論高達美如何談論詮釋，而只在列維納斯的脈絡下來處理這概念。基本上，在討論面對文本的經驗時，列維納斯較常提及「閱讀」，而非「詮釋」，但當他實際處理文本問題時，其實觸及兩種文本意向，以致筆者傾向於以較爲寬廣的「詮釋」來統括。這兩種意向是：詮釋既是對文本的詮釋，也是爲某人的詮釋——前者即爲閱讀，後者則爲宣道。宣道意向構成閱讀意向的滿盈甚至盈溢，並使得這整個詮釋過程成爲一種藉由文本而邁向他者的倫理行動。據此，詮釋乃被界定爲是在閱讀與宣道中突破整體的超越性活動。相較於此，一種毫無宣道意向的純粹閱讀，在列維納斯的脈絡下即指對文本的理解，加上高達美「理解總是自我理解」的基本規定，便可將理解界定爲是封閉在自我與文本之間的整體性活動，缺乏超越的向度。

---

[17] Emmanuel Levinas, *Beyond the Verse: Talmudic Readings and Lectures*. Trans. Gary D. Mole. Bloomington: Indiana UP, 1994. pp.130-131，以下縮寫爲*BV*。

在列維納斯看來，啟示乃「對註釋的召喚」（the call to exegesis）（*BV* 131-32）。文本要求我們去詮釋它，因為啟示在突破理解之整體的同時，既轉化理解者成為一個見證者，也轉化作為所說的文本而還原至言說行動，即還原至文本經驗中的他者。文本之為所說，乃內蘊啟示但不等於啟示，啟示即是所說中的言說，是同一中的他者，抗拒理解者的整體化，也抗拒經文意義的單一化，從經文內部迸發出啟示的能力。這是他者之啟示的無限性，一如吾人心中的無限觀念，文本中的啟示意味著文本總包含著比它所包含的更多的事物，意味著文本的述語總講出更多的東西，換言之，這意味著經文**意義的盈溢**（surplus of meaning）（*BV* 109）。詮釋者的任務，就是顯明這意義盈溢的文本現象。為達成其任務，詮釋的基本運作乃是**質疑**與**接待**：質疑自我之整體，接待他者之啟示。

作為見證者，詮釋者並非意義的創造者，而是見證意義的泉源：他者。詮釋並不創造意義，而是見證意義被他者源源不絕地創造出來。因此，接待他者乃是詮釋的最重要任務，亦是詮釋者的責任之所在。但文本詮釋中的他者指的是什麼？從文句還原至言說行動，所要見證的究竟是誰？是文本的歷史作者嗎？是承傳文本的文化傳統嗎？是閱讀文本的群體嗎？是那模糊的文本性（textuality）概念嗎？在這裡，我們不宜對文本問題中的他者指涉作任何預先的界定。此處只能用一種否定的方式來**趨近**他者，也就是對自我的質疑。我們不可能事先確認那即將敲門籲求接待的流浪者是何面容；相反的，我們只能在不斷的自我質疑中提醒自己隨時預備好來迎接他者。詮釋者須質疑自己：我是否心懷接

待他者之情去閱讀文本？我的詮釋是否在任何意義上造成對他者的暴力，哪怕我自認這樣的詮釋是合乎道德的？我的質疑是否有助於讓他者自行顯現，還是只是爲了彰顯我自己的洞見？我是否透過閱讀要擴大自己的理解整體？我是否把文本之所說視爲可供分析的對象，又或視爲一個封閉的、已完結了的整體而固著下來？

就此而言，對理解整體的質疑，不僅指向作爲理解者的自我，也指向被理解的文本。質疑同時是對文本意義的質疑。唯有如此，我們才不會落回理解的運作而把啓示封閉在那已被文字凝固下來的文獻中，而是可以藉由詮釋形成新的意義。這些新的意義不是文本所說所固有、只是尚待挖掘的，而是必須透過他者的言說取消文本的所說，方得以生成。這些新的意義與文本既有的意義間並不具有邏輯上的必然性，相反的，前者經常表現爲對後者內在邏輯之一致性的質疑而產生，或者更好說，乃表現爲對後者進行一種破壞其邏輯一致性的詮釋而產生，此一詮釋方式在文本的不同要素之間進行看似隨意的互相指涉，從而創造出按照原本的文句邏輯所不可能容許的意義來。這正是一種以言說取消所說、創造新所說的表現。這種質疑式的詮釋，不是爲質疑而質疑，而是爲儘可能獲得文本的一切意義（*BV* 132-33）。但須看到，這種多重意義的可能性，固然與猶太經典的特色有關，例如猶太經典傳承的過程就示範了這種詮釋方式的運作，而希伯來文的文法結構也先天地容許這種詮釋的空間，但基本上，這一切仍奠基在他者之啓示的特質上。

爲避免對文本的質疑淪爲純然的否定，質疑必須伴以對文本

的接待，也就是說，我們在質疑作爲文本之所說的文句語詞是否仍有未被說出的意義時，同時要虔心守護它們。理由在於，這些文句語詞雖不足以窮盡文本，卻代表了文本的肉身。聆聽他者之言，以接待他者的肉身爲前提。列維納斯曾指出，啓示意味了上帝的虛己（kenosis），上帝在這虛己中進入與世人的關係。[18]列維納斯所利用的這虛己概念，借自基督教對基督道成肉身的描述，亦藉此暗示，經文字句亦是上帝啓示之虛己──上帝乃是透過經文（text）或經節（verse），來啓示祂自己。這些經文就是他者的肉身，是他者將自己論題化、使讀者得以透過理解將之再現的具體呈現。文本的文句字詞固然有待超越、有待質疑性的詮釋運作使之意義不斷盈溢，但也正是這些文本的肉身，是讀者所首先要虔心領受的。被文字固著下來的文本肉身，不應在重靈輕肉的傳統形上學二元論的傳統中被貶低，而是要看到，文字已然意味著來自他者的恩惠，我們應珍惜並由之看到他者。

　　以對字句的接待爲前提，對字句的質疑才眞能有助於讓他者再度說話。但有個問題在於：作爲所說的語詞文句，雖有待說出它們的他者予以取消、並提出新的講述，但重點是，他者的言說總是透過自我對文本的詮釋來表現；一切新的所說，都是由自我說出的。那麼，我們如何確保自我眞可在取消他者的所說後說出他者之未說，而非逕自說出詮釋者自己的所說？這裡有兩個關鍵。

---

[18] Emmanuel Levinas, *In the Time of the Nations*. Trans. Michael B. Smith. Bloomington: Indiana UP, 1994. pp.114-118，以下縮寫爲*ITN*。

　　第一，文本之所說，也就是文本的原始字句，應當具有一種典範的地位。因著一切新的所說都是他者透過詮釋者來產生的，唯有一開始坦現其自身的文本肉身方是全然出於他者的所說。於是，這純然出於他者——無論這他者如何界定——的所說乃是持存文本之他異性不可被撤除的載體。這便規定了，言說對所說的取消，不是一個線性的運動，不是無限的新的所說的序列，而是不斷返回這原初的所說，再藉以產生新的所說。

　　第二，文本的肉身須被保存，自我的肉身亦復如是，但意義有所不同。詮釋者要能說出他者之言，關鍵在於奉獻其肉身而成為他者藉以說話的載體，也就是說，詮釋者須成為他者的**替身**。唯有能夠代替他者的自我，才能為他者說出他者之言。「見證」的意思，就是作為他者的替身而活著。「替代」（substitution）是列維納斯後期提出的重要概念，在替代關係中，彷彿是他者在自我的皮膚底下，也像是他者對自我的附身（obsession），換言之，同一中之他者對同一造成的影響，宛如是有某位神靈附身在吾人身上，我的人格不復存，反是作為該神靈的化身而說話與行動；這一切就像是我是他者的人質，被他者控制，沒有我自己，唯獨他者在說話（*OBBE* 82, 114-15）。

　　成為一位為他的自我的意思，就是以我的肉身代替他者的肉身——以我的所說代替他者的所說。而這意思是，以我自己的論題化行動代替他者的論題化行動，以我自己的言說行動代替他者的言說行動，最終，以我自己代替他者。見證他者，乃是提出自己的言說、但尤其是提出無所說的言說，也就是我們自己，來見證他者。在對他者的見證中，首先是以我們自己、其次才是以我

們的陳述來見證（*BPW* 103）。如此，雖是我們在說話，但在作為他者之附身的意義上，亦是他者透過我們在說話。

　　但還有一個問題，就是我們如何在這言說的替代中具體實踐出，既保存他者原初的所說、接待原初的文字字句，又透過質疑與替代他者來取消這些字句，說出新的字句？在此，我們需要引入啟示概念的另一個重要向度，此即第三方（the third）概念：詮釋者替代於他者的言說，乃是向第三方陳述出新的所說；換言之，我們的詮釋所產生的所說，並不是回頭占據文本原始的位置，而是往外投射在這文本所由建立的社群中。

五、文本作為人民的家園

　　我們以詮釋回應文本的召喚，但文本的召喚不是要我們回應於文本，而是指向第三方。這也正是詮釋作為見證的意義——自我對他者的見證總是向第三方見證他者。在遂行此見證時，自我相對於第三方，乃類比於他者相對於自我，以他者的替身之姿將自己論題化而奉獻給第三方。如此一種替代的角色亦是自我回應他者的方式。列維納斯指出，他者　僅是以其權威對自我發出命令，亦加入於我去向諸他者發出命令；也就是說，他者的命令乃是命令我去命令，這是一種命令去命令的命令（a command that commands commanding），而詮釋者對第三方的命令則被稱為宣道（sermon），也就是說出先知之言，籲求眾人共同服事軟弱的他者（*TI* 213）。換言之，他者的啟示作為對自我之理解整體的突破，固然是籲求自我看到他者，但這份籲求同時也是邀請自我

效法他者之所行。可以說，向第三方說出的詮釋，亦正是他者信息的傳遞。

由他者轉進至第三方，在論域上就是由倫理學轉進至政治學，此一轉進對某些學者而言，是列維納斯思想的一個破綻，或是一個倒退，認為他在政治學中重拾其倫理學所欲抵抗的事物，從而造成自身理論上的矛盾。[19]但其實此一轉進就蘊涵在他者概念之中。自我對他者之召喚的回應，若回頭指向他者，反倒使得自我與他者的不對稱關係被破壞；相對於此，自我替換於他者而指向第三方，召喚眾人成為一個為他的群體，方是貫徹他者的籲求，誠如全奇立所言，倫理學本是為了政治學才是倫理的（Critchley 223）。這一點特別可從第三方概念的猶太指涉獲得澄清。

第三方首先意味著一個社群（community），一個非整體的共同體，也就是一個保有多元性的共同體，一個奠基在弟兄之愛上的群體（*TI* 212-14, 280）。列維納斯曾談到，當我們獲得上帝之啟示而打算有所回應時，此一回應乃指向對在世之社群的救贖（*ITN* 159）；換言之，對他來說，在回應他者的啟示時所指向的第三方，乃是一個領承這啟示的社群，而在猶太教中，這社群就是指以色列民。以色列民與猶太經典是共生的，猶太法典的書寫與編纂，從米示拿（Mishnah）到塔木德（Talmud），都與猶太百姓掙扎求生、追求民族認同的歷程緊密相繫。因此，**詮釋的**

---

[19] Zygmunt Bauman，《後現代性及其缺憾》，郇建立、李靜韜譯。上海：學林，2002年。頁51-60。

倫理學必會走向**宣道的政治學**，猶太經典的閱讀倫理實帶有重要
的政治意涵。列維納斯如此說道：

> 對聖經的學習乃是一種生活模式，藉此可打破政治暴力的
> 堅硬實在。它帶來人與人間的和解。妥拉——上帝在面對面
> 關係中的臨在，對不可見者的眼光，和平，於此被共同思
> 考。[20]

這段話指出猶太經典詮釋的政治意義，並顯明：倫理性的啟
示關係（上帝在面對面關係中的臨在）以及政治性的社群生活之
和諧（人與人間的和解）、乃至於對外在政治暴力的抵抗（這
段話的脈絡原是在闡述猶太式的倫理學如何抵抗希臘式的政治
學），都在文本詮釋中被整合在一起。

第三方概念的兩種內涵，有助於澄清文本與社群間的關係。
首先，第三方主要意指**諸他者**（the others）（*TI* 212-14），這是
說，對自我而言，除了眼前與之面對面的他者，還有第二位、第
三位的他者，是所謂「遠方的他者」，他們也向自我發出無限的
倫理籲求。儘管這樣的第三方備受學者批評，因為當第二位他者
出現時，便質疑了首位他者的無限性；然而，事實上，對列維納
斯而言，第三方的現身無關乎他者的定位，而是為自我帶來一個
困境：該如何正義地同時回應兩個無限責任呢（*IIRB* 214）？至

---

[20] Emmanuel Levinas, *New Talmudic Readings*. Trans. Richard A. Cohen.
Pittsburgh: Duquesne University Press, 1999. p.107.

於他者則仍與自我保持絕對的不對稱關係，因此，第三方所真正質疑的不是他者，而是自我。就此而言，第三方的現身實推進他者對自我的質疑此一突破同一之整體的重要步驟。更重要的是，在文本問題上，因著第三方作爲諸他者實際上也是他者，與第一位他者處於相同的位置，這便意味了，文本與社群的他性是等同的。此一等同尤其表現在二者擁有同一種命運上——文本的肉身、那化爲文字的啓示，以及人民的肉身，同樣處於流亡之中，並皆籲請吾人之接待。

其次，第三方還可意味**他者的他者**，也就是那內蘊於他者之中的他者，一如內蘊於自我中之他者一般。列維納斯較少以此角度談論第三方，但在文本與社群的關係上，這卻是關鍵。奎奇立曾將政治學描述爲倫理學中的質疑空間（220-21），這是說，在倫理學內部有一種政治性的空間，此一政治空間意味著他者中的第三方對他者的質疑，並就像他者在對自我的質疑中籲求自我的接待，第三方也籲求他者的接待。在此，他者成爲第三方的居所——流亡者在其流亡中承納了另一個流亡者。此一令人費解的關係反映在猶太經驗中，卻是一個根本的生存經驗：倫理性文本內部的政治空間，正是容納猶太百姓之處。列維納斯稱此文本中的空間爲「生存空間」（living space）（*BV* 130），也就是猶太人藉以在受難史中存活的避難所。

因此，當我們接待文本，其實就是接待文本中的百姓——當我們詮釋，就是在爲人民創造生存的空間。文本詮釋因此而成爲一個抵抗暴力、庇蔭百姓的政治行動。詮釋作爲見證，乃是見證人民的受難。逝者透過倖存者的見證被保存下來，見證者代替逝

者而活，發出逝者的聲音。這些聲音就是新的所說，由詮釋文本的見證者說出，卻是源自存活在文本中的人民。這在文本問題上具有下述幾項重大意義。

第一，文本的他異性實源自文本中的人民。文本意義之盈溢乃是文本中之人民聲音的溢出。正是如此，列維納斯才把詮釋的多元性歸諸於人民的多元性、而非歸諸於文本本身的特質（*BV* 133-35）。如果我們可以進行多元的詮釋，那是因爲我們所向之宣講詮釋結果的人民乃是多元的。

第二，一個重要的意象足以表達詮釋形成新的所說此一行動的救贖意義：詮釋，乃是透過在文本的字裡行間、在頁面之空白處，寫下其注解，爲要幫助百姓在已被文字固著下來的經典中爭求新的生存空間（*BV* 130）。[21]人民寓居在文本中，乃是寓居在文本的空白之處──那裡才是文本的政治空間，是文本之未說，是新的所說的可能性。因此，詮釋的目的，便在於**書寫**，在於在一切空白之處搭建新的文本。

第三，文本的肉身具有的典範意義是：所有的文本空白之處都不會被填滿，因爲詮釋者會不斷返回原初的字句，而每一次的返回，都預設了文本的空白之處尚在，文本的空白空間是無限的；但唯當原初字句尚存，才有眞正的空白存在，無字天書無法被詮釋、也就沒有生存空間可待建構，全然空白一片意味的是

---

[21] Martin C. Srajek, *In the Margins of Deconstruction: Jewish Conceptions of Ethics in Emmanuel Levinas and Jacques Derrida*. Pittsburgh: Duquesne UP, 1998. pp.27-29.

他者被徹底遺忘，是文本的肉身被殺害、被逐出。因此，那個充斥字句但又持存空白的文本之所說，乃是詮釋得以可能的必要前提。

六、結　語

在文本問題上，列維納斯哲學所提供的，是文本的形上定位，而非文本的認識論或詮釋的技術。因此，他的哲學也許無法解決在文本問題上的一些固有重要爭議，卻可提供一個特定的理論資源。粗淺說來，我們可獲得的文本理論在於，透過類比於「他者—自我—第三方」的三重結構而提出的「文本—理解者／詮釋者—人民」，將文本放在一個雙重關係中。在此有幾個重點。

第一，文本已死，或更好說，文本使自己成爲可以被殺死的，從而使得理解與詮釋皆得以可能。在理解的暴力中，文本被固著在所說之中，被理解的整體所包覆，所謂的文本性就是可理解性。在這意義上，文本被裝在其原初字句語詞的棺材裡，不復說出新的啓示。在這意義下的讀者，作爲一位理解者，乃是自立自爲地存活於世。換言之，在理解的暴力中，唯讀者存在。

第二，但文本總歸是出於他者的言說行動，文本究其本質乃是他者的禮物，這便代表一種突破理解的可能性。文本乃是他者的召喚，發出十誡中「不可殺人」的禁令，要求我們不以理解、但以詮釋來回應。誠如列維納斯所言，「不可殺人」的意思就是不可任由他人孤單地死去（*IIRB* 53, 216），詮釋者亦不可眼睜

睜地任由文本死去。此刻，文本賦予吾人詮釋的責任以接待文本、拯救文本，並促使我們轉化爲一爲他人存在的自我。在此，文本乃在他者的召喚與自我的回應中不斷重新生成，這是言說對所說的創生的動態歷程。因此，回應文本之召喚的詮釋活動，乃是一個倫理行動，是一次道德實踐。在這倫理行動中，讀者被轉化爲一個詮釋的道德主體，文本作爲他者則獲得新的承認，二者間持存一和平的不對稱關係。

　　第二，詮釋責任的具體實踐則在人民之中，在聆聽詮釋者的聽眾之中，因此文本具有一社群意義，文本的命運與承傳文本的群體的命運休戚相關。文本的創生乃是一個生存空間的創發，而創生的關鍵就在於一種宣道式的詮釋。文本宛如福音書，爲詮釋群體提供蔭庇之處。在這裡，文本不只是他者之所言，亦是諸他者生存的可能性之所在，因此，文本爲爭求生存的政治行動提供一個政治場域。在這過程中，詮釋者扮演了一個中介的角色，中介起文本與人民；藉著詮釋，文本與人民都獲得新的生命，唯獨讀者、那位盡其責任的詮釋者，消失在他所見證的他者之光中。這位詮釋者，代替他者之位，向第三方奉獻出自己，也就是講述出文本之言，供應人民存活所需；他見證了文本之啓示的光輝與人民之受難的記憶，並提醒我們，身爲一位詮釋者最重要的德性，就是忠於他者，不以自己的洞見、而是以他者自己的言說來見證他者。對此，我們或可以十誡的另外一誡來指稱此一詮釋之德：「不可作假見證！」每一位負責任的詮釋者在面對文本而想要有所說時，都必須將這點謹記於心。

第五章

空性與暴力
——龍樹、德希達與列維納斯
不期而遇的交談

林鎮國

> 在一個面容能得到完全地尊重（如同作為不屬於現今世界
> 那樣被尊重一樣）的世界中就不會再有戰爭。而在一個面容
> 絕對得不到尊重的世界裡，一個不再有容貌的地方，不發生
> 戰爭也難。[1]

—— 雅克・德希達

　　藉由德希達（Jacques Derrida, 1930-2005）在〈暴力與形上
學〉一文裡閱讀列維納斯（Emmanual Levinas, 1905-1995）時所
得到的靈感，本文試圖將佛教中觀哲學家龍樹（Nāgārjuna, 約
150-250）帶入與這兩位歐洲哲學家的對話中，以顯示出關於暴
力的議題在雙方哲學傳統中如何近似地被看待。雖然也許有人會
對於安排這兩種截然不同的哲學傳統相遇對話的可行性提出質
疑，我倒寧願相信，讓這兩種彼此陌生的不同哲學傳統面對面交
談，會為我們帶來相當豐富驚奇的收穫。
　　在日常的用法裡，「暴力」一詞，意指使用武力破壞法律或
規章、侵害異性、或者褻瀆神聖事物等。這種意思下的暴力，從
未停止在歷史的黑暗中角落哭泣發生。然而，在暴力發生的核
心處，語言總會失去它應有的聲音。阿農・阿佩菲爾德（Aharon
Appelfeld）在《紐約時報》中寫下於1945年1月在波蘭的奧斯威
茲（Auschwitz）集中營所發生的事：「僅存活著的少數人把遍

---

[1] Jacques Derrida, "Violence and Metaphysics," *Writing and Difference*. Chicago: The University of Chicago Press, 1978, p.107，中譯本參見雅克・德希達，《書寫與差異》（上冊），張寧譯，北京：三聯書店，2001年，頁184。

處的寂靜描述爲死寂。那些在戰爭之後隱匿起來的人——在森林和修道院中——將解放的感動同樣描述爲像冰凍般冷漠無聲的狀態，就像是嚴重損壞的寂靜一般。沒有人快樂！那些倖存者驚異地佇立在柵欄邊。人類語言，連同它所有細微的差異處，在這時全都變成了沉默的休止符。即使是像恐怖或惡魔這類的字詞，都變得蒼弱無力，更不用說像反猶太主義、嫉妒、憎恨這樣的字眼了。」[2]在這種沉默無聲的境遇下，暴力如何能帶入到語言之中，更不要提及哲學，當我們面對一個「從未在現場的過去」時？[3]這便是一個首先觸擊到我們的問題。

　　雖然如此，語言的界限並沒有完全阻止我們沉思這個問題。在下面的研究中，第一步就是要說明暴力是如何在中觀佛教傳統下的聖傳文學敘事中被呈現。在這裡，里柯（Paul Ricoeur）的詮釋學洞見再度讓我受益，他告訴我們如何將抽象的哲學討論重新置回原本充滿象徵意涵的敘事語境中，藉以恢復已經喪失的實存感。接著，我將顯示出暴力在中觀哲學中是如何被隱默地對待，並且揭示龍樹的立場與分析；在這裡，列維納斯和德希達將被視爲對話者，將空性論者一些隱而未明的洞見帶上表層。此處，我之所以將龍樹和列維納斯、德希達放在同一場景，是因爲

---

[2] "Always, Darkness Visible," *New York Times*, January 27, 2005.

[3] 「『從未在現場的過去』（A past that has never been present），是列維納斯所使用的特殊術語之一，當然可以確定的是，這是一個「非心理分析」的進路，用以說明那絕對它者（absolute alterity）之蹤跡和謎情：它者（the Other）。」參見Jacques Derrida, *Margins of Philosophy*, translated by Alan Bass. Chicago: The University of Chicago Press, 1982. p.21。

他們都對同一性形上學持著質疑的態度。他們都試著為暴力的處境找尋出路與開放的空間，以克服來自同一性形上學的宰制與壓迫。

一、謀殺與死亡的敘事

關於龍樹的死亡，在漢傳和藏傳的文獻中，有不同的記載。[4]根據鳩摩羅什翻譯《龍樹菩薩傳》的記載，龍樹的死亡歸因於小乘佛教徒的陰謀，因為他們被龍樹徹底辯破所有其它宗教和哲學學派一事而深感屈辱。龍樹知道這位小乘佛教徒的嫉恨，就問說：「你希望我在這世界上活得久一點嗎？」那位小乘佛教徒回答說：「實在是不願意。」龍樹慈悲地思考著這一點，為了滿足他的論敵之願望，有一天龍樹將自己鎖在房裡，幾天後發現他已經氣竭多時。[5]

在上面的漢傳文獻資料中，並沒有詳細的證據可以說龍樹的死亡是一個謀殺事件。但是，根據西藏布頓（Bu-ston, 1290-1364）的記載，則清楚地指出龍樹是被欲爭奪王位的沙克遜曼（Shaktiman）王子所謀殺。這是因為龍樹在政治鬥爭激烈的王

---

[4] Max Walleser, "The Life of Nāgārjuna from Tibetan and Chinese Sources," *Asia Major: Hirth Anniversary Volume* (1922), pp.421-455.

[5] 《龍樹菩薩傳》：「是時有一小乘法師，常懷忿疾。龍樹將去此世，而問之曰：『汝樂我久住此世不？』答言：『實所不願也！』退入閑室，經日不出，弟子破戶看之，遂蟬蛻而去。去此世已來至今，始過百歲。」（見鳩摩羅什譯，《龍樹菩薩傳》，T. 50.185.a-b）

室中，站在老王的一邊。由於宮廷中的鬥爭，沙克遜曼王子為了奪取王位，便用一種貴莎草葉作將龍樹的頭割下。[6]

　　相似的命運也發生在龍樹的弟子提婆（Āryaveda, 約三世紀頃）身上，提婆是被一位婆羅門刺殺而死的。這是由於一位年輕的婆羅門，對於提婆在論辯上強烈地駁斥他的老師而感到極度的羞恥，便發誓報仇說道：「你用空刀屈辱我，我則用真刀來回敬你。」最後，當提婆於禪坐沉思之后的經行間，這年輕的婆羅門便從埋伏處跳出，將提婆刺死。[7]

　　另一次著名的謀殺，則發生在利中國禪僧摩訶衍（Māhāyana）論辯，倡導瑜伽行中觀自續派（Yogācāra-Svātantrika-Mādhyamika）的蓮華戒（Kamalaśila, 740～796)身上。這場辯論於西藏國王的宮廷中舉行，它讓人很合理地相信這次的辯論涉及政治上的鬥爭。西藏佛教徒在這論辯中分成兩派，一派站在中國禪僧這邊，另一派站在來自印度的蓮華戒這邊。就哲學的立場言，站在印度的這派持著中觀學派「空」的立場；中國禪僧這派則傳承佛性論的教義。根據西藏的記載，蓮華戒這邊

---

[6] Bu-ston, *The History of Buddhism in India and Tibet*, translated by E. Obermiller, Heidelberg, 1931, pp.127-128.

[7] 《提婆菩薩傳》：「有一邪道弟子凶頑無智，恥其師屈形，雖隨眾，心結怨忿，囑刀自誓：『汝以口勝伏我，我當以刀勝伏汝；汝以空刀困我，我以實刀困汝！』作是誓已，挾一利刀伺求其便。諸方論士英傑都盡，提婆於是出就閑林，造《百論》二十品，又造《四百論》，以破邪見。其諸弟子各各散諸樹下，坐禪思惟，提婆從禪覺經行。婆羅門弟子來到其邊，執刀窮之曰：『汝以口破我師，何如我以刀破汝腹！』即以刀決之五藏。」（見鳩摩羅什譯，《提婆菩薩傳》；T.50.187.b-188.a。）

贏得了這場辯論，中國禪僧被驅逐回中國，他們的學說也一併禁止流傳。可悲的是，根據布頓的記載，在論辯之後，蓮華戒被中國禪僧派來的四個殺手殘忍地捆腰殺死。[8]

　　上面說的這三位傑出的中觀學派哲學家皆死於宗教暴力下。如前所說，我們關心的問題是，就「空」的哲學立場而言，暴力的議題應該如何被說明？根據中觀學派的說法，所有的存在，包括自我和其它一切事物，就其自身而言，都是空的。相同的理論，也適用於謀殺事件，殺人的兇手自己本身是空的，被殺死的那個罹難者也是空的，甚至殺人這件事本身也是空的。這等於是說，謀殺這件事本身是空的！並沒有殺人者，也沒有被殺者。因此，有誰會悲痛呢？又有誰需要被哀悼呢？（這是本文稍後要處理的宗教倫理問題）。就像是提婆臨死前對他弟子說的：

　　諸法之實，誰冤？誰酷？誰割？誰截？諸法之實，實無受者，亦無害者！誰親？誰怨？誰賊？誰害？汝爲癡毒所欺，妄生著見，而大號咷，種不善業。彼人所害，害諸業報，非害我也。[9]

---

[8] Bu-ston, *The History of Buddhism in India and Tibet*, p.196。關於這場辯論的簡要說明，見Paul Williams, *Mahayana Buddhism: The Doctrinal Foundations*. London and New York: Routledge, 1989, pp.193-197。

[9] 鳩摩羅什譯，《提婆菩薩傳》；T.50.187.c。此段的現代語譯如下：從存在的實相來看，誰是受害者？又誰是加害者？從諸法實相來看，既無加害者，也沒受害者。你說誰是所愛的，誰是所恨的？誰害人，誰受害？你爲無明所蒙蔽，而有種種的妄見，爲我傷心大哭，只會傷到自己。那些殺我的人，其實是種下惡因，終究害到自己，並沒害到我。

有一種將「空」理解成虛無主義的立場，可能會說：根據上面中觀學派的說法，整個所有的謀殺事件，什麼也不是，僅僅是一場如小說般虛構出來的故事。假使接受這樣的觀點，那麼宗教在其虛無主義的後果下，將無可避免地自毀立場。

二、空性與虛無主義

很明顯地，龍樹完全清楚這種將「空」理解成虛無主義而引發的責難。在《中論》（*Mūlamadhyamakakārikā*）第二十四〈觀四諦品〉中，曾提到一位論敵指控龍樹，一切存在本身皆空的說法，將摧毀褻瀆了一切神聖的事物。這樣的批評可以概括如下：如果一切事物本身是空的，將不會有生成與毀滅。假使沒有生成與毀滅，就沒有因果關係可言。如果因果不存在，那麼也就沒有四聖諦，因為四聖諦成立是建立在因果法則上。第二聖諦「集」是作為第一聖諦「苦」的原因，第四聖諦「道」是作為第三聖諦「滅」的原因。假使沒有四聖諦的話，對苦的認識（見苦）、苦難之因的斷除（斷集）、證悟到涅槃（證滅）、以及邁向解脫之路的修行（修道），都是不可能的。因此，便沒有僧、法和佛的存在。「如是說空者，是則破三寶。空法壞因果，亦壞於罪福；亦復悉毀壞，一切世俗法。」[10]（《中論》・第二十四品5-6

---

[10] David J. Kalupahana, *The Philosophy of Middle Way* (Albany: State University of New York Press, 1986), p.330。「若一切皆空，無生亦無滅；如是則無

頌）。批評者總結說，空性論含蘊的因果法則也是空，這必然
導致一切世俗法，包括倫理規範和宗教信念（惡有苦報，善有樂
報），全都不復成立。

回應這樣的批評，龍樹指出，將「空」理解成什麼都
不存在是錯誤的。對龍樹而言，「空」意指「無自性」
（nihsvabhāva），他否認的是「自性」（svabhāva，本質、在
己）這種形上學概念的存在；但卻從未否認過存在（bhāva）本
身。因此，龍樹聲稱他沒破壞任何事物，包括佛的教義、制度、
宗教和倫理。龍樹更進一步說明，相反地，一切事物皆因「空」
才得以建立。假如沒有「空」，一切事物將無法成立。[11]換句話
說，一切存在皆因空性而得以成立。如果依據「無自性」來理解

有，四聖諦之法。以無四諦故，見苦與斷集；證滅及修道，如是事皆無。
以是事無故，則無四道果；無有四果故，得向者亦無。若無八賢聖，則無
有僧寶；以無四諦故，亦無有法寶。以無法僧寶，亦無有佛寶；如是說
空者，是則破三寶。空法壞因果，亦壞於罪福；亦復悉毀壞，一切世俗
法。」（見鳩摩羅什譯，《中論》卷四；T.30.32.b-33a。）

11 這裡我接受鳩摩羅什的漢譯：「以有空義故，一切法得成；若無空義者，
一切則不成。」（見鳩摩羅什譯，《中論》卷四；T.30.33.a.）。這和梵
文本有所不同，見Brian Bocking, *Nāgārjuna in China: A Translation of the
Middle Treatise*. Lewiston: The Edwin Mellen Press, 1995, p.344。在許多從梵
文翻譯成英文的著作中，我較支持南茜‧麥克凱克妮（Nancy McCagney）
的英譯：「因為空的作用，一切事物才能作用；假使空不能作用，那麼
任何事物皆無法作用。」（"Because openness works, therefore everything
works. If openness does not work, then everything does not work."）見Nancy
McCagney, *Nāgārjuna and the Philosophy of Openness*. Lanham, Maryland:
Rowman & Littlefield, 1997, p.201。

「空」，那麼將不難理解這樣的主張。當然我們必須注意，說是「以有空義故，一切法得成」，也等於說「緣起」的概念涵蘊著「空」的概念；從「空」的概念也可以逆推出「緣起」的概念。對龍樹來說，「緣起」這佛陀所揭櫫的根本存有論立場和「自性」概念全然無法相容。只有「自性」不存在，「緣起」才有可能。龍樹所謂的「空」就是指「無自性」意義下的「空」，而非意指「不存在」。

　　另一方面，那些將所有存在進行範疇分類的阿毘達磨佛教哲學家們則是依據「自性」這樣的觀念來建立他們的實在論體系。雖然阿毘達磨佛教徒也堅決地否定自我的存在，但是他們卻在形上學上預設「自性」作為存在的本體。也就是，「自性」這個觀念被視為存有論的基礎，如此所有的存在和作用才能被理解。正是針對這種形上學的本質主義，龍樹才徹底批判持實在論觀點的阿毘達磨哲學家。

　　值得注意得是，在對「自性」這一觀念進行分析時（《中論》‧第十五品），龍樹似乎並沒有明確地提出否定「自性」的命題，顯然是由於他不願落入由言說所構成的特定立場。[12]反之，龍樹接著質疑阿毘達磨關於「勝義有」（*paramārtha-sat*）和「世俗有」（*samvrti-sat*）的存有論範疇的教說。根據阿毘達磨佛教徒的說法，「勝義有」指不能被更進一步分析的任何元

---

[12] 在《迴諍論》（*Vigrahavyāvartanī*）中，龍樹曾批評正理（Nyaya）學派的否定理論（*pratisedha*）。參見Kamaleswar Bhattacharya, trans., *The Dialectical Method of Nāgārjuna*. Delhi: Motilal Banarsidass, 1986。

素，亦即它有自己的「自性」；而「世俗有」則是指由基本元素組成的事物。例如，一個人是被視爲「世俗有」，而組成一個人的「五蘊」（色、受、想、行、識）則被認爲是「勝義有」。[13]「自性」的概念，對於阿毘達磨而言，是在於防止整體人格同一性瓦解的情況下，被引進爲存有論的基礎。就龍樹而言，這種形而上的「自性」，除了自我安慰的幻覺外，其實什麼也沒有提供。[14]

十分清楚的，龍樹確實否認「自性」這樣的形上預設。在《中論》·第十五品〈觀有無品〉中，龍樹聲稱，如加旃延（Katyāyana）在經中所說，存在（有）意味著緊緊抓住本質主義（常見）；而不存在（無）意味著站在反本質主義（斷見）這邊。毫無例外地，這兩種極端都受限於「自性」這樣的形上預設。他們的差別只在於肯定或否定在一個系統中預設的「自性」這個概念而已。然而對於龍樹來說，本質主義（常見）或反本質主義（斷見），都是不應接受的。[15]此外，本質主義和反本質主

---

[13] Hirakawa Akira, *A History of Indian Buddhism: From Śakyamuni to Early Māhāyana*, translated by Paul Groner. Honolulu: University of Hawaii Press, 1990, pp.143-144.

[14] 在《中論》·第十五品中，龍樹將「自性」定義爲：不產生或依賴於除了自身之外的事物（「性名爲無作，不待異法成。」鳩摩羅什譯，《中論》卷三； T.30.19.c.）。在月稱的注釋中，「自性」被解釋爲依於它自己和爲它自己（*sva bhava*）而存在的，獨一無二的任何事物自身的本質（*ātmīya rūpa*）。Cf. Mervyn Sprung, *Lucid Exposition of the Middle Way: The Essential Chapters from the Prasannapadā of Candrakīrti*. Boulder: Prajna Press, 1979, p.154.

義，或「自性」和「無自性」之間的形上學區分，將會帶出另一層的問題來，因為即使是後者也是無法避免在哲學言談上被「自性」的概念所套牢。

龍樹反駁這種形上學的區分，他知道生死輪迴的生活世界乃是充滿由「業」（karma）而來的「煩惱」（kleśa），而「煩惱」依次由「分別」（vikalpa）和「戲論」（prapañca）所產生（《中論》·第十八品·第5頌）。[16]根據月稱（Candrakīrti，約七世紀頃）的注釋，「戲論」是指：「無始以來的生死輪迴，乃由認識和認識對象、字詞和其意義、行動者和行動、手段和行為、瓶和衣、王冠和戰車、物體和感覺、男和女、增和減、幸福和苦難、美和醜、貶抑和讚揚等所組成的。」[17]這些對偶性的區分全是憑藉著言說系統而產生，而這些概念的區分交織著十分複雜的心理因素，如好憎或喜怒等。整個生死輪迴的世界，就是由概念分別和心理因素所交織而成的言說行動的世界，佛教稱為「戲論」。在戲論中，存有物在存有論上被實體化與範疇化為「男」、「女」，「主體」、「客體」等等，這些範疇取代了存有自身。正是在這樣的戲論中，形上學的「暴力」因之而生。

---

[15] Cf. David J. Kalupahana, *The Philosophy of Middle Way*, p.234.

[16] 參見David J. Kalupahana, *The Philosophy of Middle Way*, 266-267.《中論》·第十八品·第5頌：「業煩惱滅故，名之為解脫；業煩惱非實，入空戲論滅。」（鳩摩羅什譯，《中論》卷三；T.30.23.c.）。

[17] Mervyn Sprung, *Lucid Exposition of the Middle Way*, p.172.

三、銘刻於差異中的暴力

　　但是，什麼是暴力呢？德希達順著尼采和海德格的路數，將暴力視為試圖化約那無可化約的存在為某種更為本質的東西的形上學活動。原本是無可化約的存有在由對偶性和等級制的範疇所構成的形上學系統中才變得可理解。例如，在「經驗的」和「超驗的」這樣的存有論區分下，存有物常常從「經驗的」還原為「超驗的」而獲得解釋。典型的例子是柏拉圖哲學，它認為就真理和價值而言，「超驗的」比「經驗的」更為基礎和根本。然而，這樣的形上學區分與化約本身並無法證成自身的合法性。它自己就是合法性的來源。缺乏合法性的「來源」或「基礎」行使合法化的權力時，本身就是一種暴力。這種形上學的還原總是伴隨著壓抑和宰制而完成。就德希達而言，暴力總是已內在於所有形式的形上學之中，猶如邏格斯中心主義、種族中心主義、陽物中心主義等，將他者從同一性的系統中驅逐出去。

　　在德希達對「暴力」的相關討論之中，有兩篇在1967年出版的文章需要仔細地加以閱讀，那就是〈文字的暴力：從李維史陀到盧梭〉和〈暴力與形上學：論艾曼紐爾·列維納斯的思想〉。[18]在前一篇文章裡，德希達用三階段論闡明了暴力的系譜

---

[18] Jacques Derrida, *Of Grammatology*, translated by Gayatri C. Spivak. Baltimore: The John Hopkins University Press, 1974, pp.101-140; Jacques Derrida, *Writing and Difference*. Chicago: The University of Chicago Press, 1978, pp.79-153，中譯本可參見德希達著，汪堂家譯，《論文字學》。上海：上海譯文出版社，2005年，頁148-205，以及雅克·德希達著，張寧譯，《書寫與差異》

學。[19]首先，德希達將暴力置於書寫／命名的脈絡之下：

> 暴力的結構是複雜的，它的可能性──文字──也是如此。……事實上存在尚需命名的最初暴力。命名，取那些可能禁止說出的名字，這便是語言的原始暴力，它在差異中進行銘記，它進行分門別類，它將絕對呼格懸置起來。把這個獨一無二的東西放在系統中加以思考，把它銘刻在那裡，這就是原始書寫的存在方式：原始暴力，專有的喪失，絕對貼近的喪失，自我現有的喪失。事實上它就是從未產生過的東西的喪失，是自我現有的喪失，這種自我現有絕不是給予的，而是想像出來的，並且始終被重複，被一分為二，它只有在自身消失之時才向自我呈現出來。[20]（斜體字乃本文所標）

「原始暴力」在命名那無法命名時、命名那專有（the proper）、命名那**從未發生過的**自我現有（self-presence）時出現。在使用「專有」這個觀念時，德希達警告我們不要再度陷入「同一」、「自我現有」、或「自性」的形上學中，假使我們被允許在這裡將龍樹帶入討論中的話。對德希達來說，這種「自我

（上冊）。北京：三聯書店，2001年，頁128-276。

[19] Richard Beardsworth, *Derrida & the Political* (London and New York: Routledge, 1996), p.22-23.

[20] Jacques Derrida, *Of Grammatology*, p.112，中譯見德希達，《論文字學》。上海：上海譯文出版社，2005年，頁164。

現有」「絕不是給予的，而是想像出來的，並且始終被重複，被一分爲二，它只有在自身消失之時才向自我呈現出來。」它僅僅出現在形上學所渴望的原本不存在的地方。以龍樹的措辭來說，「自性」（「自我現有」）其實什麼都不是，只是形上學的建構，就像空花水月一樣，不能說它是「存在」或「非存在」。這種形上學的建構，始終伴隨著語言心理的建構（「戲論」）而出現。很明顯地，龍樹和德希達都充分地覺察到再次陷到著床於語言的正用／誤用裡的同一性形上學之中的危險。

就龍樹而言，語言本身是沒有自性，是空的。就如同其它事物一樣，語言也是緣起的。正如二個沒有自性的人造人（化人）之間的互動一樣，發生在日常生活世界中的語言交談也不需要假定任何自性概念的先行存在以作爲形上學的基礎。[21]相對的，龍樹的論敵正理學派和說一切有部則論諍說，字詞的意義存在於「名」（*nāma*）與「事」（*vastu*）之間的符應／指涉關係。爲了保證意義的確定性，「名」和「事」兩者在一定的意義上都必須是眞實的，而且他們內在本具自性。換句話說，自性形上學又再度被引入到一個實在論者的存有論和語言理論之中，爲它們的合法性背書。[22]然而，對龍樹來說，恰恰是由於語言和實體論形上學的共謀產生了無明，從而導致暴力的發生。

---

[21] Kamaleswar Bhattacharya, trans, *The Dialectical Method of Nāgārjuna (Vigrahavyāvartanī)*. Delhi: Motilal Banarsidass, 1978, p.108.

[22] 關於龍樹和正理學派在否定理論上的爭辯，見Kamaleswar Bhattacharya, trans, *The Dialectical Method of Nāgārjuna (Vigrahavyāvartanī)*, pp.101-106。

在「原始暴力」之後，德希達接著指出，暴力的第二階段出現在道德和司法體制中。換句話說，作爲第二階段暴力的法律之可能性，以及通常稱作邪惡、戰爭、亂行、強暴等第三階段的暴力，也都同樣根植於語言和形上學的共謀中。這裡我們看到德希達嚴肅地面對這種最後階段的暴力。讓我再次引用德希達的話：

　　最後這種暴力在結構上更爲複雜，因爲它同時指向兩種較爲底層的原始暴力和法律。事實上，它揭示了已經成爲剝奪活動的優先提名權，但它也剝奪了從此所起的專有，所謂的專有，被延遲的專有的替代物，被社會和道德意識所認知的專有，所認作爲自我同一性的令人放心的標誌，祕密。[23]

在上面這段「晦澀艱深，而且需要非常仔細地閱讀」[24]的文字中，德希達解釋經驗的暴力乃是作爲先前階段暴力的結果，作爲「已經成爲剝奪活動的優先提名權」的結果，作爲只是一個形上學建構的所謂「專名」的剝奪。暴力早已被播種於涉及心理因素的語言學建構（*prapañca*，「戲論」，中觀哲學的關鍵詞）之土壤中。它可以系譜地追溯到第一件事物的命名。替某些事物命名，也就如同把某些事物歸類爲某類事物一樣，使某些事物能被擁有，因而得以支配某些事物。替某些事物命名，就像是給某些

---

[23] Jacques Derrida, *Of Grammatology*, 112，中譯見德希達，《論文字學》。上海：上海譯文出版社，2005年，頁164-165。

[24] Richard Beardsworth, *Derrida & the Political*, p.23.

事物貼上標籤一樣，不是純為命名而命名而已。

在佛教哲學中，命名、分類、區別的過程稱為「分別」（*vikalpa*）。關於「分別」，保羅‧威廉斯（Paul Williams）曾有過清楚的說明：「梵文‘*vikalpa*’一詞的使用，如同由表達區分的前綴詞‘*vi*’所示，在於強調一個指涉對象的創造，乃藉由語言分割的能力，建立對反，把一個領域分割為相互排除和矛盾的範疇。」[25]這「分別」一詞的使用，讓我們想起，正如德希達所說的：「語言的原始暴力在差異中進行銘記，在於分門別類，在於將絕對呼格懸置起來。」

四、作為「面貌」之「他者」的不可化約性

現在讓我們回到〈暴力與形上學〉一文。在下面的討論中，我將不會涉及德希達對列維納斯所添加的雙重閱讀：「那顯示出，一方面，無法逃離出邏格斯中心主義的概念化；另一方面，如此逃離的必要性乃由完全保持在（希臘）邏格斯中心主義傳統內的不可能性而引起的。」[26]在這裡，我所關心的並不是德希達在解構上的策略，也並非要直接討論列維納斯，雖然在本文之中他總是以一個不在場的「面貌」從上而下地審視著我們。

在〈暴力與形上學〉一文中，德希達將列維納斯解讀成一

---

[25] Paul Willams, "Some Aspects of Language and Construction in the Madhyamaka," *Journal of Indian Philosophy*, 8/1, 1980, p.27.

[26] Robert Bernasconi and Simon Critchley, Eds., *Re-Reading Levinas*. Bloomington and Indianapolis: Indiana University Press, 1991, "Editors' Introduction," xii.

位「呼喚我們從希臘的邏格斯中脫位，從我們自身的同一性中脫位，也或許從一般的同一性中脫位。」[27]這樣的立場，看起來似乎類似龍樹企圖遠離的正理學派邏輯以及說一切有部實在論（本質主義的存有論）。在其逃離計畫中，列維納斯尋求的是一種「赤裸的經驗」，也就是「從『同一』與『一』（換言之，即是存有與現象之光）這種希臘宰制中解放出來，這種宰制亦如一種壓迫，一種與世上任何其它的壓迫不同，這是一種存有論的或先驗性的壓迫，也是現世中所有壓迫的源頭或不在場證明。」[28]類似的解釋也可見於海德格對西方形上學的批判，作為存有論或先驗性壓制的源頭，這「同一」、「一」或「存有」，在西方哲學史上有不同的名稱，諸如：自然（*Physis*）、邏各斯（*Logos*）、一（*En*）、理型（*Idea*）、現實（*Energeia*）、實體性（Substantiality）、客體性（Objectivity）、主體性（Subjectivity）、意志（the Will）、權力意志（the Will to Power）、意欲意志（the Will to Will）等。[29]這些概念各自表徵不同的形上學系統，存有便藉此呈現出來。對所有海德格的追隨者而言，包括列維納斯和德希達，最為迫切的問題是，在任何形

---

[27] Jacques Derrida, "Violence and Metaphysics," in *Writing and Difference*, p.82，中譯見德希達，《書寫與差異》（上冊）。北京：三聯書店，2001年，頁135。

[28] 同上注，頁83。中譯見德希達，《書寫與差異》（上冊）。北京：三聯書店，2001年，頁135。

[29] Martin Heidegger, *Identity and Difference*, translated by Joan Stambaugh. Chicago: The University of Chicago Press, 1969, p.66.

上學系統中的眞理，其可能性必須以在「整體」內被隱覆和宰制作爲代價。

對於印度存有神學傳統的類似回應，亦可見於龍樹對「自性」形上學的批判，企圖從植根於同一性形上學的無明和苦難中解放出來。對列維納斯、德希達和龍樹來說，縈繞在他們沉思默想之中最嚴肅的問題，恰恰是根源於同一性／自性形上學而產生的存有論暴力。

對列維納斯來說，在希臘（希臘文化）以及希臘的他者（希伯來文化）之間的抉擇，顯示了一個在存有論和倫理學之間長久以來的衝突。在希臘傳統這邊是海德格的存有論，也就是列維納斯和德希達所提及的，總是局限在主體主義之中，一個和海德格自身意向相矛盾的立場，「存有總是無法和存有的理解分開」；在存有者關於存有的理解中，存有顯示了它自身。這是非常重要的，就像列維納斯所指出的，在海德格關於「存有」與「存有者」的存有論區分中，存有擁有暴力的優先性。[30]以列維納斯自己的話來說：

---

30 大衛・奎爾（David F. Krell）提供了關於海德格存有論區分的清楚解釋：「『存有論的』（Ontological），意指「存有者的存有」（*onta*）或任何關於同一的言說（邏格斯，*logos*）；這裡它意指一個特定的學科（傳統上屬於形上學），或是這個學科的內容或方法。相對的，『存有物的』（ontic），意指處理「存有者」時不提起存有論問題的態度。大多數的學科和科學處理存有者時，都是『存有物的』（ontic）態度。」見David F. Krell, ed., *Martin Heidegger: Basic Writings*. New York: Harper & Row, 1977, p.53-54。

　　肯定「存有」（*Being*）對於「存有者」（*existent*）的優
先性，就已經對哲學的本質做出了表態，就是將與某人這種
「存有者」的關係（倫理關係）服從於某種與「存有者之存
有」（*Being of the existent*）的關係，而這種非位格的關係
使得對「存有者」的把握和宰制（一種認知關係）成爲可
能，使得正義屈從於自由，這種關係就是一種在他者之中保
持同一的方式。[31]

這是非常清楚的，對列維納斯來說，將活生生位格的「存有者」
屈附於非位格的「存有者的存有」之下就是一種暴力，一種存有
論的暴力。同樣的暴力也被描述成倫理學屈從於存有論、倫理學
屈從於理論主義、「他者」屈從於「同一」。在這種屈從裡，存
有的中性的、非位格性的特徵，也將他者中性化、非位格化。再
次引用德希達和列維納斯的話，這種存有論是「一種權力的哲
學」、「一種中性的哲學，一種作爲匿名的、非人性的普遍性之
狀態的暴政。」[32]這種帶有強烈政治含意的指控相當嚴重，提醒
了我們關於海德格和納粹關係的爭議。雖然我們在這裡的目的並

---

[31] Emmanuel Levinas, *Totality and Infinity*. Pittsburgh: Duquesne University Press,
1969, 45; It is quoted by Jacques Derrida in "Violence and Metaphysics," *Writing
and Difference*, p.97，中譯見德希達，《書寫與差異》（上冊）。北京：三
聯書店，2001年，頁165。

[32] 同上注；中譯見德希達，《書寫與差異》（上冊）。北京：三聯書店，
2001年，頁165。

非爲此爭議作出裁決，但上面的討論卻表達出他們關切存有論和暴力現象之間的共謀關係。[33]

逃離希臘傳統，回歸希伯來，意味著從存有論返向倫理學。就像列維納斯所主張的，倫理學應該代替存有論成爲第一哲學。在這種取代之中，非暴力關係的復甦，「既非中介的，也非直接的」[34]關係，才是列維納斯的真正關心。「他的這個思想要從形上學中喚回倫理關係，一種與作爲無限性它者的無限的關係，一種與他者的關係，[35]唯有這種非暴力關係方能夠打開通往超越之域的空間，才能夠解放形上學。」[36]這裡我們所遭遇到的無限他者不應被視爲對象，特別是理論上的對象。關於後者，列維納斯批評理論主義的帝國主義「將『存有』先決規定爲『對象』」[37]。哲學的討論是否能從理論主義之「光的暴力」中脫

---

[33] 關於海德格和納粹之間的爭議，眾所周知，德希達站在海德格這邊的立場。在〈暴力與形上學〉一文的末尾討論到「民族主義」時，德希達引用海德格的批判來評論「民族主義」：「任何民族主義在形上學層面看，都是一種人類學主義，因此是一種主觀主義。」（"On the metaphysical plane, every nationalism is an anthropologism, and as such, a subjectivism."）Ibid., p.319, note 80。中譯見德希達，《書寫與差異》（上冊）。北京：三聯書店，2001年，頁257。

[34] 同上注，頁 90；中譯見德希達，《書寫與差異》（上冊）。北京：三聯書店，2001年，頁151。

[35] 「他者」是法文 "autrui" 一詞 的中譯，而「它者」是法文 "autrei" 一詞的中譯。關於翻譯的問題，參見譯者注，Writing and Difference, p.312。

[36] Jacques Derrida, "Violence and Metaphysics," Writing and Difference, p.83，中譯見德希達，《書寫與差異》（上冊）。北京：三聯書店，2001年，頁135-136。

離，並不是我們這裡所關心的。對於這個問題，德希達並未給予一個解構的答覆。我們所關心的毋寧是列維納斯的倫理學意向，引領我們返回到由面對面的「赤裸的經驗」。對列維納斯來說，兼具存有論意義和存有物意義的暴力只會發生在客體對象上，不會發生在作為「面貌」的「他者」上。

但是，什麼是「面貌」呢？在許多地方，德希達以現象學的風格一再描述什麼是「面貌」：

> 「面貌」，它不僅僅是可以看到的長相，如事物之表面或動物的外觀，外表或種類。它不僅僅是如該詞原義所指的那種因裸露而被看到的，它也是觀看者。不完全是那種在某種哲視／理論關係中的觀看者，而且還是與對方相互對視的對視者。面孔只有在面對面中才是「面貌」。

> 由於我們現在已熟知了的原因，面對面無法以任何範疇來說明，因為「面貌」同時作為表達和言語被給予。它不只是相視，而且還是相視和言語、眼睛和會說話並會喊餓的嘴巴的原始統一體。……「它者」並不以他的「面貌」示意，它就是這種「面貌」。「他者，在其面貌中絕對呈現——不需要任何隱喻——他面對著我」。「他者」因而只在「面貌」中不需意寓地親自被給予。

---

37 同上注，頁85；中譯見德希達，《書寫與差異》（上冊）。北京：三聯書店，2001年，頁139。

> 「面貌」不表意，不將自身作爲符號來呈現，而只是表
> 達自己，親自地在自身中給出自己，親自（*kath'auto*）：即
> 「物自身自我表達」。[38]

總之，面貌是赤裸的，不被符號所遮蔽，不藉由寓言或隱喻表明。面貌是如莊子所說的「相視而笑，莫逆於心」。「面貌」就是面面相視。

十分有趣的是，注意到列維納斯的「面貌」很容易使人聯想到佛教禪宗的「本來面目」。「本來面目」這個詞彙可能第一次出現在宗寶（元代僧，生卒年不詳）本的《六祖壇經》中，意指超越善與惡之外。[39]在中國佛教更晚的用法中，這個詞通常被當作「本心」、「本地風光」、「自性」（禪宗的用法，不是空宗的用法）的同義詞。這些詞彙指未經概念化和存有論污染的「赤裸」經驗。事實上，它們應該被認爲其實什麼都不是，而只是空性的更爲實存的表達。

---

38 同上注，頁98、100-101；中譯見德希達，《書寫與差異》（上冊）。北京：三聯書店，2001年。頁168、171-172。

39 「惠明作禮云：『望行者爲我說法！』惠能云：『汝既爲法而來，可屏息諸緣，勿生一念，吾爲汝說。』明良久。惠能云：『不思善，不思惡，正與麼時，那箇是明上座本來面目。』惠明言下大悟。」（元・宗寶編，《六祖大師法寶壇經》；T.48.349.b）。

五、走出暴力

「本來面目」一詞是中國佛教用以具體地描述空性的實存意義。對龍樹來說，作爲「面貌」的「他者」完全無法用言語說出，它只能依照否定神學的進路來理解。那就是，所有的存在皆不能被化約成其它具有「自性」的範疇，如「五蘊」、「有爲法」、「無爲法」等理論分類。眞實的存在超越概念化和語言化的活動，在大乘佛教中，它們被稱爲「勝義」（*paramārtha*）、「法性」（*dharmatā*）、「眞如」（*tathatā*）或「空性」（*śūnyatā*）。就如同龍樹在《中論》第十八品第七頌中所闡明的：

> 諸法實相者，心行言語斷；無生亦無滅，寂滅如涅槃。

「本來面目」只有在「心所行境」（*citta-gocara*）以及言語活動之「所詮」（*abhidheya*）停止運作時，才能被見到。[40]相對地，針對作爲「面貌」的「他者」而起的「暴力」恰恰就發生在將「他者」化約爲對象時的「戲論」中。在這裡，「戲論」總被診斷爲雜染和痛苦出現的主要原因。關於「戲論」的意義，作爲中觀哲學中最爲重要的關鍵詞，一向難以簡化界定。爲了解說上的方便，下面我將再度引用威廉斯的冗長說明：

---

[40] David J. Kalupahana, *The Philosophy of Middle Way*, p.268.

　　我認爲中觀學派的「戲論」一詞，首先，似乎是指向言說本身；其次，指向任何表述活動所涉及的推論和揣想的過程；第三，乃由此過程而進一步產生的言說。因此，「戲論」指的是意識的動向和活動，它輕微地安立於一種（虛妄建構）的知覺情境，孳衍擴散概念化活動，使之超越其經驗基礎之外，因而便越來越遠離原本可經由無常觀而獲致正覺（正確的知覺）的基礎。諸種「戲論」是因語言而形成它們的「實體」這樣的語言，但是由於它們的内容荷負著太多的上下文脈聯想，它們起因於語言，總是因涉及其他的概念結構而超出它們自己的範圍。[41]

「戲論」，作爲命名、言說、推論、揣想、欲求、想像、孳衍和建構的過程，令人聯想到德希達所說的「差異」（*différance*）一詞，它也被稱爲「原始書寫」（arche-writing）[42]。德希達將「差異」解說成藉由時間化（temporization）和空間化（spacing），「指涉的運動才有可能，當每一個所謂的『在場』元素，每一個出現於現場時的元素，皆關涉到除了它自己以外的其他事物時，因而在自身裡保有過去元素的標記，並且已經讓它自己被和關涉到未來元素的標記所削弱……」[43]。恰恰由於

---

[41] Paul Willams, "Some Aspects of Language and Construction in the Madhyamika," p.32.

[42] Jacques Derrida, "Différance," *Margins of Philosophy*, translated by Alan Bass. Chicago: The University of Chicago Press, 1982, p.13.

[43] 同上注。

這種作爲「原始書寫」的「差異」，「原始暴力」才會發生。正是在這種意義上，德希達認爲「原始暴力」是無法消除抹去的，因爲語言不可能沒有「差異」。暴力正恰恰是在語言之中！以佛教中觀學派的名相來說，暴力正恰恰座落於戲論之中。唯有在這樣的思維線索之下，我們才能理解爲何龍樹將「涅槃」定義爲：「戲論的止息」（*sarvaprapañcopawama*）。[44]

最後一個有待進一步沉思的問題，當然不是唯一的問題，對龍樹和德希達來說，在從暴力尋求解放的過程當中，「戲論」／「差異」有可能消除嗎？假使「戲論」／「差異」永遠無法消除的話，那麼暴力也似乎永遠無法消除。對德希達來說，策略性的講法也許是，沒有出口，沒有一勞永逸的解決。然而，對於龍樹來說，他認爲只有在生死輪迴中，在苦難和暴力中，才能有涅槃的實現。沒有「生死」，也就沒有「涅槃」。藉由同樣的表徵方式，我們也可以說，沒有「戲論」，也就沒有「暴力」的消除。

最後，我們回到列維納斯上，問他這個同樣的問題。在德希達看來，列維納斯似乎是抱持著彌賽亞末世論，因而仍對暴力的消除懷抱著希望：

> 說眞的，彌賽亞末世論從未被直接說出，它僅是在赤裸經驗中描繪出可以讓這個末世論得以瞭解，得以回應的一個空間，一個空洞。這個空洞並非各種開口中的一個。它就是開口本身，是開口的開口，是那種不讓任何範疇和整體將之封

---

[44] Mervyn Sprung, *Lucid Exposition of the Middle Way*, p.33.

閉起來的東西，也就是說所有那些來自經驗而不再任由傳統概念所描述，甚至抗拒一切哲學素（philosopheme）的東西。[45]

我想於此結束這次龍樹、列維納斯和德希達他們之間不期而遇的對話，並藉由上面這段的引文，啓發我們以「空洞」（hollow space）、「開口」（opening）、「開口的開口」（opening of opening）這樣的意象從新來理解佛教的「空性」，在此空性中，開口中，他者的面貌不再遭到羞辱，不再遭受暴力。

---

45 Jacques Derrida, "Violence and Metaphysics," *Writing and Difference*, p.83，中譯見德希達，《書寫與差異》（上冊）。北京：三聯書店，2001年，頁136-137。

第六章

列維納斯與近代主體概念的批判
——從霍布斯到康德

孫向晨

　　儘管列維納斯（Emmanuel Lévinas）的哲學以批判存在論哲學著稱，以彰顯希臘與希伯萊的內在張力著稱，但是在筆者看來，其哲學著作所包涵的著力點始終與近代的主體概念批判聯結在一起。我們看到，列維納斯在《別於存有或超越本質》中提出了一種新的主體性觀念，他的主體觀念被認爲是烏托邦主義，他自己對烏托邦一詞做了屬於他自己的解讀，[1]同時認爲那些指責他的「現代人把自己視爲存在者中的一員，事實上他的現代性卻是破碎的，使他不可能逗留在家中」。[2]就現代性的支柱理念「主體」概念而言，一般被認爲是從笛卡兒（René Descartes）開始的，從笛卡兒經康德（Immanuel Kant）到胡塞爾（Edmund Husserl）主體哲學的發展也正是列維納斯在其哲學批判中的一條主線。但主體性的哲學話語在近代哲學的發展中具有多重線索。列維納斯超越現代性的努力應該在這更廣闊的範圍內加以理解。霍布斯式欲望的個體以及康德從道德層面對這種個體式主體的挽救，顯露了近代主體概念的政治—倫理維度。列維納斯與霍布斯式個體的對立，對康德道德自律理論的辯難，使他提出了與現代性不同的哲學立場。

---

[1] 列維納斯後期認爲「主體性」是一種存在的「例外」，它不能在「存在」和「非存在」的框架下去尋找。可以說人的「主體性」在存在論的框架下沒有一個位置（null-site），在這個意義上，他解釋了「烏托邦」（U-topos），烏托邦的沒有位置恰是主體性的所在。

[2] Emmanuel Levinas, *Otherwise than Being or Beyond Essence*, translated by A. Lingis, The Hague, Martinus Nijhoff, 1981. p.184，以下縮寫爲***OBBE***。

一、對霍布斯式個體觀念的批判

笛卡爾式的主體，在形而上學中顯現爲萊布尼茨式的「單子」；在社會生活中則體現爲霍布斯式的「個體」。應該說，現代性的基本特徵就是個體的自覺，按英國法律史家梅因（H. Maine）的看法，現代社會的秩序中，「所有關係都是因『個體』的自由合意而產生的」[3]。在傳統社會中，每個人的權利和義務都取決於共同體中的位置，而非其自身獨立的價值，梅因因此認爲從古典社會到現代社會的變遷，也就是從「身分」到「自由個體」的變遷。在西方，個體意識的逐步覺醒開始於文藝復興，借助於對古典文獻和藝術的復興，個體逐漸從當時各種外在和內在的束縛中解放出來，中間經過宗教改革，直到十八世紀啓蒙運動，基本確立了現代個體主義的內涵，個體逐步取代上帝而成爲世界的主人。這中間尤其以霍布斯（Thomas Hobbes）、洛克（John Locke）以及後來功利主義發展出來的個體主義在現代社會中占據著主流地位，用麥克弗森（C. B. Macpherson）的話說，那是一種「占有性的個體主義」。[4]這種個體主義影響極大，確立了現代社會價值基礎的載體，是一系列現代政治後果的源頭。因此對現代性主體性理念的批判就不能避開對霍布斯式個體的徹底審視。

---

[3] 梅因，《古代法》。北京：商務印書館，1984年，頁96。

[4] C.B.Macpherson, *Political Theory of Possessive Individualism,* Oxford University Press, 1962.

　　現代個體主義的起點就是霍布斯的哲學。霍布斯的哲學摒棄傳統的思想，單純從個體的欲望和激情來演繹整個社會的基礎。其中有兩個基本特點，一是每個人都是平等的，在自然權利上是平等的；二是每個人都是自利的，自我保存是最根本的利益。在霍布斯的解釋下，人的本性就是趨利避害，無休止地追求個人的利益和權力。霍布斯的整個哲學都在努力從人的這種自私的本性中來推導出現代道德和社會的秩序。在霍布斯提出的「自然狀態」中，人們完全按照自己的本性來生活，沒有一條生活競賽的規則，人們的差異也是微乎其微，甚至「最弱者也有足夠的力量殺死最強者」[5]。人在體質和精神能力是平等的。這種自然的平等意味著人們有著同樣的權力來實現自己的目的。因此，霍布斯式的個體主義就落實為最基本的人的自然權利：「每個人生來都佔有一切東西乃至佔有他人的軀體權力」（Hobbes 91; 97），而且為了自己可以「力圖摧毀或征服對方」，「不但要剝奪他的勞動成果，而且要剝奪他的生命或自由」（87; 93）。基於對人性的這種理解，現代政治哲學的一個突出的特徵就是對於自我「權利」的重視，甚至是殺死「他人」的權利。後來的一切社會和政治的建構都來源於這種最原初的權利。

　　很顯然，如果每個人都為了自己的目的而行使自己的自然權利，那麼將導致與「他人」的競爭，這是自我與「他人」發生衝

---

[5] 參見Hobbes，*Leviathan*，Edited by Richard Tuck.Cambridge: Cambridge University Press, 1991, p.87；另可參見中文版《利維坦》，黎思復、黎廷弼譯。北京：商務印書館，1996年，頁92。

突的總根源。霍布斯得出的結論是，如果沒有一個共同的權力讓
大家共同服從，則人的自然狀態是一種戰爭狀態。「這種戰爭是
每一個人對每一個人的戰爭」（88; 94）。這就是霍布斯式個體
主義背後所隱含的戰爭邏輯。「戰爭」是從這種對人性的理解中
自然推導出來的，人類若按此「存在的本性」去生存，將永遠生
活在恐懼、暴力和貧困之中；長此以往，個人的生存將受到損
害，直至滅亡，人類社會將不復存在。人們要建立社會，就是為
了要擺脫這種人人自危的狀況。這是霍布斯從這種戰爭的自然狀
態中得出的結論。在此，霍布斯深刻地揭示了以個體為基礎建構
起來的現代社會，其背後其實是一種非常不穩定的狀態，「戰
爭」的陰影揮之不去。

　　列維納斯從其自身的哲學出發深刻地體會到，現代主體
性觀念在社會層面的這一危險傾向，因此在《整體與無限》
（*Totality and Infinity*）的序言中，他一開始就提出了「戰爭」
與「和平」的問題。這讓人們馬上就想到霍布斯的《利維坦》
（*Leviathan*），因為《利維坦》的開頭也是馬上處理「戰爭」與
「和平」的問題。這絕非巧合，早在《整體與無限》出版之前，
列維納斯在〈哲學與無限觀念〉一文中，就已經提到霍布斯從這
種個體的自然權利推導社會秩序是西方一向的主導傳統。[6]《整

6　對於霍布斯的思想，列維納斯曾有清晰的表述，在現代哲學那裏，「除了
　　不可能之外，一切皆被允許。尤其是自霍布斯開始的現代政治理論，它從
　　自由的合法性，亦即自由的無可置疑的權利出發，推導出社會的秩序。」
　　參見 *Collected Philosophical Papers,* translated by Alphonso. Lingis, The Hague,
　　Martinus Nijhoff, 1987. p.57，以下縮寫為 *CPP*。

體與無限》提出了「戰爭」與「和平」的問題，但在該書中以及
其後的著作中，列維納斯解決的路向與霍布斯有雲泥之別，這完
全基於他們對於人的不同理解。[7]

　　在霍布斯看來，首先是個體的人，是自利的人，接下來的必
然命運是人與人之間的戰爭，爲了逃避這種狀態，人類才進入社
會，並在此框架內建立起道德。列維納斯明確反對這一觀點。他
認爲「戰爭」之於西方是一種常態，這不僅是因爲個體之間的相
互衝突，而且還可以追溯得更遠，它與西方存在論思想傳統有著
密切的關係。從赫拉克裏特（Heraclitos）開始，「戰爭」就成
了理解存在的途徑。只是在現代社會，這種存在的邏輯更鮮明地
落實在個體的身上，落實在個體的自然權利上，表現爲霍布斯所
說的「每個人生來都占有一切東西乃至占有摧毀他人軀體的權
力」，這就是霍布斯式現代個體主義的根本出發點。在這個根本
點上，列維納斯有著全然相反的看法。他認爲，我與「他人」的
原初的關係不是我具有殺他人的權利，而是「不許殺人」。在前
面已經提到過，他人之「臉」顯現出來的超越維度，直接頒布了
這樣的道德命令。也就是說，在霍布斯那裏自我具有天然的「無
限權力」，而在列維納斯那裏對此有一個直接的阻礙，那就是
他人之「臉」；他人之「臉」阻礙了「我」的自然權利，阻礙了

---

[7] 由此而來的政治後果列維納斯是非常清楚的。他曾經說過，我們可不可以從
　人的「人對人像狼一樣」的定義出發來推斷國家的制度，也可以從人是他人
　的人質出發來推論國家的制度，前者像霍布斯一樣通過限制暴力來誕生社會
　制度，而後者卻是通過限制無限的責任來誕生社會制度。參見 *GDT* 183。

我的主體性，阻礙了我對世界的占有。列維納斯認為如果是基於「我」的占有性，就會像霍布斯說的那樣，我會「剝奪」和「摧毀」他人的生命，「他人是我唯一想殺的」。[8]

列維納斯認為人類社會要存在下去，必須扭轉這種人的自然本性。但不是根據霍布斯講的自然法的邏輯，根據「己所不欲，勿施於人」來阻止殺戮他人的傾向。這還是從「自我」出發，推己及人，沒有跳出存在的邏輯。我們知道，列維納斯另有一番邏輯，這種邏輯不是來自人的天性，而是來自人的天性之外，是「他者」身上具有的某種超越的東西。也就說，在原初的意義上，並不只有人的本性可以作為整個社會的基礎，還有超越人本性的東西，它同樣是原初的。對列維納斯來說，「不可殺人」不是第二位的，不是對威脅的回應，而是對自己的發現，是對自己超越本性的發現。由此可見，對於人類社會，霍布斯是以人性為基礎來加以建構的，列維納斯是以超越人性為基礎來加以設想的。道德是一種存在之外的意義，它扭轉了我的自然本性，或者說我的存在本性。這裏，列維納斯完成了一種根本的轉折，也完成了對現代主體的個體主義根基的根本顛覆。

我們知道，人在現實性上並不就是個體主義的，人首先生活在家庭中，傳統的政治也是從家庭中的父權來延伸出統治權的基礎。霍布斯式的個體主義當然不能容忍這種父權關係，因為這將解構現代社會的基礎。於是霍布斯在《利維坦》中將具

---

8 Emmanuel Levinas, *Totality and Infinity: An Essay on Exteriority.* Trans. Alphonso Lingis. Pittsburgh: Duquesne UP, 1969. p.198，以下縮寫為***TI***。

有親情關係的父權轉變成了一種契約關係，由此才能徹底貫徹他的那種個體主義。他認為：「這種根據世代生育關係產生的管轄權並不是因為父母生育了子女，所以就對子女具有管轄權，而是由於子女以明確的方式或其他表達出來的充分證據表示了同意（consent）」。[9]這樣一來，自然的關係就變成了一種基於同意的契約關係。以後洛克更進一步完善了霍布斯的論證，這特別表現在洛克對費爾默（Sir Robert Filmer）思想的批判上。洛克是現代自由主義的鼻祖。要作為自由主義基礎的個體主義，就必須徹底批判「父權」思想，因為這是傳統君主政體的依據和基礎。洛克承認父母對於孩童有管轄權，但這是基於理性的不成熟，一旦孩子具有成熟的理性，那他也就具有了行動的自由；於是即便是在家庭中，父母對於孩子也沒有管轄權。「當子女達到這種境界時，雙親和子女一樣都自由了，雙親對他的子女不再有任何的統轄權」[10]。那麼在子女成熟之後，何以事實上，父親依舊具有某種權威呢？在洛克看來，那僅僅是因為父親具有把財產給予自己喜歡的人的權力。於是子女為了換取父親的賞賜，而自願服從父親。[11]在洛克看來這是一種類似契約的「同意」。於是家庭中的父權完全變成了一種為了獲得財產而形成的契約關係。霍布斯、洛克正是採取這樣的方式來破除傳統的親情關係，不惜以契約原則替代倫理原則，以原子主義關係代替家庭的親情關係，從而把

---

[9] Hobbes，*Leviathan*，p139；《利維坦》，頁154。

[10] 洛克，《政府論》下篇。北京：商務印書館，1993年，頁37。

[11] 參見洛克，《政府論》下篇。北京：商務印書館，1993年，頁45。

個體從家庭中裂解出來，用契約和財產消解掉以血緣爲基礎的傳統的權力關係。這是現代主體觀在社會領域中的一次赤裸裸的體現。

同樣在這個問題上，列維納斯在《整體與無限》中採取了一種以家庭爲基礎的政治立場。在通過他者之「臉」解構了現代的個體主義之後，列維納斯試圖建構某種以「父性」和「子女」爲基礎的政治結構。通過「父性」到「兄弟性」的過渡，以此說明兄弟間的平等關係，並將之引伸到社會關係之中。列維納斯在「兄弟之愛」的概念中產生了某種不同於霍布斯式的平等關係，不是將父子關係契約化，產生冷冰冰的個體間的關係；而是在「共同父親」的前提下，建立起兄弟間的平等，這樣所有的人就都能成爲兄弟，「兄弟之愛」也就是人類的博愛。在「兄弟之愛」中，他人必然顯現爲與所有「他人」的平等關係和團結關係，正是在這一論述中，列維納斯從面對「他者」之倫理關係，過渡到了兄弟平等之社會關係上去了。在這樣平等的基礎上，就可以避免霍布斯那樣從平等中推出的「衝突」和「戰爭」；同時，通過「兄弟之愛」的概念，把兄弟之間的關係延伸到對於整個人類的責任，這完全超越了以個體主義爲基礎的現代政治觀。

有了這樣的基礎之後，在「和平」問題上，列維納斯就提出了與霍布斯完全不同的方案。從霍布斯的角度來看，「和平」無非是兩種情況，一種是基於恐懼之上的冷和平，一種是基於臣服之上的假和平，也就是一個主權者，其餘皆臣民的獨霸局面。這個邏輯甚至在二十一世紀依然有效，但這顯然是現代世界尋求和平的一個嚴重誤解，其後果不言自明。在這種視野下，現代主體

的政治背景其實是一種戰爭的狀態。列維納斯認爲眞正的「和平」必然是和道德聯繫在一起的。在現代社會，在這種以個體自我爲基礎的社會中，列維納斯問道「我們是否被道德所欺騙」（*TI* 21）？因爲現代政治的背後是「戰爭」，「戰爭」懸置了道德的力量。於是按照霍布斯式的政治秩序，道德在此框架下未必不是一種欺騙，起碼也是維持政治秩序的一種手段。這恰恰是列維納斯不能接受的。相反，列維納斯以道德爲基礎來制約政治的無限膨脹。在他看來，西方現代立足於抽象的個體，這種社會是在「計算」中被建立起來的，也就是說，是在功利中建立起來的。他認爲這是政治的社會，但不是倫理的社會。從霍布斯到功利主義，現代社會的進程莫不如是。在這種「計算」中，所謂的「和平」只能是戰爭與暴力的間隙。儘管所有的現代理論都要追求一種「和平」，但這種「和平」究竟是戰爭的間隙，還是永久「和平」，則有根本區別。

　　在列維納斯看來，眞正的「和平」不是通過政治學實現的，只有通過一種「爲他」的倫理才能帶來。在現代世界中能否汲取其他文明的思想資源，提出另一種和平觀已經顯得極爲緊迫。列維納斯給出了一個非常好的範例。在他看來只有在多元性中才可以獲得眞正的「和平」。這種關係意味著「我既要保持自己，同時又是一種沒有自我主義的生存」（*TI* 306），也就是一種肯定了他性的生存。只有在這種「多元性」的關係中才能保有眞正的和平。這種基於「爲他」的倫理學爲世界的多元性奠定了基礎。在現代世界中，多元性在各種領域裏都呈現爲一種無可爭辯的事實，但是如何保持「多元性」在各種哲學中都有著自己的理論基

礎。現代哲學對於個體自我自由空間的尊重似乎是「多元性」的一個重要保障，這化解了「多」的衝突，但是這種貌似對個體的尊重也帶來了消極的後果，那就是相對主義的流行，乃至虛無主義的盛行。我們如何能夠在保持世界的多元性的同時，既避免「多元」之間的紛爭，又防止滑向相對主義，尊重價值的某種絕對性呢？這是列維納斯超越現代性主體理念背後的根本動機。於是，列維納斯關於人的理解就要為社會的真正的多元性尋找空間，這才是「和平」的基礎。這不是一種在「同一」下各個個體建立的眾多性（multiplicity），而是建立在絕對差異上的多元性（pluralism）。

從前面所講的我們知道，列維納斯是在超越中，也就是與「他者」的關係中尋找隱含著真正多元性的基礎。「面對面是一種終極的和不可還原的關係，……它使社會的多元性成為可能」（*TI* 291）。這是因為列維納斯認為，一切社會理念必須首先是倫理的，首先是對「他者」的尊重和責任。這樣才能保證在這種多元性中已經包含著善性和超越。由於在我與「他者」的關係中，不是拿我的標準來壓制「他者」，統治「他者」，而是尊重「他者」，並且個體採取了將「他者」置於我之上的倫理態度，由此他既保持了多元性，同時又不會因為多樣性而喪失對他者的尊重。列維納斯自始至終徹底排除那種全景式終極性。由此，他認為關於「和平」只能存在於一種末世論中，「當彌賽亞式的和平的末世論將自身置於戰爭的存在論之上的時候，道德將在歷史中抵抗政治，將超越慎慮的作用和美好的準則而宣布自己是無條件的和普遍的」（*TI* 22）。這就是列維納斯的和平觀，一種

超越於歷史，超越於政治的和平觀，它建基於列維納斯對人的獨
特理解之上，也就是一種肯定了他性的生存。只有在這種「多元
性」的關係中才能保有眞正的「和平」。通過與霍布斯式個體自
我觀及其社會後果的對比，深刻地顯示了列維納斯對於現代性理
念的批判。

二、與康德道德主體的辯難

我們看到，由霍布斯確立起來的現代個體主義精神與列維納
斯的倫理學格格个入。隨著近代對於主體認識的深入，個體白我
的主體地位在得到加強的同時，道德的缺憾也愈加顯現，因此，
主體的道德因素在康德哲學中得到了空前的重視。康德要在霍布
斯式的自然權利之外，爲個體自我確立道德的絕對命令。康德爲
哲學確立的這一任務旨在豐富現代性主體概念的道德內涵。在某
種意義上，康德哲學強調實踐理性優先於理論理性與列維納斯堅
持作爲第一哲學的倫理學之間有著極大的相似之處，兩者都主張
一種道德的形而上學，或倫理的形而上學；但從根本上講，康德
的道德哲學強調「自律」，而列維納斯的哲學強調「他律」，兩
者根本不同。可是，列維納斯與康德哲學的關係卻並不像表面的
對立看上去那麼簡單。[12]理解這兩者錯綜複雜的關係有助於明瞭
列維納斯超越現代性主體概念的方向。

事實上，從霍布斯到康德，當中還有一個重要環節，那就
是盧梭（Jean-Jacques Rousseau）。霍布斯的自然權利是以個體
的欲望和激情爲基礎的，但是作爲共同體的一員，除了個體自利

的這一環節外，還必須有公共道德的維度，在盧梭的哲學中就體現爲「公意」（general will）這個概念，他要爲霍布斯式的「個體」組成的共同體加上一個公共的維度，同時也是一個道德的維度。由於「公意」是通過共同體體現出來的，它是外在於個體自我的，「公意」的實現有賴於每一個個體的參與。每一個個體都必須把對「公意」的遵從當作是對自己意志的遵從，每一個個體都可能爲了「公意」而放棄自己的意志，這樣，在「公意」和個體的特殊意志之間就有了巨大的張力。盧梭是在政治層面來談論這個問題的，但「公意」不僅是法律的基礎，同時也是道德的基礎。這就產生了一個極大的道德悖論，那就是「公意」代表的是共同體每一成員的公共意志，但就每一個道德主體而言，卻有被強迫「自由」的可能性。這是盧梭學說長期以來受人詬病的地方。康德對盧梭極爲尊崇，稱是盧梭使他學會了尊重人性，把人看作目的，而不是手段。這具體體現在康德對道德問題的理解上，其最關鍵的是提出了道德「自律」的概念，這完全可以理解爲康德將盧梭那種外在化的「公意」，通過他的實踐理性內在化爲理性自身的要求。康德由此提出了道德律的概念。康德論證

---

12 *Anthony F.Beavers*說：「列維納斯，這個對於西方世界中理性的作用最坦率的批判者，尤其是因爲理性的專制性，特別是在倫理的運用上，卻在康德身上發現了相似的精神。這一事實讓所有的人非常驚訝」。參見*In Proximity: Emmanuel Levians and the Eighteenth Century*，Edited by Melvyn New, Robert Bernasconi & Richard A.Cohen, Lubbock, Texa Tech University Press, 2001. p.286；在該書中，共有四篇文章論述列維納斯與康德哲學的關係，著力探究了這其間錯綜複雜的關係。

說，道德之爲道德不是受外在「公意」的強迫，而是受理性自身
的強制，這就是道德律的內在要求。這樣，主體從服從於外在的
權威變成了服從自我的先天理性，這就是主體的道德「自律」，
康德說：「自律性是道德的唯一原則」。[13]

　　康德的意志自律概念與其自由觀念是聯繫在一起的。通過
《純粹理性批判》（*Critique of Pure Reason*），我們知道知性否
認人是自由的：人作爲現象世界的存在，要服從外在的自然律；
作爲經驗存在者要受制於因果關係，我只是自然展現其力量的被
動者，只是自然的一部分，受自然律的宰制，因此自由不屬於現
象世界。處於這種狀況下的行爲，這就是康德所說的「他律」，
「不是意志給予自身以規律，而是物件通過和意志的關係，給予
意志以規律」（ibid.）。服從於外部的自然原因，服從於上帝的
誡命，這些行爲都是一種「他律」行爲，是外在規律來主宰人，
而不是以自身的意志爲依據，這與康德強調的道德的「自律」特
性格格不入，摧毀了道德自律的本質。對於道德行爲，康德認爲
必須是行爲的原因發源於自身，而且這原因不能是來自生命中的
經驗條件，不能考慮任何欲望，興趣或其他的經驗條件，因爲這
些都受制於自然規律。康德的「自律」意志應該完全獨立於經驗
世界，只按道德律行事，只根據自己純粹的理性行事，也就是
只按照自己的規律對自己加以規範，「是意志由之成爲自身規律
的屬性，而不管意志物件的屬性是什麼」（ibid.）。這就是「自

---

[13] 康德，《道德形而上學原理》，苗力田譯。上海：上海人民出版社，2002
年，頁60。

律」。同時，這種行為對我而言才是自由的。

　　對此，列維納斯持一種全然不同的立場，首先他批判那種「自律」的哲學，在〈哲學與無限的觀念〉（"Philosophy and the Idea of Infinity"）一文中，列維納斯首先將「自律」的哲學與「他律」的哲學相對立，對他來說，「自律，意在確保存在物之自由與同一的哲學，預設了自由自身能確知其權利，無須訴諸任何進一步的事物即能論證其正當性，像納咯索斯（Narcissus）一樣，滿足於自身的完美」（*CCP* 49）。這種自足的理想自古希臘以來一直是西方哲學的目標和理想，康德在道德哲學的層面，在純粹理性的層面，再次演繹了這一哲學傳統的理想。但列維納斯認為，「自由，自律，將他者還原為同一，可以概括地表述為：在歷史進程中人對存在的征服。這種還原並不表示某種抽象的圖式，它就是人的自我。自我的存在就是多樣性的同一化」（*CCP* 48）。也就是說，在列維納斯看來「自律」的哲學最終是把「他者」還原為「同一」。儘管列維納斯這裏的批判不是直接針對康德的，有一點可以肯定，他認為自由不足以以自身來論證其正當性，而且在這種「自律」中始終沒有「他者」的地位。與康德強調道德在於「自律」不同，列維納斯認為：「道德開始於當自由不是通過自身來論證自己的正當性，而是覺得自己的肆無忌憚和暴力」（*TI* 84），並由此而限制這種肆無忌憚。這一切都是因為「他者的在場，一種特殊的他律」在發生作用。列維納斯認為他的哲學就是一種「他律」哲學，當然是一種完全不同於康德所說的「他律」。當康德強調道德律獨立於經驗世界，而來源於純粹理性時，列維納斯強調道德與存在世界毫不沾邊，來

源於面對「他者」。在列維納斯那裏，「自由」與「自律」不再
是同一個概念，同時「他律」也不再是康德意義上「自由」的對
立面，列維納斯努力在「他律」與自由之間建立起聯繫，「他
律」成了自由的更高目標，這意味著自由的「主體」需要被善所
揀選，從而成爲爲「他者」負責的主體。這是一種完全不同於康
德的道德主體觀。

　　就康德把道德律限制在純粹理性層面這一點，列維納斯給
予了充分的肯定，甚至把康德引爲同道，認爲這樣道德就有了
超越存在的意義：「我們應該從康德主義中保持一種不聽命於
與存在之關係的意義。這一參照來自一種道德性並非偶然，這
種道德性當然是理性的，就其準則具有普遍性而言。從超越於存
在之上來設想一種意義的方式是一種倫理學的必然結果，這也並
非偶然」。[14]在康德的論述中，由於強調道德的理性純粹性，以
及獨立於經驗世界，使列維納斯感到康德的哲學同他一樣有著某
種超越存在層面的旨趣。但是康德道德哲學中的「興趣」概念，
又把道德律拉回到了存在的層面。因爲遠離經驗世界的純粹理
性要成爲實踐的，在康德看來，必須使人們對道德律感到「興
趣」（interest），而「興趣」本質上是經驗的，是「他律」的。
爲此，康德專門界定了道德興趣的特點：「道德興趣就是單純實
踐理性的一個純粹的不依賴於感性的興趣，建立在興趣概念上的
也有某種準則的概念」。[15]人們之所以需要這個概念是因爲「這

---

[14] Emmanuel Levinas, *God, Death, and Time*. Trans. Bettina Bergo. Stanford UP, 2000. p.65，以下縮寫爲***GDT***。

就有一種通過什麼而被推動得活動起來的需要，因為某種內部的阻礙是與這種活動相對抗的」（ibid.）。對道德律的「興趣」起到了這種推動作用，但康德哲學最終並沒有解釋這種「興趣」是如何發生的。無論如何，這個概念非常重要，通過這個概念，純粹理性的道德律落實到了感覺的世界中。正如我們前面指出的，列維納斯認為「興趣」只是存在間（inter-esse）的關係，本質上是一種自利的活動。道德本身應該是超越於存在的，康德運用「興趣」來推動道德律的落實，這就使道德律重新落入存在的層次。列維納斯用另一個詞「公正」（disinterestedness，或解存在間性）來對抗「興趣」概念，「公正」這個概念破解了存在層面的自利性質，這才是一種不被存在沾染的純粹的善。列維納斯認為，「在這個基礎上，我們可以設想一種主體性，它可以和不可實現的有關係──不是和不能實現的浪漫之物，而是和一種超然於存在之上或者之外的一種秩序有關係」（*GDT* 65）。

　　列維納斯與康德另一個相關的思想是關於「責任」的概念。在康德哲學中，「責任」（duty）是一個核心概念。「責任就是由於尊重規律（道德律）而產生的行為的必要性」。[16]也就是說，就道德而言，每個人有責任去按絕對律令行事。這就是我們的義務，其依據在於我們對於道德律的「尊重」（reverence）。在康德的道德哲學中雖然強調理性，但人不是機器，這種「尊

---

[15] 康德，《實踐理性批判》，鄧曉芒譯，楊祖陶校。北京：人民出版社，2003年，頁109。

[16] 康德，《道德形而上學原理》，頁16。

重」意味著人對於道德律的意識，這是他按照理性來行動的直接
根源，否則就是受其他自然情感、欲望、愛好和衝動的影響。
「尊重」雖然是一種情感，但卻與「愛好」（inclination）不
同，「愛好」是有結果預期的，而「尊重」只是一種出於理性
的情感，它抑制其他「愛好」，從而只以道德律爲物件。「尊
重」之所以重要，因爲它牽動著「責任」。康德論證了這種情
感在理性存在者的道德生活中的重要地位，這是理性的純粹情
感，不是基於感性的情感，否則就不是道德了。列維納斯則用
responsibility來表示「責任」，這種「責任」同樣來源於「尊
重」，但不是「尊重」自己理性的道德律，而是通過「回應」
（response）「他者」來尊重「他者」。在康德那裏，首先是尊
重來自理性的道德律，由此引申到對人的尊重，「你行動，要把
你自己人格中的人選和其他人格中的人性，在任何時候都同樣
看作是目的，永遠不能只看作是手段」。[17]這裏，在任何時候把
「他人」看作目的的理由在於，在尊重自身的純粹實踐理性時，
也就意味著同時尊重其他有理性的人格，因爲「他人」同樣是道
德律的頒布者。理性是「尊重」的唯一基礎，也是「尊重」他
人的唯一原因。但列維納斯的「責任」則直接來源於面對「他
者」，這裏沒有人類共同的「理性」作爲仲介，他人之「臉」直
接頒布道德的命令。這一區別得出了更加意味深長的結論。在康
德的路徑上，尊重「他人」本質上就是尊重「自我」，康德尊重
的是人類共同的理性本質，對於「他人」的尊重，是從對理性的
尊重中推導出來的，康德尊重的不是他者的「他性」。列維納斯

---

[17] 前引書，頁47。

由此可以質問康德，當他把「他者」當作「他我」（alter ego）來尊重時，這種「尊重」是否足以承認「他者的他性」。在列維納斯的眼中，康德式的論述依舊不能使我們遇見真正的「他者」。因為康德還是基於「我」來理解道德律，基於尊重我自己的理性來尊重「他人」，無法遇到真正的「他人」。

　　在康德的「責任」概念中還包含了「善良意志」的概念，理性作為實踐能力產生的自身就是善良的意志。「在這世界之中，一般地，甚至在這世界之外，除了善良意志，不可能設想一個無條件善的東西」[18]。可以說，「善良意志」就是無條件的善，不是因為有好的後果而成為善的，關鍵是它所意向的就是善的；也可以說，即使其實現完全受阻於外因也仍然是善的。「善良意志」不是一個人勝於另一個人的能力，而是意味著行為的主觀準則與道德律相契合的意志。因此，「善良意志」不由自然愛好所決定，它只決定於「責任」，並為著「責任」而行動。這就是人和一般事物相區分的基礎。對於康德肯定善的絕對性，列維納斯大加讚賞，「可以肯定，在這些對存在論的回覆中，康德是最大膽的，他在思想和認知之間做了更為激進的區分。他發現在純粹理性的實踐運用中，有那麼一小塊地方是不能還原到對存在的參照的。一種善良意志，由於其烏托邦的性質，無視資訊，不關心證實，這可以從存在到達它（這對於技巧的和假言的命令非常重要，但並不關涉實踐的或絕對的命令），這種善良意志先於一種置身於存在之上的自由，並且先於認知和無知」（CCP 176）。在列維納斯看來，康德「善良意志」的概念具有某種烏托邦的性

---

18 前引書，頁8。

質，惟其烏托邦的性質使其能夠超越存在，置身於存在之上。在這一點上，列維納斯與康德又是相當一致的。

「善良意志」就表現在為了「責任」的行動中，是一種為責任而責任的行為。它顯現為一種「絕對（定言）命令」。康德在《道德形而上學原理》（*Groundwork of the metaphysic of Morals*）中論證了「他律」的失敗，事物間的因果聯繫告訴我們，如果按照目的和手段的綜合關係，我們就不得不為了某件事而希求另一件事。於是「如果你希望這個，那麼你就必須如此這般行事」，這種假言律令是有條件的。但是道德律不可能依賴於任何其他意志的行為，道德性一定不能表現為達到其他目的的手段。因為如果假定物件是道德性要求的來源，那麼道德命令就只能局限在假言命令中，這就不能解釋道德命令的絕對性和普遍性。凡是「他律」的都是假言命令。「不論在什麼地方，如果為了對意志加以規定，而把意志的物件當作規定的基礎，那麼這樣的規定只能是他律的，這樣的命令只能是有條件的。這就是如果或者因為某人意願這一物件，所以他應該如何行動，從而，它永遠不會是道德命令、絕對律令」[19]。由於道德律內在於先天的理性中，當這一道德律宣示行為時，它就不是在陳述一個事實，而是宣示一個符合道德律的行為，因此它必定是命令式的，又由於命令來自理性本身，而不是根據經驗的條件得出的，因此它的特點在於它不能是一種假設的命令，表現為無條件要求人做什麼，表現為命令人「應當」怎樣。康德說：「如若責任是一個概念，具有內容，並且對我們的行動實際上起著立法作用，那麼，這種

---

[19] 前引書，頁64。

作用就只能用定言命令，而不能用假言命令表示」[20]。接下來，康德就要論證，這樣一個絕對律令憑什麼是普遍有效的。在《純粹理性批判》中，我們知道，康德先後論證了數學和科學的知識作為先天綜合判斷是如何可能的，一旦確定是先天綜合命題，那麼在康德的哲學中也就意味著普遍有效性。那麼道德判斷是否是一種先天綜合判斷呢？首先，在休謨之後，我們知道「普遍的」不能來自經驗，那麼它只能來自於先驗，而「絕對命令」從一切經驗因素中分離開來，只為理性所頒布，所以道德是先天的，不受經驗、愛好的影響；同時道德判斷不是分析的，因為行為的意願不能從另一個預設的意志中分析出來，因而必定是綜合的。這就意味著道德判斷是先天綜合判斷，是普遍必然的，是不依賴於人們的實際行為的。絕對命令的這種形式使它得以避免從經驗條件獲得約束力，從而保證道德的無條件的必然性。因此，道德律是一種絕對命令。

從列維納斯的角度來評價康德的道德哲學的話，那麼他會認為康德式道德的普遍性只能是第二位的。因為他尊重的只是抽象的原則，而不是獨特的「他人」。絕對命令在形式上保證了這種道德的普遍性；但對列維納斯來說，道德首先來自與他人的「面對面」，首先來自面對他人的脆弱而產生的責任感。這裡道德不是來自抽象的普遍原則，而是來自「他人」對我的道德呼喚。在列維納斯那裡，道德需要他人，「他人」無聲的命令是我的道德來源。其實康德在論證我的行為是普遍的行為時，也是涉及到他人，但卻是一種功利主義的論證方式。比如，借債還錢的諾言，

---

[20] 前引書，頁43。

當一個人想違反這個諾言時，他就得設想當所有人都這樣想時，則其後果可能就是全人類都不可能有借錢這個行為了，「把隨便做不負責任的諾言變成一條普遍規律，那就會使人們所有的一切諾言和保證成為不可能」[21]。看見，這裏康德所做的論證完全是從後果來進行設想的。這恰恰是列維納斯所反對的，他甚至比康德更加反對後果論式的論證。在列維納斯後期哲學中，他對主體的界定就是「我在此」，這就是對那種道德召喚的直接應答。在他看來，這才是道德律的真正來源。只有當從那個具體的「他者」過渡到所有的「他者」時，才會產生康德所要求的道德普遍性。所以，列維納斯說，「無論以什麼方式導致的社會的上層建築，在正義中，在非對稱性中我與他者的不一致，將再次發現法律、自律和平等」（OBBE 127）。這裏首先是我與他人在道德上的非對稱性，是我對於「他人」無限的責任，在此基礎上才談得上法律的普遍性，以及道德自律和人人平等的問題。

　　康德式的實踐理性最終要求的無條件物件就是至善。至善要求德性和幸福的統一。於是，要麼就是追求幸福的欲望給德性提供動機；要麼德性就是幸福的有效原因。但這兩者都遭到了康德的批判，前者在康德看來根本就不是道德，因為追求幸福的欲望如果成為行動的動機就是和「德性」是矛盾的；後者則完全不可能，因為「德性」不一定蘊涵「幸福」這個概念，我們完全可以設想德性不能帶來幸福。因此，存在著實踐理性的二律背反，德性要求的乃是不理感性因素直接聽命於道德律，但幸福概念包涵著感性因素，包涵著對自然律的認識和利用，那麼這兩者如何協

---

21 前引書，頁40。

調起來呢？德性和幸福結合的唯一的方法就是按一條綜合的原理把它們相互聯結起來。爲此，康德設定了意志自由、靈魂不朽和上帝三大理念。在現象世界中無法論證其存在的理念，必須放在本體世界中予以復活。「從實踐的觀點看，必須設定這些學說的可能性，雖然我們不能從理論上認識並理解它」。[22]第一條是意志自由，人作爲一個自由行動者是獨立於欲望的一切影響，這樣就能按自由律來決定他的意志。這是康德全部道德哲學的前提。第二條是自己的意志與道德律完全符合，但這在人的此世生活中是不可能做到的，因此行動者的不朽是必要的條件，由此保證有足夠時間來完成道德律。第三條，至善的實現需要預先假設一位元既理智又道德的最高存在者，以之作爲至善得到實現的唯一條件。因爲在德性與幸福的結合中，幸福依靠經驗世界中事物的全部聯繫，而人既不是萬能的，又不是無所不知的，因此不可能指望以幸福爲結局而達到至善。但經驗世界不是終極的，在經驗世界中不可能的，在本體世界中卻是可能的。因此德性和幸福的統一，在觀念中是沒有什麼不可能的。我們要否定的是它們的直接統一性，但不妨假設它們可以是間接統一的。這個統一不由我們來決定，這就需要上帝。通過一個無限創造者，通過這個仲介，德性與幸福就有了結合的必然性。由此道德生活強有力地暗示了一種超驗的實在性，我們感到不得不信仰上帝，信仰靈魂不朽，信仰自由。康德在道德自律的框架內，不得不對神學問題做出某種讓步。這顯然是康德「自律」的道德哲學的某種破綻，他必須依靠「他律」的設定來完成道德「自律」的最後完成。這些設

---

22 康德，《實踐理性批判》，頁2。

定本身確實超乎主體自身的。列維納斯對康德的設定給予了充分的理解，他認為：「這一先驗的理念是一種合乎情理的、必要的概念，但人們不應該把它錯誤地想成是存在……先驗的理性被具體地設想了，但康德拒絕承認它為存在，它只是受到存在原型即現象的指引。在此意義上，理性具有了一些超越了存在的概念」（*GDT* 60）。也就是說康德的理性已經超出了列維納斯所說的存在論的理性。所以這裏的理性既能頒布道德命令，同時亦是普遍必然的。在康德猶疑在「自律」邊緣的地方，卻正是列維納斯所讚賞的，他認為「這是一種反任何知識的希望，然而卻是一種理性的希望」（ibid. 60）。所以康德的道德自律，在某種意義上隱含著「他律」的影子。這是一種不涉及存在的上帝觀，與列維納斯的思想非常相似。康德由第一批判得出的結論是關於「理念」我們一無所知。超感性的東西無論在什麼形式上都是處在理論理性能力之外的。但事實上我們卻可以相信超感性的東西，這東西不具有知識價值，卻具有倫理價值，人不滿足於不夠完整的知識整體，但我們能夠依靠道德意識來滿足這種整體性。雖然設定了上帝，但是上帝的意志並不是我們道德責任的源泉，相反，道德本身是信仰上帝的基礎。列維納斯在康德的主體性哲學中，硬是引出了「他律」的向度。

在現代社會中，霍布斯式的個體與康德式的道德都有著極大的影響，但是無論是霍布斯式欲望的主體，還是康德式道德的主體，都隱含著無疑解脫的困境，這也是現代社會在政治和倫理層面受困的理論基礎，列維納斯對此都提出了自己鮮明的立場。在他看來，他律式的主體才應該是倫理和社會的真正主體。

第七章

別於存有
——倫理主體與激進他異性

賴俊雄

一、前言

　　為了和「他者」建立無限責任的關係，那麼就必須回歸至描述和培養主體內部的性質，一種激進他異性的性質。[1]

　　真實的生命並不在場，但我們卻活在其中。形上學在這種情境下崛起並延續。它探索「他處」（elsewhere），「別於」（otherwise）與「他者」的現象。在人類思想史中，形上學最常見的形式是一種移動，一種從我們熟悉的世界（受神祕不可知的土地所環繞的世界），亦即從我們習居的「家中」，移向那陌生外於自我的彼方。[2]

　　別於存有，「我」永遠不是我。別於存有，「我」內心的形上慾望源於他者之激進他異性（radical alterity），一種人類集體意識的永恆主體性，一種先驗性的倫理感受力與道德意識。別於存有，「我」必須向他者的激進他異性作無條件開放與回應，方能培養並恢復原本與他者之間的內在關係，進而成為一個以「正義」為骨架，以「悅納異己」為臉龐，以「善」為跳動心

---

[1] 賽蒙・奎奇立，〈再思列維納斯：賽蒙・奎奇立訪談〉，賴俊雄訪談記錄，劉玉雯與劉秋眉譯。《中外文學》36.4（2007），頁311。本文收入本書第十二章。

[2] Emmanuel Levinas, *Totality and Infinity*. Trans. Alphonso Lingis. Pittsburgh: Duquesne UP, 1969. p.33，以下縮寫為***TI***。

髒的倫理主體。於是，別於存有，「我」不應是封閉、驕傲與整體的古典「自戀主體」，也不應是夢幻、浪漫或慣性漫遊的「虛無符號」，更不應是足不出戶又不問世事，上網成癮的「宅男」與「宅女」式主體。在上帝的背後，我的雙眼僅能看到無邊的黑暗，那是他異性神祕的疆域，同時也是存有與他者分裂前的太初之地，列維納斯如是說。

事實上，我所能經驗與理解的「我」，永遠是我與他者一種無盡的形上不對稱性的倫理關係，一種不斷的召喚與回應，一種存有朝向彼處永恆的感受、探索與開展。列氏告示我們：他者總以其神祕與干擾之姿，喚醒「我」深藏於內心那陌生、原始與分裂的自我。幽微難覓的虛無縹緲祕境，他者居住在「那陌生又外於自我的彼方」；然而，同時他者與自我共同的永恆原鄉卻又僅在「汝心頭」。別於存有，「我」應在形而上永無止盡的開放式慾望經濟（general economy of desire）中探索與培養各種倫理主體的深邃慾望──正義、語言、善、感受、友情、大愛、責任感、同情心、悅納異己、趨近上帝等，以對任何理性主體的局限式慾望經濟（limited economy of desire）霸權做最終極的抵制。

想是，永恆是時間最嚴重的饑荒。時間給予人類生命的可能，彷彿嬰兒搖籃邊，母親最甜美與醉人的歌聲，但同時卻又是人世間，所有形而下慾望最宏偉與無情的陵寢。列氏於《整體與無限》中開宗明義地說：「真實的生命並不在場，但我們卻活在其中」（*TI* 33）。純粹的存有不斷在彼方向我召喚，要求我轉化內心意念，要求我逃離，我卻永遠無法逃到「那兒」的彼岸。

生不過是死的影子。但，生命的意義尚可在時間與語言的「延異」（*différance*）過程中，看到自己主體多樣的可能性。因此，哀莫大於心死，活著總會有慾望，而慾望中總可以找到愛，而愛的行動總帶有一絲瘋狂，而瘋狂總存在著一點理性，在理性緊閉的細微門縫處，有時我們隱約可以看見他者赤裸的臉龐，一閃而過，驚鴻一瞥。列氏指出，做為人，成為人，「我」必須努力從理性主體邁往倫理主體。

　　因此，探討列氏的倫理主體，並嘗試描述和培養此主體內部一種激進他異性的性質前，我們須先爬梳列氏他者哲學中主體、語言、時間與臉龐的激進他異性，而且這些議題的探究必須試圖從「外部」發聲。然而，此外部卻不是一個相對於內部空間座標上的外部，或是當代內在性哲學（immanence）疆域內的超驗概念（如德勒茲的生命內在性「他者」），而是一個形而上的絕對「外部」（例如「上帝」作為一種絕對「外部」的哲學概念）。換言之，本章一開始即注定要歷經與應承一種迷宮般曲折又顛簸的意向企圖：替主體的「外部」他異性發聲。因為，「列氏的哲學思想宛若一座深奧精密的迷宮，就連迷宮內曲折的路線也不時地在改變。想要摸索、找尋出口，就必須透過一種弔詭的方式：試圖在字裡行間中擄獲那不可能捕捉的『言說』（saying）之意向軌跡。唯有如此才能貼近列氏的思維精神」。[3]

　　列氏認為，既然存有者是從無中（ex-nihilo）而生，存

---

[3] 賴俊雄，〈回歸倫理：論列維納斯的倫理政治〉。《中外文學》36.4（2007），頁20。本文收入本書緒論，可參見本書第18頁。

有必然終歸於滅寂，歸於「那兒有……」*il y a*的「太初前」（anarchy）、「匿名性」與「絕對不定性」等特質（*TI* 281）。此外，列氏也指出死亡在本體神學論中總是被視為虛無或通往來世之途，我們總是將死亡置於二元框架下思考：存有或虛無、生與死（*TI* 232）。杜小眞指出「在那篇有關希臘哲學傳統批判的重要文章《從一到他者——超越與時間》中，列氏與眾不同地指出，在哲學產生的最初時刻，實際上就存在著一種分離，那是複雜、紛繁的世界和完美、絕對的『太一』之間的分離，也就是和純粹智性的分離」。[4]所以，存有者從原初的存有中分離而生，並帶有某種「主體性或無限性的可能」（*TI* 281）。因此，我們可以說，「他者是一個純粹的謎，同時又顯出我的自由之界限。他者穿破感性之域，儘管同者依舊能捕獲他，然而他者已投射化身成為無限者，同者無權駕馭他」。[5]

　　在《整體與無限》中，列氏對「無限」給出了各樣不同定義，其中之一是「形上超驗性」：外形與內容兩者的絕對差異。無限即表示無法被思考或將之觀念化。換句話說，無限是被觀念化（ideatum）滿溢出了觀念（idea），一種絕對的外部性。正因如此，它並非整體的內與外之分，而是全然分離或跳脫該二分法。主體即是「從整體分離」的存有者，但同時也「不包含整

---

[4] 杜小眞，〈聖潔性的哲學：閱讀列維納斯的幾點筆記〉，《列維納斯的世紀或他者的命運：杭州列維納斯國際學術研討會論文集》，楊大春編。北京：中國人民大學，2008年。頁27。

[5] Edgar Agrela Correia, "Alterity and Psychotherapy." *Existential Analysis* 16.1 (2005). p.66.

體」。[6]此種分離是一種外部性作爲無限鄰近性之關係。此類以分離爲基底的關係是列氏倫理概念的核心之一，他也透過多種方式試圖分析此種分離的關係：它像是一股持續重複的活動，然而每一次的重複皆開啓嶄新的出口，並拓展出新的疆域。

然而，任何試圖從「外部」發聲的哲思困境在於，本體語言（ontological language）本身不過是在有限經濟學裡的一抹痕跡（trace）罷了。蘇軾：「人生到處知何似？應似飛鴻踏雪泥。泥上偶然留指爪，鴻飛那復計東西」。一抹鴻飛那復計東西的痕跡如何再現飛鴻的雄偉英姿與曾經的「當時」？但矛盾的是，人生到處知何似？生命中底層的不可能性反而造就了任何世間可能性的可能。事實上，倫理的他異性永遠是一種「激進」的樣態，只因它總是以「革命」之姿不停地衝撞任何「在場」的不可能性。然而，由於列氏不願魯莽地將「正義」與「愛」劃上等號而保持沉默，這種謹慎所反映出的自省態度，也間接降低了「同者」對他者造成的蠻橫傷害。語言端賴字與詞的暴力而生存，倫理棲居在語言的罅隙中，倫理自身不可知，只能透過隱喻旁敲側擊地拐彎接近，只能迂迴地在「時間中」言說。換句話說，倫理主體與他者不可化約的經驗無法使其直接趨近，而僅能透過文本，一種轉化爲文本的空間（text-inscribed space）來接近，接近總已（always already）成爲痕跡的他者臉龐。職是之故，此章的宗

6　Emmanuel Levinas, "Signature." *Difficult Freedom: Essays on Judaism*. Tran. Seán Hand. Baltimore: The Johns Hopkins UP, 1990. 291-95，以下縮寫爲 **"Signature"**。

旨，企圖從「外部」分別探究「別於存有」時，倫理主體須面對
與回應的四種樣態：「我思」主體的激進他異性、語言的激進他異
性、時間的激進他異性、臉龐的激進他異性。

二、「我思」主體的激進他異性

　　如前所述，「我思」主體的創造是從整體分離而來。分
離的行動（近乎等於分離本身）即是列氏所謂的「心理論」
（psychism）（*TI* 54）。自我的形構乃透過具象之行為如「習
居」與「經濟」（*TI* 220），即自感性（ipseity）。自感性指的
是「我思」主體在世藉以維持自身的方式，恰似「打破整體性，
而唯有透過一種非幻象亦未屈服於那整體性中的自我中心」方
能粉碎那整體性（*TI* 175）。自我的內部性使其必須不斷捕抓
（grasp）、理解、利用周遭之物來維繫生命（*TI* 226-32）。唯
有具備內部性之存有者才有接觸、知覺外部性的可能。現象學中
的意向性（intentionality）即是讓內部性得以向外開啟與外部性
連結的途徑。無限所彰顯的就是一種至高的超越意向。內孕著觀
念藍圖的存有者離開自身朝外而去，如輕煙般蒸發飄向被觀念化
者，即全然他者。此種移動即謂「形而上慾望」──對於無限他
者的慾望。此種慾望非互惠式、非經理智縝密精算，永無慾滿之
時，只會日益加增。因臉龐、時間、無盡與正義等激進他異性概
念永遠處於「不足」（non-adequation）的狀態，反而讓語言成
為填滿「我思」主體形上慾望的管道與場域（*TI* 48-50）。
　　換言之，面對他者，主體他異性的性質是無盡的「不足」，

促使「我思」本體語言系統與哲學思辨因此豐茂；對此，德希達
有著極深的感觸：「試圖利用哲學自身的話語並在其中打開一個
朝外的開口，除了不可能完全擺脫哲學話語的包袱外，亦無法於
語言系統中辦到——但列氏明白思想絕不可能先於語言或獨立於
語言之外——除非在形式與主題上皆將關係的問題置於歸屬與起
始，終止的問題」。[7]或許，列氏會說：「的確，就是終止的問
題——他者作為終止的問題——他者被我思經驗為慾望」。在
〈署名〉（"Signature"）一文中，列氏將此種與他者相遇的經驗
稱為「先於一切客體經驗之設想」。事實上，此種經驗即是經驗
本身，換言之，即是經驗所可能之純粹經驗。列氏表示，道德意
識是由於自我所擁有的權力與他者，二者的不相稱所致。道德意
識「並非一種價值觀，而是通往外部存有，外部存有即無上的他
者」（"Signature" 293）。

　　我們將「我思」從存有的整體性中分離的動作稱之為「幻
象」，儘管這牽涉到「內部負面性」（interior negativity）（一
種有限的異質性，或另類的同義反覆詞——並非獨白式的低
聲喃喃自語）。所謂「內部負面性」指的是自我（ego）在
「同者」經濟循環中之作用。然而，列氏卻堅持將「同一性」
（identity）與「自感性」區隔開來。所以「當利己主義再也不
是幻象，也不臣屬於任何一個它欲撕裂的整體性時，唯獨在這

---

[7] Jacques Derrida, "Violence and Metaphysics: An Essay on the Thought of
Emmanuel Levinas." *Writing and Difference*. New York: U of Chicago, 1990.
p.110，以下縮寫為**Derrida**。

股騷動的利己主義底下，整體性才有可能被自感性撕裂」（*TI* 175）。在陷入眞正思考時，「我思」會面對來自事物的抵抗，也是在這種抵抗中，迫使封閉的「我思」思考自身的他異性。因此，「所有物起初以他者的樣貌呈現，卻在思考過程中被化約成爲同者」（ibid.）。這是一股趨向軸心的運動路徑。列氏以黑格爾式的「同者」取代了歷史，在前者那裡，「自我」透過心靈論從「同者」中分離了出來。由此我們可以察覺到一股雙重運動：「自我」既在「同者」之內，但同時卻也異於「同者」。德希達則讚揚列氏對「我思」的有限異質性所提出的論點：若「負面性」（諸如各式創作作品、歷史等）從未與他者有任何關聯，若他者不是單純的「同者」的否定，那麼在「負面性」的類別下則永遠無法思考「分離」或形而上的超驗性（Derrida 94）。

　　職是，列氏宣稱：「我思」主體在沒有與他者相遇的情況下，「同者」絕不可能超越自身而產生一種激進的他異性。然而，誠如德希達所言，爲了要達到這個狀態，似乎必須先考量三個前提：一、他者的特質就是無盡的抵抗。但這種抵抗並非來自客體本身，且須避免將此種抵抗與物自身（thing-in-itself）混合。二、他者的抵抗是全然可知的。有別於爭奪中心霸權的二元對立抵抗，他者的抵抗是一種本質性勢弱與倫理性的抵抗。三、歷史肇始於與「他者」建立關係之際，而非源於他者顯現於歷史之外的時刻（ibid.）。面對上述三項論點，列氏回應道：語言做爲他者的言說方式，可視爲最終的抵禦防線，藉此也就區分了「可知」與「眞實」。倘若要將他者視爲不可化約的他者，那麼，與他者建立關係的優先性必定早於時間性的歷史，因爲所有

的歷史都是將他者消弭歸化爲「同者」的歷史，或者將他者包納
在一個中性第三人稱項下的整體客觀事件。列氏的他者哲學首要
處理的形而上關係模式，就是「我思」主體與他者的激進他異
性。

在存有論中，第三方（third party）是一種「『存有』
（Being）。它少了存在者（existents）的密度，在其光照下，
存在者因而成爲可知的」（TI 42）。當知者（knowing-being）
「自由地」試圖捕捉／瞭解（com-prehension）他者的同時，卻
未對此種自由加以設限。透過另一個中性的名詞（一個本身並非
存有者的名詞），被知者的「透明度」於是昭然若揭。普同化
（generalization）將他者無可比擬的獨特性給一口吞噬。因此，
列氏提醒我們必須認眞且嚴肅地思考：存有如何能與他者建立關
係，卻又不剝奪他者的激進他異性？列氏進而質問：「中介者如
何縮減兩者間無限大的距離？不斷前進的各端點之間永無止盡的
間距不也一樣總是無法橫越嗎」？也指出「若一個外部的、陌生
的存有者必然要屈服在中介者之下，那麼在某處一定會產生一個
巨大的『背叛』」（TI 44）。在此，同者與他者之間的牴觸與
齟齬似乎可以解決；亦即倘若自我把他者歸化到同者界域內，實
際上就是屈從在國家（社群）整體性的匿名力量之下。但列氏認
爲我們應利用形而上慾望，以不厭惡的態度與他者的激進他異性
建立關係。因爲唯有在慾望的域內，同者的霸權力量才能面對他
者質疑的臉龐。實際上，爲了建立與維繫一個自我與他者共生的
社會，自我必須要在匿名社群中透過「面對面」的對話關係方
能成功。而這種對話，唯獨靠語言才能成就：「此種『與他者

說話』——這種與他者成為交談者的關係，這種與存在者的關係——先於一切存有論；這是存有的最終關係」（*TI* 48）。因此，要喚起「我思」主體內部的激進他異性，就必須進一步了解與他者交談的語言激進他異性。

三、語言的激進他異性

> 　　在「一人為另一人」（the one-for-the-other）的這句語言表達法中，「為」（for）並不簡單歸結為一種已說對另一種已說的參照，或一種主題化對另一種主題化的參照。那樣的話，它將停留在作為已說的涵意上。但是，我們將尋求能夠意味著作為言說的涵意的東西。[8]

　　上述曾論及列氏對中立性的批判，他認為解決之道就是以語言作為直接接近他者的方法。但意外的是，列氏竟然用中立性的語言攻擊黑格爾的中立性以及祈克果（Kierkegaard）的存在主義。誠如文章前述提到既分離又相同的自我雙重運動。此種自我論述的論證在兩種情況下會顯得薄弱，以致於招來不少的質疑與攻擊：一、祈克果的德希達式捍衛。二、原本被否定之物必須寓居於語言之內。進一步而言，列氏利用內部性與類型（genre）的邏輯進行切割，但同時卻又仰賴自我與同者（以及第三方與絕

Emmanuel Levinas, *God, Death, and Time*. Trans. Bettina Bergo. California: Stanford UP, 1993. p.157.

對他者）的同質性，試圖區分客觀主義以及主體論。針對上述兩
項批評：首先，誠如祈克果所言，並不是我不接受此系統，是他
者不接受。但是「我」這個哲學主體，在某種層面上來說，往往
是個化名。他者堅決所抵拒的，不就是一種主體化的過程嗎？他
者難道不是一個自我？誠如德希達所反詰：「自我通往他者的途
徑，後者也是一個自我……一條通往本質的、非經驗的一般主體
存在的『自我性』之道路」。[9]其次，假使列氏反對祈克果提出
的主體概念，那麼他也必然不認同有關眞理與本質的觀念。列氏
就要否認自我（Ego）（一種他者的自我）的存在。在列氏對他
者的思考論證中，是無法同時主張他者非另一個自我，又同時要
反對祈克果的主張。德希達論證的力道在於列氏不能同時兼得卻
又「不揚棄哲學論述」。他認爲在語言系統內任何試圖利用哲學
論述開啓或超越哲學論述本身的舉動是不可能成功的。列氏也認
知到，思想不可能先於／外於語言系統——除非透過形式與命題
的方式，針對歸屬與開啓的關係提出質問，一種終止性的質問。
唯獨將哲學的功能一一剝去，最終只剩哲學與非哲學間的描述，
列氏才能解決上述的語言弔詭矛盾（Derrida 110-11）。

　　因此，列氏的他者哲學必須面對並處理語言他異性的問題。
在列氏的他者哲學中，語言爲倫理慾望的一種內在形式，也可

---

9 德希達也指出，祈克果的他者，也是主體主義式（subjectivistic）宗教下，
　無法化約之他者。而做爲一種法則與範疇（category），倫理則是將此宗
　教遺忘於寂寂無名之中。祈克果明白地表示，他的倫理思想是很黑格爾式
　的，但同時他也批評後者未提出另一種道德體系（Derrida 110-11）。

以說是我與他者「面對面」的首要形上場域，而非一套特定族群的符號系統、一種思想與情感的表達或一組被人們使用的外在工具。對於德希達早期所提出的他者哲學中的語言問題，列氏以其第二本鉅著《別於存有或超越本質》（*Otherwise than Being or Beyond Essence*）作爲回應，並試圖避免使用本體論的辭彙來描繪其倫理學。在此書中，列氏以「無法主題化」（non-thematizability）取代對「無限」的定義。列氏於〈署名〉中明白地闡述他的倫理學：

> 無限總是「第二方」——「他」——縱使我所關切的是「你」的臉龐。無限影響著我而我卻無法駕馭其上，也無法藉由邏各斯（Logos）的本源而獲取無限的無盡本質，那自太初前便影響著我的本質。無限以其絕對被動之姿烙印出一抹痕跡，先於一切自由之前，當無限展示其爲一種「對他者應承之責」時，那股影響著我的力量便產生了。此種責任最終目的在於讓我成爲絕對被動的自我——誠如我是他者的替身，成爲他者的人質。此替換不僅只意味另一種存有，而是擺脫生存的辛勞（*conatus essendi*），是別於存有。
> （"Signature" 295）

列氏指出「無盡」作爲一種他者的絕對異質性在存有的自由之前「烙印出一抹痕跡」。他試圖使用本體論的語言辭彙來描述超越存有的狀態。由此可知，列氏對語言本質的看法或許有其獨見：「已說」（said）是相對於「言說」的存有狀態，後者是源

自於他者，當論及語言時，「已說」是被置於「言說」之上。在語言學上的「言說」之先，他者的鄰近性意味著其「即是意指的意涵」，亦即語言中「言說」的可能。但是當「言說」的可能性進入語言系統而被實質化之際，「言說」立即成了「已說」。儘管如此，「已說」也是存有他者在存有的語言中所講述之話語。換言之，語言本身即有著自相矛盾的特性。透過此矛盾，未能言說的方有可能被言說：別於存有必須同時是一種「言說」與「未說」（unsaid），唯獨如此，才能從「已說」中揭示一種倫理他異性而別於存有。然而，在此同時別於存有早已指向另一種存有。[10]

　　有鑑於他者永遠是我對話的對象，語言讓我有機會與他者處在一種「鄰近性」（proximity）的狀態，而語言他異性即是倫理自身（in-itself）的一種無法被一般語言「表達」的特異性（singularity）。易言之，言說「鄰近」未說，語言「鄰近」臉龐，而臉龐「鄰近」他者，他者「鄰近」上帝。換言之，「言說」是一種最近似上帝的語言。對於一個強調語言的倫理學來說，語言的重要性不言而喻。列氏的問題在於：語言**必須**先寓居於傳統哲學概念中，方能先摧毀千年傳統的宮牆，越界也才成為一種可能。德希達於是質問：「這是一種外來的必然嗎？它難道觸及的不僅只是工具，只是一種置於引號中的表現方式嗎？或者其實它藏匿在某個堅實、無法預知的希臘邏各斯之內？某種無

10 Emmanuel Levinas, *Otherwise Than Being: Or Beyond Essence*. Trans. Alphonso Lingis. Pittsburgh: Duquesne UP, 1998. p.7，以下縮寫為***OBBE***。

垠的包圍力量之中？任何意圖驅散它的人總是已經被侵襲了」
（Derrida 111-12）。

　　無法救贖的語言將永恆地回歸並貫穿於語言系統內。在此，
筆者將此概念特別置於列氏的歷時性（diachrony）脈絡下，探討
救贖的可能。現在且讓我們回到被遺留在孤寂中的「我」，那個
除非面對他者否則不可能產生激進他異性的「我思」。列氏強調
自我與他者相遇的最佳途徑，就是經由整體與無限的概念。整體
是屬於「同者」的範疇內，它是一種負面性的終止。這種負面性
的終止既依附在自身的界域之上，卻又與界域相對立。「我」所
有的否定行為，在「同者」經濟學中皆是一種具恢復性的動作。
語言意向性所蘊含的形而上超越性，在整體性上鑿了一條裂縫。
此種超越的意向，即是一種滿盈的無限。在客觀性的範疇內，語
言形式還有可能與內容相符，但對於無限性，我們只能擁有一個
模糊約略的觀念。換句話說，無限就是語言作為一種形上慾望的
絕對外部性。而慾望即是「無限」的肉身化，因為慾望是來自外
部性，它由外部性而生，並且永遠攀附、朝向外部而去（*TI* 48-
50）。

　　在一次訪談中，[11]列氏曾被問及：語言能力是不是臉龐之為
臉龐的先決條件？對此，他回答：語言最早是以「言說」的面貌
呈現，語言先於「已說」，並要求我的回應，向我呼求我應負起

---

[11] 參見Wright, Tamra, Peter Hughes, and Alison Ainley, "The Paradox of Morality:
an Interview with Emmanuel Levinas." *The Provocation of Levinas: Rethinking
the Other*. Trans. Andrew Benjamin and Tamra Wright. Ed. Robert Bernasconi
and David Wood. New York: Routledge, 1988. pp.168-80.

回應的責任。臉龐一方面擁有宰制的能力，一方面卻也極端脆弱，這也就是德希達所稱的「飢渴的宣告」——言說與目光一瞥最原初的結合。「思想即言說，因此立即以臉龐呈現。……他者並不透過其臉龐凸顯自身，他者就是臉龐」（Derrida 100）。「言說」的臉龐是一種當下完全的在場。活的言說優先於死的已說（亦即書寫），因為「言說」先於符號系統存在。這裡牽扯到言說與書寫長久以來的爭論，以及兩者與「在場」的關係。列氏認為言說優於書寫的原因在於，言說能夠協助目光一瞥的動作，在「同者」與「他者」進行對話的同時，協助目光質疑「同者」霸權的正當性。言說也能使他者以痕跡之姿向我呈現，因而能逃過被具體化或概念化的命運。然而，德希達嚴厲地質疑此種言說論述：

> 書寫是能夠自助的，因為它有的是時間與自由，比言說能更快逃離經驗的迫切性……[這難道]不比言說更「形而上」（列維納斯式的）嗎？在此，作者的缺席更被凸顯出來。亦即，作為他者，作者能表達的更好；比起言說者，作者與他者的對話難道不更具有效力嗎？當作者從符號系統中所獲得的愉悅與效果被剝奪後，他難道不是更有效的揚棄暴力嗎？（Derrida 102）

事實上，列氏為了追求在場言說的絕對外部性，因而將「臉龐」類比為上帝，因為唯有在上帝面前，言說才能享有完全的在場性。這讓人不禁懷疑：神祕地輕掠過臉龐的他性（*illeity of*

He）[12]即是耶和華，是祂回返成爲前原始性「言說」，祂是語言系統裡「言說」與「已說」的前身。柯恩（Richard A. Cohen）在〈列維納斯思想中的上帝〉一文中，探討列氏他者倫理中上帝與哲學的深遠關係時，他指出哲學之源始於上帝的正義性。上帝親臨並命令人類遵循其教導，亦即爲他者負責——那無盡干擾著我，對他者的應承之責。而臨近性所展現的即是倫理關係，在其中閃現著神性的無上命令。柯恩引用列氏於《別於存有或超越本質》的話：「上帝這個字是一個勢不可擋的語義事件」。[13]如上一章節所提到的，列氏在晚期著作《別於存有或超越本質》中，對這項議題已有深入的探討。簡言之，若要從語言本身拉出一個向外的以及超越語言的開口，或許「言說」是最主要的工具。

「已說」是存有者（being）的陳述，「言說」則是他者的激進他異性話語。將「已說」凌駕於「言說」之上即是展現「同者」的暴力性。他者的「鄰近性」先於語言學的「言說」，並且以「意義的指涉性」（signifyingness of signification）方式顯現，作爲語言中「言說」的可能性之展現。然而此種可能性一旦進入到語言系統內，並逐漸實現，這表示「言說」已被收編到「已說」之內。挾帶著內部性的模稜兩可的「已說」，是存有者自身語言中，相對於存有者之他者（being's other）的囈語。語言

---

12 列氏的新造字，指的是一種超驗的痕跡，一種他者的倫理高度，一種我無法完全控制與理解的內在情感經驗，一種我與他者間莫名與龐大的張力，或是在眼前主顯的啓示，或是上帝。

13 Richard A. Cohen, "God in Levinas." *Jewish Thought & Philosophy* 1 (1992). p.221.

具有自我背叛性（self-betrayal），而在這種背叛中，「無法言說的」（unsayable）於是成為一種「言說」的可能。「別於存有在『言說』範疇內進行陳述，但它也必須是「未說」（unsaid），如此才能從『已說』中淬取出別於存有。除了另一種存有之外，『已說』早已廣納所有指涉」（OBBE 7）。「言說」與「未被說的」（being unsaid）不可能同時發生。若同時發生，則存有他者將會被轉化成「非存有」（not-being）的狀態。此過程是歷時性的。根據列氏的說法，懷疑論就帶有某種隱含的歷時性。他指出「構想別於存有所需要的，或許如同懷疑論的某些大膽假設一樣，亦即儘管果決地堅持陳述的不可能性，但卻要冒險去實現此陳述之不可能性的不可能性」（ibid.）。易言之，筆者相信「已說」、「言說」與「未說」之間所展現的語言倫理與激進他異性必須依賴時間內在的激進他異性：「脫離連接」（out-of-joint）、「來臨」（to-come）與「尚未」（not yet）。

四、時間的激進他異性

　　由於現象學中意向性持存（retention）與前攝（protention）的特質，造成純粹「我」同一性與時間性的可能。時間於是與其特有的綻出（在場所擁有的權威）連結，而權威則以再現之姿歸返。[14]

---

[14] Emmanuel Levinas, *Outside the Subject*. Trans. Michael B. Smith. California: Stanford UP, 1993. p.155，以下縮寫為***Outside***。

形而上即是時間並且朝向他者。（*TI* 269）

　　列氏所欲強調的是「言說」與「未說」無法同時發生：共時性（synchrony）即意味著存有與死亡的二元對立論。列氏認為「言說」與「未說」該是歷時性的——亦即獨立、超越於歷史脈絡之外運作；換言之，全然與共時性整體的分離是一種時間內在他異性運行模式。難道我們不能將超越性視為一種不對稱狀態？由是，試圖講述一種超越的對稱是近乎荒謬的論證——除非其牽涉到某種隱匿的意圖，例如將他者置於同者的界域之內，將他者化約至同者經濟中。王恆於《時間性：自身與他者》一書中即指出：「歷時性的時間就被列維納斯名為『時—間』（entretemps），它發生在絕對不在場與在場之間：當意識朝向自身的源起處運動時，其自身就成為不在場的；而當意識向自身呈現（即在場）時，此源起恰恰又已經是被放逐的了」。[15]

　　由此可見，胡塞爾所言之超越式意向性在時間的向度上終究仍是自閉式的「我思」。雖然列氏堅信自己的哲學也是一種現象學，但對胡塞爾現象學中先驗自我的封閉性並不認同。[16]在

---

[15] 王恆，《時間性：自身與他者——從胡塞爾、海德格爾到列維納斯》。南京：江蘇人民出版社，2006年，頁190。

[16] 列氏在《主體外圍》一書寫道：「『我』，絕對又純粹，是能意與所意的源頭與回返處。『我』通過也無疑地承受了至高的方法學測驗，亦即《超驗還原》（*Transcendental Reduction*）。在書中胡塞爾回到意念的探討——那不沾染塵埃的意念。它只消『保持緘默』、存在、現身，單純並直接地展現自身，甚至連可能投射至那純粹又厚實的受格我與主體我的影子都不

《整體與無限》中，列氏將我與他者的關係形容爲一種「穿－
升」（trans-a-scendence）──他者從至高處朝我而來。他者的
至高性（superlative）全然不受自我意向變化所影響，也不受空
間與時間邏輯所圍。因此，他者意向的至高性是一種對我思、空
間與時間的異質介入與騷動。他者的意圖不可思、無法被概念
化，他者即無限──只能被經驗感知而不能被智性思考。正是此
種極端的不可能性奠定了通往倫理之途徑。這無限的他者幻化爲
眾多在世生存的他人，我與他者的極端關係，其激進處在於該
種關係無法被主題化、無法化約、固定成爲某種本質。以分離
爲特性之關係終必須繁衍爲多元的眾多關係──同時並列，但
又存於不同時間中，亦即這些極度異質性關係是非共時性（non-
synchronous）。

在一次與柯尼（Richard Kearney）的訪談中，列氏解釋對於
存有者而言，倫理最終依舊優先於我與自身的主體關係（本體論
即爲自我中心論）。儘管如此，這並不代表自我在進入帶有政治
色彩的社會關係前，自我已與他者相遇。事實上，倫理總以非共
時性的時間異質邏輯不斷地「纏繞」政治。列氏表示，我與他者
是透過時間而建立關係；此種時間乃是「無法被整體化的歷時
性，在其間，時刻彼此追逐但永遠無法重來、或趕上、或合而爲
一。非同時與未在場是我與他者在時間域中主要的交誼方式。

需展現。自我依舊黯淡無光，未顯現於現象界中，與客體毫無任何暗地裡
的連繫，坐落於隱翳中，未與眞理有任何過早的共謀，自我處於一處強調
現身之境域」。（*Outside* 155）

時間暗指著他者永遠超越我，無法化約至同者的共時性中」。[17]
但這個世界不只存在兩個人而已。列氏指出，若世上只存在兩個
人，那麼任何法令和規範都顯得多餘，因為我勢必總是為他者負
責。然而一旦第三方出現於我與他者的倫理關係之中，倫理遂轉
化為政治（第一同時性），要求公平與正義。或許我們可以說，
倫理作為被壓抑之物，必然不斷重返、再重返，無盡地干擾著政
治的整體共時性。所謂重返，一如時間之時間化，意指將政治／
歷史的時間「脫離連接」，並迎接「尚未」的永恆「來臨」。

　　列氏究竟是如何看待時間及其激進他異性？時間的他異性對
存有的倫理性有何影響？死亡是否為存有時間性的永恆終結？死
亡與他者又有何關係？我們可從我－他者以分離為基礎的關係一
窺究竟。此種關係是否代表一種有限度之自由？一種由自由與不
自由的兩方所搭建起的關係？倘若如此，前者又如何受後者所影
響？基於此，列氏認為自由與否並非由因果關係論定，而是由
時間性（temporality）決定——延遲死亡作為時間的表徵。死亡
身為「第一」他者，而人終究難逃一死的命運可視為「首要事
實」。列氏表示，時間「即標誌出全人類的存在——暴露於死亡
的暴力之下——並非為死存有（Being for death），而是一種懸
盪的『尚未』，顯出存有如何抵拒死亡，在死亡無情的逼進中遁
跡」（*TI* 224）。因此，存有者有限的生命即代表其時間性，在

---

[17] Emmanuel Levinas and Richard Kearney, "Dialogue with Emmanuel Levinas."
Face to Face with Levinas. Ed. Richard A. Cohen. Albany: State U of New York P,
1986. p.21.

存有者抗拒死亡的進程中即閃現著自由。

由於時間與死亡兩者間的關係，使得時間能夠發生於人際間，誠如列氏於〈時間與倫理關係〉篇章中所論及（*TI* 220-47）。我的死亡之於我，既非朝著存有亦非邁向虛無。事實上，死亡挑戰此二元對立之觀點。進一步而言，死亡促使我質疑此種「存有－虛無」正確性，甚至使我拒絕接受此種對立。死亡的迫近使我無所遁逃，覆天漫地惘惘地威脅著我，在此光景前提下，一切對死亡的「知識」其實都是次要的。這種迫近之所以要脅著我，一方面由於我無法理解及掌握死亡；另一方面，則因為沒有一明確可作為相對抗之物或場域。死亡的時間激進他異性是難以被語言化，這並非因為我對其了解不足，而是因為它並不在任何語言界域之內。死亡彷彿在il y a的無邊黑暗中，烔烔有神閃爍的老虎雙眼，飄忽不定，無時無刻地凝視著我，卻無法被我回視。全然被死亡陰影籠罩的我，僅能在自身的恐懼中與那不可見的黑暗中感受它的存在與威脅，做無謂的掙扎。

死亡同時也是存有自身最陌生的陌生人，來自於全然他者的境地。列氏曾說，死亡對存有而言是時間最激進的他異性，同時也是至高之他者。對他而言，死亡的根本性質，即是其與其它事件所保持的絕對分離：「使我與我之死分離的時間，不斷縮短再縮短，造成類似最後的間距，一個我的意識無法穿越的間距，在此間距中，彷若從死亡彼端將形成一股躍動跳向我。最終的路程將不會有我；死亡的時間朝上逆流；在其中所投射出趨向未來的我，則被一股由絕對他異性而來的內在性運動所推翻」（*TI* 235）。因此，死亡的存有在向我迫近的「來臨」，也在遙遠的

「尚未」。自我的「爲自身」早已像一客體般「被遞傳給他者」
（即死亡），使我在「暴露於陌生意志」下，形成了一種前原始
的「被動性」。儘管死亡的迫近不受干擾，然而這種緊迫卻存在
於無限未來中；死亡是未來的「來臨」，一種「尚未」，總超出
耐心等待著的我的生命「我思」疆域。存有者注定爲死存有，但
弔詭的是，存有者卻也利用其被動性來抵拒死亡之到來。列氏指
出，「在爲死存有的恐懼中，我面對的並非虛無，而是背逆著
我的什麼，像謀殺般，而非死亡的過程，這無法被死亡本質分
開的，彷彿死亡的迫近維持著一種與他者建立關係的形式」（*TI*
234）。因而我們可以說，死亡使我與他者得以開展倫理的友誼
關係。死亡並非虛無，而是暴露於絕對無法預視者的暴力之下。
死亡不會窮盡生命一切意義，這是因爲它只是「內在」於我們而
未有「即刻」的威脅。「內在性」意味著威脅與延遲。在與死亡
抵拒而換來的生存時間裡，存有者能藉由「爲他者」之舉恢復生
命意義。時間的他異性即爲對他者的意識，是一種未來的無盡推
延。

列氏指出，出生在歷史已然給定的意義之流上，代表存有
者進入整體性之際，而此整體比存有者存在的時間更早更久。
此「旁觀者」將一切存有者視爲同一，因存有者皆生存於同一
整體之內。然而，有鑑於時間的雙重運動（爲著死亡卻也抵拒
死亡），存有者以「先於」其本性之姿存在——尚未誕生，與自
身劃出一道間距，未完成。當下的同一性碎裂成「無盡的多元可
能，懸置瞬間。自此主動性有了意義，沒有任何明確可靠之物被
癱瘓」（*TI* 238）。在此，時間性好比是一個結構的中心，重點

在於一種強調或銘刻。在「他性」的光照下，此種歷時性的臉龐，對列氏而言，是最頂端的臉龐（他透過空間概念的隱喻想要摧毀空間性，因爲高度的改變絲毫不影響最高級的位階）。倘若臉龐具有非空間性的特質，這並不是因爲它位於空間之外，而是因爲在空間內，臉龐是空間的源頭，支配著空間內的一切位序。筆者認爲，若世界在負面性下孕育了我們的臉龐，那麼，「列維納斯的臉龐」就僅能是　·抹痕跡。若要像列氏一樣，宣稱臉龐並不是一個現象，那麼也就必須承認他者是沒有臉龐的，像耶和華顯現在摩西眼前的情景般。雅貝（Edmond Jabes）於是問：「所有臉龐皆是祂的，這就是爲何祂沒有臉龐」？

但要討論時間內部性時，列氏便無可避免的卡陷在語言的雙重性當中，他無法不訴諸與空間相關的語彙來解釋他者的外部性。德希達便指出「他者不能被理解爲無限，除非透過非有限（in-finite）的形式。一旦試圖將無限視爲正向的充滿……他者便成了無法被思考的、不可能的、無法表述的」（Derrida 114）。於是，我們依舊只能循著胡塞爾的思脈下結論：朝向著他者爲他者（theother-as-other）的意向性是一種無法化約的居中媒介。唯獨透過類比的附現（analogical appresentation），他者才有可能以超驗他者之姿向我呈現。所謂類比的附現，指的是將他者視爲另一個非經驗內的自我；即另一個自我（alter-ego）。唯有如此，他者才能免於被「同者」暴力收編的命運。這種超驗的對等性才能將具體的不對等性化爲可能。所謂不對等性是一種超驗對等經濟學（an economy of a transcendental symmetry），後者源自於兩種經驗上的不對等狀態（Derrida 123-26）。

五、臉龐的激進他異性

　　臉龐的視線如何不再是視線而成了聽覺與言語；與臉龐的相遇——即道德意識——如何成爲單純意識之境域與揭示之處。[18]

　　最後此章節將討論列氏倫理哲學中最著名的他者「臉龐」及其激進他異性。我們必須承認，當海德格試圖重探被忽略的存有問題時，倫理學才隱約現身於西方哲學的前景。海氏的存有哲學，旨在重整西方哲學史以本體／神學爲思考主軸的架構，透過對存有問題的探討，海氏意圖將我們帶回在蘇格拉底之前的哲學樣態：亦即思考與倫理學尚爲一體時。儘管如此，海氏的存有學多少帶有西方哲學傳統之整體化傾向。存有的中性特質使其將一切存有者收編化約至整體化的運動中。正因如此，列氏便針對海氏的存有哲學提出另一種全然異質與激進的倫理學：「正如無限的概念超出笛卡兒的我思論述，他者的概念也全然超乎我的權力與自由。他者與自我之間的不相稱恰是道德意識。道德意識並非一種價值觀，而是通往外部存有……即無上的他者……他者的臉龐質問著自我的歡愉恣意」（"Signature" 293）。由此可見，列氏的倫理學強調的是自我與絕對他者的不對稱關係，而他者則是

---

[18] Emmanuel Levinas, *Basic Philosophical Writings*. Ed. Adriaan T. Peperzak, Simon Critchley, and Robert Bernasconi. Bloomington and Indianapolis: Indiana UP, 1996. p.10，以下縮寫爲***BPW***。

透過「臉龐」「質問著自我的歡愉恣意」來展現其激進與無盡的他異性。

　　事實上，他者的「臉龐」兼具有前兩章節所討論的語言性與時間性，是他者所有激進他異性的匯聚處。「臉龐」就是他者。列氏強調唯有誠懇面對臉龐，積極回應臉龐的凝視與召喚，主體才有機會培養並恢復其內心的激進他異性，進而成為一個倫理的主體。列氏他者倫理論述中的face，在中文有許多不同的翻譯（如臉、臉龐、臉孔、面、面貌、面孔等），筆者認為這張「臉」（face）置放到列氏倫理中的自我與絕對他者的倫理關係時，翻譯成較「臉龐」為合適，因為「臉龐」的「龐」字讓「臉」有兩個重要延伸義，完全符合列氏「臉」的形上屬性：一、「龐大」意涵著「臉」的無盡性。二、「龐雜」意涵著「臉」的他異性。換言之，「臉龐」具備一種他者無盡龐雜的異質特性，因此「自我」永遠無法以化約的暴力來捕捉、觸摸、理解、占有、支配及消化此無邊無際的神祕「臉龐」。此外，「他者的『臉龐』更代表著『正義』、『無盡』、『神祕』、『道德呼喚』、『他異性』、『語言』、『命令』及『接近上帝唯一途徑』等含義。所以『自我』與『他者』沒有互相對等的關係，是『異』（the Other）『同』（the Same）的不能反逆性」（賴俊雄 19）。[19]

　　職是之故，與他者的相遇無法被具體化、概念化與知識化，因為沒有一個概念能夠全然涵蓋他者臉龐的他異性；他者永遠逃逸出我欲形塑、並加之於其上的觀念與樣貌。語言（概念）的肉

---

[19] 亦可見本書第17頁。

身化與他者總是隔著距離，因而也使得語言成爲通往慾望的甬道。慾望奔向的（以破釜沈舟之毅然），是「他者呈現自己的方式，超乎我內在對於他者的觀念」（*TI* 50），這即是臉龐的他異性。從此角度而言，列氏的臉龐指的是表現其自身的他異性之物。臉龐不是由一連串特徵所組成的影像，它在每一次的顯現中，其樣貌都滿溢出我對它的固有觀念。臉龐的形式與內容的關聯性在此開始鬆動崩裂（*TI* 51）。德希達解釋：臉龐是**面對面**時所見的容貌。它赤裸裸地向我呈現，與我眉目傳情。[20]在黑格爾那裡，眼眸是透過「光」（一種非物質的物質）才能見到客體。光是一種中性的媒介，它能在不危及客體的情況下，彰顯／再顯客體本身。然而，「中性化」對列氏而言，是萬惡淵藪，是第一層的暴力。德希達表示：「根據列維納斯，**目光一瞥**……並不**尊重**他者。尊重，超越在捕捉與接觸之外，僅能由慾望達成，形而上的慾望並不尋求耗竭窮盡，像黑格爾的慾望或需求那樣。這就是爲何列維納斯視聲音先於光束」（Derrida 99）。

　　筆者認爲臉龐的他異性可以比擬爲德希達的幽靈「纏繞」概念，藉此凸顯「要求」正義的重要性──倫理要求／承諾作爲一種繼承與命令。蘇珊・韓德曼（Susan Handelman）於其著作《救贖斷簡》（*Fragments of Redemption*）對列氏所言之「臉龐」有精闢的探討。韓德曼首先即把列氏對「臉龐」的激進他異

---

20 黑格爾認爲雙眼是孕育靈魂之處。此處德希達主要想指出，即便列氏極度抨擊黑格爾的思想，但事實上前者與後者的論調極爲接近。參見Derrida 98-99。

屬性既模糊又多重的定義做彙整與說明。列氏的「臉龐」並非我們日常所慣用的涵義，他明確的指出，臉龐「並非視覺感官中原指之物」，韓德曼進而從《整體與無限》引用列氏的話：「他者的臉龐在每時每刻皆摧毀並滿溢出他所留予我的固定形象」。[21] 此種干擾透露出列氏臉龐的兩個核心特徵：人性化的臉龐與瓦解傳統他者的現象學概念。廣義而言，此即爲列氏對本體論與現象學所進行的抨擊。首先，人性化臉龐所凸顯的即是其獨特且私人的性質，兩者恰好相對於海德格存有的無人稱與匿名性。臉龐所散發出的光輝（列氏稱之爲「主顯」）阻斷任何試圖掌握與理解臉龐的舉動。而無人稱的理性所指稱的光，則是粗暴猙獰地想讓一切無所遁形之刺眼光芒。

再者，臉龐的他異性取代了胡塞爾在《觀念》第一冊中所提出認知意識活動的本質──意向性所包含的能意（noesis）之所意（noema）。在此韓德曼又再次引用列氏的話：「他者呈現其自身的方式，超出我對他者的刻板觀念，在此我們稱之爲臉龐。此模型並非在我的凝視下以主題的形態出現，亦非由一連串特徵所形構成的某種影像。……臉龐所代表的眞理有別於當代本體論述，其不在於揭示一種無人稱的中性項，而是一種**表現**」（Handelman 210）。列氏運用他者的他異性使其臉龐成爲一種「非客體」之物，一種近乎無法命名之物，其不可見已超出現象界與存有界。因此韓德曼緊接著將臉龐與痕跡做一連接，她引用

---

[21] Susan Handelman, *Fragments of Redemption: Jewish Thought and Literary Theory in Benjamin, Scholem, and Levinas.* Bloomington: Indiana UP, 1991. p.209.

《別於存有或超越本質》：「臉龐本身即是痕跡，加添於我的責任之上，但也顯出我的渴望與不足。彷彿我須爲他的死負責，而我尚存活的事實讓我感到罪惡不已」，以及「痕跡是無限的過多所『經過』的印子，無法被主題化」。在此我們可以發覺，痕跡亦被描繪爲「使鄰人的臉發光……他即是我所要回應的」（Handelman 212）。因此臉龐也可稱爲一抹痕跡──代替那無法與我共在同一時空之人。所以我的罪惡感純粹是因爲我的存有。對列氏而言，痕跡的本質即帶有倫理意涵。因爲他者以無盡的「曾經」來證明他的無盡「來臨」以及對存有在場性的無盡干擾。

　　然而，德希達卻將列氏的臉龐意象轉換爲一種不在場／在場的語言符號，將痕跡禁錮於符號系統內。儘管臉龐可視爲一種符號，誠如韓德曼所言：「符號即痕跡，指的是說一個符號的意涵是『通往遺留下符號者的入口』，以作爲溝通之用」（Handelman 212）。據此，例如哈姆雷特式的懸而未決性（"To be or not to be?"），我們可以稱之爲不在場的祕密──死去的國王藉由幽靈（異界之痕跡）纏繞的方式與其子說話：「列維納斯試圖透過臉龐的繁複意象，闡述『個人不在場』邏輯上的矛盾。那『不在場』的只於本體論語彙中缺席，即視不在場爲一種存有。但痕跡所代表的在場／不在場被傳遞至人類他者，其即爲替他者負責之要求。拒絕在場於是轉換爲我的在場，一種爲他者的在場」（Handelman 213）。

　　此外，從現象學的角度而言，被經驗的世界是由「先驗自我」所建構。爲確保先驗現象學建構世界的最底層基礎（一種自

我與存在之間的絕對清晰性）是堅固的，「先驗自我」必須就是其視域的功能自身，如此，先驗的「現象還原」才能成一種科學性與客觀性的運作。換言之，現象學中的先驗視域功能是一切自我意向性的生命。列氏的臉龐與自我觀看的意向性也有密切的關係。海明（Laurence Paul Hemming）於〈一個形上的宿醉：列維納斯、海德格與他異性的倫理〉一文中指出，在我的視域內所擁有的他者之臉龐，亦即我擁有並保存了他者的生命。他解釋道：「透過暴現於我凝視之下的臉龐，我得以擁有並保存他者的生命，此即臉龐的重要性。我觀看的意向性，與我上下打量的凝視，兩者決定了臉龐該如何被接受、推翻與逆轉。列維納斯對此立場堅定：重點不在於臉龐是誰的，臉龐訴求的善與我向自己訴求的善是一樣的」。[22]

最後，我們須強調臉龐的激進他異性是一種「裸裎」（nudity）的屬性：一種臉龐剝去自身形式後的絕對赤貧（absolute destitution），一種他者的純然自身形象，一種他者無邊無際延展的激進他異性，因而無法透過概念被理解或全面掌握。一如列氏所言，臉龐僅憑恃其自身而毋需參照任何系統。但赤裸一詞在列氏哲學語言中主要意味著無依無靠者、被放逐者、困窮者、陌生人等。裸裎宛如一處空盪的場所、廣袤的荒漠、頹垣荒瘠，無可安居之處。但列氏並不視空無的空間為一種無盡、模稜兩可的折磨。此外，「臉龐另有其他意義。在其中，存有者對我的無盡

---

[22] Laurence Paul Hemming, "A Transcendental Hangover: Levinas, Heidegger and the Ethics of Alterity." *Studies in Christian Ethics* 18.2 (2005). p.52.

抵抗確認了其力抗的謀殺意志；完全赤裸的臉龐（此非一種比喻）即顯明臉龐的意義。我們斷不可說臉龐是一處開口，因爲如此一來即是將臉龐置放在比較性的平原之上」（*BPW* 10）。

　　列氏的思維將裸裎稱之爲一種深淵性（abyssalism）：「難道此被棄置的空間是一種對人性完全無動於衷的虛無嗎？或者其實該空無是『通道的痕跡或無法進入之物的痕跡』？那是過多所留下的痕跡，而無法被容納者或無限性唯有透過此種模糊曖昧才能給出意義」（Handelman 214）？痕跡只能藉由模稜兩可與曖昧不明方能展現其意義。然而，痕跡成爲一種難以捕抓的他異性，卻也是「無限小之盈溢於純粹虛無之上」，而此「無限小之差異即標誌了一切的差異，即對他者的非漠不關切（nonindifference）」（ibid.）。臉龐的赤裸使得它的激進他異得以拒絕被簡化或疆域化，因此臉龐對倫理主體的意義是一種沒有文法或語境的赤裸表意。他者臉龐總以無限小的無盡「第三方」在人間赤裸地要求正義。事實上，每當「我思」主體「言說」或「思考」他者或正義時，臉龐就以「面對面」的方式在先驗的視域裡與我相遇。

六、結論

　　此概念［別於存有］並不具原創性，但其入口卻陡峭依舊。攀登的艱鉅，履戰履敗的徒然，一一在書寫中顯露，卻無疑也透露出作者跋涉的氣喘吁吁。聆聽未受存有玷汙的上帝，與將存有從形上學與存有神學的遺忘之境中召喚回來，

在人類的經驗可能性中，同樣重要且珍貴。[23]

　　本章試圖闡明列氏他者哲學中倫理主體與激進他異性的深層關係：「我思」的自我性（egoity）（作為一種內部性）、他者的在語言、時間及臉龐的激進他異性（作為一種外部性）與倫理慾望（一種直接言說）三者作為串起自我與他者倫理關係的形上向度。從上述論述中我們發現，列氏無法有效建立一個「我」與非負面性的無限他者之關係。而語言，一個列氏視為通往慾望的途徑，竟就是問題的來源，彷若是解藥亦是毒藥的*pharmakon*。在語言、時間及臉龐中，我們發掘了倫理空間的特異性，但弔詭的是，這種特異性只能透過字面本身炯炯的暴力光環才得以驚鴻閃現。換句話說，言辭能在一般文本中（永恆且無所不在的文本）釋放出些許空白空間。在空無的層層包圍下，延續沉默的方式，就來自於震耳欲聾的沉默中那窸窣的聲響。職是，在臉龐（而非上帝的主顯）之前，延異（*différance*）或痕跡的流動（它可以是超驗性，或是存有，或是上帝）將一切現象抹上模稜兩可的色彩。這種模稜兩可又神祕的特質，即是他者他異性不可化約性的來源。

　　在解構式的嚴厲反省中，本章歷經與應承一種迷宮般曲折顛簸的語言意圖，使我們得以稍稍窺見「存有的罅隙」。在這個裂縫中，「已說」與「未說」正進行著「歷時性」的交替運

---

[23] Alphonso Lingis, Translator's Introduction. *Otherwise Than Being: Or Beyond Essence*. Trans. Alphonso Lingis. Pittsburgh: Duquesne UP, 1998. p.xlviii.

作與倫理運動，在此更迭交替中「我思」主體得以遇見「臉龐」。因此，兩種解構式閱讀交織、形構成的此種「交錯法」（chiasmus），即是哲學評論的洞見所在。對筆者而言，列維納斯與德希達在「真理」的岔路上皆有其盲點。弒父與隨之而來的眼盲與希臘神話中的伊底帕斯王（Oedipus）如出一轍。能看見他人眼中的刺，卻不見自己眼中有梁木。德曼（de Man）即針對評論家的修辭語彙進行說明：「他們的語言能夠摸索、觸及某種洞見的原因在於，他們用的方法總是忽略了洞見的感受。對讀者而言，洞見之所以為洞見，重點就在於它能憑恃自身能力指出盲點在哪」。[24]他者干涉的目的在於呼求「我思」主體進行深切的反思，儘管這種干涉彰顯列氏的倫理思想，但我們也須謹記：眼盲的現象也可能產生於形而上語言系統內，而非德曼所說的直接言說上。德曼認為「眼盲是文學語言中，修辭本質的必要投影」（de Man 141）。

　　主體、語言、時間與臉龐先驗的激進他異性，凸顯出別於存有底層的倫理雙重結構：一種處於「懸盪」與「來臨」的焦慮與恐懼狀態，它代表著正義的急迫性與無法估量性，同時也應許了一個倫理的可能以「尚未」的希望之姿在前方「等待」，交錯運作。別於存有，倫理主體必須藉由培養自我反省的習性與自我批判的能力，不斷回應此「當下」的道德焦慮與恐懼，方有能力在全球多元文化的情境下，以「悅納異己」的方式迎接他者，和諧共處。別於存有，他者多元又神祕的他異性會不斷地造成我的渺

---

[24] Paul de Man, *Blindness and Insight: Essays in the Rhetoric of Contemporary Criticism*. 2nd. New York: Routledge, 1983. p.106.

小、脆弱、無助、無奈、驚慌、恐懼、暈眩與失眠；然而，它同時將豐富我主體的內涵、擴展我存有的視域、給予我主體的倫理深度。別於存有，「我」永遠不是我。「我」與我之間的差異性永恆斷裂，使得生命這趟單向不能逆轉的旅程有了許多曲折、顛簸與挑戰，但同時也有了永恆的價值、意義與愛。

第八章

要不要臉？
——列維納斯倫理內的動物性

梁孫傑

　　1986年，英國沃里克大學（University of Warwick）有三位研究生利用暑假期間造訪列維納斯寓所，並就上學年研究所課程「《整體與無限》（*Totality and Infinity*）專題」所延伸的疑點就教於列維納斯。其中有位學生提問：「根據您的分析，『汝勿殺』的誡律是由人類的面貌展現的，但這條誡律不也可以由動物的面貌所表達嗎？」列維納斯如此回答：「我不敢說在哪時候你有權利被稱爲『面貌』。人類的面貌是完全不同的，而只有在那成立之後我們才發現某隻動物的面貌。我不知道一條蛇是否有面貌。我無法回答這個問題。更細膩的分析是必要的」。[1]許多學者據此指出，列維納斯本來就將動物摒斥在與他者的倫理關係之外，但這樣的排他舉動又顯然違反倫理他者的普世關懷，因此他言語閃爍，支吾其詞，不知如何回答這個問題。對於列維納斯的猶豫遲疑，史蒂芬‧大衛‧羅斯（Stephen David Ross）批評說，哲學的理性思維不應該只是爲了「重新啓動人文主義牲祭式的決策」，無視其他萬事萬物的福祉，卻以人類私利爲所有關懷的依歸，「爲了自身的利益〔將它們〕獻上祭壇」。[2]羅斯更進一步指出，假如絕對的倫理責任是「氾濫」（overflow）出自我利

---

[1] Emmanuel Levinas, Interview. *The Provocation of Levinas: Rethinking the Other*. Ed. Robert Bernasconi and David Wood. New York: Routledge, 1988. pp.171-172，論文內引用列維納斯及其他作者著作，除第一次出現時於腳注中註明作者和著作名稱外，其餘僅在括弧內標明出版年份以及頁碼出處。

[2] Stephen David Ross, *The Gift of Property: Having the Good: Betraying Genitivity: Economy and Ecology: An Ethic of the Earth*. Albany: SUNY P, 2001. p.189.

益，超越本身極限而多出來的東西，那必然會鬆動並進一步逾越人類和動物既定的疆界，然而「列維納斯從上往下面對著、審視著疆界，卻猶疑不決」（ibid.）。德摩・摩倫（Dermot Moran）甚至認為這是列維納斯「超乎尋常地坦承」他在倫理哲學上的「嚴重」缺失。[3]

　　哲學家對於自己的論述產生質疑，並公然坦承自己的無知，列維納斯並不是第一位，應該也不會是最後一位。聖奧古斯丁（Augustine）在其《懺悔錄》（Confessions）裡曾說過，「什麼是時間？假如沒有人問我，我知道那是什麼；假如有人問我，那我可就不知道了」。[4]將「時間」替換成「動物」，恐怕就是列維納斯猶豫遲疑的初衷。但到底列維納斯是謹言慎語，只談自己知道的部分，還是動物議題的確正中其倫理哲學的要害，將是本篇論文探討的重點。論文擬將討論方向鎖定在三個層面：（1）回顧並檢視學界對列維納斯動物議題反對和支持的立場，主張兩造齟齬乃根源於列維納斯對動物模稜兩可的曖昧立場；（2）曖昧的動物性在我和他者建立倫理關係時的關鍵作用；（3）以《塔木德》〈贖罪篇85a〉為例，對照列維納斯的倫理哲學，藉以說明被忽略的動物，如同無法趨近的上帝，才是倫理責任的濫觴。

---

[3] Dermot Moran, *Introduction to Phenomenology*. New York: Routledge, 2000. p.350.

[4] Augustine, *Confessions*. Trans. R. S. Pine-Coffin. New York: Dorset P,1961. XI:14.

一、咫尺千里　覿面難通

　　魚有面貌嗎？阿米巴變形蟲呢？子宮內人類的胚胎也有
嗎？

　　　　　　　　　　　　　　——摩倫，《現象學入門》（350）

　　對於列維納斯倫理哲學持批判態度的學者最大的疑慮，就是
他仍然無法超越以人類為中心思考的傳統人文主義範疇，尤其在
動物議題上，列維納斯「人類中心主義」（anthropocentrism）的
立場鮮明，不言而喻，主要爭論的焦點都集中在「面貌」（face;
visage）⁵的適用對象上。在同一場訪問裡，列維納斯說：「我

5　列維納斯所標舉的face（法文為visage）是在他倫理哲學中極具關鍵性
　　的概念。中文翻譯大致有「臉龐」（賴俊雄）、「臉孔」（龔卓軍）、
　　「面孔」（尚杰，鄭宇迪）、「面目」（于中先,關寶艷）、「面」（王
　　恆）、「臉」（李永熾，馮俊，許麗萍）和「面貌」（杜小真，林鎮國
　　〔本書第五章〕）。本論文採用「面貌」，主要有四項理由：（1）可以和
　　「面具」做區分；（2）可以涵蓋肉體和非肉體兩項層面；（3）可以隱含
　　「恢復本來面貌」的言外之意；（4）「貌」具備「動物」的意象。當然，
　　《六祖壇經·行由品》裡「不思善，不思惡，正與麼時，那個是明上座本來
　　面目」裡所描繪的「面目」，用來指涉列維納斯以人類為思考對象的倫理
　　哲學，應是十分貼切。但一方面本論文的立場是強調「面貌」超越人類範
　　疇的適用性，如可和物貌、地貌、形貌等相輔相成，而另一方面，希望可
　　以保留「面」和「貌」在中文意義上人類和動物之間模稜兩可的曖昧性。
　　「面」為象形字，在中文的適用性其實相當廣泛，除了指「人的眉目鼻口
　　耳之全貌」（高樹藩編，《正中形音義綜合大字典》。台北：正中，1971
　　年。頁13）外，還有「物的外表」（如橋面、路面、字面），「部分，地

們不能完全拒絕動物的面貌。透過面貌我們才瞭解（譬如說）狗。但我們會發現，這裡的優先順序不在動物，而是在人類的面貌……不過狗也是有面貌的」（1988: 169）。雖然最後這句話聽起來好像是勉強加入當作禮貌性的結語，不過我們先不討論列維納斯是否言不由衷，而是即使真如他所說的，動物有面貌的話，希爾薇雅‧賓索（Silvia Benso）指出，這種說法在倫理學上沒有任何意義，因為那純粹是生物學上對動物臉部的認知，[6]就好像列維納斯會舉狗和狼的例子（「狗是不會咬人的狼。在狗身上有狼的痕跡」[1988: 172]）來說明牠們擁有進化論上相似的長相。賓索因而語帶諷刺地說：「他者，永遠是人類的他者。他者的面貌總是人類的面貌」（42），[7]而對女性主義學者

位，方向」（如上面、裡面），或可表示「當場性」（如面陳、面試）等（周何編。《國語活用辭典》。台北：五南，1987年。頁1677）。「貌」為形聲字，部首從「豸」，許慎以為「獸長脊行豸豸然，欲有所伺殺形」，指的是「野獸伺機捕物之狀」，因為「凡獸欲有所伺殺，則行步詳實，其脊若加長」（許慎。《說文解字注》。段玉裁注，王進祥注音。台北：漢京，1985年。頁457）。徐灝以為，「貌從豸，當屬獸言，蓋凡獸亦各有貌也」（高樹藩，頁1717）。而許多野獸（如豺、豹、貂、貓、貍、貅）均從「豸」，符合本論文之意旨，所以採取面貌作為visage的中文翻譯。

[6] Silvia Benso, *The Face of Things: A Different Side of Ethics*. Albany, NY: SUNY P, 2000. p.42.

[7] 其他類似的看法，譬如說，雖然列維納斯「此種強調他者的企圖值得讚許，但卻假定只有人類才是構成他者的層級」（Rebecca Saunders, *The Concept of the Foreign: An Interdisciplinary Dialogue*. Lanham, MD: Lexington, 2003. p.161.）。又譬如說，就列維納斯的立場而言，「因為表象並非存在的模式，動物的面貌（假如有的話）和人類面貌的差別根本無法以現象學分

而言，更精確的說法是，他者的面貌總是男性的面貌。[8]羅斯在
討論「居所」（dwelling）的問題時，指出女性他者做爲男性的

析法來進行連結比對，因爲我們根本無法在狗的面貌上找到無限的痕跡」
（qtd. in Benso 42）。大多數對列維納斯面貌是男性的面貌之說不滿的學
者，總是會提出除男性外，其他宇宙萬物是否也有面貌的質疑。

[8] 第一波對列維納斯發動攻勢的女性主義學者當屬呂絲‧伊希嘉黑（Luce
Irigaray）。在她的論文〈愛撫的豐饒〉裡，質疑列維納斯的倫理立場，爲
何會將被愛的女人比喻成無底深淵、倒置的面貌、無知的幼兒和動物。列維
納斯強調深度和高度，但伊希嘉黑卻著重門檻的概念，介於家和世界曖昧不
明的分界。伊希嘉黑以「愛撫」爲例，闡釋愛撫之間的接觸是「結合而非耗
損精力於圓房……完滿而服從於他者的輪廓」（Luce Irigaray, "The Fecundity
of the Caress: A Reading of Levinas, Totality and Infinity, 'Phenomenology of
Eros'." Chanter 2001. p.120），伊希嘉黑對列維納斯的指控，是他「從不允
許如此的接觸，結果則是從未離開或斷絕男性自我超越的美夢」（Steven
Connor, *The Book of Skin*. Ithaca, NY: Cornell UP, 2004. p.278）。此後從
女性觀點討論列維納斯幾乎都脫離不出伊希嘉黑所列舉的範疇。相關討
論請參閱Chanter（Tina Chanter, *Ethics of Eros: Irigaray's Re-writing of the
Philosophers*. New York: Routledge, 1995. pp.214-24），Mulder（Anne Claire
Mulder, *Divine Flesh, Embodied Word: Incarnation as a Hermeneutical Key to a
Feminist Theologian's Reading of Luce Irigaray's Work*. Amsterdam: Universiteit
van Amsterdam, 2006. pp.1-2），Oliver（Kelly Oliver, "Fatherhood and the
Promise of Ethics." *Style of Piety Practicing Philosophy after the Death of God*.
Ed. S. Clark Buckner and Matthew Statler. New York: Fordham, 2005. p.1），
Oppenheim（Michael D. Oppenheim, *Jewish Philosophy and Psychoanalysis:
Narrating the Interhuman*. Lanham, MD: Lexington, 2006. p.184），尤其是
Chanter主編的《女性主義詮釋伊曼紐‧列維納斯》（Tina Chanter, Ed.
Feminist Interpretations of Emmanuel Levinas. Pennsylvania: Pennsylvania State
UP, 2001）更是集其大成。不過列維納斯將女人和動物相提並論，爲何會引
發這麼多反對的聲音，甚至激怒這麼多學者？假如我們從動物的觀點來檢視

暫時替代媒介，她所歡迎進入寓所的只是男性，既不是女性也不是動物（2001: 10）。可是所謂眞正的歡迎，難道不是應該敞開大門、放開心胸、竭誠招待接納所有大自然和非大自然界的他／她／它／牠／祂者嗎？賓索在題爲《物之面貌》（*The Face of Things*）的著作裡指出，列維納斯倫理學奠基於他者和我的關係，但這種關係的建立就算不是犧牲非人類對象做爲代價，至少是有意漠視非人類對象被排除在倫理之外的事實（xxxii）。賓索從「物」（things）的角度質疑，除了人類之外，其它大自然的存在（動物、植物、礦物等有生命無生命的存在）都被剝奪掉具備有面貌的資格。「對列維納斯來說，『物』沒有面貌」（ibid.）。而傑福瑞・倪任（Jeffrey Nealon）沿用唐娜・哈洛薇（Donna Haraway）的理論，提倡應該將面貌的適用性更上一層擴展到「現今還無法想像的生命型態」，[9]如人機合體（cyborg）或複製存在體（clone）。倪任砲火猛烈抨擊列維納斯堅持人類才是「倫理回應的唯一考量，將會進一步保障並擴展西方主體建構的帝國霸業」（71-72）。[10]

　女性主義學者對列維納斯的批判，是否批判的前提早就已經將動物想像成低賤卑污的物種，至少也是將女性視爲高於（遠遠高於）動物的存在生命體呢？

[9] Jeffrey Nealon, *Alterity Politics: Ethics and Performative Subjectivity*. Durham: Duke UP, 1998. p.71.

[10] 唐諾・特納（Donald Turner）也採用類似的觀點抨擊海德格、黑格爾、甚至邊沁（Bentham）對於動物的看法，將他們都歸類爲「本體論之帝國主義」（ontological imperialism）；其實，這個名詞正是列維納斯抨擊西方哲學獨裁的本質（Emmanuel Levinas, *Totality and Infinity*: *An Essay on*

　　反對列維納斯的聲浪義正辭嚴，氣焰高熾。兩相比較，為他辯護的學者似乎溫和不少，幾乎都從關懷的角度來驗證列維納斯對動物的態度。麥克・摩根（Michael Morgan）認為倫理的關懷不可能對受苦受難的生物不聞不問，因為倫理關懷「先於任何反思活動或概念的形成，我們很容易可以看得出來，所謂的另一個人不見得就必須是人類」；摩根並宣稱，「任何動物都有張面貌，只要它在危急時向我們呼求」。[11]呼求，當然不見得要以人類發明的語言進行溝通。賽門・奎奇立（Simon Critchley）指出，對列維納斯來說，「語言的溝通可以包含非文字和文字」兩部分，而動物因為具備非文字溝通的能力，並不影響他者和動物之間可能產生的倫理關係，因而據此推論「列維納斯的倫理學仍然對有感知的非人類生物有其義務」。[12]約翰・陸維寧（John Llewelyn）則主張我們必須尊重「律法」和「律法之前

Exteriority. Trans. Alphonso Lingis. Pittsburgh: Duquesne UP, 1969. p.44）。雅克・德希達（Jacques Derrida）則稱列維納斯的倫理是架構在「食肉陽具理體中心主義」（carnophallogocentrism）上，是構成人類主體不可或缺的元素（Jacques Derrida, *Point...:Interviews, 1974-1994*. Ed. Elisabeth Weber. Trans. Peggy Kamuf et al. Stanford: Stanford UP, 1995b. p.280.）。

[11] Michael Morgan, *Discovering Levinas*. Cambridge: Cambridge University Press, 2007. p.258. cf. Cynthia Willett, *Maternal Ethics and Other Slave Moralities*. New York: Routledge, 1995. p.55.

[12] Simon Critchley, *Ethics-Politics-Subjectivity: Essays on Derrida, Levinas, and Contemporary French Thought*. New York: Verso, 1999. p.80n54 cf. David Michael Levin, *The Philosopher's Gaze: Modernity in the Shadows of Enlightenment*. Berkeley, CA: University of California Press, 1999. p.472n96.

的獨特性」，認為列維納斯的倫理哲學之所以可能，就是因為其關懷面可以擴展到非人類動物身上。[13]事實上，這是無庸置疑的。列維納斯曾很清楚地表達他對動物的關懷：「倫理關係是可以延伸到所有的生物身上。我們不願讓一頭動物毫不必要地受苦……動物是在受苦。因為我們身為人類，所以我們知道何謂痛苦，我們才能〔對動物〕有此義務」（1988: 172）。列維納斯也曾有一次用詩的語言說：手「撫摸著一頭動物，〔它的〕毛皮早已硬化成皮革」。[14]對列維納斯而言，手（尤其是海德格哲學裡的手）常是掠奪、侵佔、控制、剝削的代名詞。人類雖然撫摸著一頭活潑潑具有獨特生命的動物，但眼裡看到的卻是一張處理妥當的皮革，以及相對的市場經濟價值。當有人看著一頭動物園的黑貂驚嘆地說：「它好漂亮喔！」，我們不再像以往那麼有把握，「它」到底指的是什麼？盧迪·維斯科（Rudi Visker）說：「老虎早就是一件皮草大衣，豬仔早就是一張沙發」（2004: 86）。[15]

---

[13] John Llewelyn, *The Hypocritical Imagination: Between Kant and Levinas*. New York: Routledge, 2000. p.21.

[14] Emmanuel Levinas, *Collected Philosophical Papers*. Trans. Alphonso Lingis. Pittsburgh: Duquesne UP, 1987. p.118.

[15] Rudi Visker, *Truth and Singularity: Taking Foucault into Phenomenology*. Dordrecht, Boston: Kluwer Academic, 1999. p.86。西方世界一直都有反對皮草的傳統和基進的抗議行動。國內近幾年來因為動保人士的積極投入，皮草問題也開始引起社會關注。相關中文學術論文，請參閱黃宗慧，〈愛美有理、奢華無罪？：從台灣社會的皮草時尚風談自戀、誘惑與享受〉，《台灣社會研究季刊》第65期（2007年3月），頁67-116。

　　我們當然不能否認列維納斯對動物的關懷以及倫理學對動物
的義務。但是關懷動物是一回事，是否給予動物應有的地位和
權益又是另一回事，[16]他的倫理哲學系統是否可以容許動物擁有
一張自己的、純粹的、倫理意義的動物面貌，更是另一回事。
也因此陸維寧提議說，我們應該可以從聖經裡對panim這個字的
用法來理解列維納斯所謂的面貌：「希伯來文panim字面意義是
臉，可以指涉在場或個人；但也可以用來指動物的臉，或大地
的臉」（164）。如此一來，不管是動物還是生態環境，不管是
有情生命還是無情萬物，應該都擁有自身獨特的面貌。伊蒂思‧
韋修格羅（Edith Wyschogrod）更進一步指出，panim不只可以
指涉具象的事物（如陸維寧所說的各式各樣的臉），也可以表
達時間的觀念，意思為「在遠古的年代」（in ancient times），
譬如在〈詩篇〉102篇25節的用法：「你在遠古創造大地」（Of
old [lephanim] hast thou laid the foundations of the earth）。韋修格
羅認為，在此結合面貌和時間所營造出來的概念，對列維納斯而
言，正是「永遠無法回歸現在的過去，銘刻在人類面貌上的蹤
跡（trace）」。[17]但問題是，法文visage是希伯來文panim的翻譯
嗎？倫理visage是聖經panim的影印版本嗎？列維納斯對這樣的

---

16 對彼得‧辛格（Peter Singer）來說，關懷動物以及捍衛動物權不必然是同
　一回事。在他的《動物解放》序言裡，他特別指出，他和妻子「其實對動
　物沒什麼特別的『興趣』。我們夫妻對於貓、狗、馬等等都沒有什麼特別
　的喜愛。我們並不『愛』動物」，他們奮鬥的目標，「只是希望人類把動
　物視為獨立於人之外的有情生命看待」（孟祥森和錢永祥譯，《動物解
　放》，Peter Singer著。台北：關懷生命協會，1996年。頁18）。

說法並不表示贊同。被問到面貌是否根源於猶太教或是聖經傳統時，他斬釘截鐵地回答說：「不是的。希伯來文panim這個字，意思是『臉』，在聖經裡頭並非是個哲學概念……在聖經經文裡我並沒有發現〔面貌〕這樣的概念……你要知道，我的術語不是來自聖經。不然的話，那所有東西通通都算是聖經好了」（1988: 173）。

　　擁有面貌固然是人類倫理的指標，可是平心而論，為什麼動物非得擁有人類的面貌呢？為什麼女人非得有陽具才算完整的人？為什麼白種人比其他人種要來的優秀高貴？為什麼人類沒有尾巴卻不會自覺丟臉？為什麼動物沒有面貌卻讓人覺得丟臉？到底是誰丟臉？到底是誰丟誰的臉呢？

二、模稜兩可與狼人變身

> 神諭表裡不一：模稜兩可寓於確保智慧的詞語之中。
> ──列維納斯，《哲學論文集》（66）

> 人類就如野狼彼此對待。
> ──列維納斯，《倫理與無限》（75）

　　學者們針鋒相對的兩極立場，其實充分顯示列維納斯看似

---

[17] Edith Wyschogrod, "Language and Alterity in the Thought of Levinas." *The Cambridge Companion to Levinas*. Critchley, Ed. 2002. p.197.

模稜兩可自相矛盾的辯證思維特色。[18]不過這種矛盾並非推理論述的失誤而是邏輯思路的必然，就像列維納斯極力抨擊il y a 恐怖陰森的世界，也就是因爲il y a「熊抱並掌控它的矛盾性（contradictoire）」。[19]列維納斯對矛盾，或是模稜兩可的重視，[20]間接反映出猶太聖典《塔木德》（*Talmud*）對他的哲學辯證深遠的影響。[21]列維納斯對《塔木德》推崇備至，毫不諱言這是一部偉大的猶太經典著作，「充滿至高無上的智慧」。[22]他曾說過：「《塔木德》每一頁都在尋求矛盾，期望讀者的自由、創

---

[18] 奎奇立認爲，「有一種模稜兩可的主題，甚或是模稜兩可的展演，出現在列維納斯後期作品裡」（Simon Critchley, *Very Little—Almost Nothing: Death, Philosophy, Literature*. New York: Routledge, 2004. pp.91-92）；李永熾指出，1961年是法國學術界出版豐收的一年，但「勒維納斯的著作或許緣於措辭的曖昧性，並沒有引起很大的關切」（李永熾，〈他者‧身體與倫理：勒維納斯的存在論〉，收入《塔木德四講》，關寶艷譯，Emmanuel Levinas 著。香港：道風書社，2001。頁153-169。原載於《當代》第149期，頁10-23）。理查‧卡尼（Richard Kearney）指出，「我們必須承認，在列維納斯處理語言和他者的關係上，有一種就算不是矛盾，也應是模稜兩可」（Richard Kearney, *Strangers, Gods and Monsters: Interpreting Otherness*. New York: Routledge, 2003. p.260n67）的現象。科利‧畢爾斯（Corey Beals）甚至認爲，有些將美學置於倫理學之上的哲學家並不欣賞太過流暢的文體，而列維納斯將他們視爲想像的讀者群，所以寫作「語言流利但術語模稜兩可」（Corey Beals, *Levinas and the Wisdom of Love: The Question of Invisibility*. Waco, TX: Baylor UP, 2007. p.12）。

[19] Emmanuel Levinas, *De l'existence à l'existant*. Paris: Librairie philosophique J. Vrin, 1998a. p.105.

[20] 列維納斯筆下的ambiguïté，可翻譯成「模稜兩可」或「曖昧性」，視行文通暢和論述內容的需要作適當調整。

意和膽識」，他並強調，我們所面對的不是「缺點」，而是「具

---

21 王恆認為：「列維納斯的哲學與其猶太教拉比傳承密切相關，可以說後者是其整個思想塑型的基礎」（王恆，〈列維納斯的他者：法國哲學的異質性理路〉，《當代法國哲學諸論題：法國哲學研究1》。楊大春、尚杰編。北京：人民出版社，2005年，頁176）。李永熾認為：「猶太教的聖典《塔木德》對他〔列維納斯〕的思想形成有其關鍵的重要性」（154），而關寶艷指出：「列維納斯以《塔木德》作為深化自己思想的突破口，應該說是其學術發展中的重要抉擇」（關寶艷譯，《塔木德四講》，Emmanuel Levinas著。香港：道風書社，2001年。頁xix）。

22 Emmanuel Levinas, *Nine Talmudic Readings*. Trans. Annette Aronowicz. Bloomington: Indiana UP, 1990b. p.8。列維納斯出身猶太家庭，幼年即熟習聖經，從8歲到11歲每星期都花幾節課的時間學習聖經中的希伯來語。在1946年40歲左右，列維納斯在巴黎街頭邂逅他稱為聖人的蘇沙尼（Shoshani），之後在一次訪問中，甚至將他「定位在如胡塞爾及海德格這種等級的哲學家之列」（苑舉正譯，〈揭開《塔木德》的面紗：《世界報》訪問勒維納斯〉，《塔木德四講》，關寶艷譯，Emmanuel Levinas著。香港：道風書社，2001年。頁198）。這是個看似流浪漢的奇人，衣著破爛，浪跡歐洲各國。他精通歐亞三十多種語言（杜小真，《勒維納斯》。台北：遠流，1994年，頁13），熟稔猶太教傳統，整部《塔木德》及其詮釋，甚至其詮釋的詮釋都倒背如流，但這些才華和他的思辯能力比較起來，都不算什麼。列維納斯回憶說，「蘇沙尼先生天賦異秉，擁有超凡的辯證能力……《塔木德》學者們已經把文本和聖經處理的極其繁複又充滿智慧，但蘇沙尼知道如何把他們延伸到其他文本可見的水平線上，同時讓永不止歇的辯證法君王般至高無上地再重新回歸《塔木德》」（Jill Robbins, Ed. *Is It Righteous to Be?: Interviews with Emmanuel Levinas*. Stanford: Stanford University Press, 2001. p.75）。列維納斯在自己住處免費提供蘇沙尼一間房間作為休憩過夜之用，前後達兩三年之久。列維納斯讚嘆蘇沙尼具有「汪洋大海般的知識」，而聆聽他談論《塔木德》，是一種如同置身「狂暴的原始經驗，充滿無可預知的新奇」（ibid.）。

有高度批判精神，才思敏捷，總是尋求對手辯論的一場精神運動」（1990b: 5）。[23]我們可以斷言，同樣的精神也展現在他對於動物性的探討上。維斯科提醒我們，分析列維納斯有關動物的章節時，必須要小心翼翼很有耐心，因為我們總是會遭遇到「可能和不可能」同時並存模稜兩可的「怪異混合」現象（1999: 270n46），譬如說希臘神話的怪獸就是最明顯的實例。在談論面貌和語言的關係時，列維納斯說，

> 在貞潔的皮膚上有眉鼻眼口感官的存在，但這並非讓我可能高升趨近意指（Signified）的信號，也不是模擬意指的面具……作為一個對話者，他置身在我面前，在與我可以面對面的位置上，而這種「面對面」不帶絲毫敵意或友誼。面貌作為感覺數據的去知覺化和去具體化，雖然完成了〔面對面〕的動作，但它本身卻仍然困在神話怪獸的形體內，這具動物的或半人半獸的身體容許逐漸消逝的表情從人類頭上承載的面貌掙脫出來。在語言內他者的特異性，絕不是代表我的動物性，或是形構動物性的殘餘，而是形構他者整體的人性。（1987: 41-42）

這隻神話怪獸，擁有人類的頭顱和面貌，在他者面對面的注視下，動物性在身體內漸次鬆脫對人性的箝制。身體好像一根透明的試管，裡面盛著互不相容的動物性和人性，隨著我對面貌的回

---

23 譯文參考關寶艷翻譯的《塔木德四講》。

應此消彼長，這應該就是廣義倫理學所設定的教化功能，展現
「一種社會的規範，也成為人們內化的主流論述與意識，以降低
人類的『動物性』並增進天賦的『神性』」，[24]或者說，增進人
性培育神性的驅動力。大衛・勒文（David Levin）指出，我們常
常會故態復萌，回復到殘暴的獸性，「代表人類面貌的面具，戴
在一頭神話裡的怪獸身上，提醒我們神話和啟蒙無止境的糾葛，
也是警告我們完全去除鬼魅是一種虛幻。我們或許有面貌，但我
們仍然被動物身份所羈絆」（1999: 281）。這種人類和動物之
間無窮無盡的牽纏糾葛，列維納斯稱為「無法攀越的曖昧性」
（une ambiguïté insurmontable [1978: 127]）。[25]雖然曖昧性猶如
一座高聳入雲無法攀越的山峰，但「無法攀越」卻強烈暗示必須

24　賴俊雄，《晚期解構主義》。台北：揚智，2005年，頁32。

25　見Emmanuel Levinas, *Autrement qu'être ou au-delà de l'essence*. Dordrecht:
　　Kluwer, 1978. p.127。本篇論文處理的是具有獸性的人類。至於具有人性的
　　獸類，則是列維納斯在〈一條狗的名字，或是自然權利〉（"The Name of
　　a Dog, or Natural Rights"）這篇短文裡討論的重點，裡頭也是呈現出相當豐
　　富的曖昧性。大衛・克拉克（David Clark）認為列維納斯還是把巴比（列
　　維納斯為那條狗取的名字）當成寓言動物看待，只是為人類發聲的道德象
　　徵。列維納斯的尷尬之處在於，承認巴比的人性，他者對我的歡迎，也就
　　是承認動物（至少這一頭動物）也具備人性，具有他者和我的倫理關係；
　　可是一方面列維納斯又堅持倫理的面貌是人類的面貌，難怪艾芮卡・法
　　吉（Erica Fudge）說，「巴比的存在是慰藉，也是威脅」，見Erica Fudge,
　　Perceiving Animals: Humans and Beasts in Early Modern English Culture. New
　　York: St. Martin's, 2000. p.7。因為筆者已就該議題發表過相關論文，在此
　　不再贅述。請參閱〈狗臉的歲／水月：列維納斯與動物〉，《中外文學》
　　34.8（2006年1月），頁123-150。

向上爬升趨近他者的倫理指標，否則就會向下墮落掉入充滿動物性的無底深淵。[26]

一旦沉淪深淵，就彷彿被丟擲到一個魑魅魍魎的恐怖世界，「面貌逐漸消逝，在不具人格的，沒有表情的中立狀態裡被拉長，在曖昧不明中，變成動物的狀態」（1969: 263）。[27]列維納斯首先讓主顯（epiphanize）倫理他者的面貌退隱，也使人類的特徵逐漸渙漫褪跡，接下來我們可以想像一張非男非女似人非人無法辨識的臉龐（更精確的說法，應該是面具），不帶一絲一毫人類的表情，虛懸在沒有倫理沒有他者也沒有我的空無il y a場域中。我們好像被大人遺棄在森林的小孩子，無意中闖進一座邪魔盤據的像迷宮似的巨大城堡中，卻怎麼也找不到任何出路。夜晚降臨後，在無盡疲憊中獨自一人心懷恐懼躺在空蕩蕩黑魆魆的房間裡，似乎感到沉寂靜肅的深夜裡，有一陣陣低沉的隆隆聲音在

---

26 許麗萍也有類似的觀察：「在他者來到我面前之前，我被下墜到一種令人無比恐怖的黑暗之中，而且憑藉我自身的力量，無法阻止這種下墜的趨勢，直到他者的出現，才終止了我的下滑的境遇，並最後將我從黑暗的深淵中解救出來」（許麗萍，〈對列維納斯他者倫理學的幾點思考〉，《當代法國哲學諸論題：法國哲學研究1》。楊大春、尚杰編。北京：人民出版社，2005年。頁186）。但不僅如此，「如果要更大可能地避免暴力，獲得自救，必須把他者置於高於我的位置」，因為「唯有突出外在無限的他者高於我的顯赫地位，才能突破傳統主體性的束縛」（191）。

27 列維納斯常用深淵的意象來描繪向下墮落重新陷入il y a的悲慘狀況，不僅無處可逃，還有如約拿身入魚腹，面臨自身被消化殆盡的危機。這裡所引用的例子，是在和女人的歡愉中，自身渾然忘我的情況。

28 Emmanuel Levinas, *Éthique et infini: Dialogues avec Philippe Nemo*. Paris: Fayard, 1982. p.38.

耳內響起，「隆隆作響的靜默」（silence bruissant），[28]好像把耳朵貼到大海螺空殼上聽到的空洞迴音，「好像寂靜是一種噪音」（ibid.）。小孩子突然發現自己「動彈不得，眼前有一群戴著面具奇形怪狀的生物，他除了驚訝地眼睜睜地呆望著面前的那一群怪物，別無他策……他以為眼前的幢幢怪影不是別的，正是這魔幻城堡中的一群鬼魂，而他本人也毫無疑問中了魔法」。[29]而在他眼前，虛懸著一張臉龐，一張逐漸被往前拉長的臉龐，顏面骨骼逐漸發出輕微爆響，從鼻孔以下逐漸被緩緩拉長，變成食肉動物突出的嘴形，利於撕裂肌肉咬碎骨頭強壯有力的上下顎，正準備張開血盆大口，「將利牙埋進」（1969: 129）獵物的身體裡。[30]

假如向下墮落是人類變形成動物的恐怖過程，那麼向上攀升

---

[29] 這段描述自我有如著魔般的遭遇以及其所處恐怖的氛圍，是根據兩段列維納斯描述的il y a 綜合而成。小孩子在寂靜黑夜的恐懼，是來自列維納斯小時候的親身經驗，請見《倫理與無限》（Emmanuel Levinas , *Ethics and Infinity: Conversations with Philippe Nemo*. Trans. Richard A. Cohen. Pittsburgh: Duquesne UP, 1985. pp. 47-48）。有關魔幻城堡的部分，則是列維納斯藉用唐吉訶德的經歷來闡述面具和面貌的不同，請見《上帝、死亡和時間》（Emmanuel Levinas, *God, Death, and Time*. Trans. Bettina Bergo. Stanford: Stanford UP, 2000. p.276n8）。狼人變身的部分則是筆者延伸的詮釋。

[30] 列維納斯常用「狼」來代替il y a恐怖殘暴的動物掠奪本能，如「人對另一個人就是頭狼。在狼的森林裡，毫無律法可言」（1990b: 100）。無獨有偶，德希達曾推測，法文voyou（流氓）是從loup-garou（狼人）演化而來（Emmanuel Levinas, *Quatre lectures talmudiques*. Paris: Editions de Minuit, 2005. p.69）。人類的面貌被拉長成動物的狀態，就如同《美國狼人在倫敦》（An American Werewolf in London 1981）這部電影裡狼人變身的過程。這部電影在影史的意義，如技安指出，「就屬特殊化妝大師瑞克貝可

則是朝向上帝的天路歷程。羅斯指出，列維納斯認為，在人類的
生活裡，人性天生自然就是以自我為本位，而在人類和其他萬物
的關係上，則是以上下階層來確定自己的生存位置。雖然到處都
有不同於我或是高於我的存在，但我總是比動物要來得高。「萬
事萬物都取決於這種高度的評量。這是出於人類評量人類的準
則，先將人性設定高於人性之處，再將人性設定高於萬事萬物之
處，而異己（alterity）則住在高處」。羅斯懷疑說，是否那些缺
乏人性「污穢卑賤的血肉之軀都被留在深淵中」。[31]換句話說，
人類要滌淨原始動物殺戮的獸性，揚棄那種純粹只為自身生存而
不擇手段的生命，「靠的是被高高舉起的身體，朝向高度的承
諾」（1969: 117）。[32]當我和他者面對面時，「他者以其非暴力
的呼喚，從上方而來，嚇止並癱瘓我的暴力」，而介於我和他者

<hr />

（Rick Baker）的成就。當時奧斯卡金像獎剛剛增加了特殊化妝的項目，瑞
克貝可就憑著《美國狼人在倫敦》獲得了影史第一座奧斯卡最佳化妝獎。
電影中用一鏡到底的方式，清楚描寫主角從人型變成狼型的過程，在當年
還未有電腦特效的年代，這種結合單格攝影、模型與特殊化妝的所謂「老
式」（Old School）特效，如今看來還是相當過癮」。（技安，〈狼人：
最經典的電影怪獸〉，《新台灣》。2 Sept. 2007，<http://www.newtaiwan.
com.tw/bulletinview.jsp?period=480&bulletinid=22080>。

[31] Stephen David Ross, *The Gift of Touch: Embodying the Good.* Albany, NY:
SUNY P, 1998。深淵在聖經傳統中一向是地獄的同義詞，如：「第五個天
使一吹號，我看見一顆星從天空墜下來，掉在地上。這星接受了無底深淵
的鑰匙。它開了無底的深淵，裡面就冒出煙來，好像從大火爐冒出來的；
太陽和天空都因深淵冒出來的煙而變為昏暗」（〈啟示錄〉9:1-2）。

[32] 這種例子屢見不鮮，如在電影*Constantine*（羅倫斯導，《康斯坦丁：驅魔
神探》。台北：威翰，2005年）片尾，約翰自願犧牲自己性命永世沉淪於

之間的曲度（curvature）「顯示所有眞理的神聖意圖」，將我們的距離「折彎成高度」。列維納斯說，「這個『空間的曲度』，或許就是上帝的存在」（1969: 291），亦或是當初上帝和挪亞立約浮現雲端的彩虹，連接凡人和上帝，卑下和高貴？或者，我們彷若置身星際大戰的科幻場景，準備在摺曲的空間做時光跳躍，從存在的此岸躍向彼岸的無限？[33]

高掛天際的彩虹，既虛幻又眞實，姑且不論我是否可以順其曲度躍昇神聖的高處，當下首要的任務，我得先行離棄囚禁我的動物軀殼。米格爾・塞萬提斯（Miguel de Cervantes）筆下的唐吉訶德當然不曾目睹過狼人變身的驚悚過程，但卻也有過中魔後全然動彈不得被囚困在自己身體內的恐怖經驗。列維納斯以唐吉訶德被困在魔堡的插曲，說明趨近他者才是驅魔之道：「唐吉訶德確鑿無疑的著了魔，怎樣才走得出圈禁他的圓環呢？……只有在一種走向他人的行動中〔才能驅魔〕，也就是責任……它開始於人的實體性中。在這意義上，人類動物本性的經驗應該被想成是存在之史詩的爆發，在這一爆發中，打開了一道缺口，一條裂縫，一個走向他方的出路。那裡將站立一個與可看見的眾神不一樣的上帝」（2000: 169）。[34]

地獄，只爲換取他人重入天堂的機會，因而重獲上帝恩寵，他的身體緩緩騰空，朝向光明燦爛的雲彩飛昇。

[33] 尚杰在討論列維納斯的《時間與他者》時，將女人比喻成黑洞，「像科幻片中的時間隧道，吸引你，誘惑你」（尚杰，《歸隱之路：20世紀法國哲學的蹤跡》。北京：人民出版社，2002年。頁91）。

[34] 譯文參考余中先譯，《上帝・死亡和時間》，Emmanuel Levinas著。北京：三聯，1997年，頁204。

三、魔嬰‧翻轉‧聖胎

> ……像一位武裝的女神我從你的腦殼迸出，驚異擄獲所有
> 來自天堂的臣民，害怕畏縮他們一開始稱呼我爲罪惡……
>
> ——彌爾頓，《失樂園》（II:757-60）

> 大衛的後代約瑟，不要怕，儘管娶馬利亞作妻子，因爲她
> 懷的孕是由聖靈來的。
>
> ——〈馬太福音〉（1:20）

　　身處魔邪的il y a世界裡，我的生存模式，一言以蔽之，就是
凱撒大帝「我來了，我看見了，我征服了」的生命本能三部曲。
一旦我和他者開始接觸，一旦我面對面看見了他者，我掠奪的本
能會「翻轉」（retourne [1978: 121]）成被掠奪的絕對性，從積
極進取的獵人翻轉成被追殺擒捕的獵物，之前我以我的知識去
理解／攫擄我所處的世界，將其消化吸收變成我的「同一」（le
Même），[35]我是自信和能力的化身，但現在的我翻轉成著魔的
我，被未現身的他者附身（obsession par un autre [1978: 121]）。

---

35 有關「同一」獨裁霸權掠奪世界消融他者的威權統治，在列維納斯著作裡
　　經常可見，西方學界相關討論也十分普遍。由於中文有關討論相對較少，
　　故列舉於後，做爲參考之用：見鄭宇迪，〈生活在他方：勒維納斯漂泊的
　　哲學之旅〉，《塔木德四講》。關寶艷譯。Emmanuel Levinas著。香港：
　　道風書社，2001年，頁182-184，及馮俊，《當代法國倫理思想概論》。台
　　北：遠流，1994年，頁158-160。

他者對我呼喚，對我下達命令，而我的回應「我在這兒」早已內建有他者的命令；在他者呼喚之前，我早就回應了。他者的命令，不知來自何處，並非把現在修飾成過去的樣態然後以那樣的樣態回歸；那是一種超越再現無法以現象分析的命令，列維納斯引用聖經〈約伯記〉告訴我們，「就像小偷溜進我裡頭一樣」（"se glissant en moi comme un voleur" [1978: 234]），36並稱此為「他者性」（illeity [1997: 150]）。在這個比喻裡，列維納斯並

---

36 此處列維納斯引用自舊約聖經〈約伯記〉，在英文版（*Otherwise than Being or Beyond Essence*. Trans. Alphonso Lingis. 2nd ed. Pennsylvania: Duquesne UP, 1997. p.199n19）和法文版（1978: 234n2）的《別於存有》裡都註明是4章12節，但筆者以為是24章14節之誤植。〈約伯記〉4章12節如此寫著：「有一次我聽見了訊息，聲音細微，不容易辨認」，和列維納斯引用經文出入甚大，而根據中文版（新標點和合本）與英文版（欽定本）在24章14節的敘述則和小偷有直接相關：「殺人的黎明起來，殺害困苦窮乏人，夜間又作盜賊」（The murderer rising with the light killeth the poor and needy, and in the night is as a thief）。法文版本和德文版本的〈約伯記〉應比較接近列維納斯所引用經文的原意：按照《瑟米爾聖經》（La Bible du Semeur）記載：「謀殺者在黎明起來，以便殺害困苦窮乏之人，當夜晚降臨，他就變成小偷」（"Au point du jour, le meurtrier se lève, afin d'assassiner le pauvre et l'indigent et, quand la nuit arrive, il devient un voleur"），《路德聖經》（Luther Bible）的記載：「當白晝來臨，謀殺者起身，並扼死困苦窮乏之人，在夜晚小偷潛入」（"Wenn der Tag anbricht, steht der Mörder auf und erwürgt den Elenden und Armen, und des Nachts schleicht der Dieb"），而《艾伯費德聖經》（Elberfelder Bible）則是：「謀殺者在黎明起來，殺死困苦窮乏之人，而在夜晚小偷四處行走」（"Vor dem Tageslicht steht der Mörder auf, um den Elenden und Armen zu töten, und in der Nacht geht der Dieb um"）。小偷的意象在〈死亡之舞〉（"Dance of Death"）裡和死亡結

沒有明確標出小偷的身份，但根據〈帖撒羅尼迦前書〉記載：
「主再來的日子就像小偷在夜裡忽然來到一樣」（5:2），〈彼
得後書〉所提到類似的比喻：「主再來的日子就像小偷忽然來到
一樣」（3:10），以及耶穌在〈啟示錄〉的警告：「留心吧，我
要像小偷一樣突然來到」（16:15），我們應該可以肯定，小偷
所指涉的是「主」，也就是耶穌，上帝的獨生愛子。他者性並不
是小偷，而是讓「就像小偷忽然溜進我家裡一樣」這樣的情況成
為可能的條件。假如我們對照〈馬太福音〉的記載：「至於那要
臨到的日子和時間，沒有人知道；天上的天使不知道，兒子也
不知道，只有父親知道」（24: 36-37），那他者性應就是這位全
知全能的父親了。葛雷漢·渥德（Graham Ward）指出，列維納
斯在處理我和他者的關係時，挪用基督教義的概念建構出他的
三一倫理家族（聖父、聖母、聖子），而他者性占據的正就是
聖父的位階。渥德指出，雖然列維納斯並不支持聖父聖子聖靈
三位一體（Trinity）的基督教神學教義，[37]但在他進行分析推理
時，常可以看到三點共存的（trinodal）結構。[38]最明顯的例子，
就是列維納斯強調，我回應無限的慾望，是「具備三種人格」

合，強調兩者不可預期的天性。相關討論，請見Martin Hagstrøm, "Lübeck's
Dance of Death." 27 Aug. 2007, <http://www.dodedans.com/Edom.htm>。

[37] 列維納斯一向把宗教和哲學的討論分別開來，涇渭分明，互不相通。王
恆指出，列維納斯「本人常說二者〔宗教和哲學〕在他那裡是分開的，
〔他〕兩類的作品也是交由兩家不同的出版社出版」（176）。

[38] Graham Ward, *Barth, Derrida, and the Language of Theology.* Cambridge:
Cambridge UP, 1995. p.164.

（1987: 72）的一場展演過程，「我走向你以便趨近無限，你雖然是我同一時代的人，但在他者性的蹤跡中……面對我，趨近我」（1987: 72）。在如此「我－你－他」的結構中，他和我的關係就如同父子一般，既是「破裂也是仰賴」（1969: 278）。破裂，也就是對父親的回絕，但在每一時刻裡，子性（filiality）也在重複父親的教誨並完成似非而是的自由；這種中斷又同時連結，或是說，以中斷作為連結的獨特性，完全展現在形構自感性（ipseity）[39]的「永遠的革命」（"la révolution permanente"）中，[40]或是永遠周而復始不斷的由斷裂翻轉成連結再翻轉成斷裂的進程。

---

[39] 武寧強和張明從心理學的角度提供我們自感性多重的面向：「Henry（1963）指出詞"自感"指的是自我意識的前投射方式。Stanghellini（2003）指出它是與某人自己有關的感覺，並且深留在自己心中。它是一個深奧的體驗，是真正本質範圍的自我認識。Henry（2000）指出它是某人自己的自我情感，在那裡某人感覺到和被感覺到的是僅僅同一件事情，它也是某人體驗的中心感覺。Sass（2000）指出它是意識中心的內隱感覺和意向性的根源。自感是一個沉默的和視為當然現象，對一些體驗有一個基礎作用：它是體驗的無聲狀態，在這個媒介或平臺上所有體驗均可能出現。Parnas（2000）指出自感也保證我感覺到的自己與我正知覺到的自己區別開來，並且確信我的表像是與我本身的體驗區別開來」（〈語言性幻聽和自我意識障礙〉）。在這些定義式的說明中，我們大致可以歸納出它們共有的一項特色，也就是自感性的本質就是分裂自我。武寧強和張明，〈語言性幻聽和自我意識障礙〉。1 Sept. 2007 <http:// www.studa.net/ Clinical/070901/11210114.html>。

[40] Emmanuel Levinas, *Totalité et infini: Eaasi sur l'extériorité*. Dordrecht: Kluwer, 1971. p.311.

他者性／天父派遣他的獨生愛子／自感性有如小偷般悄悄潛進我的裡面，因為我已被揀選，[41]如渥德所說，「自感性是我被選為上帝子民的本質，是在我的同一內的全然他者」（165）。它以質問的方式，挑戰我至高無上的自信，攻擊我生存競爭的法則，要求我要承擔起絕對的責任。雖然質問自我正是我對他者表達的絕對歡迎，[42]但是小偷／自感性可不會因為受到竭誠的歡迎而鬆懈自己的責任，它仍然會大肆搜刮，恣意破壞：「自感性回歸自身後和自身產生齟齬。悔恨的自我控訴啃齧意識裡封閉和剛硬的核心，打開它，裂解它」（1997: 125），而「作為一個負責的我，我必須不斷將我自己從我自己掏空」。[43]自感性有如一雙巨靈魔掌，從內部緊緊「壓制靈魂、搯迫靈魂」，並不是要將我從靈魂裡驅逐出去，讓我進入沒有任何知覺和感覺的空無，而是在緊縮和崩解的極大痛楚中，要我去承擔滿溢出我所能承擔的絕對責任，「我沒有逃離自身，沒有狂喜、沒有和自身保持距離，而是被追趕進入自身」，我將我「獻為牲祭」（1997: 108-9）。以便如漢特·德維瑞斯（Hent de Vries）所說的「接近上

---

41 對列維納斯來說，「選民」並不代表他們可以享有特殊權利，而是表示他們被選來承擔苦難，負起回應他者的絕對責任。他說：「選民只是一種道德感；一個道德人，就是他在他所屬的團體中，做該做的事」（苑舉正202）。

42 Emmanuel Levinas, *Emmanuel Levinas: Basic Philosophical Writings*. Ed. Adriaan T. Peperzak, Simon Critchley, and Robert Bernasconi. Bloomington: Indiana UP, 1996. p.17.

43 Emmanuel Levinas, *Of God Who Comes to Mind*. Trans. Bettina Bergo. Stanford: Stanford UP, 1986. p.73.

帝，全然施與他者、放棄自我的結構……我被侵犯、被掏空、被
消散到達無意義滿溢出有意義的地步」。[44]簡言之，列維納斯的
倫理學就是對「存在」的徹底破壞（杜小眞 47）。

　　這種自我崩裂瓦解的無理性舉動，里柯（Paul Ricoeur）稱
爲列維納斯哲學思辯裡「週期性的疾病猛烈發作」。[45]一開始
或許只是皮膚騷癢，卻會演變成致命的疾病。列維納斯說，自
感性在我裡頭就如同我們在我們皮膚裡一樣，雖然緊密服貼，

---

[44] qtd. in Baird, Marie L. "Witness as a Relation to Alterity: Rahner, Levinas,
Derrida." *Encountering Transcendence: Contributions to a Theology of Christian
Religious Experience.* Ed. Stijn van den Bossche, Lieven Boeve, and Hans
Geybels. Dudley, MA: Peeters, 2005. p.48。假如我們還是依循「小偷」這個
意象所傳達的訊息，那「無意義滿溢出有意義」的景象，恐怕就是〈約珥
書〉勾勒出來蝗蟲「翻轉」成小偷的恐怖末世：「在錫安吹號吧！在上帝
的聖山鳴鐘吧！猶大的居民哪，要顫抖！上主的日子快到了。那是黑暗
陰森的日子，是烏雲濃霧的日子。那大隊的蝗蟲向前進，好像黑暗彌漫山
嶺。從前沒有這種情景，以後也不會再有。蝗蟲像火一樣吃盡所有植物。
未到之前土地像伊甸園，過去以後變成荒涼的曠野；牠們甚麼都不放過。
牠們看來像馬，奔馳像戰馬。牠們在山頂跳躍的響聲像戰車奔馳隆隆，像
乾草著火劈啪作聲。牠們隊伍整齊，像預備上陣的大軍。牠們一到，人人
驚惶失措，臉色慘白。牠們像勇士攻打，像戰士爬牆。牠們勇往直前，從
不改變方向，也不彼此擁擠。牠們成群穿過防線，誰都無法抵擋。牠們攻
進城市，攀登城牆，爬上屋頂，像**小偷破窗而入**」（2:1-9；筆者粗體）。

[45] qtd. in Bruns, Gerald L. "The Concepts of Art and Poetry in Emmanuel Levinas's
Writings." *The Cambridge Companion to Levinas.* Ed. Simon Critchley and Robert
Bernasconi. Cambridge: Cambridge UP, 2002. p.233n26。里柯認爲列維納斯的
哲學思辯整體而言是十分有系統地去實踐「滿溢」的概念，而在《別於存
有》（*Otherwise than Being* 1997）裡更是實踐得最爲徹底（Baird 48）。

我們卻還是會局促不安，總是有一種像發癢般奇怪的天性不斷騷擾我們，其癢難搔，不知出於何處，而其程度還會越來越嚴重，如同披上一件「尼瑟斯袍衣」（Nessus tunic）（1997: 108-9），也就是讓希臘神話的赫丘力斯（Hercules）甘心赴死的元兇。赫丘力斯是地上第一勇士，擁有「極度的自信和超人的體能」（Hamilton 160）。[46]他的妻子蝶珥尼拉（Deianira）聽信讒言，誤以為丈夫移情別戀。但她相信，只要她丈夫的肌膚接觸到人馬獸的血液，那他一輩子就只能愛她一人，所以將人馬獸尼瑟斯的血液塗抹在袍衣上，送給赫丘力斯當作禮物。很不幸的是她的訊息有誤，赫丘力斯穿上以後就立刻感到一陣痛楚，全身肌膚如同火炙般灼熱疼痛。但最讓他難以忍受的，卻是他仍然活得好好的。他的力氣沒有絲毫減弱，他照樣勇猛無儔，他照樣克敵致勝。他無時無刻受到自身肌膚無窮無盡的折磨，可他就不會因此而死。最後他決定，既然死亡不來就他，那他自願赴死。他下令堆高柴垛，讓眾人將他抬到上面；他躺在那兒，如同躺在宴會餐桌旁的臥榻上。柴垛被點燃，火苗高高竄起，他知道自己終於要死了，愉悅地說：「這才是安息」（Hamilton 171）。

以更猛烈的火焰，來自外部的火焰，徹底燒盡身體上火吻般的炙熱。安息的前提，是主動策劃破壞自己，離散自己，無私地將自己獻為燔祭，以最絕對的暴力謀殺次等的暴力，等待死亡的到來，進入永恆靜謐的安息。但是就有如山姆爾・貝克特（Samuel Beckett）永不現身的果陀，死亡永遠不可能等得到，[47]

---

[46] Hamilton, Edith. *Mythology.* New York: Mentor, 1969. p.160.

安息也不見得會降臨。倒是在烈焰飛騰瀕臨死亡的邊界，或許可以在極大混亂理智完全癱瘓之際，目睹一隻純潔無暇的白鶴（也說不定是白鴿，但肯定不會是女人），口中叼著裏著包袱的嬰兒，從彼岸的那端展翅翩翩飛來。換句話說，對列維納斯而言，我將il y a的自我獻爲燔祭，不會出現如拉撒路死後復活的神蹟，而是孕育異於存在、超越本質、有別於我的新生的條件。也就是在我裡面，在同一裡面，孕育出新生兒，如理查·科恩（Richard Cohen）所說：「就像懷孕一樣，道德自我承載著他者，在同一內的他者」。[48]懷孕的各種生理反應，似乎和疾病帶來的身體不適，不相上下。從外部肌膚的搔癢內化成身體內部器官的不適，如同里柯疾病的比喻，貝提納·貝芍（Bettina Bergo）也認爲，這是無法被理性論述吸納所顯現出來的「病徵」，[49]而在《史丹福哲學百科全書》（*Standford Encyclopedia of Philosophy*）裡介紹列維納斯時，貝芍更清楚指出，這種不

---

[47] 請參考龔卓軍對「死亡」可能的不可能性的分析：「但列維納斯則認爲死亡本質上是不可捉摸、在他方、無法掌握的。死亡抗拒我們，它是不可能的，它像他者來到我們面前，在神祕而陌生的死亡面前，我們不再是自己的主人，死亡是謀殺，像從另一個世界、彼岸來的東西。它使我們驚訝，無法預期，縱使有海德格的深刻分析與認識，它的力量仍舊，不僅由於它無法預測，也在於它無法認識。死亡是他者，它不是我」（見本書第三章，頁100-101）。

[48] Richard A. Cohen, *Ethics, Exegesis and Philosophy: Interpretation After Levinas.* Cambridge: Cambridge UP, 2001. p.150.

[49] Bettina Bergo, Levinas Between Ethics and Politics: For the Beauty That Adorns the Earth. Norwell, MA: Kluwer, 1999. p140n30.

適，就是自感性，也就是「他者在同一內的病徵」。[50]自感性並不是疾病，而是疾病顯示出來的症狀，如同噁心一般，緊緊攫住我們不放，不斷從我裡面騷擾顛覆破壞裂解我的存在，但我卻無法迴避，充分顯示我們絕對不可能逃離自我的困境。[51]相對於痛不欲生的發癢，在列維納斯倫理思辯的翻轉下，噁心卻是有如害喜般的生之徵兆，隨時隨地提醒懷孕的母親，「我在這兒」（here I am）。他者化身為孤苦無依柔弱卑微在我裡面，就在我的自我身份認同之內，我變成懷著嬰兒的母親，承受如赫丘力斯所遭受到生之極大痛楚，我因「極度痛苦而身體扭曲變形……是從自身被撕裂開來，比空無還要少……這就是母性，在同一裡面他者的懷孕。一個人飽受迫害而永不安歇，受創的五臟六腑因所生的或即將生的而呻吟，難道不就是母性修飾過的翻版？在母性中顯現的是對他人（the others）的責任」（1997: 75）。赫丘力斯期盼的安息，或是更精確的說法，列維納斯所認為自我奉獻後降臨的安息，並不是和世界完全脫離、無知無識而解除掉所有的重擔，反而是為了他者而需要負起更大更多最為絕對的責任，不斷無限擴張延伸的責任。這就是為什麼列維納斯會說，「這個滿溢出存在的東西，這個自感性進入存在後而鼓突出來的東西（protrusion），乃是以責任的膨脹（turgescence）作為完成」

---

[50] Bettina Bergo, 2007."Emmanuel Levinas." Stanford Encyclopedia of Philosophy. 7 Sept.

[51] Marinos Diamantides, "From Escape to Hostage." *Difficult Justice: Commentaries on Levinas and Politics.* Ed. Asher Horowitz and Gad Horowitz. Toronto: U of Toronto P, 2006. p.193.

（1996: 17）。

而同時完成的，也是必須完成的，還有列維納斯「聖父聖母聖子」的三一倫理家庭架構。假如說《整體與無限》的思路歷程是由整體的整體崩解到無限的無限膨脹，而膨脹又是生育的表徵，那列維納斯在該書最後結論提出家庭的誕生，「豐饒的生育是瞬間的情慾和無限的父性兩相結合的情況，在家庭的奇妙中被具體化」（1969: 306），的確有其人倫責任上的必要。上帝對亞伯拉罕承諾說，「論子孫，我必叫你的子孫多起來，如同天上的星，海邊的沙」（〈創世紀〉22:17）。即使亞伯拉罕高齡九十九，而妻子莎拉年紀也不小，「月經也早已停了」（〈創世紀〉18:11），但只要有家庭的機制，就會憑空突然冒出三個不速之客，我們不知他們從哪兒來也不知他們要往何處去，但其中一個對亞伯拉罕再次聲明上帝的應許：「明年這時候我要回來；你的妻子莎拉要生一個兒子」（〈創世紀〉18:10）。這裡的「我」，是指說話者，還是代表他們三人，我們不得而知，但可以確定的是，家族譜系要廣袤無垠源遠流長必須從無限汲取力量，才能有最初的膨脹，以及綿延不絕的膨脹。但令人納悶的曖昧性也同時滿溢出這樣的膨漲，因為連結父親和兒子，讓父親和兒子有連結的可能性而「形構出父子關係」（1969: 272）的，不是婚姻的神聖性，卻是一種動物性。列維納斯說，被愛的女人在欲求過程中「如同無法說話、沒有責任感的動物，與我對立著。被愛的女人返回無需承擔責任的嬰兒時期──這顆嬌憨的頭顱，這份青春活力，這個『有點兒愚蠢』的純真生命──她已離棄身為人的地位。面貌消褪了，在非人的、無表達的中性狀

態裡，在模稜兩可裡，具備了不講眞話，不負責任的動物性」
（1969: 263），而「在理智安排下的動物性……造就家庭」
（1969: 306）。動物性／性愛在社會機構化的背書下通過婚姻
制度發揮生兒育女的功用，具備父母和子嗣的家庭於焉誕生。

　　從與他者面對面的邂逅，到自我內部被入侵，到自我分裂拮
抗，到懷孕的初期徵兆（噁心反胃嘔吐等），到肚腹的鼓漲，責
任的生產／產生過程嚴謹地依循著從受孕到分娩的各個階段。我
們不難看出，爲了造就家庭，分娩是勢在必行的最後任務，而
伴隨分娩的子宮強烈痙攣、收縮、羊膜腔破裂和會陰撕裂等所
帶來對母體的極大苦楚，[52]也就是列維納斯所說的，「人類動物
本性（animal nature）的經驗應該被想成是存在之史詩的爆發，
在這一爆發中，打開了一道缺口，一條裂縫，一個走向他方的
出路」（2000: 169）。[53]引爆存在的史詩，締造英雄人物的契
機，[54]甚至國家民族的誕生，並非人性（遑論神性），而是動物
的本性；[55]滿溢原始、蠻荒、頑強、凶猛、彪悍、神祕的動物本
性，主要是「爲生命的奮鬥」（1988: 172），因爲動物所展現
的，如列維納斯所說，是「大自然的力量」和「純然的生命力」
（1988: 169）。藉著動物原始蠻荒的強大力量，倫理責任從母

52　有關婦女懷孕生產所經歷的各種心理和生理的痛苦，請參閱茱蒂絲‧利維
　　特（Judith Walzer Leavitt）的 *Brought to Bed: Childbearing in America, 1750
　　to 1950*, Oxford: Oxford UP, 1986。

53　許多學者也都注意到列維納斯以「爆發」的方式呈現「責任的誕生」：杜
　　小眞指出，列維納斯的「全部形而上學建立在『無限』的經驗之上，這種
　　經驗是純粹的，或者說其中並沒有觀念，它引起『有限』的爆發……」

體裡面爆發開來，有如混沌初生時的大爆炸，宇宙於是開始無限
地向外擴展，無窮無盡直到永遠。

（55-56）；許麗萍說：「我處在他者目光的逼迫之下，身上突然爆發一種
責任意識，強烈地感覺到我對他者附有無限的責任」（187）。科恩也指
出，列維納斯「把重點放在道德高度施加在自我的道德感知的非對稱反彈
力……他的目的在於說明基進倫理異己（alterity）（他者的道德力量）對
於主體造成的震驚和內爆」（Cohen 150）。

54 史詩以優雅宏偉的寫作風格歌詠出生高貴的英雄人物，以及他們冒險犯難
的事蹟，在敘述各個英雄軼事中，同時會涉及國家或民族的建立和輝煌的
歷史。

55 在許多國家的創世神話裡，動物常直接或間接扮演和人類生育有關的角
色：按照基督教聖經的記載，人類開始繁延子嗣是由一條蛇促成的。希
伯來文化的創世神話大致上也是如此記載，伊斯蘭《可蘭經》的記載也
大致雷同，相異之處，就是並沒有特別指出引誘阿丹（Adam）和好娃
（Eve）墮落的易卜劣廝（Iblis）是一條蛇。但在其他伊斯蘭經典裡，按
照彼得·歐恩（Peter Awn），威廉·彼曼（William Beeman），和郭登·
紐比（Gordon Newby）三位學者的觀察，易卜劣廝和一條蛇（或是一隻孔
雀）共謀誘騙人類祖先吃禁果（或麥穀）；在波斯神話中，魔鬼（divs）
被描繪成「皮膚黝黑，口長獠牙，頭上長角，全身長滿腫瘤的怪物」
（Daniel Engber, 2005. "What's the Muslim Satan Like?" 10 July 2007 <http://
www. slate.com/id/2132353/>）。印度的梵天，是創造宇宙萬物（當然包
含人類）的神，他的誕生也和蛇有關：「宇宙的守護者毘紐天躺臥在漂浮
於宇宙海的千頭蛇身上，正在冥想世界。這時，從其肚臍生出一朵金色
蓮花，創造新宇宙的梵天就在花中誕生了」（蕭淑君譯，《佛陀：照耀
眾生的世界之光》，Jean Boisselier著。台北：時報，1997年。頁13）。
埃及的太陽神拉（Ra），滴淚造人，具有人形身軀，但長著鷹隼的頭顱
（Raymond Faulkner , trans. *The Egyptian Book of the Dead.* San Francisco,
CA: Chronicle, 1994. p.175）。締造羅馬的兩孿生兄弟羅慕勒斯（Romulus）
和雷摩斯（Remus）嬰兒時期是由一頭母狼哺奶養育。中國的女媧，「古

　　我回應他者的呼喚，向他者趨近，建立絕對的倫理責任，而這責任滿溢出我，從我內部爆發開來。這種由主體內部自發性的爆炸，不管是處女懷孕的生產，還是大法師驅魔的過程，我們不難感覺到有一股滿溢出我們想像的力量運行其間。那是一種邪魔和神聖之間，死亡和生命之間，人類和動物之間曖昧的翻轉。整個生產／驅魔的過程，我們接下來將以《塔木德》的一則故事放在列維納斯的倫理哲學脈絡中來加以闡述倫理他者和動物可能的關係。

四、死了一頭動物以後

　　　一個人幾乎得是一頭牛。

　　　　　　　　　　──尼采，《論道德的起源》（8）

　　猶太解放運動（Jewish Emancipation）肇始於18世紀末的法

之神聖女，化萬物者也」（許慎 617），摶土造人，具有「蛇身人面」的形體。《蒙古祕史》記載：「當初元朝人的祖，是天生一個蒼色的狼，與一個慘白色的鹿相配了，同渡過騰吉思名字的水來，到於斡難名字的河源頭，不兒罕名字的山前住著，產了一個人，名字喚作巴塔赤罕」（qtd. in姜戎，《狼圖騰》。台北：風雲時代，2005年。頁133）。《西洋神名事典》的〈序言〉裡指出，美洲原住民休倫族（Huron）的神話中，「就有蝦蟆從海地帶著泥土上岸，之後這泥土就轉化成了宇宙天地。在其他部族的神話中，則還有由小鸊鷉或海龜等等各類鳥獸潛入海中帶泥上岸來的故事」（鄭銘得譯，《西洋神名事典》。山北篤監修。台北：聖典，2004年。頁1）。

國，於十九世紀中葉擴展到歐陸各國，積極廢除歧視猶太人的法律，爭取猶太人在政治經濟社會各個層面享有其他公民相同的權益。在文化方面，猶太學者自解放運動以來長期的策略一向是將猶太傳統融入西方人文主義思想，主張兩者水乳交融，並行不悖，都具備全人類倫理圭臬的普世價值。但在列維納斯之前，猶太學者只將《塔木德》當作是先知預言的經典，只有對猶太人才有意義。例如馬丁・布伯（Martin Buber）雖然致力發揚猶太文化，卻認為「《塔木德》並非重新挖掘猶太傳統價值的起點。裡頭似乎都是些雞毛蒜皮的討論，大部分都只是和猶太人有關的法令……不具備普世倫理意義」。[56]列維納斯卻不做如此想。他反其道而行，以猶太傳統為思想源頭，不遺餘力批判西方人文主義。從1957年開始，猶太人世界代表大會法國分會每年在巴黎舉辦一次猶太學者研討會。1963年，當年大會主題訂為「寬恕」，列維納斯受邀參加發表演講。他選擇《塔木德》〈贖罪篇〉（"Tractate Yoma"）其中兩則故事（85a和85b）來談論猶太傳統對於「寬恕」的看法。本篇論文討論的重點集中在第一則故事。故事全文如下：

　　一天，拉夫（Rab）與屠夫發生了爭論。屠夫沒在贖罪

---

[56] Annette Aronowicz, "Jewish Education in the Thought of Emmanuel Levinas." *Abiding Challenges: Research Perspectives on Jewish Education: Studies in Memory of Mordechai Bar-Lev.* Ed. Yisrael Rich, Michael Rosenak, and Mordekhai Bar-Lev. London: Freund, 1999. p.80.

日前夜來找他贖罪。於是拉夫說，「我要親自到他那兒去撫慰他」。（在路途中）拉夫‧霍拿（Rab Huna）遇到拉夫。他問拉夫說：「老師，去哪兒？」拉夫回答說，「同某人和解。」於是拉夫‧霍拿說：「阿巴（Abba）要去殺人了」。拉夫還是去了屠夫那兒。只見屠夫坐著，錘打著牛的頭。屠夫抬起眼睛看到他，他對著他說：「走開，阿巴，我和你沒什麼共同之處。」由於屠夫錘打著牲口的頭，一塊骨頭鬆開來，嵌入他的喉部，殺死了他。（1990b: 13）[57]

屠夫需要在贖罪日找拉夫和解，是根據〈密西拿〉（*Mishna*）[58]上記載的訓誨：「人冒犯上帝之過錯在贖罪日能得到寬恕；人冒犯別人的過錯在贖罪日卻得不到寬恕，假如他事先還沒有去撫慰別人的話」（1990b: 13），因此列維納斯據此推斷拉夫主動尋求和解的動機：「拉夫認為，為了觸犯者著想，這是他的責任促使屠夫要求寬恕，並決定去找侮辱他的屠夫……拉夫親自動身前往，為了激起屠夫的良知危機。這個任務談何容易」（1990b: 22-23）。而這項任務的困難度在於人和人之間存在著高下等級的差異，美意的溝通卻不一定得到良言的回報和圓滿的解決，也有可能釀成悲劇。列維納斯解釋說：

屠夫抬起眼睛再一次侮辱謙卑地來到他面前的人。「走開，阿巴，我和你沒什麼共同之處。」此話精確得讓人驚

---

[57] 譯文參考關寶艷翻譯的《塔木德四講》。

訝，而且強調出這個情況其中一個基本面向。人性是由許多
世界所組成，分散在不同層面；這些世界相互封閉，因為它
們的高度參差不齊。人類還沒有形成一種人性。由於屠夫嚴
謹地保持在他的層面上，他繼續錘打著頭顱；突然一片骨頭
從頭顱鬆開來，殺死了他。這個故事當然不是要告訴我們某
個奇蹟，而是發生在人性自我閉鎖的系統內的死亡。故事也
想要告訴我們，在人性尚未均衡發展時，「純粹」擁有殺戮
的能力；還有，因為拉夫對於他者的人性過度早熟的自信，
所應承擔責任的巨大罪孽。（1990b: 23）

在檢驗列維納斯的看法前，我們必須先瞭解屠夫和拉夫的關係，
才能比較清楚兩人之間到底有沒有「什麼共同之處」。以現代眼
光去評判這個屠夫，就有如以古代價值觀去看待今日影視藝人，
會產生先入為主的偏頗判斷（雖然這種因為認知差異而導致的刻
板稼接印象，恐怕是不同文化接觸之間十分難以避免的問題）。
故事裡的屠夫，更為精確的稱呼，應該是潔淨屠夫（kosher

---

58 〈密西拿〉是「最古老的權威性猶太族口傳律法彙編，補充了《舊約》中
的成文法。由許多學者在兩個世紀內陸續編纂，最後於三世紀由猶太親王
猶大‧哈－納西完成。後來巴勒斯坦和巴比倫尼亞的學者所作的注解成了
革馬拉；〈密西拿〉（Mishna）和〈革馬拉〉（Gemara）通常就形成了
猶太法典《塔木德》。〈密西拿〉有六個主要部分：日常祈禱和農業、
安息日及其他宗教儀式、婚姻生活、民法與刑法、耶路撒冷聖殿、儀式
的淨化」，見《大英簡明百科》，1 Sept. 2007 <http://sc.hrd.gov.tw/ebintra/
Content.asp? ContentID=15402>。

butcher），一來身為猶太人，二來以宰殺生靈謀生，在對猶太傳統不熟悉的西方世界裡，往往會被貼上邪惡陰暗恐怖冷血的標籤。譬如說倫敦開膛手傑克（Jack the Ripper）不僅被描繪成具有顯著希伯來特徵，而且許多人還一口咬定他絕對是個潔淨屠夫，「按照《塔木德》的政令來殺戮妓女……因為〔我們〕英國人不可能會犯下如此恐怖的罪行」。[59]就算是熟習猶太傳統的人士，一旦巴比倫學者拉夫和潔淨屠夫有所爭執時，也難免先入為主地偏袒拉夫：雖然「經文並沒有告訴我們誰是誰非，」列維納斯指出，「但所有的評論者都一致同意拉夫是對的」（1990b: 22）。事無論大小，人不分貴賤，不管是口角爭執或是血腥謀殺，首先被指控的永遠是潔淨屠夫。難道他真得如此不堪嗎？

事實並非如此。潔淨屠夫對猶太人而言其重要性應該不亞於拉比。猶太人在日常飲食上面有十分嚴謹的規定。他們食用的肉類必須是潔淨屠夫按照一定的宰殺處理程序，方能食用。潔淨動物的宰殺過程等同於一種猶太儀式，是維繫猶太社區人心相當重要的精神支柱。筑謝·尤瑟夫·布列齊拉比（Rabbi Zushe Yosef Blech）慎重其事地提醒他的子民：「維持潔淨動物的宰殺儀式一直都是每一個猶太社區當地的拉比最重要的職責之一。即使我們的敵人都知道它的重要性。要摧毀猶太社區通常都會把該項潔淨宰殺列入最先禁止的宗教儀式內」（2007: 1）。由此我們可

---

[59] qtd. in Carol Margaret Davison, "Blood Brothers: Dracula and Jack the Ripper." *Bram Stoker's Dracula: Sucking Through the Century, 1897-1997.* Ed. Carol Margaret Davison and Paul Simpson-Housley. Toronto: Dundurn, 1997. p.154.

以看得出來潔淨動物的宰殺儀式是如何爲猶太社區所看重。執行
這項不是一般人所能勝任的工作的，就是潔淨屠夫。潔淨屠夫有
個專門的稱呼，叫做Shochet，必須是博學虔誠的猶太人，熟稔
猶太律法，精通舊約聖經倫理規範，並經過在潔淨食物處理的長
期訓練通過考試，才能合法執業。一般也暱稱從事這項職業的人
爲Shomer Shabbos，意思是「奉行安息日儀典的人」，因爲奉行
安息日儀典在傳統上被視爲猶太人凜遵猶太律法崇尚猶太價值的
重要指標。[60]宰殺動物處理過程要求十分嚴格，[61]只要有一點小
小的疏忽沒有遵照規定處理，那頭牲口就不成爲潔淨食物，而變
成「腐屍」（"N'veilah"; carrion），絕對不能食用。任何和潔淨
動物宰殺有關的事項，都得經過猶太教士拉比（rabbi）在場監
督和指導，[62]嚴格掌控所有屠宰過程。在平日屠夫得和教士經常

---

[60] Zushe Yosef Blech, *Kosher Food Production.* Ames, IA: Blackwell, 2004.
p.191n24.

[61] 每個步驟每項動作甚至連潔淨屠夫的心理狀態都有一定的規範和遵行法
則，包羅萬象鉅細靡遺。譬如在操刀上就有五項規定：（1）不能遲疑；
（2）只能在頸部下刀；（3）不能砍剁；（4）頸部必須除毛；（5）宰殺
必須用刀（Blech 2004: 191-92）。

[62] 莫尼卡‧格呂伯（Monika Grübel）在《猶太教》（*Judaism: An Illustrated
Historical Overview.* New York: Barron's, 1997.）裡指出，按照猶太傳統的記
載，拉比會在場祝禱並監督整個潔淨屠宰過程，並在事後檢驗被宰殺的動
物，認定其是否有資格成爲潔淨肉品（p.123；cf. Vicki L Weber and Douglas
Weber, *The Rhythm of Jewish Time: An Introduction to Holidays and Life-Cycle
Events. West Orange,* NJ: Behrman, 1999.p.154）。布列齊拉比則認爲屠宰和
檢驗可以由同一人執行（2004: 194n34），有個特別的稱呼，叫做Shochet
u'Bo'dek。

保持接觸，以便隨時修正處理動物的指導方針。由此我們不難知道，潔淨屠夫在猶太社區裡保有相當特殊的崇高地位；他不僅僅只是個宰殺牲口販賣肉品的商人而已。艾撒克・科萊恩（Isaac Klein）指出，潔淨屠夫「是處理潔淨動物這項宗教制度的守護者。他擁有社區民眾的信任，因為都需要仰賴他販賣百分百的潔淨肉品。因此，他不但要值得信賴，謹守宗教典章制度，還得具備足夠的知識和技術，在把肉類出售給消費者之前，有能力按照猶太律法和常規來調理潔淨肉類」。[63]所以當我們聽到哈佛大學歷史教授羅伊・摩塔黑德（Roy Mottahedeh）說，「一個人的猶太拉比只不過是另一個人的潔淨屠夫」[64]時，我們不會覺得他拿屠夫對照拉比有何不敬之處，而事實上情況也幾乎是如此。在索瑞・勒伯和芭芭拉・卡登（Sorel Loeb and Barbara Kadden）合著的《教導托拉》（*Teaching Torah*）裡，就建議讀者，假如你想要瞭解潔淨食物是怎麼一回事，你最好「邀請拉比、潔淨屠夫、或是這方面知識淵博的專家來跟你談談」。[65]雪莉・羅森保（Shelley Rosenberg）也提到，在曼哈頓的猶太移民，「雖然許多已不像在歐洲那麼遵守宗教規範，但拉比、潔淨屠夫和他們可

---

[63] Isaac Klein, *A Guide to Jewish Religious Practice.* New York: Jewish Theological Seminary of America: Ktav, 1979. p.348. cf. David Rothstein, *Drawn to Jesus: The Journey of a Jewish Artist.* San Francisco: Purple Pomegranate, 2000. p.1.

[64] Michael Cromartie, "Islam: A Primer: A Conversation with Roy Mottahedeh and Jay Tolson." *Religion, Culture, and International Conflict: A Conversation.* Lanham, MD: Rowman & Littlefield, 2005. p.54.

[65] Loeb, Sorel Goldberg, and Barbara Binder Kadden. *Teaching Torah.* Denver, CO: A.R.E. P, 1997. p.54.

以去做崇拜的猶太教堂仍是必要的」。[66]拉比、潔淨屠夫和猶太教堂並不因時代的久遠而減低他們的重要性。

當然，猶太拉比和潔淨屠夫雖然不是到達完全無分軒輊的程度，但是在很多方面幾乎都可以相提並論。那為什麼屠夫會對拉夫說：「我和你沒什麼共同之處」呢？是因為如列維納斯所說，兩人完全無法溝通是肇因於所處不同的水平嗎？就兩人所處相對位置而言，故事中字裡行間的確顯示拉夫和屠夫分屬於不同層面。由於「屠夫抬起眼睛看到他」（"Il leva les yeux et le vit" [2005: 30]），不管屠夫或蹲或站，我們都可以推測他「抬起」的動作早已顯示他是從較低的位置朝向一個較高的位置。當然，我們也不能排除屠夫對拉夫的造訪不以為然，因為可能他只是眼珠往上抬起來直視拉夫，而頭連動都沒動。但不管如何，這兩種狀況都顯示屠夫視線由下往上的動作，就當時所處的場景，拉夫的確比屠夫要來的高。換句話說，拉夫如同來自高處的他者，主動向低下的屠夫趨近，謙卑地要求屠夫給予他一個讓他可以寬恕屠夫的機會。但是屠夫不願意敞開他的胸襟，緊緊將自己囚困在自他的牢籠裡，瑟縮在屬於自己那個層面的世界裡，完全無法也沒有能力和外界溝通。猶太拉比／他者被摒除在il y a的悲慘世界之外，不得其門而入。[67]

---

[66] Shelley Kapnek Rosenberg, *Challenge and Change: Civil War Through the Rise of Zionism*. Springfield, NJ: Behrman, 2005. p.40.

[67] 這是綜合以下幾位學者共同的看法：Aronowicz（80-84），Glejzer （134），Morgan（459），Neusner（2000: 245）；他們的看法或多或少都不超出列維納斯有關水平高下的見解。

　　這樣的解讀雖然看似符合列維納斯倫理哲學裡墮落的我和高處的他者之間的關係，但是卻忽略了一項關鍵要素，那就是，拉夫不可能是倫理他者。空間的方位配置的確顯示拉夫比屠夫來得高，但不見得代表在所有意義上都要來得高。在列維納斯的詮釋裡，只有強調兩人之間水平的差距，但並沒有特別指明哪一個身居倫理高處，我們沒有任何理由相信屠夫必定道德低落需要贖罪，如同列維納斯在解讀故事之初就提醒我們的，「經文並沒有告訴我們誰是誰非」（1990b: 22）。再者，列維納斯還認為，因為拉夫對於「他者的人性」（"l'humanité de l'Autre" [2005: 51]）過度早熟的自信，必須對屠夫的意外死亡承擔「責任的巨大罪孽」。我們現在先不考慮「他者」所指為何，但可以肯定的是，按照列維納斯的詮釋，拉夫和屠夫都是在「人性」這樣一個概念裡分屬高度參差不齊不同層面的迥異世界。列維納斯其實並沒有把討論重點放在追究誰是誰非誰高誰低的問題上，但是卻依據屠夫意外的死亡，強烈暗示犯了罪而需要贖罪的人其實是拉夫。拉夫最大的罪愆在於過度早熟的自信。理查・格雷徹（Richard R. Glejzer）認為，拉夫雖然主動接近他人，但因為他的「自信」其實是嫁接在「同一」上，因此「無可避免地導致悲劇的發生。拉夫是什麼人，怎能將自己設定在無限絕對他者的位置而去趨近他人呢？」。[68]對列維納斯而言，自信是構成自

68 Richard R Glejzer,"Reading Talmud: Levinas and the Possibility of Rhetoric." *Rhetorical Agendas: Political, Ethical, Spiritual.* Ed. Patricia Bizzell. New York: Routledge, 2005. p.134.

我掠奪世界不可或缺的條件。「需求（need）打開一個爲我的世界……是自我本位主義，是自我認同最原初的形式。以自信的觀點消化所在的世界」（1996: 51）。這是一種赫丘力斯的自信，攻城掠地，屠戮生靈，雖然在爭戰時，「戰士冒險患難，沒有任何運算推演可以保證勝利」，但是決定戰爭的成敗，列維納斯說，不在於算計，而在於「對自己極度自信所能到達的極限」（1969: 223）。拉比自信是正義的化身，手握寬恕的權柄，卻成爲肇禍的元兇。[69]

　　善意的企圖變成肇禍的元兇，而聖潔的拉比變成手染血跡的罪人。列維納斯精確無比的指出，拉比主動去找屠夫，被冒犯者去尋求冒犯者，是「義務的翻轉」（"Retournement d'obligation" [2005: 50]）。事實上，整篇故事完全奠基在翻轉的結構上。學生變成老師（身爲門徒的拉夫‧霍拿以先知的口吻警告身爲拉比的拉夫），[70]止息紛爭反而引起流血悲劇，和解變成殺人，而操刀屠宰動物的屠夫反而被一向是刀下魂俎上肉的動物所殺。假如身爲人類如拉比和屠夫如此相近的階層都因水平不同無法溝通，

---

[69] 娜奧米‧夏納（Naomi Chana）在網路哲學討論版上表示，拉夫雖然主動去找屠夫，但屠夫正在剁開牛的頭顱，他的舉動大大干擾屠夫手邊正在進行的工作；因爲屠夫無法專心，注意力被轉移，以致於釀成悲劇。見Naomi Chana, 2003. "Disciples of Aaron." 9 July 2007. <http://www. baraita.net/blog/archives/2003_03.html>.

[70] 列維納斯說：「拉夫‧霍拿深信，屠夫不會因拉夫的舉措而受到感動；相反，拉夫的舉措會使屠夫的過失加重。對道德過度的（excessive）敏感會變成死亡的原因」（2005: 23）。

那屠夫和這頭非人類動物更應該是完全「沒什麼共同之處」。屠夫對於拉夫的拒絕，是超越職業宗教社會文化種族物種等等所有層面的否定，一種絕對的無法逆轉的否定，一種不是肯定的相反的否定，用來肯定說話者是完全不可能被吸納同化消融到另一個層面的事實。活生生的人類和死翹翹的動物，生命和死亡，高貴的生命和黑暗的死亡，何來共同之處？「每一個他者都是完全不同的他者」（Derrida 1995a: 82）。[71]列維納斯本篇講稿題名〈朝向他者〉（"Envers Autrui" [2005: 31]）並非毫無道理，因為身為罪人的拉夫所朝向的他者，正是這頭被當成牲祭宰殺的動物。

但我們怎麼知道這頭動物已經死亡呢？讓我們先來瞭解潔淨動物的宰殺處理過程。對猶太人而言，這並非一般的牲口屠宰，而是融入他們宗教信仰的儀式，最重要遵守的原則就是不讓動物受苦，[72]許多宰殺規定繁文縟節，都是為此而設。唐諾・麥尼爾（Donald McNeil）告訴我們：「根據猶太律法，動物假使在被宰殺之前就被擊昏，就喪失潔淨動物的資格」（McNeil），也因此屠夫需要用最快速最有效率而且最人道的方式進行宰殺。布列齊拉比所著的《潔淨食物的生產和製造》（*Kosher Food*

---

[71] Jacques Derrida, *The Gift of Death*. Trans. David Wills. Chicago: U of Chicago P, 1995a. p.82.

[72] 近年來動保團體大力抨擊潔淨屠宰動物的種種不人道行徑，其中最大的質疑之一，就是往往屠夫割斷動物喉管之後，動物還是具有知覺，詳情請參閱McNeil, Ronald G, Jr. 2006."Inquiry Finds Lax Federal Inspections at Kosher Meat Plant." New York Times. 10 Mar.2006。因為此處說明的重點在於規定的屠宰過程，至於屠夫是否按照規定進行宰殺，宰殺過程是否人道，在此不做討論。

Production）（2004）就提到，屠夫要使用鋒利毫無裂口刮痕的宰殺刀，以迅速俐落的動作[73]一刀就切開動物的喉管、食道、頸部大動脈和喉部靜脈，以便讓裡面血液在最短時間內流乾淨，確保動物沒有感覺到痛苦（2004: 190; cf. Grübel 123）。[74]國際知名猶太教學者雅各‧紐斯納（Jacob Neusner）也指出：「假如在宰殺儀式過程中，動物晃動它的頸部，那該動物就不成潔淨，因為那已破壞平穩流暢的下刀。確保動物不會掙扎亂動誠屬不易，但猶太律法嚴禁在屠殺動物將之擊昏」。[75]據此我們可以推測，屠夫在「錘打」（"martelait" [2005: 30]）牛頭的動作，應該不是在宰殺牛隻之前用力將牠擊昏，而是已完成所有潔淨宰殺程序，正在處理牛的頭顱。相對於列維納斯的譯文，紐斯納在此翻譯成「剁開一頭動物的頭顱」（"chopping up a beast's head"）[76]，更

---

[73] 也有主張可以連續來回的動作操刀，來回切割的次數沒有一定限制，但切割動作必須是一次完成，中間不能有任何停頓（Blech 2004: 191n23）。

[74] Terry Gips, 2007."Eco-Kosher: Can I Care about the Earth and Still Eat My Lox, Bagels and Cream Cheese?"27 Aug. 2007 <http://www.mtn.org/iasa/kosher.htm>；Ian MacLachlan, *Kill and Chill: Restructuring Canada's Beef Commodity Chain.* Toronto: U of Toronto P, 2001. p.179-180，Nathaniel Hoffman, 2007."Dead's Not Always Just Dead." 6 Aug. 2007 <http://lowbagger.org/notalwaysdead.html>。

[75] Jacob Neusner, *Formative Judaism: History, Hermeneutics, Law and Religion. Binghamton,* NY: Global, 2000. p.2.

[76] Jacob Neusner and Noam Mordecai Menahem Neusner, *The Book of Jewish Wisdom: The Talmud of the Well-considered Life.* New York: Continuum, 1996. p.205.

清楚表達在故事中，動物早已死亡的事實。

誠如列維納斯所說：「人性是由許多世界所組成，分散在不同層面；這些世界相互封閉，因爲它們的高度參差不齊。人類還沒有形成一種人性」。既然人和人之間的世界都還相互封閉無法交流，那人類和動物之間更不可能產生任何聯繫溝通，更何況是頭死掉的動物。活生生的人類和死翹翹的動物，生命和死亡，高貴的生命和黑暗的死亡，往上攀升趨向上帝的生命和往下墜落投入深淵的死亡，假如沒有共通之處，或是說，假如沒有任何可能建立任何關係，那拉夫「朝向他者」的確如列維納斯所說：「這個任務談何容易」。這個任務之所以不容易，並不在於拉夫主動趨近屠夫，而是人類趨近動物，生命趨近死亡所產生的「非對稱性關係」（asymmetrical relation）。假如拉夫所朝向的他者，是這頭在潔淨儀式中被宰殺的動物，那動物他者豈不和上帝他者兩相混淆了嗎？介於拉夫和屠夫這兩者之間的這頭死去的動物，到底扮演哪種角色？

五、動物・面貌・上帝

> 寓言故事內的動物不只是代表道德，但同時也透過他們的肉體存在，更加豐要表達的意念。
>
> ——列維納斯，《列維納斯讀本》（146）

假使世上任何動物都是以呼吸與否來判定其生命跡象，那人類生命的源頭就應該開始於上帝「把生命的氣吹進他的鼻孔，他

就成爲有生命的人」（〈創世紀〉2:7）。他的肺因爲被上帝的
氣息充滿而絕對被動地鼓漲起來，但隨即主動積極地壓縮肺部將
廢氣從鼻孔排出體外，他的肺開始自動縮張開闔，他的呼吸緊鄰
著上帝的呼吸，他和上帝呼吸著同樣的空氣，他呼出的氣體，以
及上帝呼出的氣體，一起混合著周遭的空氣，他的氣息，上帝的
氣息，包圍著他們，進出著他們。然後他再吸一口氣，將這些氣
體毫無分別地吸入體內。列維納斯指出，一呼一吸之間，呼吸就
是將自己向他者開放，確立「爲他者」的倫理信念：「呼吸是一
種開展式的超越。呼吸在和他者的關係上，在和鄰居的昵鄰上，
揭示所有的意義」（1997: 181），[77]包含生之意義，也當然還有
死之可能。因此他緊接著提出一項奇特的疑慮：

　　將呼氣和吸氣分隔開來，稍縱即逝的那一瞬間，難道不就
　是屬於動物性嗎？動物性會是超越本質的開展嗎？但是**或許**
　動物性僅僅是靈魂呼吸太過短促。在人類的呼吸，在每日的
　呼吸中，或許我們已經聽過靈氣會終止呼吸癱瘓本質……吸
　氣早就已經是最後呼出的一口氣，將「靈魂撕裂」！那是最
　長最久的氣息，也就是精魄（spirit）。人類難道不是在所
　有活物中呼吸氣息最長的嗎？（1997: 181筆者粗體）

列維納斯用呼吸（上帝的靈氣）來比較人類和動物的差別：前者

---

[77] 列維納斯爲此新鑄造了一個新的名詞，稱做「靈氣論」（pneumatism）。
　　希臘字pneuma原意爲「風、氣、靈」，引伸爲「靈魂和精魄」（OED）。

呼吸悠遠綿長，而後者呼吸急促短密。人類的吸氣，從上帝口中吸取過來的那口氣，可以達到永恆的絕對吸納，而不用再呼出來。列維納斯表示，以色列的聖者曾提到，「摩西在上帝的親吻中棄絕他的靈魂。依上帝的命令就死，用希伯來文表示，就是『在上帝口中』」（1997: 200n1）。用最絕對的方式將氣息不斷地吸入體內——用親吻上帝的方式——就是「按照上帝命令的死亡，在被動和順從中的死亡，在為了他者（other）而朝向他者（Other）的吸入靈氣（inspiration）中死亡」（ibid.）。兩相比較，動物的呼吸就顯得太過短促，短促到只能吸納微乎其微的靈氣，短促到接近死亡的邊緣。在不是吸也不是呼的那一瞬間，在生命中完全脫離上帝的靈氣而趨近極短暫死亡的瞬間，被歸屬於動物性。人類的呼吸可以長久到不再呼吸而死亡，而動物的呼吸可以短促到不能再呼吸而死亡；死亡是極大的痛苦或是極樂的祝福，如同魔嬰翻轉成聖胎的模稜兩可狀態，我們不得而知，也難以確定，但列維納斯再度以讓人困惑的口氣說：「動物性會是超越本質的開展嗎？」（"L'animalité serait-elle l'ouverture sur l'au-delà—de l'essence?" [1978: 278]）。在吸進來和呼出去之間，「是永恆的承諾」[78]嗎？動物性和無限性，有「什麼共同之處」嗎？

　　假如動物性是超越本質的開展，假如我們需要純粹的動物爆發力作為通往無限的開口，假如從拉夫「過度早熟的自信」裡爆

---

[78] Fred C Alford, *Levinas, the Frankfurt School and Psychoanalysis.* Middletown, CT: Wesleyan UP, 2002. p.46.

破開來的是「責任的巨大罪孽」和具有殺戮能力的純粹性，那拉夫所「朝向的他者」，到底擁有什麼面貌呢？或者說，擁有這樣面貌的，是怎樣的他者呢？列維納斯說，「他人用以表現自己的方式超出了『我之中的他人』的概念，我稱之為面貌。這種方式不在於把我注視的他人顯示為主體，也不在於去陳列構成形象的所有特色。他人的面貌隨時摧毀並滿溢出它給我們留下的可塑形象」（1969: 50-51）。[79]可塑的形象，也就是面具：「印跡消失在印跡當中，比空無還要少〔的東西〕，〔存在於〕滿溢的印跡中，但總是曖昧隱晦（自身的印跡，可能是一副面具，在虛空中……）」（1997: 93）。我面對面注視著他者的面貌，聆聽他的呼喊／命令／哀求，一旦我理解了，聽懂了，捕捉到了他者的意涵，看懂他者的面貌，面貌早已退隱，只留下僵硬刻板的面具，如同面貌被謀殺後遺留下來僵硬冰冷的屍身。在〈贖罪篇85a〉裡的那頭牛，那隻只剩下頭顱被強調凸顯的牛，柔弱無能孤苦無依，但同時占據著超越理智的死亡畛域，展現出面貌雙重矛盾的面向。人類不可能和動物面對面進行溝通，就如同人類不可能和上帝面對面交談一樣。屠夫有如動物面貌外顯的面具，以人類的型態出現，以拒絕和解撫慰平息的抗拒姿態，他對他說（"Il lui dit" [2005: 30]）：「走開，阿巴，我和你沒什麼共同之處」，混淆的男性第三人稱單數代名詞，以決斷的口吻回應拉夫「同某人和解」（"Me réconcilier avec un tel" [2005: 30]）的意圖。屠夫從故事一開始的具體形象，變身為無名無姓無職業無身

---

[79] 此處譯文參考杜小真的翻譯。

份的「某人」，再翻轉成和拉夫難以分辨相同指涉的「他」，彷彿這些對話，這些發生的事件，都是同一個人內心的獨白，自感性對我絕對的否定。但是「爲了他者的這一位，只有在有血有肉的存在之間才有意義」（1997: 74），所以屠夫最終必須再度以具體的形象出現，只是爲了具現面具撕裂的開展，和不可避免的內爆。那塊骨頭碎片，從動物的頭顱鬆脫開來，直接強行插入屠夫的喉管（"s'enfonça dans sa gorge" [2005: 30]），屠夫的「主體被獻爲牲祭（immolé）」（1978: 171），如同在潔淨儀式裡被宰殺的動物，被一刀迅速劃開喉管當場斃命。紐斯納指出，這是「在《塔木德》裡面不常看到類似的事件，即超自然的力量」（1996: 245）。或許我們可以說，這是完全無法瞭解的情況，正是無意義滿溢出有意義的現象，也是神聖邂逅卑穢，上帝邂逅動物所帶來意義的消散。列維納斯說，上帝不僅是「第一個他者」，「絕對的他者」，更是「異於他者」（"autre qu'autrui"），「超越到可能和il y a的悸動相互混淆的顛峰」（1987: 165-66）。雖然羔羊自我獻上祭壇，洗淨眾人的罪孽，並呼喚眾人犧牲奉獻的精神，但我們無意聲稱這頭被宰殺的牛犢扮演和耶穌同樣的角色，而是動物作爲il y a的具體化身，在這一則《塔木德》故事裡，似乎展現了「相互混淆的顛峰」。

　　紐斯納還告訴我們這個故事的教訓：「假如我們不按照〈密西拿〉所說的去做，會發生什麼事？答案是，上帝看管所有萬事萬物……因此，假如我們不做我們該做的，那就會有嚴重的後果」（1996: 247）。換句話說，假如我們不在贖罪日之前和人和解，那上帝就會施以嚴厲的懲罰。紐斯納「神必懲罰」的宗教

態度，卻是列維納斯大聲疾呼我們需要迴避的解經方式。雖然針對屠夫的意外死亡，他只是輕描淡寫的說，「這個故事當然不是要告訴我們某個奇蹟」（1990b: 23），但在其他著作或公開場合裡，他常「對宗教顯然是從熱心和神聖（the Sacred）發展出來的說法，予以駁斥」，[80]並稱這種只考慮神而不關懷人的宗教信仰為「無法掌控的滿溢」（1990a: 14）。[81]關寶艷指出，列維納斯「在《塔木德四講》的許多地方講到了神或上帝……他盡量在神的問題上留白，認為上帝是『哲學上最難懂的概念』，但是他堅信『對於哲學家來說，憑藉《塔木德》文本所描述的人的一些倫理狀況，或可澄清這一概念』」（xx）。我們無法確定動物的動物性和上帝的神聖性是否可相提並論，也不知道動物的面貌和上帝的面貌有「什麼共同之處」，但我們可以確定的是，上帝和動物（長期以來被滿盈鼓漲的意義淘空殆盡的兩個字眼）是列維納斯迴避直接討論的概念。列維納斯對於動物是否有面貌猶疑不決，就如同他迴避對上帝直接的論述。他不談「神聖」（the

---

80 Emmanuel Levinas, *Difficult Freedom: Essays on Judaism.* Trans. Seán Hand. Baltimore: Athlone, 1990a. p.14.

81 列維納斯雖然言語隱晦，但此處的「滿溢」應可從「邪惡」的角度來理解。在〈超越與邪惡〉（"Transcendence and Evil"）裡，列維納斯將邪惡從現象學的角度分成三大類：「邪惡之為滿溢」，「邪惡之為意圖」，「邪惡的仇視或恐怖」（Richard J Bernstein, "Evil and the Temptation of Theodicy." Critchley, Ed. 2002.p.260）。邪惡並非慘無人道的酷刑或是無法忍受的痛苦，邪惡是「我們所完全無法體會理解；邪惡無法被任何系統整合」（ibid.），因為「邪惡是一種在其本質上的滿溢」（1987: 180）。

sacred），只談「聖人的特質」（saintliness），因為上帝只有在人與人之間才有其意義（1988: 172）。他也曾如此說過：「我並不想用上帝來確定任何東西，因為我只知道人類。我是通過人與人之間的關係確定上帝，而不是顛倒過來。上帝的概念──上帝知道，我並不與之對立！但是，當我必須說點有關上帝什麼的時候，我總是從人的關係出發的。難以接受的抽象化，就是上帝；我是用談論與他人關係的術語談論上帝的」（1996: 29）。列維納斯從「人類」觀點談論「上帝」的倫理立場相當一致，早在《整體與無限》裡，他就提議「除了和人的關係，我們無法有任何關於上帝的知識」（1969: 78），也主張「隱而不見但指涉個人的上帝（invisible and personal God）無法在所有人類關係之外被趨近」（1969: 78）。令我們納悶的，其實並不是列維納斯對動物的遲疑態度，而是他這些充滿「人類中心主義」的看法，我們卻不見有人抨擊批判，指控列維納斯的倫理關懷將上帝排除在外。

因此讓我們回到最初讓列維納斯遲疑而飽受攻擊的回答。由於所有問題在訪談之前就先寄送給列維納斯（1988: 168），我們可以想見他應是經過深思熟慮才做如此的答覆。也因此克力斯區恩・狄姆（Christian Diehm）極力為列維納斯辯護，認為列維納斯意識到他一直謹慎地處理我和他者的倫理關係，避免將異己（alterity）定位在簡單的二元對立所產生的差異（difference）上，「避免將那張獨一無二的面貌（the face）用來吸納任何一張面貌（a face），避免將之主題化或概約化」。[82]列維納斯身為人類，研究人類，發展出人類和人類他者的倫理關係，注重個體

的獨特性（singularity），這張面貌和那張面貌必然有所不同，這條蛇和那條蛇的面貌也必然相異，「動物是否有面貌？」的問題，已經先行假設了某種動物性的整體存在，也難怪列維納斯無法針對問題來做出適當的回答。列維納斯說：「他者必須以獨立於他自身特質的方式被接受，假如他要被當成他者的話。假如不是這樣……那我其餘的分析就毫無力道可言了」（qtd. in Diehm 172）。

六、結而不論

葛蘭・凱斯特（Grant Kester）指出，在訪談的過程中，在和他者接觸交流溝通時，在提出問題和接收回答之間流逝的那一剎那，我從封閉的確定和自信中，開始經歷面對自我的軟弱和無能，這是質疑和猶豫的危機，但也是向他者開放的可能，[83]這也就是列維納斯所主張的，和他者的關係「並非另一個對確定的追尋，因為自信常被誤認為是溝通的基礎……溝通的基礎在於不確定（incertitude）」（1996: 92）。列維納斯的遲疑，並非對於他所倡議的倫裡哲學有所不確定，而是十分確定他所不確定的事物，如動物或上帝。他知道他自己不知道，就好像亞爾伯特・卡繆（Albert Camus）說：「我知道我不知道那個意義，我也知道

---

[82] Christian Diehm,. "Natural Disasters." *Eco-Phenomenology: Back to the Earth Itself.* Ed. Charles S. Brown and Ted Toadvine. Albany, NY: SUNY P, 2003. p.172

[83] Grant Kester, 2007. Untitled. 16 Sept. 2007. p.1 <http://moncon. greenmuseum. org/papers/kester1.html>.

現在我不可能有辦法知道」（38）。[84]列維納斯只知道人類，所以他只談人類。至於動物，具備和上帝相當雷同的曖昧性，或許列維納斯只能很誠懇的說，我不知道，「我無法回答這個問題。更細膩的分析是必要的」，因為動物是在我所知道的人類之外。〈詩篇〉104篇曾如此描繪人類和動物的關係：

> 你造月亮以定月份；太陽自知何時西沉。
>
> 你造黑夜，夜幕低垂，林中野獸就都出來。
>
> 少壯的獅子吼叫覓食，尋找上帝所賜的食物。
>
> 太陽一出牠們便躲避，躺臥在洞穴裡。
>
> 人出去操作，勞碌直到晚上。（104: 19-23）

列維納斯認為，「詩篇104篇是有關於統御生物的深奧和諧⋯⋯

---

[84] Albert Camus, *The Myth of Sisyphus: And Other Essays.* New York: Vintage, 1991. p.38。這可能是源自偽戴奧尼斯（Pseudo-Dyonesius）負神學的傳統。聖奧古斯丁說，「當意志放棄高於自我的東西，並轉向低於自我的東西，意志就變成邪惡——並非邪惡使之轉向，而是轉向本身就是邪惡」；但轉向如何產生，是何麼原因會有轉向的可能，聖奧古斯丁回答說：「不要讓人來問我，我所知道我不知道的事」（Augustine, *City of God.* Trans. Marcus Dods. New York: Modern Library, 1994: 12.7）。在蘇格拉底和一個所謂智者談過話後，他說：「我似乎比他聰明了一點點，我不認為我知道我所不知道的」（Plato, *The Last Days of Socrates.* Trans. Hugh Tredennick. New York: Penguin, 2003: 21d）。維根斯坦也說過，「哲學的困難就是只能說我們知道的」（Ludwig Wittgenstein, *The Blue and Brown Books.* 2nd ed. Oxford: Oxford UP, 1969. p.45）。

這是一篇有關於臻至完美世界的詩篇」（1990b: 103）。宇宙天體循環不息，自然規律井然有序。世界萬物芸芸眾生雖然共處在同一個世界，但人類和動物被時間分隔開來，人類屬於白晝，動物屬於黑夜，而兩者之間各自存活，老死不相往來。這就是列維納斯心目中完美和諧在塵世的至善世界。

第九章

列維納斯關於女性的哲學思考

馬琳

一、文獻回顧

在西方哲學巨擘中，伊曼努爾‧列維納斯（Emmanuel Lévinas）是把對女性的思考納入其主要著作的一位少見的哲學家。在《整體與無限》（*Totality and Infinity*）（1961）、《時間與他者》（*Time and the Other*）（1947）、《從存在到存在者》（*Existence and Existents*）（1947）、〈猶太教與女性〉（"Judaism and the Feminine"）、〈於是上帝創造了女人〉（"And God Created Woman"）等著作與文章中，對女性的思考都以不同的篇幅，不同的思考角度與思考深度出現，他對女性的書寫具有多層次、多方面的闡釋可能性。迄今為止，學界針對他關於女性的哲學思想所做的批評比同情式的理解影響較大。

學界一致認為，西蒙‧波娃（Simone de Beauvoir）在其名著《第二性》（*The Second sex*）（1949）序言中的一個注腳是針對列維納斯思想中這一主題所提出的最早評論。在這部著作中，西蒙‧波娃批評西方哲學傳統的男性中心主義，認為它不是依據女性自身所是來對女性加以哲學思考，而是以男性為參照物，按照通常所設想的女性相對於男性而缺乏的資質來界定女性，剝奪了女性的主體地位。對西方哲學家來說，女性不具備本質性與主體地位，她是一種偶然性的、沒有自律存在的客體；相反地，男性則是主體與本質，人就是指男性。男性是絕對的，而女性則是他者（Beauvoir xxii；波伏娃，11）。[1]「自我」，或者說主體，是男性所專有的，而「他者」是一個否定性的貶義詞。在給這些討論所附加的一個注腳中，西蒙‧波娃列舉列維納斯兩

年之前出版的著作《時間與他者》（1947）為明確表達這些傳統西方哲學觀念的最新著作，並且徵引其中關於女性是他者的部分論述，其中，女性被描繪為「絕對地相反的反面，其相反性不在任何形式上被它與它的相對項之間所能建立起來的關係所影響，而是使其相關項保持其絕對的他性」[2]。

西蒙·波娃評論道，我想列維納斯沒有忘記，婦女同樣能感覺到自己的意識或稱自我。引人注意的是他有意地採取男性的立場，而忽視主體與客體的交互性。因此，他以為是對女性的客觀描述，事實上卻成為男性特權的聲明（Beauvoir xxii n3）。對西蒙·波娃來說，列維納斯的哲學構想拘囿於把男性視為主體，把女性視為客體與他者的維護男性特權的傳統父權制思想。

伊希嘉黑（Luce Irigaray）是繼波娃之後對列維納斯關於女性的思想提出尖銳批評的第二位哲學家。她的批評更為深入細緻，主要發表在〈愛撫的繁殖性：讀列維納斯的《整體與無限》IV, B「愛慾現象學」〉（"The Fecundity of the Caress: A Reading of Levinas, *Totality and Infinity,* 'Phenomenology of Eros'"）[3]和

---

[1] Simone de Beauvoir, *The Second Sex*. Trans. H. M. Parshley. New York: Vintage Books, 1989，中譯參見《第二性》（二卷本），西蒙娜·德·波伏娃著，陶鐵柱譯。北京：中國書籍出版社，1998年。

[2] Emmanuel Levinas, *Time and the Other*. Trans. Richard A. Cohen. Pittsburgh: Duquesne University Press. 1987. p.85，以下縮寫為*Time*。

[3] Luce Irigaray, "The Fecundity of the Caress: A Reading of Levinas, *Totality and Infinity,* 'Phenomenology of Eros'." *An Ethics of Sexual Difference*. Trans. Carolyn Burke and Gillian C. Gill. London/New York: Continuum. 2004. pp.154-79.

〈向列維納斯提問：關於愛的神性〉（"Questions to Emmanuel Levinas: On the Divinity of Love"）[4]兩篇影響較廣的文章中[5]，其中第一篇文章採用的是冥想式的寫法，針對列維納斯的《整體與無限》「愛慾現象學」中的文字進行大量的反諷、質問。她的主要論點是：儘管列維納斯稱女性是獨立於男性的他者，然而他沒有把性別差異真正地納入他者哲學。伊希嘉黑提出，列維納斯的哲學話語具有兩個層面，一為現象學，另一為形上學，而他所有關於女性的具有明確性的思考都局限在愛慾現象學的層面，而其形上學則與以特定的哲學範疇和邏輯結構為前提的傳統整體主義哲學一脈相承，最終把女性排除在外。女性只是表像的條件，而無終極的形上學意義。當列維納斯把愛慾（尤其是愛撫現象學）置於父權繁殖性的支配之下時，他對女性的思考退回到由形上學——亦即以男性為主體的哲學建構——所決定的界限之內（Irigaray, "Questions" 113）。概言之，列維納斯的哲學建構開啟了對女性思考的可能性，然而，他自己又封閉了這種可能性，忽視了其著作中某些萌芽中的積極因素。

　　與西蒙・波娃相似，伊希嘉黑批評列維納斯所描繪的女性

---

[4] Luce Irigaray, "Questions to Emmanuel Levinas: On the Divinity of Love." Trans. Margaret Whitford. *Re-Reading Levinas*. Eds. Robert Bernasconi and Simon Critchley. Bloomington and Indianapolis: Indiana University Press, 1991. pp.109-18.

[5] 第一篇文章最初發表於1982年，不久之後收入伊希嘉黑的著作《性別差異的倫理學》（*Éthique de la différence sexuelle,* Paris: Les Editions de Minuit,1984）。

「不是從她與自己的關係角度，而是從男性的角度來理解的。〔列維納斯訴諸〕純粹的愛慾關係，這種關係是由男性的快感所支配的」（109）。伊希嘉黑指出，她使用 l'amante 一詞來表示女性也是愛的主體（un subjet amoreux），而不僅是愛的客體（l'aimée）；女性是行為主動者，而不僅是被動的愛慾對象（115）。對她而言，把女性描繪為僅僅是愛的客體是對女性的貶低。伊希嘉黑認為，在列維納斯的論說中女性被視為被動的客體，她所起的作用是使得男性獲得倫理超越，然而自己卻被遺忘。因此，列維納斯的思想沒有超過西方哲學傳統，沒有在實質意義上把性別差異納入其思考。

與西蒙·波娃不同的是，西蒙·波娃的主要批評點是列維納斯把女性當作相異於男性的他者，此處的他者概念的來源是傳統的自我淩駕於他者之上，主體控制客體的那種最為受人非議的模式，以此為出發點，西蒙·波娃強調女性的主體地位；而伊希嘉黑的批評表面上看起來相反，她認為列維納斯沒有把性別差異真正地納入他者哲學。此處的他者概念顯然是具有肯定意義的，他者是倫理的他者，他者優先於自我，他者向自我發話，而自我是他者的人質，聽命於他者，這種他者 自我關係與傳統的的模式具有本質性的區別，不能簡單地加以等同。伊希嘉黑的意見是，以這種他者概念為核心的他者哲學是一種具有積極意義的哲學，是對傳統總體主義思想的重要突破。她對這種哲學本身並無異議，有所微辭的是列維納斯沒有把這種崇高的他者地位給予女性。

在《別了，列維納斯》（*Adieu to Emmanuel Levinas*）

（1997/1999）[6]一文中，德希達（Jacques Derrida）提出了與伊希嘉黑不同的觀點。他認爲列維納斯在《整體與無限》中對女性的描繪有兩種闡釋可能性。一種是認可傳統上從男性中心主義出發而歸於女性的特徵，但這種認可的目的恰在於置疑與顛覆這些觀念。另外一種闡釋則不涉及這些男性中心主義的觀念，而是把列維納斯在「居所與女性」一節中對女性的描述視爲一份「女性主義宣言」（Derrida 44; 83）。但德希達對他的論點沒有展開討論。

錢特（Tina Chanter）是另外一位對列維納斯思想與女性主義的關係頗有研究的學者。除了數篇論文[7]之外，她在專著《愛慾倫理學：伊希嘉黑對哲學家的重寫》（*Ethics of Eros: Irigaray's Rewriting of the Philosophers*）[8]和《時間、死亡與女性：列維納斯與海德格爾》（*Time, Death, and the Feminine: Levinas with Heidegger*）[9]中對這一論題作了專論。她還編輯了包括十篇論文

---

[6] Derrida, Jacques. *Adieu a Emmanuel Lévinas*. Paris: Editions Galilée, 1997，英譯爲Adieu to Emmanuel Levinas. Stanford: Stanford University Press, 1999.

[7] 指Tina Chanter, "Feminism and the Other." *The Provocation of Levinas: Rethinking the Other*. Eds. Robert Bernasconi and David Wood. London and New York: Routledge, 1988. pp.32-56.以及"Antigone's Dilemma." *Re-Reading Levinas*. Eds. Robert Bernasconi and Simon Critchley. Bloomington and Indianapolis: Indiana University Press, 1991. pp.130-46.

[8] Tina Chanter, *Ethics of Eros: Irigaray's Rewriting of the Philosophers*. New York/London: Routledge, 1995.

[9] Tina Chanter, *Time, Death, and the Feminine: Levinas with Heidegger*. Stanford: Stanford University Press, 2001.

的《對列維納斯的女性主義闡釋》。[10]她評論說，列維納斯的倫理現象學提供了一個「眾多女性主義者開始尋求的聲音」，[11]儘管他關於女性的言論十分含糊，在此意義上他的聲音是一個沉默的聲音；然而，正是這種沉默為女性主義事業開拓了新天地。錢特認為，列維納斯的他者哲學為伊希嘉黑對性別差異的思考提供了思想範式，不論他對女性的描述存在著哪些問題，他對巴曼尼德斯（Parmenides）同一性的挑戰是前所未有的，這是列維納斯最為重要的貢獻。在反對西蒙・波娃對列維納斯的指責同時，錢特指出，「女性」一詞在列維納斯的著作中具有特殊地位，只是通過她，他者才得以完全實現。顯然，在她看來，列維納斯關於女性的思想與他者哲學是完全融洽一致的，而不是像伊希嘉黑所批評的那樣，沒有把性別差異真正地納入他者哲學。

桑佛德（Stella Sanford）在《愛的形上學：列維納斯思想中的性別與超越》（*The Metaphysics of Love: Gender and Transcendence in Levinas*）[12]一書中從另外一個角度對列維納斯提出批評[13]。她認為，哲學範疇與經驗內容的聯繫是判斷列維納斯

---

[10] Tina Chanter Ed., *Feminist Interpretations of Emmanuel Levinas*. University Park, PA: The Pennsylvania State University Press, 2001.

[11] Tina Chanter, "Feminism and the Other." *The Provocation of Levinas: Rethinking the Other*. Eds. Robert Bernasconi and David Wood. London and New York: Routledge, 1988. p.52.

[12] Stella Sanford, *The Metaphysics of Love: Gender and Transcendence in Levinas*. London and New Brunswick, NJ: The Athlone Press, 2000.

[13] 桑佛德根據其著作的基本論點改寫成的〈列維納斯，女性主義，及女性〉一文發表在《劍橋列維納斯哲學指南》中。見Stella Sanford, "Levinas,

哲學對女性主義是否有所貢獻的依據，列維納斯沒有闡明在其哲學中這兩者之間是否具有聯繫，如果有，也沒有解釋這種聯繫的性質；他更沒有考慮這兩者需要什麼樣的聯繫才能對女性主義事業有肯定性的貢獻。桑佛德認爲，列維納斯的批評者與辯護者對這些問題都欠缺考慮，因此，他們的闡釋也存在著各種問題。例如，伊希嘉黑的討論就有把女性錯誤地實體化爲女性身體的危險，因此，批評伊希嘉黑的闡釋具有本質主義傾向並非完全沒有道理（Sanford, *Metaphysics* 137-8）。

　　桑佛德的結論是，列維納斯關於女性的論述對女性主義毫無貢獻，這是因爲他筆下的女性基本上是一種抽象的書齋裡的哲學範疇，而與經驗意義上的女性聯繫甚少。女性，特別是當她與愛慾聯繫在一起時，在列維納斯的超越形上學中起著一定作用，然而，與女性有關的各種因素都被系統有序地加以抽象的生理性別化（而與社會生活中女性的具體生存方式缺乏應有的聯繫）。最終，這些因素都被男性因素所超越，這是女性主義者所不能接受的。可以說，列維納斯著作中的女性只是他用以闡述其哲學思想的方便之門。從其思想背景來看，特別是當人們注意到支持列維納斯哲學運思的猶太父權社會思想傳統時，學者們應當更加清楚，二十世紀女性主義政治的未來不能建立在這樣一種形上學的基礎之上（139）。儘管桑佛德同意伊希嘉黑的批評者認爲她的

Feminism and the Feminine." *The Cambridge Companion to Levinas.* Eds. Simon Critchley and Robert Bernasconi. Cambridge: Cambridge University Press, 2002. pp.139-60.

思想具有本質主義傾向的觀點，然而，與此同時，桑佛德本人對列維納斯的批評顯然受到後者的深刻影響。與伊希嘉黑一樣，她認為在列維納斯的思想中，與愛慾聯繫在一起的女性不具備終極意義，她是相對的，可以摒棄的。與伊希嘉黑不同的是，桑佛德從這樣的立場中得出引人爭議的極端結論，即列維納斯關於女性的話語對女性主義事業毫無貢獻。

　　另外一部不可忽視的著作是卡茲（C.E. Katz）的《列維納斯、猶太教與女性主義》（*Levinas, Judaism, and the Feminine: The Silent Footsteps of Rebecca*）。[14]這部著作關注猶太教思想資源在列維納斯哲學中，尤其是在對女性的思考中所占據的地位。諸如桑佛德這樣的學者對猶太教傳統持否定態度，而卡茲則試圖從歷史語境的角度揭示猶太教女性觀對列維納斯著作的積極影響。她認為，列維納斯同時訴諸女性與猶太教聖經，把兩者都作為倫理關係的最好說明（Katz 3）。[15]

---

[14] Katz, Claire Elise. *Levinas, Judaism, and the Feminine: The Silent Footsteps of Rebecca.* Bloomington and Indianapolis: Indiana University Press, 2003.

[15] 其他有關女性在列維納斯思想中地位的論著有：Catherine Chalier, *Figures du féminin.* Paris:La nuit Surveillée, 1982. Catherine Chalier, "Ethics and the Feminine." *Re-Reading Levinas.* Eds. Robert Bernasconi and Simon Critchley. Bloomington and Indianapolis: Indiana University Press, 1991. pp.119-29. Manning, R. J. S. "Thinking the Other without Violence? An Analysis of the Relation between the Philosophy of Emmanuel Lévinas and Feminism." *The Journal of Speculative Philosophy* 5.2（1991）: pp.132-43. Ainley, Alison. "Amorous Discourses: 'the Phenomenology of Eros' and Love Stories." *The Provocation of Levinas: Rethinking the Other.* Eds. Robert Bernasconi and David Wood. London and New York: Routledge, 1988. pp.70-82.

　　本文著重討論列維納斯所謂女性是他者的思想。在西蒙·波娃寫作《第二性》的時候，列維納斯的哲學思想在學術界尚不爲人所瞭解，當時，西蒙·波娃或許沒有想到，他的他者哲學不是對傳統的承襲，而正是對傳統的同一性哲學前所未有的挑戰。而我們今天應當從列維納斯的哲學體系內部出發來掌握列維納斯把女性描繪爲他者的確切含義，不能把他的思想一概歸結爲男性中心主義。列維納斯所謂女性是他者的思想，與西蒙·波娃的批評相反，目的在於批判男性中心主義。他主張，我們不能把女性視爲男性的相對項與對應物，而應努力從女性自身的特點來書寫女性。伊希嘉黑認爲列維納斯沒有把性別差異眞正地納入他者哲學，然而，她所依據的只是對《整體與無限》中部分章節的局部性討論，沒有從列維納斯的思想整體來考察問題。並且，她對列維納斯在愛慾現象學中對女性的刻畫體現出男性中心主義的責難未能免於膚淺之嫌。在下一部分，筆者探討列維納斯主要在《時間與他者》中所討論的女性爲他者的思想。

二、女性作爲他者

　　列維納斯認爲，女性構成他者的實質性內容， 女性是他者之他性純粹顯現的最佳例子。這些思想在《時間與他者》第四部分中「愛慾」一節中得到集中表述：

　　　　是否存在這樣的情況，他者的他性在其純粹性中顯現？是否存在這樣的情況，他者的他性不只是同一性的反面，

也不只是遵循柏拉圖的分有論，根據分有論，每一項都包含著同一性並通過這種同一性而包含他者？難道沒有這樣的情況，他者作為本質在肯定意義上由一個存在者所承載？那種並不是純粹地、簡單地介入由同一種之兩個不同屬的對比性的他者是什麼呢？我想絕對地相反的反面（le contraire absolutement contraire）即是<u>女性</u>，其相反性不在任何形式上被她及其相對項之間所能建立起來的關係所影響，而是使其相關項保持其絕對的他性。[16]（*Time* 85）

西蒙·波娃在《第二性》中徵引以上段落時忽略了開始的兩句，從第三句「難道沒有這樣的情況」開始引用，而此前面的兩句則表達了對柏拉圖傳統對他者的界定的異議。根據柏拉圖傳統，同一性是絕對的、首要的、基本的、本質性的，而他者則需要通過同一來加以界定，他者沒有自身獨立的存在，而是相對的、次要的、派生的、非本質性的，這正是西蒙·波娃在《第二性》所批評的他者概念，因此，她與列維納斯實際上站在相似的立場上。在質疑了柏拉圖傳統之後，列維納斯接著用試探性的語氣提出他自己對他者的創新式構想：他者具有自身的本質性，而不是依附於同一性，他者具有肯定意義，而不是否定意義上的非本質性；他者也不是同一類中兩種不同屬的差別。列維納斯用這種創新的他者概念來描繪女性。女性是絕對的，不為其相對項所左右[17]。在《時間與他者》第二版（1979）序言中，列維納斯寫

---

[16] 引文中的底線著重來自原文。

道，「開啓了時間的超越他者之概念首先從對他者內容的尋求開始，即對女性的尋求。女性…於我而言是與其他差異性具有巨大區別的差異性，她不僅僅是有別於其他差異性的一種質素，而是差異性質素本身」（*Time* 36）。在此處，列維納斯把女性直接等同於「他者內容」。女性不是其他差異性中的一種，而是差異性質素本身，這即是說，女性不爲任何相關項及與她的關係所影響，她即是絕對的他性，不依賴於任何一種同一性，她即是差異性的化身。在《時間與他者》中，列維納斯還說：「他者在女性中獲至全面的綻放。女性一詞具有與意識同樣的地位，但其意思卻是相反的」（*Time* 88）。意識是一個具有強烈的內在性色彩的概念，列維納斯的意思是：女性在哲學中應當具有和意識在傳統哲學中相同的重要性，然而，她的本質是外在性，因而在內涵上與意識相反。列維納斯把他對性別差異的理解與對存在的理解聯繫起來，他寫道：

> 性別不是某種特定的區別，它處身於種與屬的邏輯區分之外，這種邏輯區分當然從來不可能使經驗內容重新統一，不過，不是由於這種原因它不能夠用來說明性別差異。性別之間的差異是一種形式結構，但這種結構從另外一種意義上分割著現實，並且使得現實的可能性成爲多元的，而不是象巴曼尼德斯所說的那樣是單一的。（*Time* 85）

---

17 凱薩琳・夏利爾（Catherine Chalier）在她的著作《女性的形象》（*Figures du féminin*）中表達了對列維納斯關於女性的思考的同情式理解。

　　性別差異不能夠用一般意義上的從屬關係來加以理解，它是一種形式結構，列維納斯在這裏似乎想強調性別差異不能化約爲經驗意義上的性別，因爲屬指涉著經驗內容。西方哲學傳統把存在理解爲巴曼尼德斯式的同一，用諸如從屬關係等邏輯範疇來對現實進行區分，以此認識世界，根據列維納斯，不服從於從屬關係的性別差異以另外一種方式來對現實進行分割，這種方式不把同一性當作終極原則，而是標榜他性的絕對性，標榜分離與個體化，它是對巴曼尼德斯式同一性的阻斷，它提示著多元的現實。

　　列維納斯關於女性是他者的思想和他對愛情與愛慾的觀點密切相關。在主要目的是提供他的哲學思想論題的著作《從存在到存在者》[18]中，他寫道：

　　　　愛慾的層面使我們看到他者特別地是女性，通過她，一個在現世後面的世界延續著世界。在柏拉圖那裏，愛是一個充滿需求的孩子，它具有匱乏的特徵。對它的否定是單純的需求「減少」，而不是朝向他者的運動。當擺脫了未能認識到女性角色的柏拉圖式愛慾觀，愛慾可以成爲脫離了拘束於光從而拘束於現象學的那種哲學之主題，我們將在別處關注那種哲學。（*EE* 85）

---

[18] Emmanuel Levinas, *Existence and Existents*. Trans. Alphonso Lingis. The Hague: Martinus Nijhoff, 1978. 以下縮寫爲*EE*。

對列維納斯而言，柏拉圖眼中的愛情是一種不斷需要滿足的匱乏，而女性被約減爲物質性的東西（*Time* 93），限制在被動與主動的範疇之內。在《會飲篇》（*Symposium*）中，柏拉圖通過亞里斯托芬（Aristophanes）表述了一種有名的愛情觀：起初人類與其愛人是合而爲一的，神出於憤怒而懲罰人類，把人類劈成兩半。從此，人類不得不在地球上流浪，找尋自己的另外一半（*Symposium* 193a-b）。因此，愛情的起源是匱乏。列維納斯反對這種觀點，他認爲，這種愛情觀把愛看作是永無休止的需求的減少，把愛拘束於現象學之內，沒有把愛看作向著他者的運動，完全忽略了女性在愛慾中的特殊地位，忽略了愛情所指向的超越層面。

列維納斯認爲，女性不是與男性相反的性別，性別差異不能等同於兩個互補的相反項，因爲相爲互補項預設了一個事先存在的整體，而把性別差異視爲預設了一個事先存在的整體則把愛看作是一種合一。愛情不在於一種性別融入另一種性別。比原初的合一相比，分離在愛情中更爲重要；只有在分離的關係中才能有與絕對他者建立關係的可能性。列維納斯認爲，性別差異也不是一種矛盾關係。因爲矛盾的兩個相關項是非此即彼的關係，在兩者之間沒有容納距離的空間，因而缺乏他者顯現的條件。愛情並不消融他者，而是維持他者；愛慾的本質不在於合一，而是分離，或者說他者的顯現與維持。列維納斯寫道：

> 愛的情慾在於一種不可克服的存在者的二元性，它是與那種總是滑開的東西的關係，這種關係不是使他性中性化，而

是維持他性。愛慾的情愫在於二位性的事實，他者作爲他者
在此不是成爲我們所擁有的客體，也不成爲我們的一員，相
反，她退卻至她的神秘之中。（*Time* 86）

列維納斯稱，女性是他者，女性是神祕的等表述不應當
與把女性視爲神祕的或不可知的浪漫主義觀點相混淆（*Time*
86）。爲了闡明女性在存在結構中具有獨特地位，他訴諸歌德
（Goethe）的「永恆女性」（ewig Weibliches）和但丁（Dante）
的貝阿特麗絲（Beatrice）等文學形象以及騎士時代女性崇拜
的主題，甚至徵引十九世紀末二十世紀初具有強烈詹森主義
（Jansenism）傾向的法國作家列伯洛瓦（Léon Bloy）熱情奔放
的《致未婚妻的書信》（*Lettres à sa Fiancée*）[19]，然而，他筆下
的女性之神祕性不能與文學作品中超凡脫塵的神祕相提並論，他
所謂的女性神祕性不是指一種不可知的現象，而是指一種從公開
性的光芒中以及從理性與知識中滑開的一種存在方式，這種存在
方式是隱藏與謙遜，列維納斯稱，在「最爲粗糙的物質性中，在
最爲無恥或是最爲凡俗的女性形象中」，女性的神祕性與謙虛性
都得以保留（*Time* 86）。女性的神祕性使得她不會成爲一種客
體，也不會被融攝入同一的總體之中；不僅如此，女性同時是建
立他者關係的必要條件，或者可以說，女性即是對他者的原發性
經驗。

十分明顯，列維納斯所謂的女性是他者之說與從男性的視角

---

[19] Léon Bloy（1846－1917），*Lettres à sa Fiancée*（Paris: Stock, 1922）。

來界定女性，把女性作爲男性的相對面的西方傳統觀念具有根本性區別，他對女性的界定恰好是對男性中心主義傳統的極好批評，即，女性具有自身的特性，她的特性不是相對於男性而加以釐定的，而是純粹的絕對他性；她絕對地區別於男性（當然，這並不是說兩者之間是不可比擬，不可溝通的）。

此處我們回顧一下桑佛德對列維納斯的批評。她認爲，列維納斯所建構的是一種「性別差異的形上學」，或者說一種「作爲形上學的性別差異」（Sanford 40）。她深信列維納斯筆下的女性是純粹的哲學範疇，與經驗意義上的人世間婦女缺乏切實的聯繫，因此，其哲學思想對女性主義沒有實際意義。桑佛德似乎把女性主義理解爲「最終關係到實際的男人與女人」的「一個政治事業」，它是社會改進的一部分（138）。筆者以爲，女性主義應當有多層次的內涵與外延，在哲學層面，女性主義包括女性主義認識論，女性主義倫理學等多種方面，把女性主義理解爲主要是一個政治事業自然無可厚非，並且，哲學家對女性的書寫在最終意義上都應當對促進這一事業創造恰當的氛圍與空間。然而，哲學書寫本身不能完全等同於有具體目標和實際步驟的政治運動。列維納斯關於女性的文字有時確實高度抽象，在賦予女性以本體論重要性的同時，他的論說給人以「女性」是一個完全脫離了經驗意義上的女性的空洞的哲學範疇的印象，然而，我們不應以此而否定他對女性問題的關心。

在法文中，抽象意義的女性（le féminin）和經驗意義上的女性（la femme）在詞形上十分相近，列維納斯有時使用 le féminin，有時使用 la femme。在《整體與無限》和〈猶太教與

女性〉中，這兩者常常混用，未加以明確的區分。這說明列維納斯有意在抽象範疇與經驗指涉之間保持一定的張力。在〈猶太教與女性〉一文中，他談及《舊約》中的許多婦女，例如雷貝卡（Rebecca），薩拉（Sarah）和塔瑪（Tamar），她們都是歷史事實中存在的經驗意義上的婦女。他讚譽道，「沒有她們清晰的洞察力，堅定的決心，她們的計謀與犧牲精神，聖經中的歷史性事件不可能發生」（"Judaism" 31）。列維納斯把這些「母親、妻子與女兒」的存在描繪爲「在不可見邊緣上的隱密存在」（31）。她們的存在勾勒出內在性的維度，使世界成爲適合棲居的場所；沒有她們「在現實的深處與模糊之中的沉默步伐」（31），發生那些人類歷史事件的世界會有不同的結構。可見，列維納斯在《時間與他者》、《整體與無限》中對女性的討論絕對不是偶然的，無足輕重的，而與他對具體現實中的女性的思考具有有機的聯繫。

　　《時間與他者》「愛慾」一節開始一句話是：「文明社會的生活中有這種與他者的關係的蹤影，我們必須在其原初的形態中來對它們加以研究」（*Time* 84）。在這句對經驗事實的指涉之後才是本文這一節開始所引用的「是否存在這樣的情況」等段落。在1981年與菲力浦・乃莫（Philippe Nemo）的一篇訪談中，列維納斯在回顧《時間與他者》中對女性本體論構造的討論時說：「女性對男性來說是他者，這不僅是因爲她具有不同的性質，而且因爲在某種意義上他性即是她的性質。……女性被描繪爲**在其自身**即是他者，描繪爲他性概念的源頭。［這些觀念］使我們能夠明白在何種意義上我們可以思考那操縱著愛慾關係的他

性，這種他性不可化約爲數字上的差異，或是性質上的差異」。
[20]

　　如果我們仔細思考這些文字，再聯想到「我想絕對地相反的反面即是女性」（*Time* 85），「女性……是差異性質素本身」（*Time* 36）「他者在女性中獲致全面的綻放（*Time* 88），「愛慾的層面使我們看到他者特別地是女性」（*EE* 85）等語，可以看出，儘管在許多時候諸如他者等哲學術語充溢著列維納斯的著作，然而，在同樣許多時候，與其說列維納斯借用他的他者哲學概念來對女性加以思考，不如說他在女性與愛慾關係中看到了他所尋求的他者概念的完美體現。對女性的思考（同時是抽象意義上的女性和經驗意義上的女性），看到女性不能爲同一性所同化，而是在根本意義上具有獨立的存在及意義，領悟到愛的本質不是兩者合一，而是兩者的二位性，這一定爲列維納斯的他者哲學提供了不可比擬的靈感與啓發。這應當是列維納斯在「愛與子植」中所謂女性是「他性概念的源頭」的深意（"Love" 66）。對列維納斯關於女性的哲學思考不僅僅必須理解他的他者概念，還要領會他對女性的思考對他者哲學所起的促進作用。

---

[20] Emmanuel Levinas, "Love and Filiation." In *Ethics and Infinity: Conversations with Philippe Nemo*. Trans. Richard Cohen. Pittsburgh: Duquesne University Press. 1985. pp.65-66，以下縮寫爲 "Love"。

三、愛慾與棲居

以伊希嘉黑爲代表對列維納斯關於女性的書寫最爲常見的批評是：他把女性拘囿於愛慾現象學的層面，把女性當作獲得倫理超越的條件，然而最終卻把女性排斥在眞切的倫理關係之外。筆者以爲這是一種簡單化的半黑格爾主義式的解讀，沒有確切地把握列維納斯的思想。在《時間與他者》第二版序言中，列維納斯在強調女性是差異性質素本身之後緊接著寫逍；

> 這種思想表明，夫婦概念與純粹數字意義上的二元性截然不同。二元社會性的概念——它可能對那特別的面容（亦即抽象而貞潔的裸露）顯現是必要的——產生於性別差異之中，這個概念對愛慾和所有的他者 [顯現] 事件具有本質性作用。他者不是簡單的邏輯區分，而是一種品質，它承載於面容之沉默所述說「汝不可殺人」的誡語之中。**在愛慾與原慾（Libido）之中閃耀著一種重要的倫理光輝**。通過這種倫理光輝，人類得以構成二元社會並且維持著它，給予它以權威性，並使當代幼稚的泛愛慾主義成爲問題。[21]（*Time* 36）

列維納斯的論述表明，他的愛慾現象學並不只是通向倫理超越的階梯，其中所描繪的女性並不只是幫助男性達到超越的使女。列維納斯提倡倫理超越的崇高性，但同時又指出，在最爲卑下與凡

---

[21] 引文中的粗體著重爲筆者所加。

俗的物質性中，倫理光輝已然閃現，女性並不是在促成倫理超越
之後即可以揚棄的。伊希嘉黑對列維納斯的解讀是一種半黑格爾
主義式的誤讀。與此相反，列維納斯認為，植根於性別差異的二
元社會性概念之二元並不會在愛慾中合而為一，而是真正成其為
二，這與他強調女性是差異性質素本身是一樣的道理。作為絕對
的、不可融攝入總體之同一的他者，女性是倫理關係生成的條
件，同時由於其差異性而構成二元社會性，又是倫理關係的良好
體現。

列維納斯關於愛慾思想的來源之一是佛洛伊德。他認為，佛
洛伊德稱原慾尋求快感，然而，他所謂的快感只有非常簡單的內
容，它只能是分析的開端，而不是結論。佛洛伊德沒有對原慾本
身作出詳實恰切的分析，沒有在存在的普遍結構中探求快感的含
義（*Time* 89-90）。接著這些批評，列維納斯寫道，「我旨在說
明［快感］的獨特位置，我的論點在於肯定肉慾是清除了所有內
容的未來之發生事件，是未來的神祕性本身」（*Time* 90）。

可見，列維納斯的愛慾現象學的目的之一是切實地深入分析
佛洛伊德所謂的原慾，表明即使是在最為盲目與粗糙的肉慾層
面，肯定意義上的分離仍然存在，那是本真的二，是倫理關係的
體現，代表著他者的切近。在愛慾中，社會性已然顯現，已經
起作用。此外，愛慾不是孤立的，不拘囿於純粹尋求快感的層
面；相反，它是指向未來的。列維納斯的未來概念不是線性發展
的一般時間意義上的未來，而是指與他者倫理關係的建立。所謂
指向未來，並不是說在未來之前的愛慾被「揚棄」而成為不重要
的，而是對倫理關係之顯現的提示。列維納斯區分開其愛慾現象

學和對倫理關係的純粹描繪，我們應當把這一區分理解為**形式的區分**，而不是層次的區分。純粹描繪與他所說的「清除了所有內容」相似，並不意謂著這些內容不重要。所謂清除，只是有利於更好地在抽象的層次討論倫理關係。

在《整體與無限》中，列維納斯對女性的描繪主要集中在愛慾現象學與棲居等章節。他指出，愛指向脆弱的他者。愛的本質是給予，而不是滿足自身的需求。愛意味著幫助他者的脆弱性。脆弱不是任何一從屬性的低等程度，也不是某種特定性質的相對欠缺。它先於任何一從屬性而規定著他者的他性。所愛者（l'aimée, 即愛的客體或物件）即顯現在這種脆弱性中。列維納斯寫道，

　　所愛者（即女性）的顯現不是某種附加於預先存在的客體的東西，也不是在沒有性別的中性中所發生的現象。所愛者的顯現是在她的溫藹之鄉。溫藹之道即是極劇的脆弱。它在存在與非存在的邊界顯現，它是一種猶如存在解散為光耀的溫軟。這種極劇的脆弱在一種「沒有儀式」「沒有遁辭」的生存，一種「非指涉」的生硬的稠密，一種極度的超極物質的邊緣上。……這種脆弱的同時性或者說是含混性，與這種比無形的現實更重的非指涉之重，我們稱為女性。（*Totality* 256-257）

與其批評列維納斯對女性作為所愛者的描繪是從男性主義立場把女性作為被愛的對象，不如批評他的論述過度抽象化。然而，我

們仍然能夠從這些論述中依稀辨析出他的基本哲學思路，亦即，女性之爲女性具有絕對性，她不是相對於一種性別的另一種性別。她顯現於存在與非存在的邊界，而不是簡單的存在或非存在。列維納斯強調愛慾的一個原因是，愛的物件通常是一個人，而不是一個客體，因此，它與知識完全相反。他認爲知識是「對他性的壓制」，在黑格爾的絕對知識那裏，知識是同一與非同一的同一，而在愛慾關係中，他性與二元性並不消失，而得以維持（"Love" 66）。

　　除了愛慾之外，列維納斯強調女性在社會生活中的角色，這些論述主要在《整體與無限》中的〈棲居〉一節和〈猶太教與女性〉一文中。在《整體與無限》中，列維納斯把女性描述爲棲居中的歡迎。對他來說，居所（habitation）可以與其他給人們帶來生活便利的器具之使用相比擬，它使得人能夠免於氣候的無情與敵人的迫害。然而，居所具有一種特殊的地位，它不是人們生存活動的目的，而是其條件，在此意義上，它也是人們生存活動的啓始。居所使得自然成爲人們在其中活動並可以被表述的世界，人們是從居所這一私人領域來接近世界的。我們不能說居所存在於客觀世界，而應當說客觀世界由於與我的居所之關聯而得以存在。居所的溫藹即是女性的在場。女人完成使家園可親的任務。女人準備了居住（inhabitation）的條件。

　　在〈猶太教與女性〉一文中，列維納斯引用塔木德（Talmud）中的話：家即是女人。他認爲，除了在心理學和社會學上的意義之外，在拉比（rabbinic）傳統中，這一論斷被經驗爲一種基本眞理和道德模式。列維納斯認爲更重要的是，這一

論斷具有本體論意義。「單獨一個人不是一件好事」是上帝用以創造宇宙的十句話語之一。經書中所舉的女人幫助男人的例子是：男人把玉米與亞麻帶回家，女人則碾磨玉米，紡織亞麻。列維納斯認為這個說法並不意味著女人處於侍從地位，他力圖發掘這個例子的本體論意義。他解釋說，玉米與亞麻都是從自然中收割來的。它們標誌著自發生活的結束與精神生活的開始。然而，這種為征服文明所主宰的世界是不可棲居的，它是冷漠與缺乏人情的，它既不會給缺衣的人蔽體，也不會給饑餓的人哺食。列維納斯稱，這種精神的實質是男性的，「它**生活在野外**」（Levinas, "Judaism" 32），任憑風吹雨打，異化於自己的生產所獲。女人把玉米做成麵包，把亞麻織成布匹，使得棲居成為可能。列維納斯賦予女性的作用以本體論層面上的重要性。他寫道：「從普遍性的陽性與邏各斯中產生了異化，邏各斯征服一切、俯抑著本來可以蔭護它的陰影，使異化得以克服，歸於平衡，使得失明的眼睛重獲光明，應當是女性的本體論作用，是那『目的不在於征服』的人的使命」（33）。

　　女性即是那流溢到僵硬的無限與冰冷的世界的溫柔。列維納斯提出女性不是溫柔與善良在個體的女人身上的化身，而是溫柔與善良本身。列維納斯對夫婦關係也加以本體論的闡釋，指出它不僅是一種社會紐帶，也是存在者自我認識，自我發現的時刻。列維納斯引用經書上的話：「沒有女人，男人不知道善良，不知道援助，不知道喜悅，不知道祝福，不知道諒解」（33-34）。

四、「於是上帝創造了女人」

在列維納斯的晚期代表作《別於存在或超越本質》（*Otherwise than Being or Beyond Essence*）（1974）中，女性不再與愛慾聯繫在一起，取而代之的是沒有任何愛慾與感性色彩的母性形象，她代表著責任、受苦以及負荷世界的沉重。母性，特別是母親的身體，被當作倫理關係的新象徵。為什麼在晚期列維納斯的思想中愛慾的角色突然消失了？在比這本著作早兩年發表的〈於是上帝創造了女人〉[22]中，我們可能會找到一些線索，並從中看出列維納斯思想的一些基本關懷與思路。這篇文章最初是列維納斯在1972年在世界猶太人協會法國分區組織的法語猶太知識份子討論會上所發表的一篇關於塔木德的釋經講話[23]。目前大多數學者只徵引過其中女人（*Isha*）出自男人（*Ish*）的提法（167），而尚未對這篇文章作充分的探討。

如列維納斯在其塔木德釋經文集的導論中所言，塔木德包括兩部分。第一部分是拉比哈那西（Hanassi）在二世紀末所編纂的聖人語錄，這部分內容與希臘思想有所接觸；另一部分是對未被哈那西所收錄的聖人言語的評論，並與前者相比較，對前者進

---

[22] Emmanuel Levinas, "And God Created Woman." In *Nine Talmudic Readings by Emmanuel Levinas*. Trans. Annette Aronowicz. Bloomington and Indianapolis: Indiana University Press, 1990，以下縮寫為 "God"，*Nine Talmudic Readings by Emmanuel Levina*以下縮寫為*Nine*。

[23] 這篇文章最早發表於*L'autre dans la consigne juive: Le sacré et le couple: Données et débats*. Paris: P. U. F., 1973, pp. 173-186.

行闡釋，拓開新的視域。這部分在五世紀末時被編纂成書，並由後來一些評論所補充（*Nine* 3-4）。列維納斯認為，塔木德中的故事與箴語深具哲理，為哲學構思提供了豐富的思想資源。他主張，在闡釋經文時需具備思想的勇氣、自由與非教條主義（4-5）。

在〈於是上帝創造了女人〉一文開端，列維納斯明確地表明，這篇塔木德經文講述的是女人。針對「上帝用從男人身上取下的肋骨造了一個女人」的經文，拉伯（Rab）與撒母耳（Samuel）兩位聖人有不的解釋。一個把肋骨理解為面容，一個理解為尾巴。列維納斯認為，兩位聖人的共同觀點是：女人不只是男人的相反性別，她在本質上是人，因為她在一開始是從屬於人的東西中創造出來的。在拉伯看來，女人與男人是同時出現的；對撒母耳看來，女人的產生是一個新的創造。

兩位聖人的不同觀點是：對於把肋骨理解為面容的拉伯而言，女性與男性是完全平等的關係，圍繞兩者的所有事件具有同等程度的尊嚴，上帝創造人是在一個人中創造了兩個具有同等程度尊嚴的存在，因此，性別差異是人之本質的基本內容。而對於把肋骨理解為尾巴的撒母耳而言，女人的誕生是一個真正的全新的創造事件，而不是進化事件。從創造亞當和創造女人這兩個創造事件中所產生的兩個存在者之間的關係是個人關係，亦即，這種關係沒有本體論意義，女性的特殊性是第二位的。這並不是說女性本身是從屬的，而是說與女性的關係是從屬的。不同於拉伯的理解，撒母耳認為男性與女性的關係不是人本質的基本內容。除了談情說愛之外，男人與女人同樣作為人擔負著不同的任務，

這是生活的基本內容（"God" 169）。列維納斯把撒母耳的觀點與《箴言篇》中這樣的段落聯繫起來：女人是男人的家園，女人提供了男人生活的基本條件。然而，男人有在家園之外的公眾生活，他服務於普遍性。儘管沒有家園的親切他不能夠完成任何事情，但他並不拘囿於家園的內在性。

《創世紀》中有兩段經文似乎互相矛盾，成為釋經學上的問題。一段經文是：「並且造男造女。在他們被造的日子，神賜福經他們，稱他們為人」（5：2）；另一段是：「神造人是照自己的形像造的」（9：6）。第一段經文暗示男人與女人是同時被創造出來的，第二段則意味著男性優先。列維納斯認為，這是具有多種可能性與意義的相同一股思想流泉，問題在於男人與女人共有相同人性的說法與這樣的論點如何協調，即神性是男性的，而女性不是與男性平等的另外一位，而是其衍生。進一步說：性別平等如何能夠從男性優先中產生出來？根據把肋骨理解為尾巴的拉比阿巴胡（Abbahu）的解釋：上帝意圖創造兩個存在者：男人與女人，然而最後卻根據自己的面相創造了一個存在者。

列維納斯發揮阿巴胡的解釋說，上帝的創造活動沒有完全實現其起初意圖，甚至可以說，他所意圖的超過了自己的面相。根據他的意圖，他想創造兩個獨立的存在者，並且兩者之間從一開始就是平等的，女人不是後來從男人那裡被創造出來的。列維納斯在此發表重要的評論：然而，這是不可能的，上帝不可能同時創造兩個獨立的存在者，這是因為，兩個平等的獨立存在者之間必然發生戰爭。「上帝必須把其中一者置於另一者之下，必須有一種不影響平等的差異，即性別差異，因此，也必須有一

種男性的優先和作爲人的附屬後來被創造出來的女人」（"God"
173）。

　　根據列維納斯的觀點，我們不可能想像遵循兩個完全不同的
原則的人類，不可能存在不涉及任何從屬關係的抽象平等，社會
不可能建立在純粹的神性原則上，果然如此，世界將不能持續。
必須有從屬、有傷口、有受苦，才能形成能夠把男性和女性兩者
聯繫起來的紐帶，才有可能把「平等的和不平等的聯合起來」
（ibid.）。 我們根本不可能想像完全平等的人類第一對夫婦會
是什麼樣的情景。列維納斯強調，女人之所以爲女性，恰恰在於
她最初是「在人被創造之後才被創造出來的」（ibid.）。

　　列維納斯說男女完全平等的觀念是抽象的，沒有存在的基
礎，這是因爲他認爲，男性與女性具有根本性的差異，兩者的完
全平等意味著本體論意義上的兩個不同原則具有同等程度的有效
性，而兩者之間沒有內在的聯繫，這必然會帶來衝突與戰爭。列
維納斯同時又表示，我們不能說女性從男性那裡被創造出來，
而要說男性與女性的區別從人中產生出來。上帝創造人這個說法
中的人是尚未具有性別區分的普遍人類。列維納斯不情願把性別
差異歸於人的原初本質還有另外一個原因。在他看來，西方現代
文化輕視家庭、主張解放禁錮的原慾的思想傾向之理論基礎恰在
於把性別差異看作是人本質中占首要地位的特徵。一些西方人認
爲，只有在性層面上才能實現人的眞正解放（"God" 170）。針
對這種看法，列維納斯強調性別差異是衍生的，兩性關係是偶然
的，因此文化不是由原慾所決定的。如此，女性不可能是構成人
原初本質的精神之一端，相應地，在詩歌與文學中十分普遍地被

描繪的愛情不應等同於精神。

列維納斯自認為他對女性的論述超越了傳統上男性與女性互補的觀念，超越了把女性視為男性的相反面的幼稚觀點。他認為把性別差異的產生看作是來自前後關係並不影響男女平等。列維納斯沒有詳細解釋在何種意義上男女平等沒有受到影響，但他的意思似乎是：女性從作為普遍人性的男性中被創造出來，這種解釋避免了相互衝突的雙重原則，使得兩性之間由於血肉的紐帶而具有天然的契合與合作的關係。性別差異的衍生性最重要的意義在於它意味著「社會性優先於愛慾」（"God" 168）。

現在，我們可以明白，列維納斯在拉伯和撒母耳對「上帝用從男人身上取下的肋骨造了一個女人」的兩種不同解釋中看到了對女性思考的兩個方面。把肋骨理解為面容的說法關注到女性享有與男性同等的尊嚴，女性來自尚未有性別區分的人，具有自己的獨特性，她是「面容的繼續」（"God" 167）。而把肋骨理解為尾巴的說法則更為有力地強調性別差異的附屬性、衍生性。

五、結論

在為夏利爾（Catherine Chalier）《母權統治：薩拉、雷貝卡、拉切爾與利亞》（*Les Matriarches: Sarah, Rebecca, Rachel et Léa*）（1991）所作的序言中，列維納斯提到她另外一部著作《女性的形象》（*Figures du féminin*）（1982）時寫道：

> ［《女性的形象》這部著作］與當代女性主義者不遺餘

力──或者說看起來如此──的努力有許多共同之處，亦
即，反對把女性限制在某種把她們隔絕在屬於男性的人類最
高等使命之外，不論把這之外的位置可能是如何的尊貴。正
如對諸如小說家與詩人等把女性的實現限制在愛情的漩渦之
內的批評，這種對把女性描繪為不逾越爐灶的守護人──即
居家的婦女──的抗議也體現在現在這本著作中。[24]

　　儘管列維納斯表面上是在談論夏利爾的著作，但由於夏利爾的著
作基本上都是對列維納斯思想的闡釋，他在這段話中所表達的關
切應當也適用於他自己的論著。我們可見，列維納斯並不贊同完
全把女性與愛慾、愛情相聯繫，以及尊敬地把女性限制在爐灶之
間的想法。同時，他也完全理解並支持當代女性主義的事業。

　　在〈於是上帝創造了女人〉一文中，列維納斯強調性別差異
是衍生的，「社會性優先於愛慾」（"God" 168），其中之愛慾
指的是佛洛伊德意義上的簡單盲目的原慾。與此相似，在九〇年
代與女性主義者李荷滕伯─艾亭格（Lichtenberg-Ettinger）的一
次交談中，列維納斯始終堅持性別差異應當置於男性與女性在同
等程度上所共同擁有的並對之負同等責任的人性之下[25]。在其早
期著作中，列維納斯試圖通過愛慾現象學對愛慾（原慾）進行詳
實恰切的分析，以此針對佛洛伊德開展內在批判。然而，他可能

---

[24] Emmanuel Levinas, "Preface to Catherine Chalier, *Les Matriarches: Sarah, Rebecca, Rachel et Léa*." .Paris: Les Éditions du Cerf, 1991. p.8.

[25] Emmanuel Levinas, *What Would Eurydice Say?/Que Dirait Euridice? (Bilingual Text)*. Paris: BLE Atelier, 1997. p.22.

還是感到把女性過於緊密地與愛慾聯繫在一起有可能引起人們誤解，認爲他仍然把女性束縛在傳統觀念之中。可能部分因爲這個考慮，列維納斯後來的著作幾乎未涉及對愛慾的討論。同樣，列維納斯似乎也意識到過多地把女性與居所聯繫在一起也有維護傳統觀念之嫌。對他的辯護可以說，我們應當把他的相關寫作放在其思想資源之一，即猶太教思想傳統的歷史性來考察。在猶太教傳統社會，婦女的社會角色確實受到限制，但列維納斯仍然努力從當時婦女有限的位置來發現其不可或缺的作用，並賦予女性以本體論層面上的重要意義[26]。

列維納斯關於女性哲學思想的積極意義在於，他反對從男性立場出發來考慮女性，把女性視爲男性的相對項。他主張女性是絕對的，是差異性質素本身，因此不可融攝入同一的總體。在〈於是上帝創造了女人〉一文中，他主張純粹的愛慾關係是次要的沒有決定性意義的。這一主張是對當時原慾的決定作用被過度強調的反動。然而，在反對原慾的決定作用同時，列維納斯在無意中似乎贊同了他所批評的思潮之基本論點：女性，男性與女性的關係，愛慾的關係三者之間具有相似的內涵與外延。討論女性問題勢必離不開僅限於異性之間的愛慾關係，被精神分析學家界定爲原慾的這種關係決定著對女性的思考。因此，他在〈於是上帝創造了女人〉中堅持把總是與愛慾聯繫在一起的性別差異看作是後起的，這並不一定在理論上比精神分析學家進步得太多。問題的核心在於，男性與女性的關係是否能夠完全等同於愛慾關

---

[26] 這是卡茲（C.E. Katz）的著作的基本出發點。

係。

　　列維納斯理論的另一積極意義在於他反對抽象地談論男女平等。確實，平等一詞之下可以囊括許多複雜關係，拋開一切特殊性來談平等是沒有意義的。然而，這並不能成為談論男女平等的障礙，相反地，哲學家的任務之一就是在義理上對男女平等提供理論基礎。列維納斯所謂兩個獨立的存在者之間必然發生衝突的觀點在理論上也缺乏有力的支持。他避免把女性視為男性的對應物，避免以男性為中心來界定女性。從這一思想出發，他強調男性與女性的區分是在女性被創造出來時才出現，而不是先有男性後有女性，從而試圖減弱了女性從男性中創造出來的論調。同時，他努力揭示女性自身的重要作用，特別是女性在社會生活中所扮演的角色，由此，他試圖超越僅僅從愛慾關係出發來思考女性問題。遺憾的是，列維納斯超越的步伐只邁出了一步，而未能取得更多突破性的進展。雖然他賦予女性在家庭中所扮演的角色以本體論的重要性[27]，然而，這種描繪容易誤導讀者以為列維納斯主張女性在社會中的恰當位置僅只在於家庭，主張社會性僅在於二元夫婦關係。他最終沒有能夠從女性在現代生活世界中除了家庭與愛情之外，事實上在扮演著的多種多樣角色來對女性進行哲學思考。

---

[27] 在此意義上德希達稱 《整體與無限》中〈居所與女性〉一節對女性的描述是「一種女性主義的宣言」（Derrida 44; 83）。

第十章

時間、多產與父職
——列維納斯與女性她者

林松燕

　　父親是什麼？有何功能、作用及影響？相較於母職在理論中受到較多的討論，父職的意義則較少被提及。二十世紀以來最有名的父職理論，當屬佛洛依德（Sigmund Freud）的伊底帕斯情結。「戀母弒父」情結提出的父子關係是敵對的「謀殺」關係。在《圖騰與禁忌》（*Totem and Taboo*）[1]一書中，佛洛依德描寫兒子們吃掉、殺掉、或者除去父親的屍體，以「象徵性」地吞下父親所代表的權威，弒父的罪惡感迫使兄弟之間訂下共治契約，建立了文明。因此，父子關係是「謀殺」的關係，其結果帶來了「契約」與「象徵儀式」的文明。[2]拉岡（Jacques Lacan）則強調父親的「功能」，父親的作用是確立象徵域中「法律」及「語言」的建立，父子關係是語言意符「父親的不」（father's no）帶來的壓抑與禁制，將兒子切斷與母的臍帶連繫，推向象徵律法的「父親之名」。相反的，列維納斯（Emmanuel Levinas）的父職觀則脫離精神分析式威權象徵的父親，提出父子關係是愛與無限的承諾與責任，是父子相互滋長、豐富彼此、一種積極正面的「多產、富饒」（fecundity）關係。列維納斯的父親為一「時間的主體」（a temporal subject），父職所帶出的時間，並非謀殺、罪惡、禁制與壓抑的世代重複，而是向前開展了不連續的時間、新的未來，以及重寫舊有過去的面貌。

---

[1] Sigmund Freud, *Totem and Taboo. The Standard Edition of the Complete Psychological Works of Sigmund Freud Series,* Ed. James Strachey. New York: Norton, 1962.

[2] 參考《兄弟的政權：在父權之後》，Juliet MacCannell, *The Regime of the Brother: After the Patriarchy.* London: Routledge, 1991。

　　然而，列維納斯的父子富饒關係若要可能，需挪用、仲介女性「她」者而得以成立。那麼，到底何謂列維納斯式的他者？列維納斯的他者指涉一個「邊緣化」的形象、一個被排除的他者。列維納斯舉了幾個例子：陌生人、寡婦、孤兒、猶太人等等。[3]廣義來說，「他者」可定義為任何抗拒、拒絕被劃歸為自我同一與認同，任何質疑自我主體之完滿與整全性者，均可視為他者，此一自我認同的錯亂與混淆、亦是倫理之始。列維納斯筆下的女性，沉溺於戀人「撫觸」（caress）的曖昧關係中，未能是「適當的他者」（the Other *as such*），因此戀人關係未能是適當的倫理關係（ethics *proper*），女性是「前倫理的」、甚至是「非倫理的」。[4]隱含在列維納斯父子倫理關係中未曾說出的是「女性（the feminine）的沉淪」以及「對母親的遺忘」。本文第二部份試圖從列維納斯筆下戀人的愛欲關係，重新審視父子關係，並且閱讀伊希嘉黑對列維納斯「愛欲現象學」中的批判，從「沉淪的欲女」與「被遺忘的母親」兩種形象出發，並以「撫觸」觀點進一步補充列維納斯尚未深度探索的「性別倫理」。

---

[3] Emanuel Levinas, *Totality and Infinity,* trans. Alphonso Lingis. Pittsburgh: Duquesne UP, 1969, p.78，以下縮寫為*TI*。

[4] 筆者在正文中使用女性「她」者一辭，與「他者」做出區隔，以顯示列維納斯筆下的女性並不具備「他者」所有的異質性、極端性與他者性。

一、父子關係：無限的不連續性（infinite discontinuity）

　　在列維納斯的理解裡，父職（paternity）是純粹父親與兒子之間的先驗關係，儘管生理上的「生產」（giving birth）是女性身體獨特的經驗，列維納斯卻似乎認為「生產」是男人的事，更精確地說，這裡談的「生產」並非生理上的生產，而是在精神上、在時間中相互轉化、滋養、成長，父子關係中獨有的經驗，是男人之間，屬於父親與兒子的富饒關係。若女性「她」者在愛欲的肉欲與性感（voluptuosity）中獻出自己，那麼父親的自我，透過生產兒子，更新（renew）了父親自己與過往及未來的時間關係，此種體驗，才是真正的多產與富饒（fecundity）。[5]對列維納斯而言，「生產」（giving birth）並不是生理的循環、世代的重複與延續，生產「產生」了我對他者的責任，父親與孩子的連繫在於一個非連續、不延續的時間性（discontinuous temporality），小孩既是我自己，也是一個陌生人，它既在我之前，也超越了我，指向一個未來、一個尚未到達、尚未開展的時間，小孩的出生不是對過去的重複，更是承諾一個新的、極端的、不同的未來。小孩之於自我，既是相同（具有相同的血源、生理上的相似），亦不相同（全然的陌生人、一個展新的未來）。到底，小孩是誰？列維納斯認為：

5　本文筆者將英文fecundity譯為「多產」、「豐饒」、及「富饒」。文中三個辭彙將交互使用，若說「多產」強調後代形體的延綿及延續，「豐饒」、及「富饒」則彰顯「時間」與「精神」層次上相互滋長的父子關係。

　　我的孩子是陌生人，但他不僅是我的陌生人，因為他也是
　　我，他是我自己的陌生人。他不僅是我的作品，我的產物，
　　我應該視之為我的作品恢復了生命。沒有任何人的期望可以
　　代表他（兒子），可預測他。（*TI* 267）

列維納斯認為小孩不是生理上、生物性的重複或是雙親的產品與
所有物，小孩是一個他者，他的到來改變了我的存在，他是「我
自己變成了他者」，孩子的異質性（alterity）使得自我產生了實
質性的改變，使自我變成歡迎他者的人。

　　小孩既「是我」，也「非我」。他並非全然列維納斯式的陌
生人，從外面、外在、從上面的方向來接近我，質疑我，小孩與
全然的陌生人不同，他既是我，也是陌生人，他是「我自己的陌
生人」。這個邏輯若要能運作，「我」的概念一定要改變。若
我對自己而言是陌生人，我的認同一定得騰出空間以置放這個
陌生人，小孩的到來不但改變了我的自我認同，更改變了存在
的意義，使得自我的「實質」具有了「實在性」（substantiality
of substances）。如何「是」他者、同時也「是」自己，他者作
為陌生人而脫離我的掌控與理解，如何在每一次「成為」他者之
時，也「成為」自己，於是，動詞「成為」、「就是」（to be）
具有了倫理學面向與內涵。在此意義下，「他者是我」並不指涉
自我與他者的等同，而是為了他者而置換了自我認同，於是有
了「是我」也「非我」、「他是我自己的陌生人」（He is me a
stranger to myself）（*TI* 267）這句弔詭之語。小孩的來到使得我

變成如陌生人般，在熟悉的家中像一個客人般陌生與不自在，列維納斯稱此一變化為「實質化的轉變」（trans-substantiation），而非異化（alienation）或是先驗（transcendence）。它改變了自我的實質內涵，從一個有氣概、有能力、掌握控制的自我，成為（對他者）負責任的我，一個回應他者的我。列維納斯這麼解釋：「在與兒子的富饒關係之中，我們並不陷於光與夢、認知與力量的地域，與兒子的富饒關係訴說著絕對他者的時間，一個具有實質、有能力的個體經歷了轉變，也就是實質化的轉變」（TI 269）。

自我「實質化的轉變」並不僅是我自己的改變，更重要的是「產生」了他者，甚至「成為」他者，一個我必須負責的陌生人。我對「小孩的責任」要負責，要為他者的責任而負責。列維納斯認為，與兒子關係的富饒之處，並不在於「自我生命」、「自我意義」，而更在「自我責任」。「成為、變成孩子」指的是「負責任」，不僅是為孩子負責，更為孩子的責任而負責，這不是我能夠自主地選擇或自己起頭開始的。雖然我無法選擇孩子未來要擔的責任，我無法控制孩子會如何回應其他人，如何對他人負責，但是孩子一旦誕生，產生了孩子，我的責任就超越跳脫了「我是誰」、「我曾做了什麼」等自戀的循環，而必須回應小孩的責任。列維納斯認為「責任」與「承諾」使人面向未來、遠離過去，他們具有積極正面的能量，能轉化、更新父親與過去的關係。這些觀念反轉了「原罪」與世代承傳的罪惡，父親的罪惡與錯誤並不擴及兒子，過往的負擔與過錯，並未隨新世代來臨而延續。相反的，父親反而因為兒子的到來，而「被給出」、

「加諸」了一個責任，一個要為孩子的責任負責的責任。若「罪惡感」指向一個過去，是對過去行為積累的精神承受，那麼「責任」則打開了未來，以及對未來的承諾。列維納斯認為父子關係是不對稱、無法反轉的。兒子不是我，並非我的延續（一個回溯的概念），但是，我卻可以是我的兒子，我的存在導向、傾注在孩子身上（一種未來的概念），孩子的存在最終並不回歸於我，自有其存在與自己（未來）的時間，兒子將在未來獲得自我，終有一天也要為他的他者負責。

　　為他者的責任而負責，也就是「成為」孩子，兒子的到來使自我被實質地改變，自我與認同被干擾、打斷、但不是完全消失。我不再是有氣概、有能力的主體，「成為父親」就是從自我中卸除了「擁有」與「欲望」的宰制與負擔。列維納斯的父子關係干擾了再現的經濟，再現的經濟中使自我從家中出發，最終目標即是回歸，出發是為了回家，自我探求最終是回歸（新的）自我，自我經由對他者的冒險經歷中，重新得到滋養與豐富。列維納斯的父子關係也打斷了生物性的時間循環，生物循環仍陷於生殖的、物種的時間之中。雙親並非逝去或重新輪迴，在孩子身上重新體現，而是在自己身上發現自我被置換與更新，進而與他者以「承諾」的方式產生連結。生產小孩的同時，我產生了一個希望，明瞭時間並非在我身上停止，孩子的到來，將會有新的不同的時間，此一時間，就如同孩子一樣，既不異化我，也並不屬於我。對孩子的責任負責，即是對無法預期、無法保證、尚未揭示的未來與他者給出承諾。承諾是給出話語，將自己呈現給未來，獻出自己給一未知的他者。一個變動不確定的未來，帶來

新的希望、新的時間，也就是「他者的時間」。孩子帶來某種
希望與可能性，未來有可能和過去是不一樣的。這個孩子不是
自我的重複或重述，他更是陌生人與新來的人，孩子帶出一種
未來，與過去和現在並不相連，在此意義下時間是「不連續」
（discontinuous）的。列維納斯稱這個孩子的未來、以及父親改
變之後的自我及其未來，爲「絕對的未來」（absolute future），
絕對未來打開了世代的「無限性」（infinity），並且超越了有限
的未來。「絕對的未來」並非「當下時刻」的擴展與延伸，亦非
對未來的投射與期望，它更是無限的未來，與過去和現在極度地
不連續，「絕對的未來」開展了「他者的時間」，而非自我同
一、重複循環的時間。父親的身份在兒子上既不擴展也不消失，
而是「重新再一次開始」（begin once again）。這個重新開始並
不「回歸」至父親本源，自我在給出他者（生產）之中，重新刻
劃、標誌、更新與誕生。

　　時間，對列維納斯而言，因而有了倫理的面向。小孩轉換了
自我與時間新的關係，改變了自我與過去和未來的關係。從「實
質化的轉變」、「絕對的未來」、與「無限性」等概念中，列維
納斯舖陳他所認爲多產（fecundity）的親子關係。他認爲：

　　　　一個主體與權力所支撐的自我，並不窮盡「我」的概念，
　　並不控制所有主體性、本源與認同範疇的產生。無限的存
　　在，也就是，每每重新開始的存在，它並無法繞過主體，因
　　爲主體無法缺少它，復始的主體以富饒之姿態被創造出來。
　　（*TI* 268）

小孩帶來新的時間，不僅在小孩身上產生新的開始，父親的自我亦召喚出新的自己，更新了自我與過去的關係，這是一個倫理的轉變，改變自己與過去、現在和未來的關係，一種「每一次重新開始的存在」（ever recommencing being）。小孩的到來所打開的時間，並非我自己的未來，而是新的、前所未有的時間，一個他者的未來。「無限的重新開始」不僅僅發生在時間「之中」（in time），更是「以時間」（as time）的方式發生，時間的重新更新使得我們從命運的宿命中解放。列維納斯的多產富饒觀打開了時間中無限的面向，無限不是永恆同一的循環，而是「有限的自我」（a finite self）進行一次又一次的更新與重生，一個「不連續的更新」（discontinuous renewal）。絕對的他者打破了自我一貫的對過去、現在、未來的線性認知。這是他者的時間（the time of the Other）。我的時間與孩子的時間，兩者存在著一條不可連繫的鴻溝，世代間是不連續的（discontinuity of generations）。也由於世代間的鴻溝與斷裂，時間的連續被打斷了，時間可以重新開始，它並非自我生命無限制地重複延長，而是自我與他者之間的差異，一個保證時間多樣性的差異。兒子的來到帶出了無限性，誕生並非自我的翻版，而是差異與希望的到來。他者的欲望遠遠超越我，並且不回歸至自我本源，他的欲望有可能與我的相反。生小孩不是生出另一個「同我」，而是自我欲望一個「他（異）者」。

　　對於無限的存在，列維納斯認為：

> 無限的存有以時間的方式產生……它不是如海德格所認為
> 的那樣，是組成時間本質存在的有限性，而是無限性組成了
> 時間的本質。復活新生組成了時間最主要的事件。因此沒有
> 所謂的存在的延續，時間是不連續的，當下與片刻的更迭交
> 替總是被喜悅極樂所打斷、所干擾。傾刻在連續中遇見自己
> 的死亡，而後重生，死亡與復活構成了時間。這樣的形式結
> 構先行假設了我與他者的關係，而作為這種關係的基礎，時
> 間的不連續性產生了多產與富饒，而多產也構成了時間。
> （*TI* 284）

所以，簡而言之，何謂多產？就是在時間（中）的無限性。富
饒既在時間「中」發生（fecundity in time），也「以」時間的方
式發生（fecundity as time/of time），列維納斯在定義富饒的同
時，也定義了何謂「時間」，時間預設了富饒，而富饒也產生
了時間。時間的無限性，也就是在他者之中，自我以不連續、非
線性、非因果的方式，不斷地、不連續的重新開始。無限、多
產與豐饒即是「每一當下時刻」的誕生與再生（recommence the
instants）。

若孩子為父親所帶來的「責任」及「承諾」，使得列維納斯
透過孩子作出前瞻性、未來式的思考，那麼孩子也使得列維納斯
回溯性地思考「過去」與「寬恕」（pardon）的問題。對孩子的
責任不但承諾未來，更為過往帶來希望，冀望過去能夠在寬恕當
中得到改變，盼望過往能因未來的到來而獲得某些新的意義，而
非無止盡的重複。「寬恕」就如同「承諾」一樣，均非單一的自

我能夠獨立達成的行為，兩者均包含了「他者」的存在。就如同需要另一人的存在才能做出承諾，沒有人能夠自己原諒自己，「寬恕」必須來自他人，自我只有被他者原諒，只有他者能夠自由、大方地給出這一項禮物，他者在給予「寬恕」這個「禮物」的同時，自我也轉變了過去的意義，過往因此得到了新的詮釋，新的生命。來自於他者的寬恕以「更新」的方式，把我「未曾擁有」的過去「還」給我、「送」給我，這個過去不是我的所有物、擁有品，我並非過去的主人與擁有者，這個「更新」了的過去，是他者給予的一項「不預期」、「未料到」的禮物。寬恕並非回歸之前的失落，或倒轉之前的失敗，它並非時空機器，並非反轉時間的順序而回到原初點。列維納斯認為，「寬恕」它更是

> 　　組成時間的要素，每一回的當下片刻之間並非毫無關聯，而是從他者流洩至自我之中。未來並非尚未區別的可能性，往我的現在流動，使得我可以掌握。未來透過絕對的間隔（absolute interval），使得絕對他者得以與過去相互連結⋯⋯時間於存在之中加了新的成份。（TI 283）

時間有了倫理的內涵，「承諾」與「寬恕」均來自於他者，我的時間倫理從他者而來，時間非自我可擁有掌握之所有物，而是他者自由給予饋贈的禮物。經由「迂迴」、「繞道」他者，對他者的承諾、責任，以及來自他者的寬恕，只有以他者為存在的前提之下所彰顯的未來，才是一個有意義的、多產富饒的生活。

　　到底，一個多產的自我又是什麼樣的主體呢？列維納斯式的

主體被剝奪了權力，完全地暴露於他者的影響下，他者改變了自我的實質，並且以寬恕的方式將過去自由地贈予給我，時間是他者給出的禮物，將我在每一次重生時，置於責任與承諾中，使自我能面向未來，產生無限的可能。「寬恕」解開了因果的宿命論觀點，列維納斯說：「若沒有多樣性、不連續，若沒有多產，自我的冒險仍陷於宿命的旅程之中，一個能夠經歷除了命定論之外的主體，才是多產富饒的自我」（*TI* 282）。

　　那麼，未來如何與過去做連結呢？列維納斯指出「寬恕」有一矛盾的特質，在於「寬恕」帶出某一特殊時間觀念，它具有時間的回溯性（retroaction）：「寬恕作用於過去，它重複過去的事件，並且淨化過去……寬恕保留了過去，並於淨化的現在中寬恕了過去」（*TI* 283）。[6]寬恕並不抹除、消弭過去，在原諒之後，自我並非如同新的紙張，嶄新的一頁，準備好新的刻劃。「列維納斯式的重複」並非「拋棄過往」的遺忘或「恢復原貌」的重複。相反的，列維納斯式的重複轉換了自我與過去的關係。被原諒的過去並不使過錯消失，也不使自我成為無罪清白的

---

6 列維納斯指出「寬恕」與「遺忘」有所不同。「遺忘」取消了與過去的關係，好似過去未曾存在，而「寬恕」則使「被轉化」的過去保留於「淨化的現在」之中（*TI* 283）。照一般口語用法forgive and forget常並置一起使用，遺忘的前提是原諒，只有原諒之後才能遺忘，才能不記前嫌，兩者有時間先後順序，後者無法單獨存在、單獨成立。列維納斯則嚴格地區分了兩者與時間的關係，遺忘的主體是個永遠活在當下的主體，遺忘則談不上原諒，因為遺忘與過去切斷了連繫。而寬恕則保住了過去，保留了「一個變化的過往」。

主體，而是改變我與過往錯誤的關係，是現在的我「如何面對、看待我的過去」的一種倫理關係，改變過去對「現在的我」的意義，此即寬恕對過去的「淨化」作用，過去「將會再一次」到來（will be once again），列維納斯使用「未來式」以強調過往的「未來性」，自我在每一當下片刻的重新開始之際，過往將得到不同的面貌，並且與新的自我產生不同的關係，此即寬恕具有「未來」的「回溯」性質。

　　列維納斯對寬恕的看法，暗示著父子關係具有某種「互惠性」（reciprocity）的問題。父生子，在了身上產生責任與承諾；子經由原諒父，將父從過去的錯誤負擔中解放。這看來更像某種「交換」的過程，父生子，產生了責任與承諾，子為父帶來寬恕，兩者行為均「始」於新的時間，亦「產生」了新的時間。前者開展未來，後者更新、淨化了過去，這不是一個互惠性的循環嗎？以一物換另一物，一個父與子的相互性（mutuality）循環的封閉經濟系統。列維納斯需要兒子的「同／異」特性，以彰顯父親既「是我」也「非我／他者」，父親經由他者，使自我不斷地更新，父成為他者，透過他者以回歸自我。來自他者禮物的異質、極端、不可交換的特性，被交換為過去、現在、未來的時間禮物。批評家奧莉薇（Kelly Oliver）則認為父子間存在著某種「互惠的循環」，時間的禮物在父子之間流通，並不擴展至母親或女兒身上，奧莉薇提問：

　　　　父是自己的子，而子對父來說是陌生人，而父子關係使得父成為自己的陌生人。然而，子如何既是「絕對的他者」，

又與父「相同」呢？到底是子之「異」或「同」，其異質性
重新結構了父的自我呢？[7]

本文第二部份則試圖以女性主義的角度，重新審視列維納斯式多
產的父子關係，指出父子間多產與豐饒關係若要能夠成立，需經
由對女性「她」者或母親的媒介而達成，這需提及列維納斯在
〈愛欲的現象學〉一文中，探討何謂女性（the feminine）、以
及「愛欲」（eros）對主體的影響。在什麼意義下，女性「她」
者是被犧牲的，被排除於富饒關係之外，以成就父子間的豐饒生
活？本文將閱讀伊希嘉黑（Luce Irlgaray）對列維納斯愛欲觀的
批判，她指出富饒的關係不需經由兒子，以及對女性（母親）
的排除，早已存在於愛人之間。愛人之間的愛欲關係本是充滿未
來、無限的多產關係。

二、父職之外：愛欲的富饒、母親、女性「她」者

列維納斯認為只有透過與女性愛欲的相遇，父子關係才能存
在，父親單獨無法生出小孩，沒有女性愛人，父親自我的富饒無
法產生實質上的轉變。因此，若要產生富饒，需要另一個超越父
與子兩人的她者。[8]但是，列維納斯認為自我與女性的關係只有

---

[7] Kelly Oliver, "Paternal Election and the Absent Fathe," *Feminist Interpretations of Emmanuel Levinas,* Ed. Tina Chanter, p.231.

[8] 富饒就如同好客（hospitality）一樣，需要女性她者，她總是早已在那兒，在自我意識到她的存在時，她早已脫離自我的掌握了。

在帶來新的生命，產出兒子時，才帶來了實質轉變。換句話說，男女的愛欲關係並不開啓一個豐饒的絕對未來，開啓一新的時間，只有兒子才能承諾父親此一無限時間的更新。

> 我只有在他者愛我時，才能完全地愛著對方，並不是因爲我需要他者的認可，而是我的愛欲喜悅於她的愛欲，因爲兩人的認同相互交會之時，在這實質轉變之時，自我的同一與他者並不結合，而是結合在生出小孩之中。（TI 266）

何謂「愛欲關係」？在「愛欲的現象學」一文中，列維納斯使用了詩的語言，大量堆砌對女性愛人的某些形象，列維納斯形容愛欲時，更像在形容對女人的印象，好似愛欲等同於女人，愛欲「就是」女人。列維納斯的女性愛人是「曖昧」與「模稜兩可的」（ambiguity and equivocation）、「祕密、神祕的」（clandestine and mysterious）、「非意義化的」（non-signifyingness）、是「嬰孩的」（infantile），愚蠢的（silly）、多變的非我（amorphous non-I），她甚至不是人類，有著「不負責任的動物特性」（irresponsible animality），說著不眞實的話語、一個「可被蹧躪」或「不可侵犯」的處女（TI 258, 259, 263, 267）。列維納斯筆下的女性，似乎重複了男人對女人的刻板印象，女人如同「謎」（enigmatic）一般的無從理解，無可理解，因此「未能成爲」意義，處於意義、可能性「之外」。這些描述與定義似乎更符合列維納斯反覆訴說的他者哲學中的某些特性。若是如此，又何以女性（the feminine）無法構成列維納斯「大寫

的他者」，具有舉足輕重的分量以挑戰自我的優先性？[9]

在此定義下，女性「她者」甚至不構成列維納斯式的「他者」，不是全然「面對面」的關係、不形成一個挑戰自我，質疑自我之優越、造成自我實質轉化、比自我更具有優先性之「他」者。女性「她」者更像是「非存在」之「物」（non-being），處於「存在之邊界」（the limit of being），以某種「仍未是」、

---

[9] 值得注意的是，列維納斯在〈愛欲現象學〉之後的文章裡用來指涉女人的兩個文字，分別是女性（the feminine）以及被愛者（the beloved），而非使用女性愛人woman or female lover。伊希嘉黑則在〈撫觸的富饒〉（"The Fecundity of the Caress"）一文中使用「女性愛人」（woman lover），以表示女人與男人均能以作為主體去愛人，而毋須區分愛人與被愛的主動與被動行為。對女性主義而言，the feminine與femininity是有區別的，前者是女性主義學理上永恆探討的主題，後者是女性在父權制度下求生存的變體及偽裝，即女性「陰柔特質」。就列維納斯對the feminine的形容看來，更像是對女性陰柔特質的描繪，列維納斯明顯混淆了兩者，或將兩者以同義辭看待。事實上，列維納斯對the feminine的看法擺盪於「絕對他者」與「曖昧模稜兩可」之間。在 *Existence and Existents,* trans. A. Lingis (The Hague: Martinus Nijhoff, 1978)與 *Time and the Other,* trans. Richard A. Cohen (Pittsburgh: Duquesne UP, 1987)著作中，the feminine是一能夠與自我主體進行倫理關係的絕對他者，它具有兩個特性，一是不需要根據自我或男性（masculine）而被定義，並非男性的同一、互補、或對立，二是有著如大他者般自身積極、正面的特質。然而在 *Totality and Infinity* 一書中，第一種特質並未改變，改變的是第二項特質，列維納斯開始使用「曖昧」、「模稜兩可」等字眼來描繪女性。關於列維納斯在前後期著作中the feminine觀念的變遷，參考錢特（Tina Chanter）的著作，包括：*Time, Death, and the Feminine: Levinas with Heidegger* (Stanford: Stanford UP, 2001)、*Feminist Interpretations of Emmanuel Levinas* (University Park: Penn State UP, 2001)、*Ethics of Eros: Irigaray's Rewriting of the Philosophers* (Taylor & Francis, 1994)。

「非主體」的狀態存在。女性談不上列維納斯筆下所要質疑的具有掌控力量的自我，既非「是」自我（being a self）、更非「他」者。女人的重要性，在於是他人（男人、父親、哲人？）證成自身、通往無限未來的重要媒介與支柱。女人並不直接帶來「無限的未來」，一直到她生出兒子之前，「無限的未來」在女人身上只是一種可能性。因此，愛人間的愛欲關係，不能視爲適當的倫理關係，是「前」倫理的（pre-ethical），愛欲關係是生小孩的前提條件，達到多產的必經之路，但卻不符合倫理要素。在此意義下，它甚至是「非倫理」的（non-ethical）。[10]列維納斯認爲，愛欲的曖昧及模稜兩可的特性，在於它仍困於需求與欲望，當下與先驗，性欲與富饒之間，既非此亦非彼，此即愛的曖昧（ambiguity）特性。愛欲關係的親密威脅了自我與他者應有的「絕對距離」，愛欲的擁抱使得自我太靠近「她」者，以至人我區分混沌未明，陌生人與自我的鴻溝距離全消失了。若說多產關係開展了未來，愛欲關係及戀人相互的擁抱，則將彼此鎖在封閉的兩人世界中，排除了他人的影響與他人的存在，在閉鎖的世界裡，有的只是兩人無盡的交換與循環，沒有第三方（兒子、後代）的介入與參與，毫無開展未來的可能性。因此，愛欲關係稱不上倫理的關係，愛人們循環於封閉的相互施與受、觸摸

---

10 牛津英語字典（*OED*）對「非」（non）一辭的解釋，可進一步用來闡述女性處於「非」時間與「非」倫理的境況。「非」即是缺少、匱乏（absence or lack of）、未能做到（failure to do）、或「未是、未能成爲」（not being, failure to be）。

與被觸摸的經濟之中。在愛欲中，自我與（未能成爲的）「她」者相遇，自我並不與愛人作爲一「絕對他者」而相遇，自我並不進行轉變，自我最終仍「回歸」自己。因此，戀人們相互的包圍與封閉的擁抱造成了孤獨，一個列維納斯所說的「雙重的自我」（dual egoism）（TI 266）。愛人們陷入享樂的當下，戀人之間的擁抱懸置了他者、社會、世界的要求與存在。愛欲生活若要打開未來的時間、打開倫理的可能性，只有將愛欲轉成富饒，只有透過生出兒子，產出一個倫理學所需要的極端的異質陌生人，以改變時間與存在。

對列維納斯來說，愛欲關係未能成爲倫理關係，最大問題在於它的「曖昧」與「模稜兩可」的特性。[11]絕對距離在愛欲擁抱中消失，使得「在愛欲關係中，他者是我，也與我分離、獨立於我之外」（TI 265），愛人們並非全然絕對的陌生，在熟悉與相

---

[11] *Totality and Infinity*一書第四部份的幾篇文章，均圍繞在「愛欲」、「多產富饒」的主題，以及這些主題與「父子」、「愛人」之間的關係。第四部份的標題爲〈超越面對面的關係〉（"Beyond the Face"），從父子與戀人這兩種關係的曖昧特質——既「是我」亦「非我」——來看，列維納斯使用「超越」（beyond）一字有其用意。若「面對面」（face to face）的關係仍保持與「陌生人」的「絕對距離」，維持一無法跨越的鴻溝，那麼「超越」指涉的是跨越界線之後產生的曖昧性。筆者認爲，列維納斯在本書第四部份處理父子與愛人兩種關係的「曖昧性」，意圖探討在「跨越界線」（面對面、身體皮膚的疆界）後，仍可能存在「陌生人」的絕對倫理嗎？激進、絕對倫理，在曖昧的關係中仍然適合嗎？這是列維納斯試圖回答的問題，而本文也圍繞在這個問題，闡述列維納斯的觀念中，父子倫理與愛人倫理兩者所隱含的階級區分。

互需要之中戀人之間也彼此陌生。只有孩子的出現才能轉化愛欲為富饒，開啟倫理所需要的極度的異質性。然而，曖昧與模稜兩可的特質並未在富饒的父子關係中得到解決。列維納斯也說過：「孩子是我，我自己的陌生人」，更說孩子「不但是我自己的陌生人，孩子就是我」（*TI* 299）。我們不僅要問：如果小孩作為一熟悉的陌生人，其曖昧性能夠帶來自我的實質轉變，為何女性愛人的曖昧特質卻無法帶出極端的改變？女性（the feminine）不正符合列維納斯筆下那個將自我極度地暴露於異質性，使得自我極度地脆弱、無助、不自在的陌生人嗎？女性難道不是列維納斯大寫的他者（the Other），具有「絕對的異質性」、有著不可掌控與不可理解的「她」者性？何以在列維納斯的倫理觀念中，隱然存在一種倫理的階級劃分呢？[12]

　　伊希嘉黑認為將女性劃歸於肉欲與性欲（feminine voluptuosity），使父親達到多產富饒的境界（paternal fecundity）這種倫理上階級劃分，是將女性愛人貶低為達成（多

---

[12] 伊希嘉黑在〈給列維納斯的問題〉（"Questions to Emmanuel Levinas"）一文質疑「到底誰是他者？他者是誰？」列維納斯所強調的「他者的臉龐」、對「他者的尊敬」、維持「與他者的絕對距離」，好似他者具有自我彰顯、不證自明的特性。對伊希嘉黑而言，「他者」更像是一個「假設」（a postulate），或系統與論述的餘留或投射。她認為，若「性別差異的他者」未能得到認可，那麼談論誰是他者便毫無意義，若「他者」與「性別差異」毫不相干時，他者「不可化約」、「不可取代」的特性就消失，而淪為無止盡的替換與取代。見Luce Irigaray, "Questions to Emmanuel Levinas," *The Irigaray Reader,* Ed. Margaret Whitford. Oxford: Blackwell, 1991, pp.181-82。

產豐饒）目標的方法與手段，成爲父親愛人達到倫理關係與時間無限性的前提條件。列維納斯在 *Time and the Other* 一書中是如此看待戀人之間的「撫觸」（caress）。撫觸是

> 難以捉摸、閃避的遊戲，一個絕對沒有目標或計劃的遊戲，不能成爲我們自己，而是在未來成了其它不可接近的，撫觸是期望變成、成爲某種狀態，而無實質內容，撫觸由強烈的渴望、充滿承諾所組成，對於不可掌握之事打開了新的面向……戀人們的享樂簡單純粹地導向未來，而毫無對未來事件的期盼。（*TI* 89）

對列維納斯而言，撫觸的目的並不在於使用最根本的面向——感官——以觸摸、認識他者，而是將他者的肉身化約、簡化至父親可能的未來，爲父親未來的主體「完成」（becoming）而鋪路。戀人們若不以生小孩爲目標，愛人們每回的接觸只限於當下，自我與另一人相遇之後，又回歸自我，而毫無實質改變的可能，愛人間的撫觸有可能指向未來，一個徒具形式的可能性，並無實質內容。撫觸的概念運用了女性愛人的身體作爲支撐與過渡，以完成男性主體的時間特性，以成爲「時間中的主體」。將她者的肉身轉換成自己的時間，男性主體失去了女性作爲極端、異質「他者」的可能性。

伊希嘉黑則在「撫觸的富饒」一文提出：與他者愛欲的接觸早已存在著父子關係中「無限的責任」與「不連續的時間性」。她說：「愛使愛人們多產與豐饒，使兩者產生了不朽，使兩人

得到了重生」。[13]伊希嘉黑認爲不需要小孩作爲仲介，以開啓未來、改變過去、達到富饒生活，愛欲關係已是多產的。若列維納斯需要兒子這個「第三方」的產生，以打破愛欲的封閉經濟，開啓富饒生活。那麼伊希嘉黑憑什麼說戀人之間本是多產的關係？她的「第三方」又是什麼面貌？

伊希嘉黑認爲有兩個因素足以造成轉變，一爲愛人間的撫觸，身體彼此眞實的接觸，二爲對母親的記憶作爲世代的回溯。愛欲的接觸已使兩人重生，新的時間已經來到。接觸他者的身體改變了時間，打開了一個希望的未來及被原諒的過去。愛人們不需要依靠生小孩，以打開世代的不連續，愛人們彼此的接觸，已將兩人回溯至母親的世代，喚起了出生時的記憶，打開了未完成的無限未來。對列維納斯而言，若是沒有兒子的出現，以打開未來的時間，愛欲的曖昧注定被貶抑到當下即刻的封閉世界。對伊希嘉黑而言，愛人之間的觸摸已指向一個「非自己」的時間，一個產生於世代之間無限的、不連續的時間。此一時間的斷裂與不連續，並非「向前」遙指「未來」兒子的誕生，而是「向後」歷溯母親那一世代的記憶，搜尋、認知母親的存在。伊希嘉黑稱這個富饒的愛撫爲「天眞的或本有的觸摸」（naïve or native sense of touch）（231），撫觸記住了最親密的母親與小孩的的保護與接觸，確認了過去的存在，並向前指涉一個尚未是自己的時間。

---

[13] Luce Irigaray, "The Fecundity of the Caress: A Reading of Levinas, Totality and Infinity section IV 'The Phenomenology of Eros'," *Face to Face with Levinas,* Ed. Richard Cohen. Albany: SUNY P, 1986, p.235.

戀人之間的觸摸

> 還給我身體的界線，並將我喚回到最深刻的親密記憶中。
> 當他觸摸我時，他囑咐我別消失也別遺忘，但要我記住那個
> 保留最親密接觸的地方。尋找尚未存在的，他邀請我成為我
> 尚未成為的，了解到出生仍在未來發生。將我帶我至母親的
> 子宮，超越它，將我喚醒至另一個愛欲的出生。（233）

愛人的接觸使我回到出生時的記憶、對母親的記憶就像不著痕跡
一般地被喚起，它既非當下現在，也非缺席，召喚一「非我」的
時空、在每一當下喚出過去我未曾擁有的時間，向未來延展，是
一種「當下先驗性的時刻」（transcendence in immanence），它
既是無限的，也是未完成、不連續的世代時間，此一不連續追溯
至母親的世代。列維納斯遺忘了母親，並且遺忘了一個「不可
能」的記憶，但卻是一個必要的記憶。喚起對母親的記憶打破了
列維納斯對（女性）愛欲與（父親）多產富饒的倫理區別。愛欲
不是如一般所認為的兩方激情的閉鎖式循環，沒有出口、沒有第
三方能通過。伊希嘉黑認為在愛人之間第三方早已如魅影般通
過，像痕跡一樣，既不是在場，也非不在場與缺席。在愛欲中接
觸的、經過的、經歷的是母親的身體，觸摸記住了母親孩子之間
的親密。[14]

　　列維納斯忽略了愛人之間多產的富饒生活的可能，不但貶低
女性「她」者為不負責任的動物，並且妥協了自我對富饒作為時
間與他者不連續的關係。若女人只有母親這個角色做為生理上的

工具，只有產出兒子而需要她，父親才能得到寬恕的話，那麼
兒子也淪爲父親的鏡像，成爲父親「迂迴」於自我之外，最終
回歸自我的手段與媒介。豐饒的層次若只局限於兒子，則消除、
忽略了性別差異。兒子關閉了這個相互交換的圈子，父親與女
性愛人相遇只爲生出兒子，被兒子所原諒，父親將女性愛人挪
爲己用，以達到富饒目的，女性愛人之後便「隱藏」（hidden）
於光之下，沉淪至動物性（*TI* 256）。父親緊守看管僅屬於父子
（男人）之間的倫理交換，捍衛著屬於男性認同的承傳，這樣的
作法，妥協了豐饒帶來的極端時間性及倫理意義。於是，多產富
饒的無限時間與未來，是犧牲女人換來的，使用伊希嘉黑的話語
重述：「女性她者不像父親一般是個與時間接觸的時間主體，父
親自我將女性愛人拖至黑暗深淵之中，以便將自己帶進未來」
（*TI* 238）。父親藉由愛人與兒子，穿梭於過去與未來，而女性

---

14 批評家奧莉薇認爲，與其說列維納斯遺忘了母親的身體，更不如說整個哲
　學思想企圖壓抑、放棄男人的、父親的身體，如佛洛依德式的「被弒的父
　親」，以及拉岡式的「象徵父親」。文化與文明的建立有賴於對父親身體
　的剔除與排拒。若說女性身體代表自然，無法進入文化想像，只能在遊走
　於文化邊緣與自然之間，是對女性身體某種「想像的經濟」（the economy
　of the imaginary），那麼父親的身體更「雙重地」從自然與文化中撤出，毫
　無「想像經濟」的創造空間。父職爲抽象的象徵功能，只能依靠男人身體
　的去除與缺席之後，象徵的社會契約才得以運行。有關哲學上、甚至文明
　文化的建立，建基於對男性的、父親身體的排除，參考奧莉薇的著作《家
　庭價值：介於自然與文化的主體》，見Kelly Oliver, *Family Values: Subjects
　between Nature and Culture*. New York: Routledge, 1997。有關女性或陰性想
　像（the imaginary of the feminine），可參考Margaret Whitford, *Luce Irigaray:
　The Philosophy in the Feminine*. London: Routledge, 1991。

「她」者只能永遠的撤退縮回至光之下的深淵，變成時間、甚至一切的條件，因此女性是「非時間」、「非倫理」、或「前倫理」的。列維納斯富饒關係所認可的女性有著「功能性」的角色，一個被賦予使命的角色：由愛人變成兒子的母親。列維納斯將女性與母職（the feminine and the maternal）相混淆，這種做法局限了「女性」可能的社會與哲學上的意義，若倫理學只賴於一個女性「她」者永遠作爲自我轉變的前提條件與媒介，那麼此倫理學的他者極端性也一併受到質疑。

相對於父子間的多產富饒觀，伊希嘉黑提出一個母子的倫理模式，對母親世代的回溯流露了自我絕非行爲的「絕對本源」，自我在自己的家中早就是一個客人了，由於曾經生我的母親，我也因此能夠生產另一個，這意味著記住我仍必須作爲一個自我而負責，我能夠給出他者（後代）時間，由於一個女性生了我，她的慷慨能夠在愛人之間親密的接觸中得到新的體現。「誕生」作爲倫理生活的條件，並不是將母親貶低到一個條件而已。誕生所產生的世代之間的問題，並不只是向著孩子的方向打開，更面向過去打開了與雙親的關係，在其中我是孩子。我們需要一種寬恕，一種與過去更新的關係，它使我們從過去的重複之中解脫，此一原諒並不只是在現在中保留了過去，它更是帶出了「從未曾經」的過去，一個從來不是過去的過去，而現在的自我會比過去「多出更多」，內涵更爲豐富，此一無政府（anarchic）、時間錯亂的、從未存在的過去，以「未來」的姿態到來，以作爲他者的一個禮物而到來。列維納斯的父職所產生的未來及時間，屬於男性的未來與時間，有其局限及封閉性，它並不完全開放一

個極端的異質空間。相反地，列維納斯的父職關閉了異質性，因此，它是「有限」（finite）而非無限的。記住母親這個慷慨的禮物，她如同痕跡一般、以痕跡（trace）的方式閃過，打斷了父子間的封閉循環，它提醒自我具有承諾與負責任的能力，並非來自天生、並不來源於自我，亦非來自未來（兒子），而是來自「她」者，母親生產這樣慷慨的禮物超越自我導向他者（孩子）、以嶄新的面貌形塑過去、並且流向未來。

三、結　論

　　列維納斯激進式的、自我剝奪式的責任倫理，並非簡單地在傳統自戀式哲學中的自我領地內進行某種對抗論述，亦非訴諸他者的落難與負面悲情，而發出不平之鳴，列維納斯致力於更為後設的、基底性「厚彼薄此」的他者哲學，尋求純粹的「他者性」（otherness）、絕對的「他異性」（alterity）、以及不可化約的「外在性」（exteriority），為哲學之基始。從「陌生人」與「面對面」兩種形象，意示著他我不可吸納、不可同化地保持某種距離，列維納斯對空間距離、身體界線的堅持，使得他必須進一步探討「超越面對面」兩種曖昧的「跨界」關係──父子與愛人關係。

　　列維納斯的「父職觀」與佛洛依德的「弒父原罪」為截然不同的世代觀，兩者差別在於「時間」。佛洛依德弒父的原罪與罪惡感為兒子自我構成之基石，「過往」總是對單一事件（弒父）、單一時間之回溯（罪惡感）。相反的，列維納斯的父親自

我為一「時間主體」，兒子既「異」又「同」的曖昧，開啓責任與未來時間，兒子的來到使父親自我在「時間」之中不斷更新與重生，過往將再一次來到，未來由「將會成為的過去」（a past that will have been）組成，未來即更新的過往，過往以未來面貌出現。父親的過往、罪惡、與錯誤，因子的出現而被寬恕、賦予新的意義，呈現於「精神」及「時間」層次上相互滋長「多產」、「豐饒」、「無限」的父子關係。

既「異」又「同」的曖昧關係，體現於愛人之間，列維納斯則有另一番不同的詮釋。戀人間的「撫觸」，模糊了他我身體的疆界，兩人陷於「當下即刻」的享樂，既非時間主體，不開啓過去與未來時間的流通，亦非多產富饒的精神豐富。列維納斯的女性面貌，在父子關係中是「仲介的生殖母親」，在戀人關係裡是「沉淪的欲女」，兩種曖昧關係有著倫理上的階級劃分，兒子得以提供父親絕對他者的經驗，而對女人的絕對異質視而不見。對列維納斯來說，在愛的經驗裡，自我與他者總是堅決地保持某種距離，此一自閉式的、孤獨的自我之愛懼怕著愛人撫觸時彼此身體界線的曖昧、模糊、甚至消失。可以說，曖昧（ambiguity）這個議題仍是列維納斯需進一步處理的主題。列維納斯「人質」（hostage）一意象，為「曖昧」所帶來認同與身體疆界的模糊，提供一實體經驗。正是透過「身體」任人宰割的無助，以彰顯自我的極度脆弱。「身體」成為倫理發生的「第一場域」及「第一時間」，在「人質」經驗中，列維納斯式的主體以「肉身剝奪」（carnal dispossession）的方式、以「成為自己的皮膚」（being one's own skin）的方式，使得「自戀主體」失去身體界

線、並且極端地、無助地暴露於他者的異質性之中，這種具體化的倫理（ethics of embodiment）指出了一個可能的方向，以理解愛人們「撫觸」所帶來的曖昧與界線模糊。[15]

　　若說列維納斯父子間封閉的互惠循環排除了仲介母親，那麼伊希嘉黑則以「母親」為第三方，打開「撫觸」的二元世界觀，開啟「非我」的世界。撫觸非密閉的當下時空，而是回溯喚起母親的世代以開展未來。「撫觸」作為人我交流時的「第三類接觸」，引出既在場、亦缺席的時間「痕跡」。撫觸所引出的世代回溯、對母親的記憶，如影子般閃過，導引我們承載著母親給出的慷慨「禮物」，走進未來。

　　歸根究底，伊希嘉黑與列維納斯思想的基底均是具象、實體的經驗（臉與撫觸），在此意義下，「性別倫理」成為「適當的倫理」（ethics *proper*），成為倫理學必需優先處理的課題。列維納斯的「曖昧」及「撫觸」概念為性別的倫理學指出了一個方向，列維納斯打開了性別倫理的可能性，然而，他以封閉的二元觀檢視愛人關係也關閉了這種可能。接下來需提出的問題是：在何種程度上、何種意義下「撫觸」或「肉身剝奪」（carnal dispossession）能夠成為「責任倫理」的前提？「撫觸」的曖昧特質，要如何開啟在時間層次、精神層次上多產豐饒的兩性關係或人我關係？這是性別研究在挪用列維納斯時需要處理的難題，亦是列維納斯給予女性主義引出更為艱鉅的課題。

---

[15] 有關列維納斯「具體化」（ethics of embodiment）的倫理，可參考Ewa Ziarek, *An Ethics of Dissensus: Postmodernity, Feminism, and the Politics of Radical Democracy.* Stanford: Standford UP, 2001。

第十一章

為列維納斯答辯
——理察・柯恩訪談

賴俊雄　訪談與記錄

劉玉雯　譯

賴：首先要感謝您在我於列維納斯中心研究的三週期間，提供了列維納斯式的熱誠招待，並且同意接受今天的訪問。

柯恩：能夠招待您是我的榮幸。我很驚訝有人會為了討論列維納斯，而從台灣千里迢迢飛至夏洛特（Charlotte）。雖然我身為「在地」的東道主，但我還是必須感謝您上次幫我準備了一頓色香味俱全的中式素食晚宴，在我家款待我系上的六位同仁，與您見面話家常。

賴：事實上，能以猶太人「合禮食物」（kosher food）的烹飪食材、器皿與方式準備中式晚餐，對我來說也是相當新鮮的嘗試與經驗，也謝謝您介紹我認識您系上的同仁們。由於我在列維納斯中心（Levinas Center）已進行了三週的研究，在此期間我們也曾針對諸多哲學議題（特別是關於列維納斯）有過不少愉快的交流，激盪出許多想法。因此，我將今天的訪談問題大致分為兩大部分。第一部分：將著重在列維納斯的哲學與生平。第二部分：則側重在列維納斯評論家的回應，這個部份就要麻煩您針對七項目前對他思想的主要批評做回應。不知您對這樣的訪談安排是否有其它想法或建議？

柯恩：再好也不過。感謝您撥冗準備這次的訪談。

賴：我還記得我們去年在普度大學（Purdue University）參加列維納斯國際會議時的情形，當時您發表了一篇〈列維納斯在美國之接受情形〉（"The Reception of Levinas in the States"）的演說，可否先請您就這個議題進行簡略說明？

柯恩：我會盡量試著不重複我的演講內容。美國剛開始對列維納斯有所認識與接受，是由於賓州州立大學（Pennsylvania

State University）的林吉斯教授（Alphonso Lingis）將列維納斯的主要鉅作《整體與無限》（*Totality and Infinity*）譯成英文，並於1969年出版。英譯本是在法文原著問世八年後出版。杜肯大學出版社（Duquesne University Press）所印製的平裝本很典雅，而且在每頁皆留了大量的頁邊。我現在也還留有這個版本。再來就是由歐瑞安（Andre Orianne）於1973年所譯的《胡塞爾現象學中的直觀論》（*The Theory of Intuition in Husserl's Phenomenology*）。而林吉斯教授的譯作《從存在到存在者》（*Existence and Existents*）與《別於存有或超越本質》（*Otherwise than Being or Beyond Essence*）也分別在1978與1981年相繼出版，後者當然是列維納斯的第二本經典之作。至於我自己則翻譯了一篇他寫的重要文章——〈上帝與哲學〉（"God and Philosophy"），刊登在1978年夏季的《今日哲學》（*Philosophy Today*）中。後來我也翻譯了《時間與他者》（*Time and the Other*），並於1987年由杜肯大學出版社出版。而在此前一年（1986）我則負責編審《與列維納斯面對面》（*Face to Face with Levinas*），這本書主要以列維納斯的二手文獻資料爲主，收錄了幾位思想家對列氏哲學的反思，包括有布朗修（Maurice Blanchot）、德布爾（Theodore de Boer）、李歐塔（Jean-François Lyotard）、德葛瑞夫（Jan de Greef）、帕波札克（Adriaan Peperzak）、以及伊希嘉黑（Luce Irigaray）。在八〇年代左右，聽過「列維納斯」這號人物的美國學者寥寥可數，因此可以想像，深知列維納斯思想重要性的人又更是鳳毛麟角。不過這種籍籍無名小圈子的優點就在於我們都彼此認識——無論是

有私交或透過學術交流而認識。

　　威修格羅德教授（Edith Wyschogrod）則享有另一項殊榮，她於1970年完成的論文《列維納斯：倫理形上學之問題》（*Emmanuel Levinas: The Problem of Ethical Metaphysics*）是英語界第一本專論列維納斯思想的論文，也是英語界第一本探討列維納斯的書籍，目前也仍在市面上流通。第二本是羅頓（Philip Lawton）所著的《列維納斯的語言理論》（*Emmanuel Levinas's Theory of Language*）（1973），第三本則是我的《列維納斯哲學中的時間觀》（*Time in the Philosophy of Emmanuel Levinas*）（1980）。另外早期有兩篇與列維納斯相關的論文，但偏向比較性質：葛洛普（Leonard Grob）的《哲學的復新：沙特與列維納斯思想之研究》（*The Renewal of Philosophy: A Study of the Thought of Sartre and Levinas*）（1975），以及史密斯（Steven G. Smith）的《全然他者：巴特與列維納斯思想中對他者之論點》（*Totaliter Aliter: The Argument to the Other in the Thought of Karl Barth and Emmanuel Levinas*）（1980）。如果您還記得，我在普度大學曾問過那些與列維納斯有私交的人，請他們談談他們記憶裡的列維納斯，讓那些只熟悉文字版列維納斯的年輕學者們，也能認識人性版的列維納斯──如同賦予他容貌一般。葛洛普（Lenny Grob）就是其中一個出來做見證的。

　　至於列維納斯在美國的接受度，我們要先知道，上個世紀中期的美國哲學界主要分成英美哲學（Anglo-American philosophy）與分析哲學（Analytic philosophy）兩個流派。事實上，後來的美國哲學家們也大抵受這兩派思想的薰陶。儘管以歐

陸哲學（Continental philosophy）爲主的現象學與存在哲學協會
（Society for Phenomenology and Existential Philosophy），在美
國是位居第二的哲學協會，但它的成員數目比起美國哲學學會
（American Philosophical Association）依舊是小巫見大巫。而美
國哲學學會至今仍是由分析哲學所主導。因此要說列維納斯在八
〇年代，甚至在九〇年代仍默默無聞，則必須考慮到因爲當時歐
陸哲學在美的能見度並不高，即使是歐陸哲學的思想泰斗如梅洛
龐蒂（Merleau-Ponty）或哈伯瑪斯（Jürgen Habermas）也是鮮
爲人知。即使美國哲學界的觸角從大西洋跨伸至太平洋，但整體
來說，美國哲學界是較爲封閉的。

　　在有限的歐陸哲學家學術圈內，過去近五年來列維納斯的名
氣可說是遐邇聞名。他被推崇爲哲學巨擘也確實是名至實歸。
現在每年與他相關的論文與出版書籍簡直是族繁不及備載。誠
如您問題中所提到的，連美國都已經成立了一個列維納斯協會
（Levinas Society）。現在，列維納斯（無論是其人或其名）在
整個美國哲學社群中已經是遠近馳名，也因爲人們體認到其思想
的原創性與重要性，使他的地位也水漲船高至浪花頂端。

　　最後讓我對列維納斯在美國的接受情形做一個總結。比
他早發跡的德希達（Jacques Derrida），嚴格說來是列維納
斯的學生，而非顛倒過來。誠如您所知，德希達針對列維納
斯發表了兩篇篇幅甚鉅的文章——〈暴力與形上學：論列
維納斯之思想〉（"Violence and Metaphysics: An Essay on the
Thought of Emmanuel Levinas"）（1964），以及〈在這部作
品中就在此刻我在這〉（"Here I am at This Very Moment in this

Work"）（1980）。前者在研究列維納斯哲學的圈子裡引起不小迴響，後來也收錄在德希達的《書寫與差異》（*Writing and Difference*），成為巴斯（Alan Bass）所譯的英譯本（1978）中的第四章。有鑑於德希達在當時的美國，甚至從八○至九○年代的熱門度（即使是現在，德希達在各英語系所也依舊熱門），美國研究列維納斯的學術圈可以粗略地分成兩派：一派是因為列維納斯而研究他，例如我自己、蘇格門（Richard Sugarman）、還有威修格羅德；另一派則是因為德希達而研究列維納斯，像是柏納斯柯尼（Robert Bernasconi）以及德弗瑞斯（Hent de Vries）。又或像羅育（Leonard Lawyor）於2003年任一本論及當代法國哲學的書籍中大膽表示：「很難區別德希達與列維納斯的不同處」（*Thinking Through French Philosophy*）。因此後來列維納斯研究圈分成兩支不同的學派也是意料中之事。但避免誤導您或顯得我太過客氣，我必須承認，我比較偏愛第一派的閱讀方式。

　　我想順帶一提，兩年前能在普度大學的列維納斯國際會議中遇見您，真的是一個難能可貴的經驗。您憑著對列維納斯的熱誠以及求知的慾望，不辭辛勞的飛去印地安那州（Indiana），真的很讓我感動。而您現在竟然就在北卡羅來納州（North Carolina）的夏洛特了！

　　賴：這要歸功於列維納斯思想的磁場強度。另外，您除了是美國最早研究列維納斯思想的學者之一，也是將他的思想引進英語世界的主要先驅，甚至後來還遠赴法國，成為列維納斯的門下學生。所以您不僅瞭解列維納斯的哲學思想，也和他有些私交。可否請您告訴我們：一、為何您決定到法國追隨列維納斯研習哲

學？二、列維納斯私底下是個怎樣的人？三、他給您最深刻的印象為何？

柯恩：這有點故事性，所以希望您別介意我較長的回答。我在賓州州立大學唸大學的時候主修哲學，恰巧當時林吉斯教授——也就是列維納斯著作的主要譯者——也在那裡教書，因此我才有機會接觸列維納斯。賓州州立大學的哲學系很有名。當時在美國有設立哲學史的學校裡，它若不是頂尖的，也是數一數二。有一點要注意的是，在二十世紀以前，分析哲學對哲學思想的涉獵並不深。事實上，我是在唸大學的時候才開始讀列維納斯，那時是我第一次知道有這號人物，也是頭一次見到他！列維納斯在1971年時來到賓大，那段時間他剛好在約翰霍普金斯大學（Johns Hopkins University）擔任客座教授。我不太記得確切的日期。他以朗讀課程內容英譯稿的方式，替我們上了一堂課。這篇稿就是後來發表的〈意識型態與唯心論〉（"Ideology and Idealism"）一文。後來我大學畢業後，林吉斯教授建議我申請紐約州立大學的石溪校區（State University of New York at Stony Brook），也就是現在的石溪分校（University of Stony Brook），繼續攻讀哲學碩士。

當時，石溪分校的哲學所新成立不久，所長是伊德（Don Ihde）教授。他主要教授里柯（Paul Ricoeur）以及海德格（Martin Heidegger），並且開始發展後來使他享譽學界的科技哲學理論。我是它們研究所第二屆的學生。雖然石溪分校的哲學所剛成立，但卻已經擁有幾位傑出的當代歐陸哲學老師。像我在1972年入學時，除了伊德教授之外，還有教授胡塞

爾（Edmund Husserl）的威爾頓（Don Welton）教授；艾立森（David Allison）教授則是德希達《言說與現象》（*Speech and Phenomena*）（1973）的英譯者，當時該書正在進行最後的修訂，他主編的《新的尼采》（*The New Nietzsche*）（1977）當時也即將出版。戴樂瑞（Arlene Dallery）教授則是開祈克果（Kierkegaard）與梅洛龐蒂的課。另外，笛卡兒（Descartes）則是由巴黎第四大學（University of Paris-Sorbonnc）來的客座教授哈爾（Michael Haar）所教授。而有名的美國哲學家——布區勒（Justus Buchler），則教授美國哲學以及他的哲學思想。

儘管所上很致力耕耘歐陸哲學這一塊，但沒有人知道列維納斯，因此也就沒有開班授課。縱然我對哲學抱有很濃厚的興趣以及求知慾，但對我而言，列維納斯就已經是唯一的哲學家（*the* philosopher），他的哲學就是真理。直至有一天我突然豁然開朗：列維納斯不只存在於一系列著作中，而且還是一個活生生的人，一個現在就在巴黎教書的人。於是，我便告訴所上的老師，我要前往巴黎唸書……沒有任何的獎學金，孑然一身赴法取經，什麼都沒有，真的是「不帶走一片雲彩」（a "leave of absence"）。事後回想，當初決定的時機點很巧，因為1974年到1975年剛好是列維納斯在巴黎第四大學授課的倒數第二年。

我不僅想見列維納斯，而且也很想上他的課。所以我就捏造了一個藉口：我打電話給他，向他詢問上課閱讀書單。其實我很清楚，在法國，是由大學生自己決定該讀些什麼參考書，而不像在美國一樣由教授開列書單。列維納斯聽到後馬上跟我解釋，不過他還是邀請我去他家，或許是看在我是林吉斯教授——他著作

的主要英文譯者——學生的份上才邀我去。我在列維納斯家裡受到他熱情的款待，師母替我們準備了咖啡以及餡餅。我用我有限的瘸腳法文試著跟列維納斯討論他的哲學。其實我很敬畏列維納斯，後來馬上發覺到我在「浪費」他寶貴的時間。但列維納斯卻讓我有賓至如歸的感覺，和我討論一些他目前的哲學觀點。

　　好了，接下來說一則短短的小軼聞。我在巴黎第四大學上了兩堂列維納斯的課，一堂是海德格的《存有與時間》（*Being and Time*），另一堂課的內容就是後來的《別於存有或超越本質》。您要知道，法國大學和美國大學有一點很不一樣的地方就在於，在法國大學的課堂上（至少在當時）學生絕不發言，也從來不發問。列維納斯在上課的時候常常提到海德格作品中的某些段落。於是有一天，我舉手請問列維納斯可否提供那些段落的出處頁碼（英譯版上有德文原文的頁碼）。其他學生全都哄堂大笑，也難怪，他們沒想到我會舉手發言，而且還問了一個芝麻綠豆般的問題。後來列維納斯要大家安靜，並且很慎重其事地說他從今以後一定會告訴我們頁碼。當時我覺得，他不僅很明確地回答了我的問題，他的態度也替我在全班面前保住了面子（在接下來的一週內他再也沒提到頁碼了！）。我知道這是一個不起眼的小插曲，但我銘記在心。

　　從那年開始，以及後來幾年陸續跟列維納斯接觸的經歷中，我該怎樣形容他這個人呢？我想，列維納斯的孫媳婦韓賽（Joelle Hansel）——他的孫子大衛（David）的妻子——用一個詞來形容他就很貼切：和藹可親。雖然列維納斯才智過人又創見十足，也很清楚他在當代哲學（甚至所有哲學）中的地位，也因

此明白他所應得的禮遇；他在闡釋或捍挌他的立場與思想上決不
屈尊降貴。但列維納斯在平日交談時卻總是彬彬有禮、待人敦
厚、事必躬親，是非常隨和又很有幽默感的一個人。身爲一位世
界級、任重道遠的哲學家，卻仍撥冗親自寄給我一本他親筆簽名
的著作。請別介意我冗長的回答。

賴：可見列維納斯眞的是「書如其人」。在之前的一次聊
天中，您提到在當今猶太教中有三種類型的猶太人——改革派
（reform）、保守派（conservative）、與正統派（orthodox）。
由於不同類型的猶太人對猶太教義有不同的詮釋與認知，因此也
影響到他們對猶太教的態度與日常生活方式。列維納斯是一位虔
敬的猶太人嗎？他在法國是屬於哪一類型的猶太人？在列維納斯
的著作中，他總是很謹愼的區隔他的哲學思想與宗教信仰。如果
屬實，從猶太教的觀點來研究他的哲學作品是否成爲一種必要的
功夫？爲什麼？

柯恩：列維納斯的確是一位虔敬的「正統」猶太人。但並非
像現在的「極端正統」猶太教給人的印象那樣——像基本教義
派份子，或是海德格所謂的「存有神學」（onto-theology）。在
法國以及其它地方，猶太教可簡單地分爲兩支：正統派與自由
派，美國改革宗與保守宗（the American Reform and Conservative
movements）即隸屬於自由派。自由派強調啓蒙視野下——亦即
通過理性與普世性（universality）——的猶太傳統，它很重視猶
太教裡頭道德與正義的普世性，尤其是由先知而來的教訓。至於
正統派則恪守猶太傳統，也就是遵守拉比（rabbi）的教導，或
是《塔木德》（*Talmud*）法典對後聖經歷史時代的教義解釋。這

兩支底下又另外分出許多流派，不過列維納斯可被歸為我們現在所稱的「現代正統」派（modern orthodoxy）。現代正統派雖然也遵循猶太傳統（諸如儀式、禱告、節慶、拉比的解經、以及研讀《塔木德》），但也會參與現代世界的事務，投身於由理性運作的科學與文化的大千世界。列維納斯既信奉猶太人的先知傳統，也遵循猶太教的傳統禮儀以及聖典的教訓。倫理在傳統的先知教導中被視為圭臬，猶太人也是根據先知的教誨來詮釋教義。因此，列維納斯和那些自由派的猶太人不同。自由派為了追尋普世道德與正義，因此揚棄了許多猶太傳統。然而列維納斯卻遵行這個傳統，只不過他是站在尋求普世道德與正義的立足點下來闡釋這個傳統。表面上看起來似乎與自由派無異，但事實上卻是大相逕庭。列維納斯在《整體與無限》中即寫著：「所有無法回復（ramener）至人際關係的一切，並不代表較高階的宗教形式，而是一種永遠具原始性的宗教形式」。這就是他對猶太教的立場態度。

其實我並不認為列維納斯的「哲學」與「告解」的書寫有太大不同。基本上兩者傳遞的都是同一個理念，宣揚同一種倫理。列維納斯不贊同施特勞斯（Leo Strauss）將理性與啟示、雅典與耶路撒冷做涇渭分明的切割對立。因此，列維納斯書寫的出發點並不強調異質的觀點或立論基礎，而是根據不同的閱讀群來作為寫作方向。就像其它的哲學作品一樣，他的哲學著作是針對那些知識份子型的讀者而寫，特別是那些熟諳西方哲學與文化史的讀者；至於他所謂的「告解」作品，主題皆和猶太人有關，因此是特別寫給那些常接觸猶太經典或猶太傳統的讀者。我想強調的

是，這兩者的教導基本上是一樣的。有一點大家要記得，儘管信奉猶太教的人不多，但他們也視猶太教為一個「普世宗教」，一個可以教誨全人類的宗教。

賴：我們都知道，列維納斯在1928年的時候在弗萊堡大學（Freiburg University）跟隨胡塞爾研習現象學。他也常常自詡為現象學家，他的畢業論文至今仍被視為評論胡塞爾思想的精闢作品之一。不過，胡塞爾透過現象學還原（phenomenological reduction），追尋的是一個超驗自我（transcendental ego）（而非實際的經驗自我），而列維納斯卻堅稱倫理才是第一哲學，強調我們對絕對他者（absolute Other）（而非一個純然自我）的「感受力」（sensibility）。另外，列維納斯在早期作品，《從存在到存在者》，也指出胡塞爾現象學（以及海德格的存有哲學）的盲點，在於其整體的思想結構都關注在「存在者」（existent）通往「存在」（existence）的存有論途徑上，太過於重視存在者的意向性（intentionality）（或思想運動）。因此列維納斯要逆向思考，思索「存在」如何到「存在者」，並且將優先性讓給了「他者」。您認為列維納斯的哲學是胡塞爾現象學的延續？背逆？甚或斷裂？

柯恩：這是一個很好的問題，您的問題已經點出列維納斯思想裡很重要的一個面向。簡單來說，列維納斯的著作與現象學的關係是既延續卻又斷裂。列維納斯必須同時保有這兩個層面。換句話說，因為他是一位傑出的現象學家，在思想的領域裡進行著「嚴格科學」（rigorous science）研究的科學家（一種胡塞爾式的廣義科學；科學已然從「客體」擴延至「現象」，也因此從單

純量化分析進入至描述層次）；也因爲列維納斯對現象學的鑽研是如此的博大精深、如此的精闢深刻又深具啓迪性。例如他對超越死亡的存有（being），或是對享樂（enjoyment）原始狀態的描述，都比海德格的「向死存有」（Being-for-death）、及手性（ready-to-hand）或是怖慄（anxiety）等觀念來得精采。也因爲列維納斯有自己獨特的現象學觀點與洞見，因此當他發現現象學的局限時，或者說當他認知到現象學本身正是現象學分析所欲追求的意義的羈絆時，他體悟到道德經驗優先於自我意向性，並且能夠強化意向性，此時列維納斯便與胡塞爾式現象學分道揚鑣，發展出一套絕對優先於「現象學」的「倫理學」哲學。簡言之，列維納斯之所以能夠確立倫理學的優先性，並不是利用什麼鐵腕手段，而是因爲他逼顯出了科學的界限。在此界限上一股倫理責任的外力，貫穿了知識論（epistemology）與存有論所關注的一切命題，儘管這違背了此兩門哲學的意願，但這股力量卻增添了它們的重要性，也因此賦予它們存在的理由。也因爲列維納斯追求眞理，並將之逼至極限，所以他仍舊是一位哲學家，而非衛道之士，也因此倫理學成爲第一哲學。

　　賴：所以我們可以說，列維納斯的倫理現象學中也多少具備科學的層面。不過，哲學與科學最大不同處在於後者側重典範的延續與完整性的追求，而前者是以激進的抵抗與批判爲前提——無論是柏拉圖、康德、甚或黑格爾，沒有任何一位偉大的哲學家能不先踩著過去思想家的思想影子而進行獨創性的思考。除了胡塞爾與海德格之外，列維納斯的思想還深受誰的啓發與影響？

　　柯恩：除了胡塞爾與海德格之外，我會說是柏格森（Henri

Bergson）。列維納斯將柏格森的《時間與自由意志》（*Time and Free Will*）列為「哲學史上四、五本經典之作」的其中一本。從古代、到中古時期，直至現代，哲學發展從早先的追尋永恆與再現，邁入肯定「時間」與「存在」的概念。後二者在胡塞爾的「內在時間意識」（inner time consciousness）與海德格時間性中的「超出性時態」（ecstatic）與「有限性」當然又有更進一步的延伸。列維納斯表示，柏格森的綿延理論（theory of duration）在哲學的發展系譜上可說是一項創見。時間在列維納斯的思想脈絡中佔有舉足輕重的地位。但時間在此已不被設想為一種自我的投射，而是互為主體（inter-subjective）的崩裂。亦即列維納斯在他晚期作品中討論的「歷時性」（diachrony）。

另外，我想也不能漏掉康德（Immanuel Kant）。列維納斯早期曾經對康德的《實踐理性批判》（*Critique of Practical Reason*）寫過一篇短文，不過，在那之後就沒有任何針對康德而寫的文章。但從列維納斯與康德具啟發性（instructive）的不同處即可以發現前者思想的新穎處。例如，康德在「無上命令」（categorical imperative）中的第一與第三命題即論及，對他人的倫理敬重等同於尊重他人的法律（第一命題：一個行為應照格律〔maxim〕來行，它除了是出於意志之外，也應成為一普同法則。第三命題：一個行為的格律應同時也是〔對所有理智存有者而言〕普同法則）。列維納斯則比較接近第二命題：「對待人類，無論是對自己或他人，皆應視其為目標而絕非一種手段」。但第二命題也不全然是列維納斯式的，因為第二命題依舊過於強調主體。誠如您所知，列維納斯並不認為道德源於自己或其他人

對法律的尊重。對他而言，法律與正義兩者相輔相成；正義建基
於道德之上但卻不等同於後者。列維納斯式的道德是來自於我們
「尊重」他者之爲他者。我之所以將「尊重」用嚇人的引號括起
來是因爲，列維納斯主張道德不應從自我開始，而應從他者而
來；道德始於爲他人存（being-for-the-other），然後才是爲己存
（being-for-oneself）。他者打破自我的平衡狀態，擾亂自我整合
一統的能力。當從他人而來的運動軌道碰觸我之際，自我內部的
他者（the other-in-me）在自我中以道德責任之姿擺盪著。他者
的確粉碎了自我的能力。他者以其感受力（您上個問題提到的）
對自我動之以情，兩者的相遇不單只是智性或理性的交會。上述
這些論點即是我之前所說的，列維納斯與康德的對比是啓發性
的，而且我想，列維納斯也一直將這些論點銘記在心。雖然列維
納斯不是柏拉圖學派的，但他確實很欣賞柏拉圖的作品。

　　賴：相較於其他思想家，例如傅柯（Michel Foucault）、德
希達、拉岡（Jacques Lacan）、以及德勒茲（Gilles Deleuze），
列維納斯在華文社群中就顯得比較冷門。因此本專刊的目的就是
將列維納斯的思想推廣至華文社群，作拋磚引玉之效。所以是否
可請您闡述列維納斯的早期作品《整體與無限》與晚期作品《別
於存有或超越本質》，此兩本書中的精髓概念？對您來說，哪本
書較重要？

　　柯恩：好一個「大問哉」！這兩本書是列維納斯最重要的著
作，可說是他所有哲學的精粹。至於哪本重要，對我而言，《整
體與無限》比較重要，因爲第一，它是一本極具獨創性的作品，
裡頭集結了所有列維納斯哲學的主要議題，甚至包括一些在《別

於存有或超越本質》中又更深入闡釋與發展的觀念。《整體與無限》所討論的重要觀念太多了，我不便在此一一詳述。但大致而言，它的中心思想就是源自與他者相遇而浮現的道德觀，而這個他者即是超驗性（transcendence）。哲學發展迄今仍不願與超驗性建立任何可能的「關係」，也拒絕與超越超驗性產生任何關係，頂多就只是把超驗性掛上「未知」的名號，像是康德的物自身（thing-in-itself）。列維納斯認知到確實有一種超驗性的關係在，但既非知識論或存有論的關係，而是一種倫理關係。這是一種自我與他者的關係，但不是由外檢視，而是從他者而來的倫理關係。他者撞擊著自我第一人稱的絕對特異性（singularity），請容我這麼說──將自我特異化成一股責任，一股爲他者負責的責任。這就是《整體與無限》第三部份最精彩的地方，而第二部份對內在（immanent）自我性的起源架構進行現象學的分析，可說是替第三部份鋪陳（順帶一提，在此，列維納斯也有描述獨特的「存在者」如何從不具任何特色的「存在」之中浮現。此即之前問題有提過的，這是一種「自感」（self-sensing）的浮現，亦即列維納斯所說的「享樂」）。

　　《別於存有或超越本質》則將《整體與無限》視爲一個完成的句點，不再探討他人的超驗性，轉而思考這股超驗性對一個負責自我的感受力所產生的道德影響。這裡的自我是「脆弱」的，是他者的「人質」，是一個「替受苦他者受其苦」的自我。在語言的分析精練度上，《別於存有或超越本質》也比《整體與無限》來的更好，但這並不是說二者的分析相互矛盾背逆，而是說前者將後者的一些觀念做更深入的闡釋。在《別於存有或超越本

質》中，列維納斯將「言說」（saying, *dire*）與「已說」（said, *dit*）進行重要的區分。「已說」單靠自身便將「言說」歸化納入其範疇內——儘管後者（作爲一種道德的相遇）其實才是表意（significations）最深（或最高！）的意義（significance），是「已說」表意的起源處。

賴：謝謝您將列維納斯的兩部鉅作替我們做了提綱挈領的介紹。的確，唯有不斷地透過倫理「言說」（ethical saying），我們才能與超驗他者建立關係。對列維納斯而言，良善總是具有絕對優先性。而在他的思想核心裡，「善」（good）總是先於「眞」（true），但這也是評論家齟齬之處。您曾就此倫理假設提出一個例證：「一個人知道必須拯救一個在水面上即將滅頂的孩童，同時他（她）也具備了救那小孩的知識與技能，但卻不等於眞正以行動拯救那位孩童，除非知與行是同義詞」。能否請您對此做進一步說明？

柯恩：眞理有自己的發展軌跡與意圖。眞理永遠想目睹自己不斷邁向完善，到達最終自身的目的。即便早在後現代初期已承認「系統」的觀念已然崩解，眞理依舊認爲自己還是有「無盡的任務」，如同胡塞爾或裴爾士（Charles Peirce）的哲學理念一樣，或是海德格哲學中，那個既慷慨施予卻也同時急流湧退的存有，又或是德希達思想裡那個意義無盡向後推延伸展的「差異」（difference）概念。然而，在這樣脈絡系譜下，道德責任的迫切性——或者我應該說「更宏偉的重要性」——卻被瓦解消弭了，被一個據稱是更巨大、尚未完的眞理計劃給吞噬掉了。之所以被稱爲計劃（project），因爲它永無止盡的一日，也從不回

返至已然逼近的危急之秋現場。在此指的就是拯救即將滅頂的孩子。以這種方式說明這件事可能太過複雜，不過同樣的事情就印證在海德格漠視納粹屠殺猶太人一事上。他不僅在整齣事件的準備過程中不聞不問，就連大屠殺開始的時候他也充耳不聞，即便事件落幕後的十幾年他也只是埋首於「存有的問題」。就是因為他焚膏繼晷的在鑽研存有的問題，以致於他對那些被不公不義謀殺的受難者的慘叫聲置若罔聞。但哪一個比較重要？在列維納斯看來，答案早已了然於心。但弔詭的是，對哲學家來說，卻唯有追尋真理——宣稱擁有純淨「自由」的真理——才會讓我們茫然若迷。

　　不過我要先聲明：列維納斯並不排拒真理。從來不會。他是位哲學家，但身為一位倫理學哲學家，他所反對的是總將真理視為首要的思想，他認為倫理義務才應享有第一優先性。倫理義務不僅具有第一優先性，事實上，「優先性」或「重要性」的概念皆源自於倫理學。真理之所以重要，就是因為倫理學高於知識論。但別弄錯了：真理甚是重要。倘若少了真理，道德便岌岌可危，因為這麼一來就少了正義做後盾。道德必須以正義為輔，道德不光只是顧念特定他人的特異超驗性，而是要擴及至所有人，連那些不在場的也必須被關切到。由此推之，就是要注意律法的制定，法庭的公正，食衣住行是否達到供需平衡，是否分配平均。若真理閉門造車，故步自封，則這些義務責任將會消散殆盡——一開始消失的是道德義務，緊接著是對正義的渴求之心。而正義的可能卻唯有透過真理，透過科學，透過知識方能達成。

　　換言之，救人的當下反應與行動是一種倫理的先驗性「自

感」，而非來自「真理」知識的推理與證明，但此種人的「倫理」特性可以（也必須）放在「真理」的框架來檢驗。

　　賴：我相信閱讀此次專刊的人將會是以文學與哲學學者居多，所以，以下我想談談關於列維納斯與文學的關係。儘管列維納斯的倫理學是站在反傳統美學的立場，在某些層面也反詩創作，但他自己則是不折不扣的文學家（a man of letter）。他曾經說：「有時候我認為，哲學說穿了不過就是莎士比亞的沉思」。基於這項聲明，您在您的大作〈列維納斯論莎士比亞的一些思考〉（"Some Reflection on Levinas on Shakespeare"），試圖縫接列維納斯（一位二十世紀的猶太裔法國哲學家）與莎士比亞（一位十六世紀伊莉莎白一世年代的劇作家與詩人）。可否請您與我們分享您這篇作品的思脈？

　　柯恩：您說的沒錯，列維納斯確實是位文學家。他曾不只一次表示，他年少時深受俄國古典作家的影響，「以及許多西方歐洲的大文豪，我特別仰慕寫出《哈姆雷特》（*Hamlet*）、《馬克白》（*Macbeth*）以及《李爾王》（*King Lear*）的莎士比亞」。在這些文學作品中，列維納斯看到作家們都致力釐清一個最深奧的問題：生命的意義。書本與文學作品一樣有能力質疑、探究同樣的問題，這個哲學家在嚴謹的哲學語彙中也在追尋的問題。

　　列維納斯的著作中不乏有莎士比亞作品的片段，不過最明顯的地方應該是在他早期的兩部作品《從存在到存在者》以及《時間與他者》中。列維納斯援用了莎劇的許多片段來說明一些哲學概念，例如死亡之前總是還有「時間」，死亡無法與生命合而為一的概念（和海德格正好相反）。列維納斯利用馬克白與麥可道

夫（MacDuff）的戰役來做更鮮明的解釋。縱然所有的「徵象」都指出馬克白的大限將近，但他還是英勇的（卻徒勞無功）與麥可道夫做最終的奮力一搏。列維納斯也藉由《哈姆雷特》以及《馬克白》中的女巫、幽靈與鬼魂來強化不具名、無定形的存在樣態「有……」（there is, *il y a*）的說明。這些文學作品不是什麼「證明文件」，而只是將列維納斯在現象學裡的一些發現，更加添一些戲劇張力、將抽象觀念具體化、給予它們一些生命力。儘管列維納斯承認，對他來說，「最出類拔萃的書」就是希伯來聖經，以及解經的《塔木德》法典，但他對世界文學的喜愛代表他同時也相信，能探索人類最深邃悠遠意義的，絕不只限於（或存在於）特定的「聖」典內。

我在這裡補充一點我私人的意見，想略表我的感激之情：我要謝謝您提到我這篇關於列維納斯與莎士比亞的文章，因為在您提起之前，我都不知道它已經刊登出來了（而且在2001就刊登了，不知哪種原因，我一直未收到德國編者的刊登通知。）！

賴：中華傳統文化裡有三根支柱，擎起我們思考的方式與生活態度：儒、佛、道，儒家思想處理人與人的關係、佛家思想處理神祇與人類的關係，以及道家思想處理自然與人類的關係。就我所知，您比較鍾情儒家思想。而您認為列維納斯的思想較偏向儒家思想。可否請您就此中西思想比較作一解釋？

柯恩：我不敢說我自己對儒家、佛家、或道家的認識，和台灣人對這些偉大的精神運動的認識（包括它們複雜且多采多姿的歷史發展背景）一樣深。您說的對，我特別欣賞儒家的思想，但我對它的認識僅限於孔子的思想著作，對孟子也僅有約略涉

獵——不過全都是透過英譯本。基本上我對儒家思想以及新儒家思想的發展淵源與整個脈絡是陌生的。且讓我列舉最後一個自身的不是：我對於儒家思想在中國現在的當代政治產生怎樣的影響也不甚清楚。不過，過去四十多年來，我一直有在研讀儒家思想的一些主要作品，在這當中也對這些傳統略有心得。

所以，列維納斯和儒家有什麼共同處呢？誠如您所說的，儒家談的是人與人的關係，一種建立在倫理道德、品德修養、仁義忠信、謙遜敬重、風俗禮儀的關係上。而列維納斯談的則是　種不對稱的人與人之間的關係，這與孔子所談的四種人倫關係甚為雷同。另外，己身的道德責任總是最重，例如孔子所說的「絜矩之道」。將道德視為公義治國之本，而統治者與人民（他們同時也是家庭的一份子）也理當總是將他人的一切置於我之前來思考——這即是列維納斯的倫理。孔子不語怪力亂神以及與空洞的形而上問題，他對儀禮祭祀的遵從，都再再與列維納斯的聖經人文主義論述如出一轍。這些只是幾個共同點，另外還有更多，但每一個異同處都需再經過更細膩與深層微妙的爬梳，礙於篇幅我無法在此詳述。如果我能給台灣與大陸的學者一個建議，我想我會建議比較列維納斯與儒家的倫理思想。這是一個有待進一步研究的議題，也是極具潛力的一個研究方向。

我最近讀完了狄百瑞（William de Bary）的《亞洲價值與人權：從儒學社群主義立論》（*Asian Values and Human Rights: A Confucian Communitarian Perspective*）（1998），我對作者的博學多聞感到非常欽佩，也很欣賞書中的概括論點：在政治社群中，儒學不能被當作是漠視人權的藉口，事實上儒學是捍衛人權

最具說服力的論證。我不曉得這本書有沒有中文譯本，不過我推
薦大家看這本書。

　　至於佛學，雖然我不是被各樣虔敬獻身的信眾給吸引，但佛
學做為一種哲學總是讓我感到很濃厚的親切感，我覺得它表達了
世界所有偉大宗教的核心真理以及應有的作為。佛學作為一門哲
學思想（我想這應該才是佛陀的本意），強調的是以無畏、極大
熱誠的態度全然獻身於追求真理，以藉此減輕在塵世受的苦難而
修成菩薩之身。同樣地，道學做為一門「哲學」，就比較虛無縹
緲，或許是太柔順，甚至帶點無為的色彩，不過道學確實也點出
了人類所渴求的：天人合一、接納、與歸根的渴望。對我而言，
比起俗世生活，「流亡」——這個在猶太傳統中至關重要的觀
念——反倒比較貼近我的生命經驗，但它不是一種負面的疏離經
驗，「流亡」反而指向的是一個無限可能的未來，一次生命的冒
險，我們猶太人的盼望。

　　賴：因為您也在系上教授列維納斯的課程，可否請您提供幾
個建議，讓不同世代的列維納斯評論家的論述能做更有效的延續
與連接？並且將這些看似異質的思想整合成一個較扎實的教育社
群？

　　柯恩：誠如您所知，我們兩年前在美國剛成立了列維納斯協
會（Levinas Society），而以色列與美國最近也將推出以他為研
究中心的期刊。不過我不敢對這些發展組織妄下評論。無庸置疑
的，這些組織提供研究列維納斯的學者齊聚一堂的機會，發表
極具學術價值的文章，讓他們能針對列維納斯的思想肌理進行
細膩的分析，針對不足與罅隙做檢視。然而另一方面，我認為

列維納斯所提出的論點是關乎全人類應汲汲努力的方向，關乎這個全球學術社群中的每一分子。所以也應擴延至社會科學學門，甚至再廣一點，包括了社會、宗教、政治思想與實踐上。列維納斯認爲，人類最人性之處，就是應具有倫理關懷。此爲他的中心思想，因此，倫理關懷應當是每一個人生活的基本態度，這不是僅局限在任何特定學門或社群的概念──雖然這個概念會因地制宜。我確實有注意到列維納斯在各個學門中的影響力越來越大，對此我很樂見其成。

　　賴：現在我們就第二部份進行訪談──開始進入嚴肅中帶點火藥味的話題了。列維納斯並不是一位不受爭議的思想家。事實上，他的「倫理作爲第一哲學」的概念就遭到不少劍拔弩張的攻擊。身爲一位列維納斯的學者，一位不折不扣的列維納斯追隨者，您的「責任」（套句列維納斯的話來說）在於對這些批評與指責進行嚴謹與仔細的回應。因此以下的訪談內容將著重在七位列維納斯思想的評論家所提出的主要問題，包括德希達、李歐塔（Jean-François Lyotard）、里柯、伊希嘉黑、紀傑克（Slavoj Žižek）、伍爾夫（Cary Wolfe）與巴迪烏（Alain Badiou）。

　　雖然您在學術界的第一篇期刊論文寫的是德希達，但我知道您並非隸屬「德希達派」的學者。事實上，您對德希達詮釋列維納斯的方式持一種保留態度。所以我們就先從德希達開始吧！德希達在〈暴力與形上學〉這篇享譽學術界的文章中，質疑列維納斯「無暴力」傾向的倫理思維，將和平置於爭戰之前。列維納斯相信「無暴力」語言的存在，一種沒有動詞、缺少述語、少了「成爲」（to be）的語言。「但既然有限沉默也是暴力的元素，

語言就永遠只能夠在承認戰爭並於自身中實踐戰爭的同時無限地趨向公正」。對德希達而言，列維納斯的絕對和平只存在於純然無暴力、絕對沉默的場域中，或是在一處無法企及的應許之地，在沒有語言的彼岸家鄉。因此，德希達提倡的是一種「暴力經濟學」（economy of violence）：「一種經濟學不能夠被還原成列維納斯用這個詞時所指的那種含義。假如光就是暴力的元素，那就得與某種別的光一道與光搏鬥以避免最壞的暴力，即先於或抑制著話語的那種沉默的暴力和黑夜暴力」。對德希達而言，話語唯有透過對自身進行暴力與否定，才能獲得肯定。換句話說，列維納斯如何能不使用存有論的語言來批判存有論的暴力？您對於德希達批評列維納斯的想法為何？整體而言，德希達這種解構式的詮釋是否誤讀了列維納斯？

　　柯恩：您方才在問題中提到德希達的一些觀點，都已經出現在列維納斯的著作中。列維納斯自己很明白一點：若要邁向和平，不採取一些相對的暴力手段是不可能的。誠如您所言，我的確不是德希達那一派的。但我在巴黎時（1994-1995）還是有上過他的課，也滿常發表評論他思想的文章——當然是比較批判性的。如果照您上述引用德希達的話來看，列維納斯的思想好像讓他變成了一位浪漫的烏托邦主義者，變成一個絕對的和平主義者，但實情並非如此。例如，他在《別於存有或超越本質》寫著：「對我們西方人來說，真正的問題不在於拒絕暴力，而是要捫心自問於抗爭暴力中，如何能在此抵制抗爭中避免暴力被機制化（the institution of violence），又不會被約化成對邪惡的一種妥協」。我認為這是非常重要的觀點，但是德希達

與列維納斯之間眞正的哲學爭議在於意義展現的理論（theory of signification），一個對政治觀影響甚鉅的理論。德希達認同黑格爾對絕對超驗的否定論點。這個不是多晦澀的立論，而只是黑格爾反駁康德的一個立論：假使你說了話，那麼你說的就是屬於已說的範疇內，因此各式各樣有關超驗性的「說法」，都是在已說內部的意義系統內。此即爲德希達在他文章中的根本立論：意義產生於符號（sign）指涉符號的系統或系譜脈絡之內，產生於差異化的母體（語言）之內。但和黑格爾不同之處在於，德希達認爲這樣的符號「系統」並不存在，因此主張一種沒有封閉結束、無盡「差異」與「推延」的符號。不過列維納斯很清楚，在「已說」的層次裡，符號在歷史語言系譜脈絡中——一個發展中的歷史，不斷向後推延，指涉著其它符號。列維納斯想表達的是，這個符號母體的整套說法是建基於符號的暴竄，亦即他在《整體與無限》中提到的「表現」（expression），以及《別於存有或超越本質》中的「言說」。但這個暴竄並非存有論式的，像海德格的「存有差異」一樣，也不是德希達從語言身上所發現的符號「遊戲」——語言彷彿是在沒有說話者說話的情況下言語。海德格晚期把研究重心從存有移至語言上的轉向深深影響德希達的這個概念。但，不對，是有人在講話的，而且所說的皆由毗鄰性（proximity）而來——一種建立在責任上的道德毗鄰性，亦即有回應（respond）他者的責任（responsibility）。這就是列維納斯所說的「面對面」（face-to-face）或「人際」（inter-human）。這裡有一個無法被物化或「封閉」的系譜脈絡，但這並不是因爲符號在意義結構中永無休止的逃逸，而是因爲這個系譜脈絡是源

於第一人稱的單數形態，一種特異性。比起已說的話語中不斷滑動的意義，此特異性與另一個特異性——亦即我與你——有更親密的關係。正是他人的這種絕對激進他異性（alterity）——而非符號的相對激進他異性，使得論述、言說、與交談成為一項義務，一項一開始就具道德性的義務：去傾聽他人，進而對他人做出回應，而不單單只是聽他（她）說而已。

我想應該是在列維納斯逝世（1995）之後，也可能是德希達自己開始教授亞里斯多德（Aristotle）的「友誼」專題之際，德希達試著納入列維納斯的道德觀點。他的確援用了列維納斯對他者激進他異性的語言與道德語言的觀念。不過除非他推翻自己早期的「差異」哲學，否則這樣的嫁接就顯得不合邏輯，造成思想上的扞格，也違反哲學倫理。但我並沒有發現德希達有任何改變。我覺得他不能「魚與熊掌兼得」：他要不就跟隨列維納斯。德希達晚期作品中在語言表達上，很明顯的帶有「列式風格」。要不然就不變，因為基本上他也無法成為列維納斯派的一員。但這個選項也並非另一個「不可決定性」（undecidability），不過我認為這正是晚期德希達盡力維持的狀態，像個走鋼絲的特技演員一樣，但這也讓他還是維持他自己，而沒有變成列維納斯。舉個具體例子來說，德希達在有名的「德曼事件」（Paul de Man Affair）所做出的回應，亦即他對德曼蓄意藏匿後者在二次世界大戰前所寫的仇猶（anti-Semitic）文章所做的辯護，以及當德曼的計謀被發現後，德希達對那些評論家所進行的抨擊。這些再再都顯示了德希達與列維納斯二者的思想是相互背逆的。因此，我總是稱德希達是「海德格最忠實的弟子」。海德格的思想顯然也

與列維納斯的倫理學有極深的齟齬。

　　賴：看樣子，我們或許可以說德希達在其晚期解構主義的政治與倫理方向中，建構出來的倫理論述是一種沒有列維納斯的列維納斯倫理。李歐塔在〈列維納斯的邏輯〉（"Levinas' Logic"）一文中，特別針對列維納斯「面對黑格爾式的迫害」有一番細膩的解讀，在文中也順帶解釋了他自己在閱讀康德的第二項批判理論時的一些想法與疑問。我必須承認，在閱讀此文時，我迷失在李歐塔以數學公式詮釋列維納斯邏輯的宮牆中。李歐塔相信「列維納斯對存有論的還擊是有漏洞的；將倫理論述從『同者』（the same）中釋放出來的此一想法，在面對表述子句時蕩然無存」。對於李歐塔的批評，您的想法為何？

　　柯恩：我必須承認，我也覺得李歐塔在那篇文章中的「邏輯」滿詭異的。讀完後我不認為他反駁了列維納斯的道德令式（moral imperative）概念，我甚至不覺得他真的有論及這個概念。李歐塔利用分析哲學的語言來分析似乎不那麼妥當。無論是在這篇或是李歐塔其他評論列維納斯的著作裡（例如在《差異》〔*The Different*〕中），他的見解往往是偏向疑問性質而非批判性質，好像不確定他應與列維納斯保持何種立場。對我來說，李歐塔的分析強度在於，他點出「已說」的曖昧性與流動性，若置放在商品、政治宣言氾濫、以及充斥跨國企業的當代世界中，則有一定的危險性（這點想必列維納斯也會同意）。但這是很尼采式或馬基維利式（Machiavellian）的，因此對我來說，這似乎與李歐塔在《後現代狀況》（*The Postmodern Condition*）中所堅稱「言說即戰鬥」一樣的狹隘與粗暴，甚至詭辯。

賴：現在該換里柯上場了。他在晚期著作《自身即他人》（*Oneself as Another*）中，「自己只是另一個自己」的概念可說是他早期作品裡，所有關於倫理、語言、敘述、與行動理論思想的集大成。里柯的倫理顯然有別於列維納斯的倫理，他也對列維納斯的倫理論述提出一些善意的疑問，特別是有關道德自我，以及自我與他者間預設的不對等關係。我讀過您的一篇立場鮮明的論文：〈道德自我：以列維納斯式的回應評里柯的列維納斯〉（"Moral Selfhood: A Levinasian Response to Ricoeur on Levinas"），直接回應上述批評，替列維納斯扞護。這是一篇篇幅甚鉅又深奧的文章，因此可否請您簡單扼要的談談這篇文章的內容？

柯恩：那確實是一篇很長、也很集中在討論一個議題的一篇文章，它針對在《自身即他人》中，里柯所有閱讀列維納斯的舉例與細微處——無論是正面或負面的，都一一提出回應，藉此凸顯里柯思想的力度與精細處（從正面意義來看），以及他長久以來研究列維納斯倫理的結果。誠如您所言，這篇文章是一篇替列維納斯辯護的文章。列維納斯很敬重里柯，而里柯私底下也曾在列維納斯的職場上幫過他。他們兩位的哲學背景也很相似（都是法國早期出版研究胡塞爾現象學書籍的）。儘管如此，他們的思想見解基本上還是相互歧異。這個「基本上」是什麼呢？儘管里柯漂亮地重思「良心聲音」（the voice of conscience），從海德格的「傾聽存有」重新導向為傾聽他人，可惜的是他仍舊無法完全跳脫出海德格思維的軌道。若將此一情況置於《自身即他人》，以及里柯和列維納斯的關係中來看，那麼，道德對里柯而

言——他同時也想保有亞里斯多德對「美德」的洞見，雖然道德無可避免地是對他者的一種關懷，但終究是源於自我本身的「自尊」。因此，縱使里柯坦承他人對道德良心具有舉足輕重的影響力，也推崇列維納斯的此觀點，但「基本上」道德良心終究只是一種自我與自我打交道的方式。這也就是所有里柯批評列維納斯論點的起源，他認為列維納斯太重視他者的影響力，把思考線拉得太長。鑑於此，從列維納斯的觀點來看，我們可以說里柯在逃避他者超驗性的干擾，不願正視他者的「臉龐」（face），在閃躲列維納斯對「無限義務」所做的辯護。「無限義務」能夠提升道德自我至適當高度——儘管它永不可及，沒有責盡的一日，但也正因如此，才使它既具有提升的效果但同時也不斷進行干擾。

　　另外，我的學生們也下過這樣的評論：列維納斯要求太多了，根本強人所難——雖然這種表達有失深度，也缺乏任何學術性質。這些學生其實是在找藉口，這也是一般人的反應——不怎麼高尚就是。難道康德在面對類似的批評時，不也以上帝做假設，藉此擔保人類的幸福不會因為責任無限而消失嗎（康德也在倫理中察覺到此點）？就算我們所有的責任（或是大多數的責任）都無法窮盡，列維納斯卻一個人也不放過，或是說，倫理以責任之網將所有人一網打盡。若非如此，則倫理也不再是倫理，而是化約成其它東西，像是心理學、人類學、社會學諸如此類。於是我反問上述逃避現實的說法：難道人類的問題真的在於我們的道德倫理意識太重嗎？我們為了善，為了他人，為了正義，真的犧牲掉太多幸福嗎？難道情況不是恰巧相反嗎？我們幾乎沒什麼倫理意識，我們滿足自己幸福的欲望不都（遺憾地）建立在他

人受苦之上嗎？每一個人都必須捫心自問。至於列維納斯，他很清楚當今世上的道德正義還有多少。

　　賴：讓我們來談談性別的議題。列維納斯認爲女人是「絕對他者」的思想至今仍飽受爭議。第一個針對列維納斯此說法發難的女性主義思想家或許是西蒙波娃（Simone de Beauvoir）。在《第二性》（*The Second Sex*）中她寫道：當列維納斯說「女人是個謎，他暗指著，對男人而言，女人是個謎。因此他意欲的客觀性描述，實際上只是強化了男性優勢的論調」。此外，在您所編的《與列維納斯面對面》一書中，收錄了一篇伊希嘉黑的〈愛撫的豐饒〉（"The Fecundity of the Caress"）。伊希嘉黑強烈抨擊了列維納斯的幾個思想：包括「陰性」（feminine）、「愛」、與性別關係。她指出，對列維納斯而言，女性被「帶入到一個不屬於她的世界，因而異性戀人才能從中得到歡愉，獲得力量，以便通往自我中心式的超驗屬地」。伊希嘉黑認爲列維納斯筆下的女人或許是一個美妙、慧黠、謎樣的他者，但女人仍注定沒有臉龐、無依無靠、沒有屬於自己的超驗性。由於戀人的臉龐除了是臉部之外，也是身體的一部份，因此，伊希嘉黑強調列維納斯「根本不瞭解親密關係中獲致的歡愉」，在這樣的關係中，戀人間只有「立即的狂喜」，但橫隔在遙遠的兩個自我之間只有孤寂的愛。您認爲列維納斯對「陰性」的概念是純然超驗的嗎？列維納斯的倫理學是否如同伊希嘉黑的批評般，充滿父權思想的論調？

　　柯恩：當代女性主義所提出的質問的確不容小覰，也充滿挑戰性。不過我想，西蒙波娃最初對列維納斯的「批判」似乎

是出於一種根本上的誤解。列維納斯他者的激進他異性既非指男性也非指女性，而是我的主體性面對他人無可化約的超驗性中所蘊含的內部性或「隱匿性」。他者當然總是指一個具體的他人，一個男的或女的，一個家庭的成員或非成員，一位警察，銀行家或是醫生等等。不過，列維納斯的他者擁有優先性，他者是主體義務的來源，是主體目光所朝向的，也是主體責任之所繫。因此，他者並不像西蒙波娃所暗指的居於次位。但話說回來，在《整體與無限》的第二部份裡，或許列維納斯不該將「寓居」（dwelling）的概念比喻爲「陰性之謎」。如我在我的《崇升》（*Elevations*）中一篇名爲〈性別形上學〉（"The Metaphysics of Gender"）的文章中表示，列維納斯使用日常語言中的「陰性」與「陽性」（masculine）二詞，指的不是它們在生物學上的分類，而是代表意義的區塊。「陰性」指的是家庭環境所具有的保護特性（無論是由生物學上的男性或女性所建立居住的家），而「陽性」則代表著工作的公共場域與客觀性（無論是來自生物學上的男性或女性）。當然，這裡的用詞恰當與否，或是這個用詞的其它政治意涵都備受爭議，但我想不應誤解或單純化列維納斯使用「陰性」一詞所代表的意義。

　　至於伊希嘉黑對《整體與無限》第四部份的愛慾（eros）分析所提出的批評，這同樣是關於現象學的提問。列維納斯說戀人在愛慾的擁抱中仍維持分離狀態，此說法較眞嗎？或是伊希嘉黑所提出的「親密關係中獲致歡愉」說法正確？我比較傾向伊希嘉黑的論點，但列維納斯的立論也有其中肯處。列維納斯認爲在愛慾中，我們會努力臻至一種水乳交融的親密關係，但就算

我們達到了親密關係的境界，它卻是曇花一現，驟然消逝。或者也可以質疑列維納斯對愛慾擁抱的描述，其實它是對父職—母職（paternity-maternity）的想望，也就是想超越自身而孕育一個新生命。但它難道不也只是為了享受歡愉，共享快感嗎？那麼是否愛慾就含有雙層意義：一層是由雙重快感所覆蓋，兩個身體共同享受一種感覺；而另一層是試圖超越自身，在通往父職—母職的過程中注滿超驗性？我們一定要決定它們的先後次序嗎？另外，有責任的身體與愛慾的身體二者間的關係或許是更宏大的問題。我認為愛慾應該規範在道德範疇內（例如我們不會允許未經雙方同意下的暴力或凌虐），但在那樣的情境脈絡下（其實也不是情境脈絡，而是一種特異性），道德能夠指引愛慾行為嗎？我想是沒辦法的。

我認為，列維納斯晚期的書寫方式避開了他早期用的一些術語，特別像是在《整體與無限》提到寓居的「陰性在場」（feminine presence），不過寓居的概念依舊在。然而晚期列維納斯卻將有責任的自我，這個將「為他人」置於「為己存」之前的自我稱為「母性」（maternal），使我們很容易把道德自我視為一種深層的他者內向投射，自我彷彿被他者穿透，將他者包裹於自我之內；自我孕育著他者，一種「同中有他」（other-in-the-same）。「母性」在此已不具任何愛慾概念，反而已變成一個充滿道德意味的概念，一個「自我即是責任」的根本定義。這樣算是有性別歧視嗎？我想不是，但依舊有些女性主義者把任何牽涉性別的詞彙，皆看成對女性的一種父權暴力。我自己則同意尼采的說法——儘管我是從全然不同的角度來欣賞。尼采表

示，宗教作為一個更高或具提升力的超驗（亦即列維納斯的倫理超驗性）論述，將賦予自我陰柔的力量，「馴化」自我，或者像我說的，它增添了自我對受苦他者的敏感度。當然，當我使用動詞「陰柔」（effeminize），或者另一個同義詞「柔弱」（emasculate），我有可能被扣上性別歧視的帽子。我們現在當然必須謹慎、斟酌注意用法，它的字義以及言外之意。但沒有語言是純淨的，沒有概念是完美無瑕的，我們必須就我們所累積承襲的意義來使用，重點在於如何將意義擺渡至良善與公正之境界，調整它們，批評它們，在某些情況下（若有可能的話），則抹除或建立某些詞彙意義，或者如布伯（Martin Buber）所說的「聖化世界」（sanctify the world），而不光只是一竿子全打翻（這是尼采啟示式的缺失），而這無論如何都永遠不可能辦到——如果我們依舊要持續與彼此對話的話。

　　賴：列維納斯的倫理學還有另一項被攻訐的地方。許多評論家相信，列維納斯認為動物過於魯鈍因而沒有「臉龐」。例如伍爾夫在其《動物存有論》（*Zoontologies: The Question of the Animal*）一書中指出，列維納斯在《困難的自由》（*Difficult Freedom*）中直接以動物的泛稱形式來書寫，而且特別提到一隻名叫巴比（Bobby）的狗（牠是德國在納粹統治下，最後一位康德思想家），最後暗指因為巴比根本無大腦可言，因而牠沒有「臉龐」。您認為列維納斯的倫理學是否如伍爾夫所說的帶有物種歧視主義（speciesism）？

　　柯恩：除非我認為「物種歧視主義」是一個問題，我才能同意以上的說法。我沒讀過伍爾夫的書，不過李維林（John

Llewelyn）以及其他人也有提出過相同的質疑。列維納斯協會在美國第一次舉辦研討會時，也就是您也有出席的那一次，您有聽見波皮奇（Diane Perpich）發表的文章。我記得那是一篇很縝密、很周詳而且頗具說服力的文章，一篇以列維納斯觀點回應上述問題的文章。

其實根本的爭議是有關階級問題與人本主義。人類是否如列維納斯所言，是無可化約又享有特權的？還是人類應該同化、縮減融入另一個更宏大的背景中？例如十七及十八世紀理性主義者（rationalist）所主張的宇宙機制（the cosmic mechanism），或是現在全球皆念茲在茲的環境保護論（environmentalism）？人類一定要被自然主義（naturalism）同化嗎？這些問題的答案取決於是否有什麼是人類特有的，是無法化約的人類本質。而這個特點在與其它萬物相較之下，使人類脫穎而出，成為萬物之首。光在這一點上就延伸出許多答案。例如，古希臘人認為理性就是人類特有的，因此，狗因為缺乏人類的理性，所以在重要性的排序上就比人類低。從您上述的問題看來，伍爾夫所抨擊的就是這一點，而史賓諾莎（Spinoza）在幾個世紀前也提出過相同的質疑，在史賓諾莎之前也還有狄奧根尼（Diogenes）。

為何列維納斯的思想能夠反駁上述的批評呢？因為列維納斯並不是藉由理性來定義人類，而是透過道德感。的確，我們可以說有許多事是只有人類才能辦到：某些抽象的理性思辯、運用象徵符號（即語言）、創造力、遊戲等等不及備載。但對列維納斯來講，「人類的人性」處就在於道德感，在於把「為他人存」置於自己之前，在於自我犧牲，在於負責任，在於樂善好施，將道

德做為正義之磐石。我想這就是反對列維納斯思想的主要爭論點，就是認為他不夠關懷動物，或者更廣的來說，就是惻隱之心的問題。但我認為這些論點有誤導之虞，甚至是錯的。倘若我們人類，做為人類，自己都還不「知道」道德為何物，那麼我們又如何能珍視這些動物或整個自然環境？我們如何能「道德地關懷」牠（它）們？我們的道德意識是從自然界而來嗎？從動物身上獲得的嗎？幾乎不可能。我想，薩德（Marquis de Sade）的話就將此爭論永遠地封緘：萬事萬物皆可由自然而生，從寵愛自己的孩子到生食他們，從關懷他人到凌遲他人，從保育森林到燒毀它們等等。唯有浪漫的多愁善感情懷，才會天真的只見到大自然的優美，而忽略其醜陋之處；只驚嘆啟迪靈感的旭日或落日，而忘了還有颶風、地震、海嘯的摧枯拉朽；只見健壯的活力洋溢，而不聞疾病、瘟疫、與畸形者等等。大自然本身並無任何價值意義。史賓諾莎將自然一言以蔽之：大魚吃小魚。自然不過就是「堅毅不撓的存有」，或從尼采的生物學觀點來看：權力意志（will to power），強化自身。但是就連這些描述也過頭了，因為總是人類自己在詮釋大自然，我們總是透過自己的觀點在解讀大自然。

由於列維納斯是基於「道德感」而非「理性」來定義人類，因此他的哲學在談人類關切大自然時會比較有立足點。換句話說，就是從道德感去談。因為負責任的自我，就是一個有能力替受難他人受其苦的自我。因此推而言之，這個自我也是替受難動物受苦的自我。但這不僅是從功利主義的角度出發，因為他（牠）們所經歷的苦難會傷及到我們，奪走我們的寵物以及食

物。只要人類的本質（或「無本質」，因為它是流動的）仍是替受難他人受苦的，也就是說，本質仍為負責任的，那麼，人類就是所有苦難的一種回應——即使這種回應性是源自於他人，即使這種回應性唯一關切的只有他人。倫理不僅僅代表道德責任，同時也表示正義，因此會帶出重要性的次序與關切的優先順序。其他人類具有優先性，但這並不代表人類就會把狗或其它有感覺的生命體棄之如敝屣。事實上正因為這種優先性，使得人類也會去關懷其他生物。

　　另外我想補充一點，就是這些評論列維納斯動物觀的批評家，他們往往忽略了歷史悠遠的猶太聖經傳統與《塔木德》傳統中對動物的關懷。聖經記載，當亞伯拉罕（Abraham）的僕人以利以謝（Eliezer）要替以撒（Isaac）（亞伯拉罕之子）選妻子時，他選了利百加（Rebecca），因為利百加除了給他水喝之外，也打水給以利以謝的十匹駱駝喝（《創》〔Genesis〕24:18-21）。而在《塔木德》裡則有律法規定猶太農夫（其實是所有猶太人）應先餵食他們的家畜，他們自己才能進食，因為家畜是受他們照顧，無法自己去覓食。猶太飲食法也規定「合禮」（kosher，潔淨之意）動物須以疼痛方式最低之方法宰殺。猶太飲食法也對於哪些動物可以宰殺（包括飛禽與魚類）有嚴格的規範。的確，挪亞七律（the seven laws of Noah），亦即適用於全世界（而不僅限於猶太人）的「義」之律法，在這七律中，除了可預期的禁令——不可殺人，不可偷盜，不可姦淫等等，還有一條是不可殘害牲畜！因此我們可以說，列維納斯的「人本主義」——至少從他自己的猶太傳統教導看來，所涵蓋、觸及的層

面極細，關切的是實際行爲而非一昧固守傳統，照應到一切有感覺的生命體的福祉，也因此他的人本主義所關心的是一切受造物，超越了一開始人與人面對面的關係。

賴：您舉「合禮」食物來說明猶太傳統中關懷、照顧動物的面向頗具說服力。不過，請允許我這麼單刀直入，您的意思是說動物在列維納斯的倫理學中也是有「臉龐」的？就我所知，列維納斯似乎不願對動物的「臉龐」進行正面的回應。

柯恩：我能理解這種不願意回應的態度。因爲這「不情願」代表了人類他者的優先性，另一個人的優先性。事實上是因爲他人的「臉龐」，人類才對動物、植物、以及一切有感覺的生命，甚至一切受造物都具有相同的義務。因爲他人的「臉龐」，使得人成爲人，使人擁有道德意識。而在動物的世界中，這並不會因著動物自己而發生。獅子吃綿羊，對獅子或綿羊來說都無關道德議題。地震或火山爆發等「自然」事件，倘若就事件本身來考量，也無關道德與正義。即使是佛陀從動物手中救出動物，但這些動物也已先被擬人化了。因此，直接回答您的問題：動物的確只能「間接地」具有「臉龐」，但牠們具有從「人際」關係中源生的「臉龐」，一種道德必要性的「臉龐」。但這完全不代表我們因此對動物毫無義務，恰好相反，正因爲人類是從面對面的道德關係所產生，所以我們對動物、有感覺的生命，以及我說過的，一切受造物，都有絕對的道德義務與責任。這即是我們身爲人的意義所在，我們所能做的貢獻——亦即將世界神聖化。這並不是暴戾宰制或自私自利的統轄，而是關懷照顧——這是人類最人性、最高尚、最能減緩一切受造物苦難之推延運用。

　　這就是爲何環境保護者把拯救瀕臨絕種的物種看得比賺取利潤來得重要，這是正確的。但這些決策並不是未經思索的自然反應，而是經過謹愼、精密、深思熟慮的評估、權衡輕重利害後的結果，是有顧及到人類可能的苦難後果而追尋的正義。舉例而言，一個人可能爲了要養他（她）摯愛的寵物，遂選擇自己餓肚子，但他（她）無權因此也要其他人一起挨餓。我記得我在1970年代初第一次造訪荷蘭，我住在阿姆斯特丹的一對夫妻家，他們家正好也是一間青年旅館。旅館的主人跟我們大談他們所豢養的一隻神奇兔子，他們夫婦訓練牠在馬桶上上廁所。當我們問那隻兔子後來怎麼了，那對夫妻回答，他們把牠煮來吃了，因爲當時正值戰爭期間，他們糧餉又不足。後來大家陷入一片沉默，我們都可以感覺到那股哀傷之情，但卻也都明白爲何這麼做。

　　賴：在這個固有眞理已然喪失其合理性與合法性的後現代，我們偶爾不免懷疑到底該如何堅守與延續個人的信念。身爲拉岡的著名追隨者，紀傑克在《論信仰》（*On Belief*）一書中從心理分析、電影、與哲學的領域，透過當代多元文化中對他者思考的脈絡（包括既有的、犬儒主義式〔cynicism〕的，當然也有列維納斯的倫理學），試圖回答這個問題。紀傑克在書中試圖跳脫「信仰」一詞的傳統概念，特別是這個詞在猶太教與基督教的意涵。他認爲有信仰的人，最糟糕的莫過於一旦他們所信守的成了眞。他強調，個人追求良善與正義的動機，就應只是單純地渴慕它們罷了。換句話說，所謂「絕對他者」不過是自身一種想像的投射，以滿足自我的喜好與欲望。他認爲：當列維納斯說一個人必須回應，且要做到「即使不回應也是一種回應」的這個想法是錯誤的。無法

拒絕的責任所蘊含的倫理價值，並不亞於對貧困他者的眞心捨己精神，因爲後者本就與自我利益有所扞格。我想，紀傑克更核心的問題在於自我與他者的倫理關係是超驗性或內在性的？

　　柯恩：首先我必須道歉，因爲我對紀傑克的思想不是那麼熟悉，因此無法對他這麼明確的批判作出很恰當的回應。但從您以上所說的來看，倒使我想起了康德已經說過的某些話：每一個道德行動皆可重塑成一個自私行動。從一個嚴謹的經驗主義觀點而言，道德根本不存在。我歸還某人的皮夾，這似乎是口行□善的行爲，但誰知道？說不定我只是想要獎賞，或者我只是想讓人覺得我是個好人。這就是馬基維利式的質疑，犬儒主義，沒完沒了的。但此處不是討論這種懷疑論所提出的反駁論點，但懷疑論在提出它的質疑時其實也在自打嘴巴。

　　但我或許可以提供一個與之相關的答案。最近我又重新在研究布希亞（Jean Baudrillard）的「超現實」（hyper-reality）以及擬像（simulacra）的觀念：身處在難以理解媒介機制、令人困惑的當代世界，在此，眞相與謊言在公共場域中已難以區辨。我們公眾世界的確大多已被媒體侵佔：報紙、電台、電視、而現在又有全球網路。公共資訊儼然像「女巫之酒」（witches' brew）——強大又使人退卻的混雜物，像幽靈般，面具綿密不絕的層層疊疊覆蓋於上。由此看來，「打破沙鍋問到底」的眞相已不復見，也因此無法指責、定罪，無法分辨眞假、善惡、正義與不義。儘管懷著最堅定的信念努力、試圖區分它們，但仍舊會被我們意欲攻訐的機構建制給吞併，因而消弭一切批評。這即是馬庫塞（Herbert Marcuse）在《單向度的人》（*One Dimensional*

Man）中就已描述過的景況，他同樣悲觀的認為我們毫無其它選項可言，只能徒勞的擺出一個「偉大的拒絕」（the great refusal）手勢。或者如您上述所言，假使超驗真的是內在性，那何必假裝還有倫理學。這當然就使人想起《整體與無限》有名的開章句：「人人將會欣然同意，知道我們是否被道德愚弄欺騙了是至關重要之事」。

在此，我除了能談論列維納斯的整部倫理哲學，另外就是闡明我們並沒有被道德愚弄，因此我們也沒有被正義給欺騙，而這個正義是建立在道德之上，目的在於制度化這份道德。的確，全球科技總是帶來模稜兩可、虛偽不實與謊言，甚至其它更多更具威力之物，讓人感到暈眩。但全球科技終究不會抹除真假、善惡、正義與不義之間的界線；即便它試圖站在善與義的陣營，試圖宣揚真理，但這又難如登天。從來沒人說道德或正義是件輕鬆就能達成的事。列維納斯就很明白的指出，我們的自由與人性是「困難」的。但困難不代表不可能，就連犬儒主義都是一種道德主張。

賴：現在只剩一個爭議性問題，但也是目前最辛辣的批評家：巴迪烏。我相信巴迪烏對列維納斯思想的批評至今仍是最尖銳、最挑釁、最冷酷的一個。在《倫理：論對惡的理解》（*Ethics: An Essay on the Understanding of Evil*），他宣稱哲學是追尋真理的激進途徑，我們絕不該臣服於後海德格時代的誘惑，這也包括了列維納斯。巴迪烏與紀傑克皆認為內在性先於超驗性，並且質疑若所有人都不同，一如差異倫理學所堅稱的，那麼「差異」就成了共有的特質。此時也就毫無差異可言，依舊回到同一的狀態中。巴迪烏相信，列維納斯的誇飾語言未能證明他者

倫理的重要性優先於同一性的真理。他說，我們要知道，「他者」倫理優先於「同者」，這表示絕對他者的經驗必須確保在存有層面上是一種「距離」的經驗，或是本質上的非同一狀態，越過這些後即是倫理經驗本身。但是一個單純的他者現象並不提供上述條件。因此，他認為應該揚棄列維納斯詰屈聱牙、宗教意味過濃的倫理學。巴迪烏即基於此理由對列維納斯的倫理學進行無情的抨擊。他聲稱：若我們抽走列維納斯倫理學中的宗教成份，那麼他的倫理思想就無任何可取之處，像「一道狗的晚餐」（"a dog's dinner"）只是一個「缺乏虔敬的虔誠論述」。您對此想法為何？

　　柯恩：我很同意您的說法。巴迪烏的論點真的很尖銳，很挑釁。一個稍微宛轉一點的說法就是，他是一位擺弄哲學術語的前衛人士，很狡黠地選擇了他的攻擊姿態。首先，他讓大家以為倫理學已蔚為一股風潮，這個論點本身就夾著左批倫理學，右打哲學之姿。怪不得，當「人的死亡」（the death of man）這句話第一次由海德格說出（接著還有阿圖塞〔Louis Althusser〕、傅柯、拉岡與德勒茲等人）後，列維納斯的作品就迫使哲學界不得不重新認真思索倫理應有的態度與立場。但即便在這樣的背景框架下，倫理也絕非一股流行風潮，它永遠也不會是。但這就是困擾巴迪烏的——他對這股流行已經感到厭倦，想要下一季的流行快點到來。很明顯的，讓他坐立難安的就是道德與正義這兩個概念——它們與他的前衛熱情，與他追求一切最新最時尚的想法完全不同調。巴迪烏只想趕時髦，他想要成為年輕人的偶像，但卻也同時想擁有知識份子大師的頭銜。因此他對倫理看得透徹，他沒被愚弄。但我要強調，道德與正義的必要性並非一時的流行，

它們的要求縱使有著悠遠的歷史，但還不至於過時迂腐，其實道德與正義永無完全窮盡之日。道德與正義的核心要素——責任、仁慈、尊重、公正、恐懼殺戮與暴力等等，它們是永恆不變的。巴迪烏的社會學觀點，甚至他高舉著追求真理旗幟的行為，若我能在他身上貼標籤，那我會貼一個「太嫩」（adolescent）的標籤。換言之，巴迪烏只是想找樂子。

　　除了他革命焦躁的辭令之外，實際上，巴迪烏的論點毫無說服力。他的論點全建立在所有初學邏輯辯證的學生都會犯的謬誤上：含糊其辭、模稜兩可。不幸的是，巴迪烏卻用了一個關鍵的曖昧語辭：差異。您上述引用他在《倫理：論對惡的理解》中對列維納斯的批判，我將針對此做出回應。巴迪烏上述主張的中心論點是：「那些自命為倫理與擁有『差異所有權』的使徒，很明顯地畏懼任何激烈的、持續不懈的差異。對他們而言，非洲的民情風俗是野蠻的，穆斯林的則很駭人，而中國的是極權暴政，諸如此類」。這裡顯然有兩種差異：第一種指的是人類，一種互為主體的差異情形；第二種指的是文化、社會、歷史與政治層面上的差異。而列維納斯所談的差異，以及建立在此差異之上而發展的中心思想——他者的激進他異性，絕對不能與上述第二種差異混為一談。巴迪烏就是把它們都混在一起。不過有關第二種差異，每一個人，每一個社會，每一種文化，任何一種能被指認辨識之物確實都「不同」，就像手紋一樣，每一隻手紋都有其獨一無二的紋路特性。哲學家將這些不同的差異稱為「特殊性」（particularity）。從知識的角度來看，這些特殊性都是普遍性網脈上的一個個獨特的節點（黑格爾的「具體的存有整體」

〔concrete universal〕）。反之，列維納斯的中心思想卻是談論別的東西：特異性（singularity）。在與特異他者的他者（相較於特異自身的特異性）相遇時，（可能）會產生一種無法化約的超驗性。根據列維納斯的說法，這股超驗性既非一種現象，它也不以存有經濟學或眞理經濟學中獨特節點的方式顯現，它甚至無法被全然地透徹理解。這股超驗性反而打亂攪翻所有連續性與同一性，因爲從一開始，它就是一個道德令式，命令「汝不可殺人」，一個不對等的要求。我們可以稱之爲「宗教」，不過我想列維納斯會比較喜歡「倫理」這個名稱，因爲超驗性是源自於道德的必要性。由他者特異的「高度與窮困」所下達的命令因此形塑出一個倫理結構。這個命令雖然能從自我的威力與能力（包括追尋眞理之慾望）下逃逸，但依舊能將自我從其封閉的巢穴中驅逐而出，使自我肩負起對他者特異之責任。然而，他者所具有的文化、社會、歷史、與政治等種種存有特殊性並不會消失。列維納斯很喜歡引用拉比撒蘭特（Rabbi Israel Salanter）的一句話：「他者的物質需要，就是我的精神需求」。列維納斯絕不會忽略或者輕視造就他者特殊性的種種具體差異處，事實上正好相反。正因爲他者之爲他者，他者擁有全然不可化約的差異性，並且無法被歸化收編，所以「我」才能認眞的對待他者，謹愼的一一回應他者在社會、文化、與歷史中的差異。

　　可以確定的是，巴迪烏偏好特殊性。但這種美學偏好除了帶來高亢激昂但卻武斷專制的極主觀反應態度之外，完全無法替他提供批評道德責任的立足點。而巴迪烏卻仍索求不滿，他想要繼承形上學的衣缽。於是他跟尼采依樣畫葫蘆：尼采沉思後將權力

意志的概念昭告天下，巴迪烏則宣佈宇宙萬物皆須以他的美學品
味爲原型：亦即「『沒有單一』的多樣化──每一個多樣的存有
物皆不過是多樣化的多樣，這即是存有之鐵律」。爲何要推崇多
樣性而貶抑單一性呢？因爲這是流行──無論是在法國思想界或
其它地方。但這個概念的眞正意義在於將身體從各種價值體系中
鬆脫出來，也就是德勒茲所說的「慾望機器」。不過，巴迪烏的
滿腔熱血──他口口聲聲支持特殊差異性──並不是維繫這種差
異性的方法，更別說重視。情況正好相反：在這種強調多樣性的
情況下，所有的特殊差異性全都腐朽殆盡，無論是文化、或政
治、或歷史等等，皆消散在無垠的層層面具堆疊之下。尼采宣稱
他自己集結了「歷史上所有名號」時，當時他不過是個無名小
卒。一旦我們過於強調歷史差異而冷落倫理差異時，我們就不會
尊重他者的特異性，或是其它文化的獨特之處。

　　諷刺的是，巴迪烏原本要對全球化大加撻伐，最後竟以支持
全球化收尾，而且贊成將整個社會、歷史、文化等全部加以同質
化，貶低它們的重要性。當巴迪烏意欲破壞倫理中不可化約的不
同一性，當他藉著存有與眞理的不同一性之名（事實上這是將
身體視爲精神錯亂的或「精神分裂」〔schizoid〕的），試圖鬆
動倫理的「爲他者」（無論這個他者是否依舊是他者）這項特
性，當巴迪烏這麼做的同時，他就是在延續殖民主義的餘毒──
縱使表面上他是反對殖民主義的。這是一股與文化整體價值對
立的永恆革命，但同樣地也是打著追尋眞理的口號：必須摧毀一
切，過去的歷史必須被還原，現在一切的「眞理」都必須因著那
將來的眞理而被超越。或許巴迪烏對未來的熱忱不是源自於對眞

理的真切渴望，而是來自於對爛漫的虛無主義的沮喪感。這種虛
無主義在尚未觸及一切之前，就已先將一切貶謫爲無。巴迪烏的
言論裡藏有海德格的「存有差異」觀——一種期冀未來降臨，好
把我們從可怖、沒有任何救贖可能的當下給「救贖」出來的盼
望。然而，道德與正義這兩者替我們的未來所布下欲待完成的任
務，卻拒絕接受前衛人士不斷追求新刺激的需求。一如祈克果
（Kierkegaard）早就了然的道理，因爲美學倫理就是這麼枯燥無
味。但「覺得之味」本身並不構成一項批評，而刺激也不能真的
帶來什麼未來，也無法替現在正受煎熬的人帶來盼望。倫理比巴
迪烏想的還要嚴肅許多，嚴肅到他不會喜歡。

　　從我的回答您可以看出我很不贊同巴迪烏的說辭。這位藝術
家因著禮節規範，以及尊重他者的必要性而局促不安地扭動著，
這是預料之中的事。但這不是一項學術論證，它根本是一種暴
力。我甚至還沒提到追求真理這一個議題——巴迪烏一直高聲嚷
著要革新的議題。追求真理的途徑不是（也無法）依循尼采式的
美學（美學定義也被尼采翻新了），而是如同列維納斯所主張
的，仰賴我們在倫理學中進行「認真地思索」——既非奴役也非
殖民者的認真思索方式。

　　賴：最後一個問題作爲今天面談的結束。我們都知道，您除
了是位學富五車的思想家，也是一位多產的寫作者，最近就完成
了三本書，並即將出版。可否請您簡略的介紹這三本書每一本的
理論架構以及主要論點？

　　柯恩：您過獎了。這些書主要收錄我過去十年來在各處所發
表過的許多文章。我想，是該把它們彙整起來的時候了，這樣一

來，我就能評斷這些文章是否具有學術研究的一致性。其中一本
《給成年人的宗教書》（*Religion for Adults*），書名是援用列維
納斯的一篇文章。這本書主要是替非神話、非存有神學的宗教
進行辯護，試圖對「基本教義派」釐清對宗教的誤解。這本書
也說明了列維納斯的道德觀。列維納斯認爲道德是宗教較優秀的
形式，但這種形式並沒有因此而揚棄宗教裡的其它傳統風俗（例
如祈禱、宗教儀禮、社群等等），這些對啓蒙時期的理性主義者
而言都是不必要的，可剔除的。另一本《列維納斯與史賓諾莎》
（*Levinas and Spinoza*）著重將列維納斯的思想與史賓諾莎的進
行比較。列維納斯認爲後者的思想恰好完全和他相反。最後一本
《政治一神論》（*Political Monotheism*）則試圖爬梳一種列維納斯
式的政治觀，並將之與馬基維利式以及霍布斯（Thomas Hobbes）
式的政治觀進行比較。列維納斯（就我個人認爲）的自由民主政
治是建立在道德之上，而後者的則是出於自我利益。這幾本書目
前還處於「收尾」的階段，而收錄在裡頭的文章也可能重新編排
到不同的章節內。不過透過這幾本書，我確實很想讓大家知道，
列維納斯的思想——無論是宗教、哲學、或政治等面向——仍有
更縝密與細膩的發展空間，但這些皆是以倫理爲前提要件。

　　賴：眞的很感謝您撥冗接受此次的訪談，並一一仔細用心地
回答提出的問題。很高興有這機會與榮幸能訪問您！

　　柯恩：不客氣！也謝謝您精采的問題與用心的準備！讓我能
針對批評家們對列維納斯各式各樣的誤解，有具體的答辯機會。
如果有可能的話，我也會將此次的我們對談的英文版收錄在我的
新書中發表。

第十二章

再思列維納斯
——賽蒙‧奎奇立訪談

賴俊雄　訪談與記錄

劉玉雯、劉秋眉　譯

　　賴：九年不見，很高興在杭州再次相逢。記得最後一次與您見面是我們四個諾丁漢（Nottingham）批判理論的博士生，專程開車一起到肯特（Kent）大學聽您發表有關列維納斯與拉岡的論文，會後還一起到學校的Pub喝啤酒聊天談哲學。

　　奎奇立：是啊！我也很驚喜能在此次研討會見到您。九年了，時間飛逝！我還記得那天晚上我們聊了很久，如果有機會代我問候Arjuna他們。

　　賴：我會的，如果我遇到那些在英國的思想戰鬥同志們。剛結束在杭州舉辦兩天列維納斯國際會議中多音的對話及多元意識的腦力激盪下，覺得有機會「反省」自己長久以來在斗室內對列維納斯思想「自以為是」的理解，了解到自身主體的視域與立場的區限，甚至所謂臻至完整的共識，也只是剎那的「對話式想像」，畢竟「他者」是無法被約化與囚禁。不知您對於此次列維納斯思想與中國哲學間的交流對話有何感想？對於未來要如何在華人社群中推動列維納斯的思想，您是否能提供一些建議？

　　奎奇立：在此次杭州會議後，我對於列維納斯的思想與中國哲學間對話的可能持樂觀態度，也對這次會議的深度、主題精確性、與創新性印象深刻。讓我重述我在會議開幕典禮上所說的一些話，做為這個問題的回答。我對中國學術界如何閱讀、研究列維納斯深感興趣——特別是把列維納斯的「實在性」（actuality）置於中國現代化張力的時代脈絡下的效應，我發現這種現代化在上海的街道上隨處可見。值得注意的是，我對列維納斯無限責任倫理的洞見應如何用於批判此現代化過程，感到特別有興趣。

　　但我認為，列維納斯與中國的問題並不只是如何將前者的作品帶入現代化及資本主義現代化的批判中，而是同時也讓中國哲學及中國哲學家的思想見解成為未來批判列維納斯的一部分。我們可以看到，列維納斯過去對中國與亞洲的評論，顯示出文化上的無知及典型西方哲學與文化的偏見，這是必須被處理、挑戰與批判的部份。一個兩面的且開放性的評論：中國現代化的進程是依照巨大的西方社會幻影所建成，還有批判西方哲學的無知與短視。這是我在杭州會議上的前後所聞，我也希望未來可以進一步探討及延伸此問題。

　　賴：列維納斯已然成為當代西方思想界最重要的倫理哲學家之一。他指出西方哲學（整個定義「存有」或「主體」為「在場」（presence）的本體論傳統）從巴門尼第斯（Parmenides）到海德格（Martin Heidegger）都是一種將他者簡約化成和「自我」（the Self）相同觀點的過程，在此種本體論傳統中「他者」（the Other）有如飲料或食物般逐一被吸吮、咀嚼、吞沒及消化成「自我」維持生存整體的一種能量來源，因此他開創了以他者倫理為優先的「第一哲學」（The first philosophy）。整體而言，列維納斯的他者哲學對於當代思潮的具體貢獻為何？

　　奎奇立：簡而言之，對我而言，列維納斯對近代思潮的貢獻，就是他提出與無法理解之他者建立一種「無限責任倫理學」的關係。此為西方哲學道德範疇內忽略已久的主題。然而我也要強調，列維納斯作品的最大樂趣在於閱讀過程，在閱讀中我們會陷入他語言裡所帶來的陌生知覺，陷入他所提出的現象學概念，例如他早期作品裡的「有……」（*il y a*）、「疲勞」

（fatigue）、「努力」（effort）、「失眠」（insomnia）、「位格」（hypostasis）與「瞬間」（the instant）等。

賴：今年（2006）可說是「列維納斯年」，國際人文社會科學領域紛紛舉辦專題演講、讀書會、工作坊與研討會，並出版專書來紀念他的百年誕辰，僅以列維納斯爲主題的國際研討會即罕見地有一、二十場，遍佈歐、美、亞、中東等各國。列維納斯研究預期將在未來的國際學術社群中持續延燒。因爲您是英國研究與探討列維納斯思想的先驅，就您過去的經驗，列維納斯在英國的接受情形爲何？

奎奇立：列維納斯在英國的接受情況歷經了許多階段，而且有著戲劇性的擴延與發展。從我1981年開始閱讀列維納斯，一直到往後這些年，他是個被極度邊緣化的思想家。而研究列維納斯的人都彼此熟識（我們大約只有十個人！），這些人都集中在艾塞克斯大學（Essex University）與瓦立克大學（Warwick University）。但現在情況已經改變，列維納斯已變成一個極受歡迎的哲學家，事實上，因爲他太受歡迎，以致於他的思想往往被簡化成只是有關「他者」的普通哲學。看到這麼多人在閱讀列維納斯，我感到很欣慰，然而，我想，必須強調列維納斯作品中蘊含的全然陌生感與挑戰性。換句話說，我們必須跳脫一般大家對列維納斯既有的陳腐印象，並嘗試重新閱讀他的作品。

賴：的確，國際間「列維納斯熱」（Levinas fever）目前仍方興未艾，但我們必須嘗試注入新鮮與熱騰的論述血液，以進一步活化與擴大他的思想。然而，思想的舞台上通常有掌聲就有噓聲。就您所知，一般讀者對列維納斯思想最常見的誤解爲何？

奎奇立：我個人認爲在閱讀與理解列維納斯作品過程中，有三個較常發生的誤讀或危險。第一，誤解「他者」即爲上帝。他者並非上帝，而是其他人，而列維納斯的宗教觀認爲唯一能與上帝產生關係的方法在於開啓和鄰人的關係——無論我們如何理解「宗教」這個詞。對我而言，一個人相信上帝與否都與列維納斯無關，重點在於一個人與他者關係的本質。第二，列維納斯常被簡化成一位猶太思想家。當他被問及是否爲猶太思想家時，他回答是，他是猶太人也是一個思想家，但我們不應混淆兩者。他是一個受猶太傳統薰陶的思想家，然而卻不能被化約成一位猶太思想家。第三，將列維納斯誤解爲自由主義思想家，或擁護自由主義的哲學家。依我看來，列維納斯的作品提出了幾個對自由主義（liberalism）基礎——亦即個人主義（individualism）——的嚴厲批判與質疑。我認爲列維納斯的作品較接近社會主義（socialism）的形式，而且可以與無政府主義者（anarchist）的政治傳統擺在一起思考。我也將試著在我最近的作品中發展這個概念。

賴：您是否認爲列維納斯的作品極度激進批判了後海德格現象學？甚至是延續了後海德格現象學的傳統？如果是的話，可否請您簡單說明？

奎奇立：沒錯，我確實這麼認爲。列維納斯的作品是對海德格作品的一種批判與延續。他很明顯是反海德格的，對海德格的批判也是眾所皆知的。請想想國家社會主義（National Socialism）所造成的災難與恐懼，這個批判也就不言自明。國家社會主義也對列維納斯的家人及族群帶來致命的影響與結果。然而，從1930年開始（對他往後的發展有著關鍵性影響），列

維納斯作品的延續性則變得越來越顯而易見，特別是在〈論逃離〉（"On Escape"），還有戰後的作品如《從存在到存在者》（*Existence and Existents*）。礙於篇幅，我就不談論這些作品的細節了。對我而言，理解列維納斯作品最好的方式，就是把它看成一種基礎存有論的內在轉化領域，它所強調的不在於真實性、自由投射或存在性，重點是在「被拋」（thrownness）、「事實性」（facticity）和非真實性。

賴：您說您比較偏愛列維納斯的後期作品《別於存有或超越本質》而非他早期作品《整體與無限》，為什麼？

奎奇立：我之所以偏愛《別於存有或超越本質》的理由，是因為我覺得為了和「他者」建立無限責任的關係，那麼就必須回歸至描述和培養主體內部的性質，一種激進他異性（alterity）的性質。列維納斯試著以「同一中的他者」（the other in the same）來詮釋在主體內部的激進他異性。《別於存有或超越本質》最大的特色在於從現象學的角度來解釋倫理主體：倫理主體應向激進他異性開放，做為與他者建立關係的先決條件。

賴：您昨天發表的文章結論中提到：「倫理主體是一個分裂的主體，但這卻非悲劇，而是一齣喜劇」。倫理主體在何種程度上是分裂的？為什麼這是喜劇而非悲劇？

奎奇立：對我而言，列維納斯作品的主要觀念是倫理主體性，而此主體性必須透過分裂的概念來理解，這種分裂是一種自身與無法契及的倫理需求的分裂。我認為這種自我的轉裂正好將列維納斯早期與晚期的作品縫接起來。我之所以認為主體是一部喜劇，原因就是因為喜劇的主題也是分裂的。我認為，當主體性

一分爲二時，喜劇就產生了，就如同狄德羅（Denis Diderot）的《拉摩的侄兒》（*Rameau's Nephew*）。雖然這是另一個需要花大篇幅討論的議題，在我看來，悲劇和悲劇主題基本上是由和解共生的經驗來定義，或至少是追求此種和解的可能性，而這正是喜劇中所沒有的。

　　賴：如果「列維納斯冒險思考一種不具昇華作用（sublimation）的倫理學，而這種冒險也可能對主體造成災難性的自我毀滅」，誠如您文章中所提到的，那麼，是什麼讓我們冒這個險？是否可能在不摧殘列維納斯的倫理主體情況下來進行改變？

　　奎奇立：我在那篇文章中所提的問題就是，我認爲在列維納斯的作品中——特別是在《別於存有或超越本質》裡——有一種「道德被虐」（moral masochism）的風險，一種殘酷的自我迫害暗示。我想，列維納斯作品中所需要但卻缺乏的是一種昇華概念，這種昇華可視爲一種美學經驗，藉此修補因倫理分離所造成倫理主體的分裂間隙。

　　賴：您可以談談爲何列維納斯反對心理分析嗎？將（無意識）主體視爲一種創傷（trauma）經驗指的是什麼意思？

　　奎奇立：列維納斯反對心理分析是由於不熟悉與偏見，因此無需認眞看待。然而，我所關切的問題在於，是否可將列維納斯的某些觀念用心理分析的術語重新詮釋？如此一來就能剔除掉這些觀念（以及所有列維納斯的著作）中所蘊涵的形上學及神學的影子。而我所採用的例子就是創傷。創傷是列維納斯所謂「倫理的語言」裡的主要概念，而創傷在佛洛伊德（Sigmund Freud）晚期作品中也佔有一席之地——特別是左右歡愉原則（pleasure principle）的創傷神經系統中，強迫重複當下經驗的症狀。我覺得有趣的是，列維納斯把倫理主體描繪成遭受迫害的創傷主體，此主體往往是被所發生的外在事件之衝擊力所形構，而此種創傷性的衝擊也會銘刻在主體中，成為無法抹去的印記。這個創傷主體性需要我上述提到的昇華概念來加以詮釋，這也是我為了闡明列維納斯的作品而從心理分析那邊援用的概念。

　　賴：除了心理分析之外，列維納斯跟早期的德希達一樣，拒絕直接參與任何政治理論的討論，可否請您稍作說明？

　　奎奇立：列維納斯作品中所涉及的政治論點是個很複雜的區塊，而我也曾經嘗試分析過，並且對列維納斯的「四海皆兄弟」（fraternity）、孝道、雌雄同體（androcentrism）、家庭倫理和以色列等概念做過一些評論。列維納斯的作品直接對上個世紀的恐怖政權做出回應，而他作品的文脈則是充滿了強烈自我意識的政治味。然而，列維納斯很少直接提及政治思想家——除了某些例外，例如他曾提及霍布斯（Thomas Hobbes）的一些觀點，還有寫了一篇對孟德森（Erich Mendelsohn）所著的《耶路撒冷》（*Jerusalem*）的研究。我認為，要不要去談論或修補列維納斯在這個議題上的論述空隙，或是要不要從列維納斯的倫理觀去發展政治理論，這些都是交由我們自己去決定的。

　　賴：您剛才提到三項列維納斯常被誤解的項目之一是，他經常被簡化為一位猶太思想家，然而不可否認地，猶太教是列維納斯的思想基石。猶太教的思想主軸與列維納斯的思想是否有很大的差異？

　　奎奇立：誠如我先前提到過，列維納斯不是一位猶太思想

家，而是一位猶太人兼思想家。毫無疑問地，列維納斯的作品是源於他對猶太傳統的熟稔，特別是對於猶太傳統中對他人的責任關係。從六○年代早期，列維納斯每年都會寫下他研究《塔木德》（*Talmud*）的解經心得。然而，列維納斯形容自己的作品只是嘗試著把聖經翻譯成希臘文，而他作品的核心就是把他對猶太教義的理解轉化成哲學語彙。所以，用淺一點的哲學術語來說，猶太教是暸解列維納斯作品的必要條件，但此條件仍不足以構成對他作品全盤暸解的要素。

賴：最後一個問題做為今天訪談的結束。我們如何能超越列維納斯思想中的一些盲點，並建構出一個「後列維納斯哲學」或一個「後列維納斯主體」？在會議中，您提到您最近完成的一本書《苛求無限、倫理義務、與抵抗之政治》（*Infinity Demanding, Ethics of Commitment, Politics of Resistance*），可否請您談談此書的主要理論架構及思想，以及它是否企圖超越列維納斯的思想界限？

奎奇立：簡單來說，要超越列維納斯的思想界限──尤其是他的主體概念，我所選擇的方法就是發展出一套自己的哲學觀。我以我的新書（即將在倫敦和紐約由Verso出版）為例，來解釋我自己哲學觀的肌理脈絡。我認為，哲學始於對事物的失望。也就是說，後康德（post-Kantian）哲學的啓蒙，並非來自於對事物所產生的驚異感（*thaumazein*），而是源自於失敗與匱乏的經驗。事物不僅僅只是奇妙而已。我在書中分析的兩種主要失望的形式分別是宗教上與政治上的失望：前者會引發對意義（meaning）的質疑（如果沒有一個超驗的神祇存在，並扮演給予意義的角色，那麼，存在又有何意義？），進而產生虛無主

義；後者則會引發對正義的疑慮（在一個充斥暴力與不公義的世界中，如何能實現正義？），進而激起我們對倫理的渴求。

　　因爲對這兩種形式的失望，以及其所可能產生的後果，讓我進行了一些「時代診斷」（*Zeitdiagnose*），試圖描繪這個時代的輪廓。我將幾個性質雷同、冠冕堂皇，但在我看來卻是嚴重誤判這個時代的一些觀念，或者也可以說是社會病態的現象，稱之爲「積極虛無主義」（active nihilism），像是蓋達組織（al-Qaida）── 在宣稱毫無意義的資本主義和自由民主的世界中進行暴戾破壞；而在「消極虛無主義」（passive nihilism）裡，我則討論尼采（Friedrich Nietzsche）所謂「歐洲佛教」（European Buddhism），它其實是一種「美國佛教」（American Buddhism），一種冥思隱退的形式，以緊閉雙眼之姿來面對這個無意義、暴力、混沌的世界。我都不認同這兩種虛無主義，但它們卻都點出一個事實：認同自由民主機制中的動機缺乏（motivational deficit）現象。這是制度與道德上的一種滯行、懷疑、鬆緩的現象。在這股滯行的缺乏中，我們發現，在自由民主社會裡的道德規範皆是由外強加而來的，而非源於一種內在的強制性。我們透過狄奧根尼式（Diogenean）的犬儒精神（cynicism）來處理倫理議題，而非用無拘束的義務方式，就如葉慈（W. B. Yeats）所寫的，最好的往往缺乏信念，最壞的則滿注熱烈的強度。現在的問題在於，我們如何在最好之中注入熱烈的強度？我在這本書中最主要討論的，就是透過倫理義務的刺激與權授，配合抵抗之政治，兩者一同與動機缺乏現象相抗衡。

　　爲了彌補這個缺乏，我們有必要開始思考一種倫理主體的刺

激理論（motivating theory）。我認為，倫理主體指的是一種自我把自身約束於「善」（good）的概念之下──無論這個善的內容為何，它可以是康德式的、也可以是薩德式的，或是界於兩者之間的善。倫理主體的中心蘊含一種倫理經驗向度，而這種經驗是建基在兩種概念上：認可與需求。基本上，我主張倫理經驗是始於對需求的認可，一種渴求認可的需求。倫理經驗是一種道德的循壞。此種需求會因思想家而異：對柏拉圖而言，這是一種對超越存有的善的需求；對新約時代的保羅或中世紀的奧古斯丁（St. Augustine）而言，這是對耶穌復活的需求；對康德而言，這是對道德律令──理性底層──的需求；對費希特（Fichte）而言，理性的實底則轉化成主體的行動；對盧梭而言，這是正在受苦的其他人之需求；對叔本華，這是對一切受造物的惻隱之心，諸如此類。若要更細部談論我的立論，則可將動機缺乏置放在道德脈絡下來看，探討康德哲學中的道德正當性與動機之間的關係。之所以選擇康德，是因為他的作品恰好是我意欲分析的議題（亦即自我如何把自身約束於善的概念之下）中，最具權威性的經典代表。藉由分析理性實底的觀念，我想凸顯出康德強調實踐理性的優先性，其實是一種不穩固的必要性，並且檢視當代的康德派哲學家，例如哈伯瑪斯（Jürgen Habermas）以及羅爾斯（John Rawls），他們如何詮釋這種必要的優先性。最後，我對我所謂後康德哲學派中的「自律正統」（autonomy orthodoxy）精神發表了幾點意見，也開始質疑倫理思想中的自律程度，來做為本書的結尾。

　　以更宏觀的框架來看，本書的理論任務在於建構一個倫理

主體的原型。職是，我分別從三位思想家的哲學系譜中援用了
三個觀念，最後再提出我自己的問題，也就是有關「昇華」的
問題。我從巴迪烏（Alain Badiou）那裡借用了主體的概念：
一個為了成全、維持普世性（universality）而不惜獻上一切的
主體。此種普世性的需求雖然是由單一情境所釋出，但卻越過
了此情境的疆界。我將這種現象稱為「情境普世性」（situated
universality）。另外，我援用了洛仕特（Knud Ejler Logstrup）所
謂的「倫理需求」，他強調這種需求具有極端性、無法窮盡性、
以及片面性等特色，而依這種需求所建立起的是一種不對等的倫
理關係。最後，從列維納斯的思想中，我試著闡明倫理主體是如
何經由我與他者的臉龐所發散出的無限需求所構造，我與他者這
種不對等的關係也同時導致倫理主體的分裂：一邊是自我，另一
邊是無法企及的過度要求，要求我負起無盡的責任。因此，我的
基本論點就是：任何倫理思想都應建立於一種倫理經驗之上，一
種需要主體負起無盡責任這種過高要求的經驗。除此之外，我
也建議（也認同）倫理主體應以這種過高的要求關係來形構自
己。主體應與此種永不可達的需求建立關係，透過此種會切割、
分裂主體的關係來塑造自己。這種即是我所謂的「他異情感」
（hetero-affectivity），相對於「自律正統」中的「自發情感」
（auto-affection）。

　　賴：謝謝您接受此次《中外文學》期刊列維納斯專輯的專
訪，希望我們下次見面不用再等九年。

　　奎奇立：應該不會吧！謝謝您的訪問，我衷心期盼我們以後
能有長期合作的機會。

論文原始出處

緒　論　他者哲學──列維納斯的倫理政治
賴俊雄／成功大學外國語文學系教授
刊於《中外文學》第36卷第4期（2007年12月）。

第一章　列維納斯前期存在論境域中的「感性－時間」現象學疏論
王恆／南京大學哲學系教授
刊於《中外文學》第36卷第4期（2007年12月）。

第二章　列維納斯論純粹的存在經驗──il y a
王心運／高雄醫學大學醫學系助理教授

第三章　現象學論死亡──以列維納斯為線索
龔卓軍／台南藝術大學藝術創作理論所副教授
刊於《揭諦》第六期（2004年4月）。

第四章　列維納斯語言哲學中的文本觀
鄧元尉／中原大學宗教所助理教授
刊於《中外文學》第36卷第4期（2007年12月）。

第五章　空性與暴力──龍樹、德希達與列維納斯不期而遇的交談
林鎮國／政治大學哲學系教授
刊於《法鼓人文學報》第二期（2005年12月）。

第六章　列維納斯與近代主體概念的批判──從霍布斯到康德
孫向晨／復旦大學哲學學院教授
刊於《面對他者：列維納斯思想研究》。上海：三聯書店，2008年。

第 七 章　　別於存有──倫理主體與激進他異性
　　　　　　賴俊雄／成功大學外國語文學系教授

第 八 章　　要不要臉？──列維納斯倫理內的動物性
　　　　　　梁孫傑／台灣師範大學英語系副教授
　　　　　　刊於《中外文學》第36卷第4期（2007年12月）。

第 九 章　　列維納斯關於女性的哲學思考
　　　　　　馬琳／中國人民大學哲學院副教授
　　　　　　部分刊於 "Character of the Feminine in Lévinas and the
　　　　　　Daodejing," Journal of Chinese Philosophy 36(2): 261-
　　　　　　276, 2009，部分刊於列維納斯與女性主義，《中國人
　　　　　　民大學學報》，2009年第4期。

第 十 章　　時間、多產與父職──列維納斯與女性她者
　　　　　　林松燕／暨南大學外文系助理教授
　　　　　　刊於《中外文學》第36卷第4期（2007年12月）。

第十一章　　為列維納斯答辯──理察‧柯恩訪談
　　　　　　訪談與記錄：賴俊雄／成功大學外國語文學系教授
　　　　　　翻譯：劉玉雯／國立成功大學外國語文學系博士生
　　　　　　刊於《中外文學》第36卷第4期（2007年12月）。

第十二章　　再思列維納斯──賽蒙‧奎奇立訪談
　　　　　　訪談與記錄：賴俊雄／成功大學外國語文學系教授
　　　　　　翻譯：劉玉雯／國立成功大學外國語文學系博士生
　　　　　　　　　劉秋眉／國立成功大學外國語文學系碩士
　　　　　　刊於《中外文學》第36卷第4期（2007年12月）。

麥田叢書 53

他者哲學：回歸列維納斯
The Philosophy of the Other: Return to Levinas

編　　　者　賴俊雄
選書企畫人　陳蕙慧
責 任 編 輯　官子程

副 總 編 輯　戴偉傑
總 經 理　陳蕙慧
發 行 人　凃玉雲
出　　版　麥田出版
　　　　　城邦文化事業股份有限公司
　　　　　100台北市中正區信義路二段213號11樓
　　　　　電話：(886) 2-23560933　傳眞：(886) 2-23516320；23519179
發　　　行　英屬蓋曼群島商家庭傳媒股份有限公司城邦分公司
　　　　　104台北市中山區民生東路二段141號2樓
　　　　　客服服務專線：(886) 2-25007718；25007719
　　　　　24小時傳眞專線：(886)2-25001990；25001991
　　　　　服務時間：週一至週五上午09:00~12:00；下午13:00~17:00
　　　　　劃撥帳號：19863813；戶名：書虫股份有限公司
　　　　　讀者服務信箱：service@readingclub.com.tw
麥田部落格　http:// blog.pixnet.net/ryefield
香港發行所　城邦（香港）出版集團有限公司
　　　　　香港灣仔駱克道193號東超商業中心1樓
　　　　　電話：(852) 2508-6231　傳眞：(852) 2578-9337
　　　　　E-mail: hkcite@biznetvigator.com
馬新發行所　城邦（馬新）出版集團【Cite (M) Sdn. Bhd. (458372U)】
　　　　　11, Jalan 30D / 146, Desa Tasik, Sungai Besi,
　　　　　57000 Kuala Lumpur, Malaysia.
　　　　　電話：(60) 3-90563833 傳眞：(60) 3-90562833
印　　刷　前進彩藝有限公司
初 版 一 刷　2009年10月

售價／NT$420　HK$140
ISBN：978-986-173-566-5

城邦讀書花園
www.cite.com.tw

國家圖書館出版品預行編目資料

他者哲學：回歸列維納斯；賴俊雄編. －－臺北市：
麥田，城邦文化出版：家庭傳媒城邦分公司發行，
2009.10
　　面；　公分. －－（麥田叢書；53）

ISBN 978-986-173-566-5（平裝）

1. 列維納斯(Emmanuel, Levinas, 1906-1995)
2. 學術思想　3. 哲學　4. 文集

146.79　　　　　　　　　　　　　98017388